读·赏·析

中国最美古典诗词

（全4册）

①

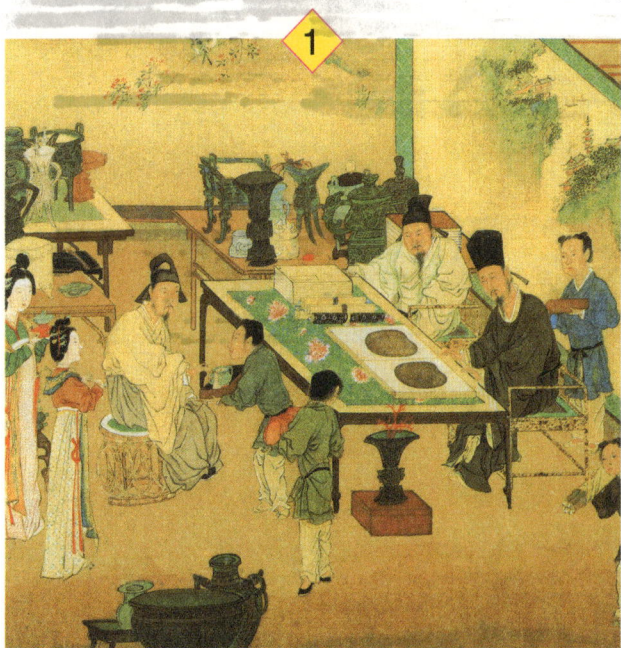

石开航 / 主编

中国华侨出版社
·北京·

图书在版编目（CIP）数据

读·赏·析——中国最美古典诗词：全4册 / 石开航主编 . — 北京：中国华侨出版社，2012.8（2024.11 重印）.

ISBN 978-7-5113-2754-3

Ⅰ . ①读… Ⅱ . ①石… Ⅲ . ①古典诗词−诗歌欣赏−中国 Ⅳ . ① I207.2

中国版本图书馆 CIP 数据核字（2012）第 180859 号

读·赏·析——中国最美古典诗词：全4册

主　　编：石开航
责任编辑：张亚娟
经　　销：新华书店
开　　本：645 毫米 ×915 毫米　1/16 开　　　总印张：32　　总字数：580 千字
印　　刷：德富泰（唐山）印务有限公司
版　　次：2012 年 8 月第 1 版
印　　次：2024 年 11 月第 3 次印刷
书　　号：ISBN 978-7-5113-2754-3
定　　价：160.00 元（全 4 册）

中国华侨出版社　北京市朝阳区西坝河东里 77 号楼底商 5 号　邮编：100028
发 行 部：（010）64443051　　传真：（010）64439708

如发现印装质量问题，影响阅读，请与印刷厂联系调换。

前 言

FOREWORD

　　古典诗词是我国古典文学的奇葩，充盈着人类几千年的心灵，早已融入我们的文化性格里，支撑着一代又一代人的精神世界。小的时候，谁没有跟着李白看过"床前明月光"？谁没有跟着贺知章背过"二月春风似剪刀"？长大以后，恋爱或失恋时，谁没有想起过元稹的"曾经沧海难为水，除却巫山不是云"？沧海和巫山，通过诗歌变成了我们可以寄托情感的意象。再长大一些，忙碌、烦恼纷至沓来，谁没有想起过陶渊明的"采菊东篱下，悠然见南山"？千古夕阳下，陶渊明的诗意温暖了后世的每一颗心。当我们年华老去的时候，蒋捷的"流光容易把人抛，红了樱桃，绿了芭蕉"又让我们体味良久。面对逝水流光，没有撕心裂肺的悲号，那种淡淡的喟叹，既感伤青春，又欣慰收获，不也是一种深沉的人生态度吗？

　　林语堂先生在《吾国与吾民》中说："诗歌通过对大自然的感情，医治人们心灵的创痛。"古典诗词有一种品格，一种功能，能穿过深邃的历史时空，和我们的心灵相遇、相励、相慰。一花一叶，一丘一壑，原本是安静的风景，在诗人、词人的眼中、心里、笔下，却活跃起来，流动起来，他们将心灵的感动和天地万物的活动融为一体，从而抵达心中最真实、最纯真的地方——勇敢、坦率、真诚、天真，使我们触摸到内心不敢作假的人性。谁没有经过春来秋往的涤荡？谁没有经历日月交叠的轮转？谁不曾登高看过水阔山长？少年飞扬时，谁不曾向往长剑狂歌的豪侠倜傥？岁月跌宕时，谁不曾在诗酒中流连徘徊……虽然我们不是诗人、词人，可总会在人生的某种时刻，忽然间诗情上涌；总会有那样一个关节点，我们需要品味人生，给心灵充电；总会有那么一个契机，我们想要寻找真实的自己。那就不妨翻开古典诗词，和那里潜伏着的各个时代、各种情境中的高明的灵魂，剪烛共语，倾诉生平，体验美妙。

本套书共四卷，以时间为经，以作者为纬，收录了历代成就最高、影响最大、流传最广的古典诗词。诗词的选择上兼顾思想性和艺术性，有文学史上著名诗人和词人的代表作，有各类题材的作品精粹，也有产生了广泛社会影响的名篇佳作。凡是在我国文学发展史上有重要地位的作品，无一遗漏，让读者一册在手，阅尽经典诗词的至大至美境界。每首诗词后面都安排了作者介绍、注释、译文和赏析。注释力求准确、详明；译文力求忠于原作，使读者能直接了解原诗词的语言风格；赏析部分介绍写作背景和写作意图、诗词的意境和写作特点，以及作者所要表达的情感和作品的意义，帮助读者理解诗词蕴含的深刻含义。此外，本书还增设了一些小板块，对诗词相关知识、涉及的典故、由诗词演变而来的成语、熟语以及诗词写作技法等内容进行介绍，帮助读者进行相关知识的拓展延伸。

诗词的美，在于情真意切，在于直指人心。那一片片情思，那一点点忧愁，沁人心脾，在我们的四肢百骸里流淌。如今，我们已经无法看到秦时明月，无法听到盛唐欢歌，但是，那份深存心底的对古典诗词的挚爱深情却永不磨灭。翻阅古典诗词精华，就如同翻阅了人类精神优美而隽永的一面。

目　录
CONTENTS

先 秦 诗 歌

两汉诗歌

魏晋南北朝诗歌

先秦诗歌

中国是诗的国度，我们的祖先从开始说话的那天起就开始了诗的歌唱。《毛诗序》说得好："诗者，志之所之也。在心为志，发言为诗。情动于中而形于言，言之不足，故嗟叹之。嗟叹之不足，故咏歌之。咏歌之不足，不知手之舞之、足之蹈之也。"诗歌本来就是人们表达情感的一种方式，当人类的语言还不足以充分表达人们心中的情感的时候，歌唱就成了极好的补充方式，它比语言更生动，也更贴切，因为每一个字和着一个优美的音符和乐调，每一个音符和乐调里都包含着无尽的情意！今天我们看到的这些远古时代留存下来的歌谣，是先民们思想情感最真实的记录，他们将各种生活如战争、祭祀、种田、狩猎、捕鱼、采摘、养蚕、织布、盖房以及恋爱、结婚、生育的过程都诉诸歌唱，这些歌谣足以让我们真切地感受到祖先的所思所感、所爱所恨，让人有身临其境的感觉。

击壤①歌

日出而作，日入而息。凿井而饮，
耕田而食，帝②力于我何有哉！

【注释】

①击壤：古代的一种游戏，把一块木片放在地上，在规定的距离外，用另一块木片去投掷它，投中的就算得胜。《击壤歌》就是击壤游戏时唱的歌。②帝：指帝尧。

【译文】

白天出门辛勤地工作，太阳落山了便回家去休息。凿井取水便可以解渴，在田里劳作就可以自给自足。我过着这样惬意的生活，与帝王的力量和功德又有什么关系呢！

全诗前四句描述了先民们原始的劳动和生活情状。"日出而作，日入而息"，起而劳作与归而休息顺从自然的规律；"凿井而饮，耕田而食"，饮水与衣食，取之于丰沃的土地。这是上古黄河文明的真实写照，华夏民族就是从这种生存状况中逐步发展而来的。单一的句式和重复的节奏，反映了先民俭朴的生活和平和的心情；明白如话的语言，则体现了原始口头文学自然、不加修饰的特点。

"帝力于我何有哉！"此句承上而来。当看到百姓边唱歌谣、边作击壤之戏而赞叹尧帝的力量、功德时，作者不禁发出这样的疑问：对我来说，如今所过着的这种顺乎自然、取于大地的生活，与尧帝的力量和功德又有什么关系呢？只此一问，便使这首简明的古歌主题倾向的阐释变得复杂起来。东汉哲学家王充认为：击壤之民不知帝德，是因其盲而不能别青黄，暗而不能言是非（《论衡·须颂篇》）；也有人认为，击壤之民不知帝力，是老庄无为而治思想的体现。更多的人则认为，它赞美了尧帝之时天下太平、百姓无事、陶然自乐的盛世景象。

南风歌

南风之薰^①兮，可以解吾民之愠^②兮。
南风之时^③兮，可以阜^④吾民之财兮。

①南风：东南风，又称薰风。薰（xūn）：清凉温和。②愠（yùn）：含怒、怨恨之意。③时：及时。④阜（fù）：增加。

【译文】

南风清凉阵阵吹啊，可以解除万民的怨怒。南风适时缓缓吹啊，可以增加万民的财富。

【赏析】

《南风歌》相传为舜帝所作。全诗只有四句，但情思复杂。它借舜帝的口吻抒发了先民对"南风"既赞美又祈盼的双重感情。因为清凉而适时的南风，对万民百姓的生活是那样重要，那样不可或缺。

"南风之薰兮，可以解吾民之愠兮"，这是就苦夏的生活而言的。赤日炎炎、暑气如蒸，百姓怎能无怨？而南风一起，天气转凉，万民必有喜色。所谓薰风兼细雨，喜至怨忧除。"南风之时兮，可以阜吾民之财兮"，清凉的南风可以解民之怨气，适时的南风则可以阜民之财，由日常生活转到收成财物，诗意更进一层。因此可见，"南风"的"阜民之财"比"解民之愠"更为重要，也更为令人祈盼。

先民们对"南风"的赞颂和祈盼，同时也反映了他们在自然力量面前的无可奈何和无能为力。热烈虔诚的赞颂里，潜藏着忧郁无奈的心情。不过，由于对"南风"的赞颂和祈盼是通过舜帝的口吻表达的，因此，经后世儒家诗评家的阐释，"南风"逐渐成为帝王体恤百姓的象征；历代诗人也常以"南风"来称颂帝王对百姓的体恤之情和煦育之功。

采薇歌

登彼西山①兮，采其薇②矣。以暴易暴兮，不知其非矣。神农虞夏忽焉没兮。吾适③安归矣？于嗟徂④兮，命之衰矣！

【注释】

①西山：首阳山。②薇：野豌豆，嫩苗可食。③适：往，去。④于（xū）嗟（jiē）：感叹词。徂（cú）：往；或以为借为"殂"，死。

【译文】

登上那首阳山啊，采摘野豌豆聊以充饥。用凶暴取代凶暴啊，伐纣的武王分不清是和非。神农、虞、夏等古代圣君转瞬即逝啊，我要去的乐土又在哪里？多么可悲啊，即将身赴黄泉，看来是命中注定我们倒霉！

【赏析】

《采薇歌》最早见于《史记·伯夷列传》。伯夷、叔齐是商末孤竹君的两个儿子。相传其父留下遗命，要立次子叔齐为继承人。孤竹君死后，叔齐让位给伯夷，伯夷不受，叔齐也不愿登位，两人先后逃到周国。周武王伐纣，二人谏阻武王不要以暴易暴。武王灭商后，他们耻食周粟，

采野豌豆为食，饿死于首阳山。临终前唱出这首歌，表现了生于乱世而不遇的怨恨和悲伤。

诗歌一、二两句直陈登上首阳山的高处采薇充饥。这两句字句平淡，感情也似乎平淡，其中却包含着绝不与周王朝合作这一鲜明态度。三、四两句说明不合作的原因，认为武王伐纣是"以暴易暴"，而非以仁义王天下，是不可取的，而武王却不以此为非。以上几句是伯夷、叔齐表明自己政治上的立场，用"以暴易暴"四字对新建立的周王朝进行了激烈的批评。

接下来两句转入全诗的另一个层次，写个人的历史性悲剧。神农、虞、夏时代都是历史上的圣明之世。说神农、虞、夏转瞬即逝，其用意在于反衬自己的生不逢时，由于找不到一个安身立命的立足点而充满失落感。"我安适归矣"，故意用无疑而设问的语气，增强了感慨的分量。结尾两句是无可"适归"的延伸和发展。可以想见当伯夷、叔齐吟唱到此歌结尾时已气衰力微，但这垂死之言，即使声音再小，仍然会长久地回响在首阳山的山崖水际。

楚狂接舆歌

凤①兮凤兮！何德之衰？往者不可谏②，来者犹可追③。已④而已而！今之从政者殆⑤而！

【注释】

①凤：比喻圣者孔子。②谏：匡正。③追：补救。④已：止，算了。⑤殆：危险。

【译文】

凤鸟呀，凤鸟呀！为什么你的美德一天不如一天？过去的事情已经无法挽回,未来的事情还来得及防范。罢休吧,罢休吧!现在从政是多么危险!

　　这首歌出自《论语·微子》。春秋时代礼崩乐坏,战争频繁,政治混乱。很多有才能的人看到时世太乱,难以挽救,便消极起来,采取隐居避世的态度。楚国的狂人接舆就是代表,他看到一心想要恢复周代礼乐典章制度的孔子,就以歌唱的方式规劝孔子不要知其不可而为之。

　　全歌六句,共分三层。开头两句为第一层次,是对孔子的讽刺。凤鸟是传说中的祥瑞之鸟,只在政治清明时才会出现。孔子曾说:"凤鸟不至,河不出图,吾已矣夫。"(《论语·子罕》)此处以"凤鸟"指孔子。现在世道混乱,竟然也出现了凤鸟,"德之衰"是指美好的品德越来越少。疑问词"何"字的运用,更增强了对孔子周游列国进行游说的行为表示怀疑与否定的分量。中间两句为第二层次,是对孔子的规劝。是要孔子知错改过、避乱隐居的意思。最后两句为第三层次,是对孔子的警告。主要用意还是劝孔子别再一意孤行。

　　从诗歌大意中不难体察到歌者的出世思想。后世文人常借用"楚狂""接舆"来表示自己隐居不仕、狂放不羁的态度。同时也让我们看到站在他对面的一位与命运抗争的积极入世的强者形象——孔子。

相传凤鸟、河图的出现都是圣王将出的瑞兆。但是，凤鸟、河图不见踪影，孔子怎能不哀叹"凤鸟不至，河不出图，吾已矣夫"？此时孔子已经七十一岁，已知其心中的王道理想不能实现，因此将自己的理想寄托在文化教育事业上，回到鲁国后的三年间，孔子序书传礼记、删诗正乐、作春秋、序易象等，一心整理文化，教育弟子，以待后人开创新的局面。诗中借此事讽刺孔子不专心于自己的文化事业，在乱世到处奔走、求为世用的不合时宜的行为。

易水歌

风萧萧①兮易水寒，壮士②一去兮不复还！

【注释】

①萧萧：疾风声。②壮士：荆轲自称。

【译文】

秋风萧萧、易水清寒，壮士一去啊不回返！

【赏析】

荆轲是卫国人，后来到了燕国，受到燕太子丹的礼遇，被称为荆卿。荆轲为报太子丹的知遇之恩，于公元前227年意欲刺杀秦王。他分明知道此行九死一生，难以生还，故而在易水河畔唱了此歌。

这首歌之所以动人，除了唱

出了一位壮士抗暴赴死的悲壮情怀外，还与即景抒怀的环境氛围之烘托有关。前句以"萧萧"风声，挟裹着易水河上波翻浪涌的寒凛之气，向读者扑面袭来；再加上岸畔白衣如雪、神色黯然的送行者的背景烘托，顿时使诗境染上了浓重的苍凉氛围。而随之跳出的后句，则又以勃发的壮声，压过了风声浪声，化作了充斥天地的慷慨雄韵。这是一位壮士在用自己的生命宣告：纵然此去处境险恶，纵然此行有去无回，他所怀抱的孤身抗暴之志，也不可摧折、不可动摇！与其卑怯偷生，不如慷慨赴死，这样的不复回返，恰是一位勇士的骄傲！

诗经

《诗经》原名为《诗》，或称《诗三百》。战国时期被列为儒家"六经"之一。及至汉武帝时，"罢黜百家，独尊儒术"，并设"五经"博士。于是《诗》被汉代儒者奉为经典，乃称《诗经》，并沿用至今。《诗经》收集了三百一十一篇诗歌，其中六篇只有标题，没有内容，有标题和文辞的现存三百零五篇。内容可分为两部分：一部分为贵族文人所作，作者大多无从考究；另一部分是从民间采集再经乐官加工整理而成的民歌，作者亦无从考究。内容包括周民族的史诗、颂歌、怨刺诗，以及婚恋诗、征役诗、爱国诗等，丰富多彩。由于其丰富的内容、高度的思想性和艺术性，《诗经》在中国乃至世界文化史上都占有重要地位。它开创了中国诗歌的优秀传统，对后世文学产生了不可磨灭的影响。

关　雎

关关雎鸠^①，在河之洲^②。

窈窕淑^③女，君子好逑^④。

参差荇菜^⑤，左右流之^⑥。

窈窕淑女，寤寐⑦求之。

求之不得，寤寐思服⑧。

悠⑨哉悠哉，辗转反侧⑩。

参差荇菜，左右采之。

窈窕淑女，琴瑟友⑪之。

参差荇菜，左右芼⑫之。

窈窕淑女，钟鼓乐之。

【注释】

①关关：水鸟叫声。雎鸠：水鸟，生有定偶，常并游。②洲：河中沙洲。③窈窕：美心为窈，美状为窕。淑：善，好。④好逑：理想的配偶。逑，配偶。⑤参差：长短不齐。荇（xìng）菜：多年生水草，夏天开黄色花，嫩叶可食。⑥流：顺水势采摘。⑦寤（wù）：睡醒。寐：睡着。⑧服：思念，牵挂。⑨悠：忧思。⑩辗：半转。反侧：反身，侧身。⑪友：意动用法，以……为友。⑫芼（mào）：选择，采摘。

【译文】

雎鸠关关在歌唱，在那河中小岛上。

善良美丽的少女，小伙理想的对象。

长长短短鲜荇菜，顺流两边去采摘。

善良美丽的少女，朝朝暮暮想追求。

追求没能如心愿，日夜心头在挂牵。

长夜漫漫不到头，翻来覆去难成眠。

长长短短鲜荇菜，两手左右去采摘。

善良美丽的少女，弹琴鼓瑟表爱慕。

长长短短鲜荇菜，两边仔细来挑选。

善良美丽的少女，鼓乐换来她笑颜。

【赏析】

就诗意而言，它是"民俗歌谣"，所写的男女爱情是作为民俗反映出来的。《关雎》就是把古代男女恋情作为社会风尚习俗描写的。凡古代活的、有生气的诗歌，往往都可以歌唱，并且重视声调的和谐。《关雎》重章叠句的运用，说明它是可以歌唱的，是活在人们口中的诗歌。

我们从诗中可以看到一幅图景：雎鸠的阵阵鸣叫诱动了小伙子的痴情，使他陶醉在对姑娘的一往情深之中。种种复杂的情感油然而生，渴望与失望交错，幸福与煎熬并存。一位纯情少年热恋的心态在这里表露得淋漓尽致。成双成对的雎鸠就像恩爱的情侣，看着它们在河中小岛上相依相和的融融之景，小伙子的眼光被采荇女吸引。

全诗共分五章，每四句为一章。开篇"窈窕淑女"句既赞扬淑女的"美状"，又赞扬她的"美心"，"君子好逑"一句直往直来，毫不遮掩。从而以"窈窕淑女，君子好逑"统摄全诗。第二、三章则从男主人公的角度落笔，"辗转反侧"句极为传神地表达了男主人公的相思之苦。第四、五章是男主人公憧憬求得淑女与之成婚以后，他将千方百计同她鱼水和谐，使她心情欢乐舒畅。

连绵字

连绵字也作"联绵字",指由两个音节连缀成义不能分割的词。有双声、叠韵的关系,如"参差"(双声)、"窈窕"(叠韵),或"辗转"(既是双声又是叠韵)。此外,还存在没有双声、叠韵关系的连绵字,如蜈蚣、妯娌等。这首诗中双声叠韵连绵字的运用,增强了诗歌音调的和谐美及人物描写的生动性。

卷 耳

采采卷耳①,不盈顷筐②。

嗟我怀人③,寘彼周行④。

陟彼崔嵬⑤,我马虺隤⑥。

我姑酌彼金罍⑦,维以不永怀⑧。

陟彼高冈,我马玄黄。

我姑酌彼兕觥⑨,维以不永伤。

陟彼砠⑩矣,我马瘏⑪矣。

我仆痡⑫矣,云何吁⑬矣。

【注释】

①采采:茂盛的样子。卷耳:植物名,即苍耳,嫩苗可以吃。②盈:满。顷筐:一种筐,前低后高,像箕形。③嗟:叹词。怀人:想念的人。④周行:大路。⑤陟(zhì):上升,登上。崔嵬(wéi):本指土山上盖有石块,后来引申为高峻不平的山。⑥虺隤(huī tuí):足病,跛躄难走的样子。⑦姑:姑且。酌:斟酒,舀取。金罍(léi):一种黄金装饰的青铜酒器。⑧维:发语词。以:用,借以。永怀:长久地思念。⑨兕

觥（sì gōng）：兕是头上只长一只角的野牛，觥是大型的酒器。用兕的角做的觥叫兕觥。⑩砠（jū）：盖着泥土的石山。⑪瘏（tú）：马病而不能走路前进。⑫痡（pū）：人病而不能行。⑬吁：叹气，忧愁。

【译文】

采呀采呀采卷耳，半天不满一小筐。
我啊想念心上人，采筐弃在大路旁。
攀那高高土石山，马儿足疲神颓丧。
且先斟满金壶酒，慰我离思与忧伤。
登上高高山脊梁，马儿腿软已迷茫。
且先斟满大杯酒，免我心中长悲伤。
艰难攀登乱石冈，马儿累坏倒一旁，
仆人精疲力又竭，无奈愁思聚心上。

【赏析】

《卷耳》是一篇抒写思念情感的名作。其妙处尤其表现在它匠心独运的篇章结构上。《卷耳》共分四章，第一章是以思念征夫的妇女的口吻来写的；后三章则是以思家念归、备受旅途辛劳的男子的口吻来写的。犹如一场表演着的戏剧，男女主人公各自的内心独白在同一场景、同一时段中展开。诗人坚决地隐去了"女曰""士曰"一类的提示词，让戏剧冲突表现得更为强烈，让男女主人公"思怀"的内心感受交融合一。

诗歌首章以女子的独白呼唤着远行的男子，"不盈顷筐"的卷耳被弃在"周行"——通向远方大路的一旁。顺着女子的呼唤，备受旅途辛苦的男子满怀愁思地出现：对应着"周行"，他正行进在陡峻的山间。

诗人善于用实境描画来衬托情感。旅途的艰难是通过对山的险阻的描摹直接反映出来的：诗人用了"崔嵬""高冈""砠"等词语。而旅途的痛苦则是通过对马的神情的刻画间接表现出来的：诗人用了"虺隤""玄黄""瘏矣"等词语。而描摹山、刻画马都意在衬托出行者怀人思归的惆怅。"我姑酌彼金罍""我姑酌彼兕觥"，以酒浇愁正是对这种悲愁心态的提示。全诗的最后是以自问自答收场的："云何吁矣"既是对前两章"不永怀""不永伤"的承接，也是以"吁"一字对全诗进行总结，点明"愁"的主题，堪称诗眼。

桃　夭

桃之夭夭①，灼灼其华②。
之子于归③，宜④其室家。
桃之夭夭，有蕡⑤其实。
之子于归，宜其家室。
桃之夭夭，其叶蓁蓁⑥。
之子于归，宜其家人。

【注释】

①夭夭：花朵怒放的样子。②灼灼：花朵色彩鲜艳如火。华：同"花"。③之子：这位姑娘。于归：姑娘出嫁。古代把丈夫家看做女子的归宿，故称"归"。④宜：和顺亲善。⑤蕡（fén）：肥大。⑥蓁（zhēn）：叶子茂盛。

【译文】

桃花怒放千万朵，色彩鲜艳红似火。
这位姑娘要出嫁，喜气洋洋归夫家。
桃花怒放千万朵，果实累累大又多。

这位姑娘要出嫁，早生贵子后嗣旺。

桃花怒放千万朵，绿叶茂盛永不落。

这位姑娘要出嫁，齐心协手家和睦。

【赏析】

这是一首祝贺年轻姑娘出嫁的诗。《周礼》云："中春之月，令会男女。"可见周代的姑娘一般在春光明媚、桃花盛开的时候出嫁，故诗人以桃花起兴，为新娘唱了一首赞歌。

全诗分为三章，每四句为一章。第一章以鲜艳的桃花比喻新娘的年轻娇媚。诗中所写的鲜嫩的桃花，纷纷绽蕊，而经过打扮的新娘此刻既兴奋又羞涩，两颊绯红，真有人面桃花两相辉映的韵味。诗中既写景，又写人，情景交融，烘托了一股欢乐热烈的气氛。第二章则表示对新娘婚后生活的祝愿。桃花开后，自然结果。诗人说它的果子结得又肥又大，此乃象征着新娘早生贵子。第三章以桃叶的茂盛祝愿新娘家庭兴旺发达，以桃树枝头的累累硕果和桃树枝叶的茂密成荫，象征新娘婚后生活的美满幸福。

本诗共三章，每章都先以桃起兴，继以花、果、叶兼作比喻，极有层次：由花开到结果，再由果落到叶盛。与桃花的生长顺序相结合，所喻诗意也渐次变化，可谓浑然天成。

起 兴

起兴,又叫"兴"。朱熹明确地指出:"兴者,先言他物以引起所咏之辞也。"即借某一事物来引起正题要描述的事物和表现思想感情的写法。它一般用在诗章或各节的开头,是一种建立在语句基础上的"借物言情,以此引彼"的艺术表现手法,它有制造作品气氛、协调韵律、连接上下文关系等作用。运用起兴手法还可使语言咏唱自由,行文轻快、活泼。

柏 舟

泛彼柏舟①,亦泛②其流。耿耿不寐,如有隐忧。微③我无酒,以敖④以游。

我心匪鉴⑤,不可以茹⑥。亦有兄弟,不可以据。薄言往愬⑦,逢彼之怒。

我心匪石,不可转也。我心匪席,不可卷也。威仪棣棣⑧,不可选也。

忧心悄悄⑨,愠于群小⑩。觏闵⑪既多,受侮不少。静言⑫思之,寤辟有⑬摽。

日居月诸⑭,胡迭而微⑮? 心之忧矣,如匪浣衣⑯。静言思之,不能奋飞。

【注释】

①泛:漂浮。柏舟:柏木造的小船。柏木质地坚实,比喻志坚不移。②亦泛:同"泛泛",随着流水漂流,含有无所依归的意思。③微:非,不是。④以:用来,借此。敖:同"遨",遨游,漫游。⑤匪:不是。鉴:古镜。⑥茹:容纳,包含。⑦薄言:语气助词,无实义。愬(sù):告诉,诉说。⑧

威仪：仪表举止威严。棣棣（dì）：堂堂正正的样子。⑨悄悄：忧愁的样子。⑩愠（yùn）：怨恨。群小：众小人。⑪觏（gòu）：同"遘"，遭遇，碰到。闵（mǐn）：灾难，指中伤陷害的事。⑫言：同"然"，"……的样子"。⑬寤：醒，睡不着觉。辟：通"擗"，两手拍胸脯。有：助词。⑭居、诸：助词。⑮胡：为什么。迭：更替。微：昏暗无光。⑯浣（huàn）：洗。

【译文】

漂漂荡荡柏木舟，随着河水到处漂。圆睁双眼难入睡，深深忧愁在心头。不是想喝没好酒，姑且散心去邀游。我心并非青铜镜，不能任谁都来照。也有长兄与小弟，不料兄弟难依凭。前去诉苦求安慰，竟遇发怒坏性情。我心并非卵石圆，不能随便来滚转；我心并非草席软，不能任意来翻卷。仪表庄重而典雅，哪能退让任人欺。忧愁重重难排除，小人恨我真可恶。碰到患难已很多，遭受凌辱更无数。静下心来仔细想，抚心拍胸猛醒悟。白昼有日夜有月，为何轮流不放光？不尽忧愁在心中，好似脏衣未洗洁。静下心来仔细想，恨不能奋起高飞。

【赏析】

这诗的作者被"群小"所制，不能奋飞，又不甘退让，怀着满腔幽愤，无可告语，因而用这委婉的歌辞来申诉。

一只随水漂流的小舟拉开本诗的序幕，迅速将全诗带入愤懑孤独的氛围中。古人以松柏来比喻坚贞，这就是本诗的题旨所在。扁舟常常用来刻画飘零于天地之间的一种孤苦的感觉，而在水面上行舟，视野比较开阔，但是同时也会感觉到无奈，因为目光所及很远，与实际的能活动的舟的空间的有限，形成一种强烈的反差，这叶扁舟在苍茫天地间显得何等微小；在水面不平静的时候，行舟人往往会失去对这叶小舟的控制权而丧命。

扁舟如人生，行舟正好与人生的境遇有某种相似之处。诗歌中的行舟人就是作者自己，作者可能是一位朝中失意的大臣。他向我们陈述了他心中充满烦忧，这或许就是他夜晚泛舟散心的原因。这种烦忧来自自身遭到的排挤，这可以从后面对一群小人的痛恨之中看出；而让诗人痛心的是，他本来想在同胞兄弟那里得到安慰，不想却被他们指责为不识时务。

但是诗人坚定地表达了自己做人的尊严，绝对不受外力左右："我心匪石，不可转也。我心匪席，不可卷也。威仪棣棣，不可选也。"诗人身处逆境，却仍然不屈不挠的人格魅力，不由得让我们肃然起敬。

诗人因为得罪小人而受尽侮辱，夜深人静，思前想后，越想越气愤，越想越不甘心，不禁猛然捶打自己的胸膛，愤懑之情达到极致，在他眼里，连天地的光辉也变得黯淡了，他有奋飞之心，却无奋飞之力，只能叹息作罢。

诗词辞典

语气词

语气词主要表现说话人对所说事情表现出的态度、情绪。语气类型大致有论断、疑问、拟测、假设、商量、请求、禁止、命令、赞颂、叹息、惊讶等。根据在句子中的位置和作用，语气词可分为三类：句首语气词，包括夫、惟（维、唯）、盖等；句中语气词，包括夫、惟（维、唯）、兮、也等；句尾语气词，包括也、矣、乎、哉、已、焉、耳、与（欤）、邪（耶）、夫、兮等。《诗经》中有很多语气词，在《国风》中数量最多，富于变化。巧妙运用这些语气词，增强了诗歌的形象性和生动性，达到了传神的境地。

式 微①

式微，式微！胡不归？

微君②之故，胡为乎中露③？

式微，式微！胡不归？

微君之躬④，胡为乎泥中？

【注释】

①式：语助词。微：（日光）衰微，指黄昏或天黑。②微：（如果）不是。微君：（如果）不是君主。③中露：即露中，在露水中。④躬：身体。

【译文】

天黑了，天黑了，为什么还不回家？

（如果）不是为君主，何以还在露水中？

天黑了，天黑了，为什么还不回家？

（如果）不是为君主，何以还在泥浆中？

【赏析】

从全诗看，"式微，式微，胡不归"并不是有疑而问，而是胸中早有答案的故意设问。诗人遭受统治者的压迫，夜以继日地在野外干活，有家不能回，苦不堪言，自然要倾吐心中的牢骚不平，但如果正言直述，则易于穷尽，采用这种虽无疑而故作有疑的设问形式，使诗篇显得婉转而有情致，同时也引人注意、启人思考，所谓不言怨而怨自深矣。全诗词气紧凑，节奏短促，情调急迫，充分表达了服劳役者的苦痛心情，以及他们日益增强的背弃暴政的决心。

本诗短短两章，寥寥几句就表达了受奴役者的非人处境以及他们对统治者的满腔愤懑，给读者留下极其深刻的印象。

由于《毛诗序》将此诗解说成劝归，历代学诗者又都以毛说为主，所以"式微"一词竟逐渐衍变为中国古典诗歌中的"归隐"意象，如唐王维"即此羡闲逸，怅然吟式微"（《渭川田家》）；孟浩然"因君故乡去，遥寄式微吟"（《都下送辛大之鄂》）等等，由此可见，此诗对后世的深远影响。

> **诗 词 辞 典**
>
> ### 韵 脚
>
> 一篇韵文（诗、词、歌、赋等）的一些或全部句子的最后一个字，采用韵尾相同的字，这就叫做押韵。因为押韵的字一般都放在一句的最后，故称"韵脚"。如诗中的"故"和"露"、"躬"和"中"。这首诗共二章十句，句句用韵，以韵脚烘托哀怨沉痛的情绪。

静　女

静女其姝①，俟我于城隅②。

爱③而不见，搔首踟蹰④。

静女其娈⑤，贻我彤管⑥。

彤管有炜⑦，说怿女⑧美。

自牧归荑⑨，洵美且异⑩。

匪女之为美，美人之贻。

【注释】

①静女：同"淑女"，文静娴雅的女子。姝（shū）：美丽，美好。
②俟（sì）：等候，等待。隅（yú）：角落。③爱：躲藏，隐藏。④搔首：

用手挠头。踟蹰：来回走动，走来走去。⑤娈（luán）：美丽，漂亮。
⑥贻（yí）：赠送。彤管：红管。这里象征一片赤心和火一样的热情。
⑦有：助词。炜：红色鲜明，有光泽的样子。⑧说怿（yì）：喜爱。说：
同"悦"。女：同"汝"，你。⑨牧：牧场，郊外。归（kuì）：同"馈"，
赠送。荑（tí）：草名，白茅。古代常以白茅相赠，是一种求爱的表示。
⑩洵：确实，真的。异：奇异。

【译文】

    文静的姑娘多么美丽，约我等候在城门角。

    故意藏起来不让我看见，急得我挠头又徘徊。

    文静的姑娘多么漂亮，曾经送给我一个红管。

    红管亮闪闪，我真喜欢它的美丽。

    （记得）她从郊外回来送给我白茅，白茅实在美得出奇。

    其实，并不是茅草真的有多好看，只因为它是美人送的。

【赏析】

    《静女》是一首爱情诗。诗歌第一章点明约会地点"城隅"，接着通过"爱而不见，搔首踟蹰"描写男主人公的动作，很好地刻画了人物的心理，栩栩如生地塑造出一位对情人恋慕至深、如痴如醉的有男主人公形象。第二、三章，从辞意的递进来看，应当是那位痴情的小伙子在"城隅"等候他的心上人时的回忆，也就是说，"贻我彤管""自牧归荑"之事都是倒叙。

读诗的第二、第三两章，我们会发出会心的微笑，对诗人的"写形写神之妙"有进一步的感受。照理说，彤管比荑草要贵重，但男主人公对受赠的彤管只是说了句"彤管有炜"，欣赏的是它鲜艳的色泽，而对受赠的普通荑草却由衷地大赞"洵美且异"，显然欣赏的不是其外观，而是别有所感。原来，荑草是她跋涉远处郊野亲手采来的，物微而意深。接受彤管，想到的是恋人红润的面容，那种"说怿"只是对外在美的欣赏；而接受荑草，感受到普通的小草也"洵美且异"，则是感受到她所传送的那种有着特定内容的、异乎寻常的真情。在我们看来，那已经超越了对外表的迷恋，进入了追求内心世界和谐的高层次的爱情境界。而初生的柔荑将会长成茂盛的草丛，也含有爱情将更进一步发展的象征意义。

第三章结尾"匪女之为美，美人之贻"两句是对恋人赠物"爱屋及乌"式的反映，可视为一种内心独白，既是第二章诗义的递进，也与第一章"爱而不见，搔首踟蹰"首尾呼应，别具率真淳朴之美。

这首诗歌的成功之处是对人物性格的刻画，虽然只是男主人公自言自语的几句话，可是把他的憨厚实诚表现得淋漓尽致。在刻画男子的同时，女主人公机灵的形象也呼之欲出了。作品本身虽然简约，但是为读者留下了无限的想象空间，我们甚至可以根据人物的性格复原当时的场景，而这一场景又是这样富有戏剧性和生活气息。《诗经》作品不同于唐宋文人诗词的显著特征之一，就在于戏剧化的场景感和浓郁的生活气息。

诗 词 辞 典

通假字

所谓通假字，是指用音同或音近的字代替本字的用字现象。通假字的主要特点是：通假字和被通假字（本字）在读音上相同或相近，但在意义上却毫不相干，如上文的"说"同"悦"、"归"同"馈"。

黍 离

彼黍离离①，彼稷②之苗。行迈靡靡③，中心摇摇④。知我者谓我心忧，不知我者谓我何求。悠悠⑤苍天，此⑥何人哉？

彼黍离离，彼稷之穗。行迈靡靡，中心如醉。知我者谓我心忧，不知我者谓我何求。悠悠苍天，此何人哉？

彼黍离离，彼稷之实。行迈靡靡，中心如噎。知我者谓我心忧，不知我者谓我何求。悠悠苍天，此何人哉？

【注释】

①彼：指示代词，那，那个。黍（shǔ）：黍子，一种农作物，子去皮后叫黄米。离离：排列成行，整齐繁密的样子。②稷（jì）：谷子，一种农作物，子去皮后叫小米。③行迈：行走不止。靡靡：步行缓慢的样子。④摇摇：心忧不安的样子。一说为"愮愮"，忧郁无处诉说的样子。⑤悠悠：遥远的样子，形容无边无际。⑥此：指这种颓败荒凉的景象。

【译文】

那儿的黍子茂又繁，那儿的高粱刚发苗。走上旧地脚步缓，心神不定愁难消。理解我的人说我是心中忧愁。不理解我的人问我把什么寻求。悠悠苍天啊，是谁害得我要离家走？

那儿的黍子茂又繁，那儿的高粱已结穗。走上旧地脚步缓，心事沉沉昏如醉。理解我的人说我是心中忧愁。不理解我的人问我把什么寻求。悠悠苍天啊，是谁害得我要离家走？

那儿的黍子茂又繁，那儿的高粱籽实成。走上旧地脚步缓，心中郁结塞如梗。理解我的人说我是心中忧愁。不理解我的人问我把什么寻求。悠悠苍天啊，是谁害得我要离家走？

【赏析】

《毛诗序》认为这首诗是周人东迁后，周王室大夫经过故都，见宗庙宫室尽为废墟，因悲悯周室灭亡而作。"黍离"一词，成为后世文人感慨兴亡变幻时的常用典故。

这首诗在抒发对西周灭亡的沉痛时，首先出现的是生长茂盛的农作物，而庄稼生长的地方曾是宗周的宗庙宫室。这种沧海桑田的巨大变化，自然使诗人陷入悲哀之中，行进的脚步也变得迟缓。三章反复出现"行迈靡靡"的诗句，用脚步的迟缓引出心情的沉痛。

这首诗采用的是递进式的写景抒情笔法。出现的景物依次是"彼稷之苗""彼稷之穗""彼稷之实"，暗合农作物的生长过程：先有苗，再有穗，最后有果实。作者抒发沉痛之情时，依次是"中心摇摇""中心如醉""中心如噎"，程度越来越强烈，也越来越痛苦。

作者忧国忧民，伤时悯乱，最后向天发问：这种历史悲剧是谁造成的，由谁来承担西周灭亡的历史责任？答案作者非常清楚。他不把问题的答案明确说出来，而是采用质问的方式，所产生的艺术效果更加强烈，并给读者留下思考的空间。

子 衿

青青子衿①，悠悠②我心。纵我不往，子宁不嗣音③？

青青子佩④，悠悠我思。纵我不往，子宁不来？

挑兮达⑤兮，在城阙⑥兮。一日不见，如三月兮！

【注释】

①衿（jīn）：衣领。②悠悠：思念不已的样子。③宁：岂，难道。嗣音：保持联系。④佩：指身上佩玉石的绶带。⑤挑：跳跃。达：放恣。⑥阙（què）：城门两边的高台。

【译文】

青青的是你衣领的颜色，悠悠思念的是我的心。即使我不去看你，你为何不捎个音信？青青的是你佩带的颜色，悠悠的是我的思念。即使我不去看你，你为何不来？走来走去，心神不宁，在城门边的高台里。只有一天没见面，好像隔了三个月！

【赏析】

全诗五十字不到，但女主人公等待恋人时的焦灼万分的情状宛然呈现在我们眼前。全诗共三章，采用倒叙手法。前两章以"我"的口气自述怀人。"青青子衿""青青子佩"，是以恋人的衣饰借代恋人。对方的衣饰给她留下这么深刻的印象，使她念念不忘，可以想见其相思萦怀之情。如今因受阻而不能前去赴约，只好等恋人过来相会，可望穿秋水，不见恋人的影子，浓浓的爱意不由转化为惆怅与幽怨。

蒹 葭

蒹葭苍苍①，白露为霜。所谓伊人②，在水一方③。溯洄从之④，道阻且长⑤。溯游⑥从之，宛⑦在水中央。

蒹葭萋萋⑧，白露未晞⑨。所谓伊人，在水之湄⑩。溯洄从之，道阻且跻⑪。溯游从之，宛在水中坻⑫。

蒹葭采采⑬，白露未已⑭。所谓伊人，在水之涘⑮。溯洄从之，道阻且右⑯。溯游从之，宛在水中沚⑰。

【注释】

①蒹（jiān）：又称荻，细长的水草。葭（jiā）：初生的芦苇。苍苍：芦苇入秋后，颜色深青，茂盛鲜明的样子。②谓：说。伊：指示代词，那，那个。③方：同"旁"，边，侧。④溯（sù）洄：逆流而上。洄（huí）：逆流。从：追随，追寻。⑤阻：险阻，阻碍。⑥溯游：顺流而下。⑦宛：宛然，仿佛，好像。⑧萋萋：草长得茂盛的样子。⑨晞（xī）：干，晒干。⑩湄（méi）：水草交接的地方，水边，也即岸边。⑪跻（jī）：地势高起。⑫坻（chí）：水中的小沙洲。⑬采采：众多稠密的样子。⑭已：止。⑮涘（sì）：水边。⑯右：迂回，曲折。⑰沚（zhǐ）：水中的小洲，小沙滩。

【译文】

芦苇密密又苍苍，晶莹露水结成霜。我心中那好人儿，伫立在那河水旁。逆流而上去找她，道路险阻又太长。顺流而下去寻她，仿佛就在水中央。
芦苇茂盛密又繁，晶莹露水还未干。我心中那好人儿，伫立在那河水边。逆流而上去找她，道路崎岖难登攀。顺流而下去寻她，仿佛就在水中滩。

芦苇片片根连根，晶莹露珠如泪痕。我心中那好人儿，伫立在那河水边。逆流而上去找她，路途艰险如弯绳。顺流而下去寻她，仿佛就在水中洲。

【赏析】

这首诗共三章，每一章都用秋水岸边凄清的秋景起兴，所谓"蒹葭苍苍，白露为霜""蒹葭凄凄，白露未晞""蒹葭采采，白露未已"，刻画的是一片水乡清秋的景色。这首诗把暮秋特有的景色与人物委婉惆怅的相思之情交织在一起，从而渲染了全诗的气氛，创造了一个扑朔迷离、情景交融的意境。

另外，《蒹葭》一诗，又是把实情、实景与想象、幻想结合在一起，用虚实互相生发的手法，借助意象的模糊性和朦胧性，来加强抒情写物的感染力。"所谓伊人，在水一方"，这是他第一次的幻觉，明明看见对岸有个人影，可是怎么走也走不到她的身边。"宛在水中央"，这是他第二次的幻觉，他忽然觉得所爱的人又出现在前面流水环绕的小岛上，可是怎么游也游不到她的身边。那个倩影，一会儿"在水一方"，一会儿"在水中央"；一会儿在岸边，一会儿在高地。如同在幻景中、在梦境中，但主人公却坚信这是真实的，不惜一切地去追寻她。在深秋的清冷中，诗人一会儿逆流而上，一会儿顺流而下，不管艰难险阻，矢志不渝，只是为了找到"宛在水中央"的那个她。在不懈地追逐中，隐隐透露出诗人的无奈，更体现出诗人的坚贞。

诗词辞典

重章叠句

重章叠句是指一首诗的各章在结构方面一致，语言相似，仅仅换动几个词语。如本诗每章首句"蒹葭苍苍""蒹葭萋萋""蒹葭采采"仅"苍苍""萋萋""采采"两字不同，其余句子也是句式相似，只换掉个别字词。《诗经》在艺术方面比较显著的特点便是大量运用重章叠句的结构形式。这种章法主要受到民歌反复咏唱的影响。诗歌通过这种回环往复的歌咏，传达出一种音乐的情感和韵味。

楚辞

楚辞又称"楚词"，是战国时代的伟大诗人屈原创造的一种诗体。作品运用楚地（今两湖一带）的文学样式、方言声韵，叙写楚地的山川人物、历史风情，具有浓厚的地方特色。西汉末年，刘向把屈原的作品及宋玉等人"承袭屈赋"的作品编辑成集，取名为《楚辞》。《楚辞》并成为继《诗经》以后，对我国文学具有深远影响的一部诗歌总集。《楚辞》是我国第一部浪漫主义诗歌总集。它的出现打破了《诗经》以后两三个世纪的沉寂，它在诗坛上大放光彩。它与《诗经》共同开创了我国古代诗歌现实主义与浪漫主义融汇发展的优秀传统，是我国诗歌史上最早出现的两朵奇葩。后人也因此将《诗经》与《楚辞》并称为"风""骚"。

屈 原
——孤傲与哀愤的汉赋先导

屈原（约前400—约前278），本名屈平，字原，通常称为屈原。战国末期楚国丹阳秭归（今湖北宜昌）人。屈原忠于楚怀王，却屡遭诽谤、排挤，怀王死后，他又因顷襄王听信谗言而被流放，屈原的政治理想破灭，他对前途感到绝望，虽有心报国，却无力回天，只能以死明志，最终投汨罗江而死。屈原是中国最伟大的浪漫主义诗人之一，他创立了"楚辞"这种文体。代表作品有《离骚》《九歌》等。后人称其"取熔经意，自铸伟词"。

离 骚

帝高阳之苗裔①兮，朕皇考②曰伯庸。

摄提贞于孟陬兮，惟庚寅吾以降。

皇览揆余初度兮，肇锡余以嘉名：

名余曰正则兮，字余曰灵均。

纷吾既有此内美兮，又重之以修能。

扈江离与辟芷兮，纫秋兰以为佩。

汩③余若将不及兮，恐年岁之不吾与。

朝搴阰之木兰兮，夕揽洲之宿莽。

日月忽其不淹兮，春与秋其代序。

惟草木之零落兮，恐美人之迟暮。

不抚壮而弃秽兮，何不改乎此度？

乘骐骥以驰骋兮，来吾道夫先路！

昔三后之纯粹④兮，固众芳之所在。

杂申椒与菌桂兮，岂惟纫夫蕙茝。

彼尧舜之耿介兮，既遵道而得路。

何桀纣之猖披兮，夫唯捷径以窘步！

惟夫党人之偷乐兮，路幽昧以险隘。

岂余身之惮殃兮，恐皇舆⑤之败绩。

忽奔走以先后兮，及前王之踵武。

荃不察余之中情兮，反信谗而齌怒⑥。

余固知謇謇⑦之为患兮，忍而不能舍也。

指九天以为正兮，夫唯灵修⑧之故也。

曰黄昏以为期兮，羌中道而改路。

初既与余成言兮，后悔遁而有他。

余既不难夫离别兮，伤灵修之数化。

余既滋兰之九畹兮，又树蕙之百亩。

畦留夷与揭车兮，杂杜衡与芳芷。

冀枝叶之峻茂兮，愿俟时乎吾将刈⑨。

虽萎绝其亦何伤兮，哀众芳之芜秽。

众皆竞进以贪婪兮，凭不厌乎求索。

羌内恕己⑩以量人兮，各兴心而嫉妒。

忽驰骛以追逐兮，非余心之所急。

老冉冉其将至兮，恐修名⑪之不立。

朝饮木兰之坠露兮，夕餐秋菊之落英。

苟余情其信姱以练要兮，长顑颔⑫亦何伤。

擥木根以结茝兮，贯薜荔之落蕊，

矫菌桂以纫蕙兮，索胡绳之纚纚⑬。

謇⑭吾法夫前修兮，非世俗之所服。

虽不周于今之人兮，愿依彭咸⑮之遗则。

长太息⑯以掩涕兮，哀民生之多艰。

余虽好修姱以鞿羁兮，謇朝谇⑰而夕替。

既替⑱余以蕙纕兮，又申之以揽茝。

亦余心之所善兮，虽九死其犹未悔。

怨灵修之浩荡兮，终不察夫民心。

众女嫉余之蛾眉⑲兮，谣诼⑳谓余以善淫。

固时俗之工巧兮，偭㉑规矩而改错。

背绳墨以追曲兮，竞周容㉒以为度。

忳郁邑余侘傺㉓兮，吾独穷困乎此时也！

宁溘死以流亡兮，余不忍为此态也！

鸷鸟之不群兮，自前世而固然。

何方圜之能周兮，夫孰异道而相安！

屈心而抑志兮，忍尤而攘诟㉔。

伏清白以死直㉕兮，固前圣之所厚。

悔相道之不察兮，延伫㉖乎吾将反。

回朕车以复路兮，及行迷之未远。

步余马于兰皋㉗兮，驰椒丘且焉止息。

进不入以离尤㉘兮，退将复修吾初服㉙。

制芰荷㉚以为衣兮，集芙蓉以为裳。

不吾知其亦已兮，苟余情其信芳。

高余冠之岌岌兮，长余佩之陆离㉛。

芳与泽其杂糅兮，唯昭质其犹未亏。

忽反顾以游目兮，将往观乎四荒。

佩缤纷其繁饰兮，芳菲菲其弥章㉜。

民生各有所乐兮，余独好修以为常。

虽体解吾犹未变兮，岂余心之可惩㉝！

女媭之婵媛㉞兮，申申其詈㉟予。

曰：鲧婞直以亡身兮，终然殀㊱乎羽之野。

汝何博謇而好修兮。纷独有此姱节？

薋菉葹㊲以盈室兮，判独离而不服。

众不可户说兮，孰云察余之中情？

世并举而好朋兮，夫何茕独㊳而不予听！

依前圣以节中兮，喟凭心而历兹㊴。

济沅湘以南征兮，就重华而陈词㊵。

启《九辩》与《九歌》兮，夏康娱以自纵；

不顾难以图后兮，五子用失乎家巷。

羿㊶淫游以佚畋兮，又好射夫封狐；

固乱流其鲜终兮，浞㊷又贪夫厥家。

浇身被服强圉㊸兮，纵欲而不忍；

日康娱而自忘兮，厥首用夫颠陨㊹。

夏桀之常违兮，乃遂焉而逢殃㊺。

后辛之菹醢㊻兮，殷宗用而不长。

汤禹俨而祗敬兮，周论道而莫差。

举贤而授能兮，循绳墨而不颇。

皇天无私阿兮，览民德焉错辅。

夫维圣哲以茂行兮，苟得用此下土。

瞻前而顾后兮，相观民之计极㊼。

夫孰非义而可用兮，孰非善而可服？

阽余身而危死兮，览余初其犹未悔。

不量凿而正枘兮，固前修以菹醢。

曾歔欷㊽余郁邑兮，哀朕时之不当。

揽茹蕙㊾以掩涕兮，沾余襟之浪浪。

跪敷衽(50)以陈辞兮，耿吾既得此中正。
驷玉虬以乘鹥(51)兮，溘埃风(52)余上征。
朝发轫于苍梧兮(53)，夕余至乎县圃。
欲少留此灵琐兮，日忽忽其将暮。
吾令羲和弭节兮，望崦嵫(54)而勿迫。
路曼曼其修远兮，吾将上下而求索。
饮余马于咸池(55)兮，总余辔乎扶桑(56)。
折若木以拂日兮，聊逍遥以相羊(57)。
前望舒(58)使先驱兮，后飞廉使奔属。
鸾皇为余先戒兮，雷师告余以未具。
吾令凤鸟飞腾兮，继之以日夜。
飘风屯其相离兮，帅云霓而来御。
纷总总其离合兮，斑陆离其上下。
吾令帝阍(59)开关兮，倚阊阖而望予。
时暧暧其将罢兮，结幽兰而延伫。
世溷浊而不分兮，好蔽美而嫉妒。
朝吾将济于白水兮，登阆风而绁马(60)。
忽反顾以流涕兮，哀高丘之无女。
溘吾游此春宫(61)兮，折琼枝以继佩。
及荣华(62)之未落兮，相下女之可诒。
吾令丰隆乘云兮，求宓妃(63)之所在。
解佩纕以结言兮，吾令蹇修以为理(64)。
纷总总其离合兮，忽纬繣(65)其难迁。
夕归次于穷石兮，朝濯发乎洧盘(66)。

保厥美以骄傲兮，日康娱以淫游。

虽信美而无礼兮，来违弃而改求。

览相观于四极兮，周流乎天余乃下。

望瑶台之偃蹇兮，见有娀之佚女⑥。

吾令鸩为媒兮，鸩告余以不好。

雄鸠之鸣逝兮，余犹恶其佻巧。

心犹豫而狐疑兮，欲自适而不可⑥。

凤皇既受诒兮，恐高辛⑥之先我。

欲远集而无所止兮，聊浮游以逍遥。

及少康⑦之未家兮，留有虞之二姚⑦。

理弱而媒拙兮，恐导言之不固。

世溷浊而嫉贤兮，好蔽美而称恶。

闺中既以邃远⑦兮，哲王又不寤⑦。

怀朕情而不发兮，余焉能忍而于此终古！

索藑茅以筳篿⑦兮，命灵氛⑦为余占之。

曰：两美其必合兮，孰信修而慕之？

思九州之博大兮，岂唯是其有女？

曰：勉远逝而无狐疑兮，孰求美而释女？

何所独无芳草兮，尔何怀乎故宇？

世幽昧以眩曜兮，孰云察余之善恶？

民好恶其不同兮，惟此党人其独异。

户服艾以盈要兮，谓幽兰其不可佩。

览察草木其犹未得兮，岂珵美之能当？

苏粪壤以充帏兮，谓申椒其不芳。

欲从灵氛之吉占兮，心犹豫而狐疑。

巫咸将夕降兮，怀椒糈⑦而要之。

百神翳其备降兮，九疑缤其并迎。

皇剡剡⑦其扬灵兮，告余以吉故。

曰：勉升降以上下兮，求矩矱⑦之所同。

汤禹严而求合兮，挚咎繇⑦而能调。

苟中情其好修兮，又何必用夫行媒。

说操筑于傅岩兮，武丁用而不疑。

吕望之鼓刀兮，遭周文而得举。

宁戚之讴歌兮，齐桓闻以该辅。

及年岁之未晏兮，时亦犹其未央。

恐鹈鴂之先鸣兮，使夫百草为之不芳。

何琼佩之偃蹇兮，众薆然⑧而蔽之。

惟此党人之不谅⑧兮，恐嫉妒而折之。

时缤纷其变易兮，又何可以淹留⑧！

兰芷变而不芳兮，荃蕙化而为茅。

何昔日之芳草兮，今直为此萧艾也？

岂其有他故兮，莫好修之害也。

余以兰为可恃兮，羌无实而容长。

委厥美以从俗兮，苟得列乎众芳。

椒专佞以慢慆兮，樧又欲充夫佩帏。

既干进而务入兮，又何芳之能祗？

固时俗之流从兮，又孰能无变化？

览椒兰其若兹兮，又况揭车与江离。

惟兹佩之可贵兮，委厥美而历兹。

芳菲菲而难亏兮，芬至今犹未沫[83]。

和调度以自娱兮，聊浮游而求女。

及余饰[84]之方壮兮，周流观乎上下。

灵氛既告余以吉占兮，历吉日乎吾将行。

折琼枝以为羞兮，精琼爢以为粻[85]。

为余驾飞龙兮，杂瑶象以为车[86]。

何离心之可同兮，吾将远逝以自疏。

邅吾道夫昆仑兮，路修远以周流。

扬云霓之晻蔼兮，鸣玉鸾之啾啾。

朝发轫于天津[87]兮，夕余至乎西极[88]。

凤皇翼其承旂兮，高翱翔之翼翼。

忽吾行此流沙[89]兮，遵赤水而容与[90]。

麾蛟龙使梁津[91]兮，诏西皇使涉予[92]。

路修远以多艰兮，腾众车使径待。

路不周以左转兮，指西海以为期。

屯余车其千乘兮，齐玉轪[93]而并驰。

驾八龙之婉婉兮，载云旗之委蛇。

抑志而弭节兮，神高驰之邈邈[94]。

奏《九歌》而舞《韶》兮，聊假日以媮乐。

陟升皇之赫戏[95]兮，忽临睨夫旧乡。

仆夫悲余马怀兮，蜷局顾而不行。

乱曰⑨：已矣哉！

国无人莫我知兮，又何怀乎故都？

既莫足与为美政兮，吾将从彭咸之所居。

【注释】

①苗裔：后代的子孙。高阳是古帝颛顼的别号，颛顼的后代熊绎是周成王的大臣，受封于楚国，到春秋时，楚武王熊通生子名瑕，封于屈地，因而改姓屈，屈原是他的后代，因此屈原说自己是颛顼的后裔。②朕："我"的意思。先秦时期人人皆能以"朕"自称。皇考：死去的父亲。③汩：水流急速的样子，形容时间过得很快。④三后：指夏禹、商汤、周文王。纯粹：品质纯洁。⑤皇舆：国君乘坐的马车，这里代指国家。⑥斋（jì）怒：暴怒的样子。⑦謇謇：忠言直谏。⑧灵修：指君王。⑨俟：等到。刈：收割。⑩内恕己：指宽容自己。⑪修名：美名。⑫姱：美好。颗颔：形容面黄肌瘦。⑬缤缤（lí）形容绳子又长又好看。⑭謇：楚方言，发语词，无义。⑮彭咸：殷代的良臣，因谏君不成而投水自杀。⑯太息：叹息。⑰谇：进谏。⑱替：罢免，不用。⑲众女：指那些诽谤屈原的奸臣。疾：嫉妒，憎恨。蛾眉：比喻美德和才华。⑳谣诼：造谣诽谤。㉑偭：违背。㉒周容：迎合他人。㉓忳：忧愁的样子。郁邑：忧郁烦闷。侘傺（chà chì）：失意落魄的样子。㉔忍尤：忍受罪过。攘诟：遭到辱骂。㉕死直：

为真理而死。㉖延伫：长久站立。㉗兰皋：长着兰草的水边高地。㉘离尤：获罪。㉙初服：比喻往昔的美德和品质。㉚芰荷：菱叶和荷叶。㉛陆离：很长的样子。㉜弥章：更加显著"章"同"彰"，。㉝惩：悔恨。㉞女媭：女侍或侍妾。婵媛：指缠绵多情的样子。㉟申申：反复地。詈：责怪，劝诫。㊱鲧（gǔn）：大禹的父亲，因治水不成被舜所杀。婞直：坚强正直。殀：死。㊲薋：聚集。菉葹：毒草。㊳茕独：孤独。㊴节中：不偏不倚。凭：愤恨。历兹：兹，现在。历兹，直到现在。㊵济："渡"的意思。重华：舜的名字。陈词：陈述心声。㊶羿：夏代有穷国的国君，曾起兵推翻启的儿子太康，自己做了夏的国君。喜好打猎，不理朝政。㊷浞：寒浞，后羿的国相。他指使家臣逢蒙射杀了后羿，强占了羿妻嫦娥。㊸浇：寒浞的儿子。强圉：强壮凶暴。㊹颠陨：掉落。指浇被少康杀死。㊺逢殃：指夏桀被商汤放逐而死的下场。㊻后辛：指商纣王。菹醢：指把人剁成肉酱的一种酷刑。㊼相观：仔细地考察。计极：最终的想法。㊽歔欷：泣不成声。㊾茹蕙：柔软的蕙草。㊿敷衽：衽，指衣襟。敞开衣服。51驷：驾着。玉虬：白色的龙。鷖：凤凰一类的大鸟。52溘埃风：溘，迅疾。埃风：挟带尘埃的大风。53发轫：出发。苍梧：九嶷山，舜帝埋葬的地方。现湖南宁远境内。54崦嵫：太阳所住的山。55咸池：太阳洗澡的地方。56扶桑：长在崦嵫山入口的树。57相羊：徜徉、徘徊。58望舒：神话中月亮的驾车者。59帝阍：守天门的神。60阆风：神话中的山。绁马：系马。61溘：匆匆。春宫：神话中东方青帝的住所。62荣：草本植物的花。华：木本植物的花。63宓（fú）妃：洛水女神，伏羲氏的女儿。64蹇修：伏羲氏的大臣。理：提亲的人，媒人。65纬繣（huà）：别扭。66洧盘：神话中的水名。67有娀（sōng）之佚女：传说有娀部落有两个美女，住在用玉做成的高台上。其中一个叫简狄，嫁给了帝喾为妃，她的儿子契是商代的始祖。68自适：自己去。不可：不妥。69高辛：帝喾的名。70少康：夏代的国君。71有虞之二姚：有虞国国君姚的两个女儿，传说中的美女，嫁给了少康。72闺中：女子的居室。邃远：深远。⑦不寤：不醒悟。⑦蓍茅：占卜用的茅草。莛篿：卜卦用的竹片。⑦灵氛：神巫。⑦椒糈：香草和精米。指祭祀用的物品。⑦皇剡剡：神光闪耀的样子。⑦矩镬：尺度，准则。⑦挚：伊尹，商汤的贤臣。咎繇：皋陶，夏禹的贤臣。⑧蔽然：掩盖。⑧谅：诚实，信用。⑧淹留：久留。⑧未沬：未消散。⑧余饰：我的品质。⑧粻（zhāng）：粮食。⑧杂瑶象以为车：用美玉和象牙装饰我的车。⑧天津：天河的渡口。⑧西极：西天的尽头。⑧流沙：沙漠。⑨赤水：神话中的河。容与：从容慢行。⑨梁津：在渡口上架桥。⑨西皇：西方的神，指古帝少皞氏。涉予：渡我过河。⑨玉轪（dài）：车轮。⑨邈邈：遥远的样子。⑨陟升：上升。赫戏：光明的样子。⑨乱曰：古诗歌的末段，相当于尾声。

【译文】

我是帝王颛顼高阳的后代，我的已故的父亲名叫伯庸。

太岁在寅那年的孟春正月，恰是庚寅之日，我从天降生。

先父看到我初降时的仪表，便替我取下了相应的美名。

给我本名叫正则，给我别号叫灵均。

我既有许多内在的美德，又兼备外表的端丽姿容。

身披芳香的江离和白芷，编织秋天的兰花当花环。

光阴似流水，我怕追不上，岁月不等我，令人心慌

早晨拔取山岭的木兰，傍晚采撷水洲的宿莽。

日月飞驰，一刻也不停，阳春金秋轮流来值星。

想到草木的凋零陨落，

我唯恐美人霜染两鬓。

为何不趁壮年摈弃污秽，为何不改变原先的法度？
快乘上骐骥勇敢地驰骋，让我来为你在前方引路！

古代三王品德纯洁无瑕，众芳都荟萃于他们周围。
花椒丛菌桂树杂糅相间，岂只把蕙草白芷来连缀。
那尧舜是多么耿直光明，既遵循正道，又走对了路。
桀与纣是如此猖獗恣肆，只因走邪道而难以行步。
那些小人只晓偷安享乐，使国家的前途黑暗险隘。
岂是我害怕自身遭祸殃，只恐国家败亡犹如车毁坏。
我为君王鞍前马后奔走，想让你追及前王的脚步。
楚王你不体察我的衷情，反而听信谗言，对我嗔怒。
我本知忠言会招来祸患，想隐忍不语却难舍难割。
遥指九天叫它给我作证，全都是为你君王的缘故。
当初你与我曾山盟海誓，后来竟然反悔，另有他想。
我倒不难与你离别疏远，伤心的是君王反复无常。
我已滋育了九畹春兰，又种下了百亩蕙草。
分垄栽培留夷和揭车，还套植了杜衡和芳芷。
希冀枝繁叶茂，花红叶绿，但愿待成熟时我将收割。
即便叶萎花谢也不悲伤，只痛心众芳的芜秽变质。
众人争相钻营，贪婪成性，个个贪得无厌，欲壑难填。
他们对内恕己，外责他人，彼此钩心斗角，互相嫉妒。
急奔驰追逐权势财富，这不是我心中所急。
老年慢慢地将要到来，我唯恐美名不能建立。
清晨我饮木兰花的甘露，傍晚再餐山菊花的花瓣。
只要我的情操确实完美，长期饥饿憔悴又何须伤感。
采木兰的根须联结白芷，再贯串薜荔含露的花蕊。

举起菌桂嫩枝缝蕙草，把胡绳揉搓得又长又美。

我真诚地效法前贤楷模，并非世俗之人所戴所穿。

虽然不合于今人的时尚，我只愿依照彭咸的风范。

我长声叹息啊泪如雨下，哀伤人民生活多灾多难。

我只爱美德就受牵累，早晨刚进谏，晚上就丢官。

君王废弃了我修洁美好的佩饰，但是我又持取芳茝以修饰自己。

只要是我倾心爱慕的，纵然为她九死也不悔改。

怨憷君王确实昏聩荒唐，终不能体察人家的心肠。

众女流嫉妒我蛾眉花容，造谣诬蔑说我淫荡。

世俗的人们本来工于取巧，违背规矩法则，改变举措。

背弃绳墨正道，追随邪曲，竞相敬合取容，以为法度。

我抑郁苦闷，惆怅失意，独有我此时穷困窘迫。

我宁愿突然死了，随水流逝，也不忍仿效这种丑态。

雄鹰不会与燕雀合群，自古以来就泾渭分明。

方榫圆孔怎么能吻合，异路人哪会携手同行？

我心里委屈，意志压抑，隐忍罪恶，把羞辱承担。

坚守清白，为正义而死，这本为前圣众口称赞。

懊悔选择道路不曾细察，我踌躇不前，打算回返。

掉转我的车，依旧走原路，趁误入迷途走得不太远。

遛我的马在水边兰草地，奔到椒树山丘暂且休息。

我不进去重遭小人非议，隐退田园，复修我的旧衣。

缝制翠绿荷叶作为上衣，采集嫣红荷花缀为下裳。

没人欣赏我算不了什么，只要我的情操确实芳香。

把我的冠冕做得高高，把我的佩带结得长长。

芳藕与污泥虽然杂糅，冰心雪质却未受损伤。

蓦然回首，纵目遥望，我将远观四野八荒。

佩带服饰缤纷锦簇，芬芳馥郁沁人心房。

人们天生各自有所喜爱，我独好美洁并习以为常。

纵然粉身碎骨，不改初衷，岂因惩治我心而放弃志向。

女媭对我那么体贴，三番五次不断把我告诫。

她说：鲧刚直而忘身，结果惨死于羽山的原野。

你何必爱直言喜好美洁，独自坚守崇高品节？

别人室中充盈野花杂草，偏你不愿佩带，与众不同。

众人误会，不能逐户解说，有谁会体察我们的真情？

世人相互吹捧，好结党朋，你为何孤傲不听我劝告。

我照前代圣贤坚持正道，可叹历尽磨难令人寒心。

渡过沅水湘江，我朝南行，要找虞舜陈述自己的委屈。

夏启从天窃得《九辩》《九歌》，整日纵情歌舞，沉湎淫乐。

不居安思危，不顾及后果，五个儿子因而内讧叛乱。

后羿沉溺于游观而好田猎，他喜欢的是在山野外射杀狐狸。

这种淫乱之徒当然没有好结果，他的相臣寒浞抢占了他的妻子。

寒浞的儿子过浇又肆行霸道，放纵着自己的情欲不能忍耐。

他每日里欢乐得忘乎其形，终究失掉了自己的脑袋。

夏桀也始终不近人情，到头来是窜走到南巢而野死。

纣王把自己的忠良弄成肉酱，殷朝的王位也因而无法维持。

商汤和夏禹都谨严而又敬戒，周的先世讲求理法也没差池。

在政治上是举用贤者和能者，遵守着一定的规矩没有偏倚。

上天啊，他对谁也不偏不倚，看到了有德行的才肯帮助。

只有那德行高迈的圣人和贤士，才能够使得四海之滨成为乐土。

既经考察了前王而又观省后代，我省察的人生的路径十分详明。

不曾有过不义的人而可以相信，不曾有过行为不好的人能被敬服。

我纵使是身临绝境而丧失性命，回顾自己的初心，我也并不后悔。

不测量那孔洞而只把榫头修正，虽然有前世的贤德，因此而得极刑。

我是连连叹息着而又呜咽，哀怜我生下来没逢着良辰。

用柔软的蕙草擦拭我的眼泪，我的眼泪却滚滚地沾湿了衣襟。

我跪在铺开的前襟上向舜这样陈词，以史为鉴的正路让我心明如镜。

驾上白龙牵引的凤凰鸟之车，我随骤起的疾风向上飞行。

清晨我从苍梧山开始起程，傍晚我到达昆仑之巅的县圃。

我想在神祇的大门前稍作停留，却看到夕阳缓缓坠落，暮色如雾。

我请求驾车的日神慢些走啊，不要急于向那崦嵫山坠落。

这道路多么漫长而遥远啊，我还要上天入地去寻求探索。

让我的龙马在咸池饮水，我把缰绳拴在扶桑树上。

折下若木的枝条轻轻拂拭太阳，且让我无拘无束地在这里游逛。

我叫望舒在前面开道，我叫飞廉跟在后面奔跑。

我叫凤凰在前头替我警戒，雷神却告诉我还没有准备好。

我让凤鸟展翅飞腾，不管白天还是黑夜，都继续前行。

旋风把分散的云朵聚集起来，率领着云霓列队欢迎。

云霞啊熙熙攘攘地忽离忽舍，斑驳陆离上下参差错落。

我让帝阍人把天门打开，他却倚着天门冷冷地望着我。

日色昏暗，一天将要过去，我编结着兰花，久久地伫立。

人世间是这样混浊不分好坏，总爱埋没好人还心怀妒忌。

明天早晨，我将渡过白水，登上阆风山拴住我的龙驹。

猛然间回头一望，流起泪来，可悲啊高山上没有理想的美女。

我飘忽地游逛到春神的宫殿，折了根玉树的枝条来点缀装扮。

趁着这娇妍的花朵还未凋落，我要到下界去寻找理想的女伴。

我让丰隆驾云飞翔，替我去寻找宓妃住的地方。

把佩带解下来以示我的诚意，我让謇修做我的媒人。

她心神不定，和我若即若离，忽然间闹起别扭，真难迁就。

她傍晚归来，在穷石的屋舍过夜，清晨又用洧盘之水洗浴发丝。

她只因保存自己的美貌而骄傲，整天整日在外面娱乐闲游。

她虽然漂亮，却不知礼仪，我只好离开她而另作他求。

我寻找观察了四面八方，周游了上天而再次回到大地。

远远望见高高的瑶台上，站立着的是有娀国的美女简狄。

我想让鸩鸟去帮我说媒，可担心鸩鸟一定会说我如何不好。

我又想让善鸣的雄鸡去做这差事，可它多嘴多舌，总是显得轻佻。

我心里不停地犹豫怀疑啊，想自己去见简狄却觉得不可以。

凤凰既然已经收到了聘礼，恐怕比我先到的应该是高辛氏。

我想远走高飞却无处安身，只好自己四处漫游，逍遥度日。

趁着少康还没有结婚，还剩下有虞氏的姚氏双娇。

媒人既无能又笨拙，怕他们传言办不妥。

世道混浊而又嫉贤妒能，不成人之美专挑拨。

内室本来就幽深迂远，明君实在又浑噩。

满怀衷情不能倾诉，我如何才能隐忍此生？

取来了灵草和竹片，请灵氛替我占卜推算。

问：两美相遇，一定结合？

哪个真正的美女值得求索？

想天下这样广博，难道只有这里才有娇娥？

卜告：

努力远走不要犹豫，

求美的谁会把你放弃？

什么地方没有芬芳的香草，

你又何必怀恋故里？

世道昏暗使人眼迷乱，

谁能考察我是恶是善？

世人的喜好各不相同，只有这些小人特别古怪。

个个把臭艾挂满腰间，反说幽兰不可佩戴。

观察草木尚且不能得当，鉴别美玉又怎能在行？

取来粪土塞满香囊，偏要说香木毫不芬芳。

想要听从灵氛的吉卦，心中却又犹豫迟疑。

巫咸将在晚上降临，怀揣花椒精米把他迎请。

众神遮天蔽日一齐降，九疑之神纷纷相迎。

巫咸煌煌然发出灵光，把吉祥的缘故对我讲。

他说：

努力上天下地去找寻，求索与你准则相同的知音。

商汤夏禹虔诚地寻求同道，伊尹皋陶因此能和他们协调。

如果内心确实爱好修美，又何必请人来做媒。

傅说曾手持木杵在傅岩筑墙，武丁任用他却毫不疑心。

姜尚曾经操刀做屠户，遇到周文王就得到重任。

宁戚放声高歌抒怀抱，齐桓公一听就让他充任重臣。

趁着年华还没衰老，趁着时光还没用尽。

担心杜鹃过早鸣唱，使百草因此不再芳香。

玉佩是多么美质非凡，众人却严严地把它遮掩。

这些结党小人毫无诚信，害怕和妒忌使他们把玉毁损。

时世纷乱，变化无常，我又怎么可以久留？

兰和芷变质，不再芬芳，荃与蕙也变成了菅茅。

为什么从前的香草，现在简直成了蒿艾。

难道说还有其他什么缘故，全都是不好修德的毒害！

我以为兰草十分可靠，它却华而不实，空有其表。

放弃美质，顺从流俗，如何可以名列群芳之谱？

花椒专横谄媚又傲慢，假茱萸也想要挤进香囊。

既然拼命钻营攀缘，又怎能知道敬重芬芳！
时俗本来就随波逐流，又怎能不发生变异？
眼见花椒幽兰尚且如此，又何况那揭车和江篱！
只有这玉佩最为可贵，可美质遭弃经历如此。
它的芳香馥郁却丝毫不减损，芬芳至今天仍不泯。
调谐心情自我宽娱，姑且漫游去寻找美女。
趁着我的佩饰还鲜艳，天地四方去游观。

灵芬已把吉卦对我说清，选定吉日，我将要远行。
折下琼枝当做佳肴，精制玉屑当做干粮。
飞龙为我把车驾，杂用美玉象牙把车装点。
离心离德怎么共处？我将远行来自疏离。
转道我去往昆仑山，道路漫长，四下去游历。
升起云霞旗帜蔽天日，振响鸾形玉铃声啾啾。

清早从银河渡口出发，晚上我要到达西天尽头。

凤凰纷飞，承举着云旗，高高地翱翔，翻动着彩翼。

转眼我走过流沙之地，沿着赤水徘徊犹豫。

指挥蛟龙搭渡梁，命令西黄少皞将我渡。

道路漫长遥远，充满艰险，传令众车径自来相护。

路过不周山，车向左转，约定西海来驻足。

集合我成千的车子，齐整整玉轮同向前。

婉婉八龙擎车弩行，车插云旗随风卷。

停住长鞭，抑制激情，神思飞驰，浮想联翩。

奏起《九歌》舞《九韶》，姑且借此自偷欢。

初升的太阳灿烂辉煌，忽然瞥见那故乡。

车夫悲伤，我的马也思恋，曲身回头，再不能迈向前。

尾声：算了吧！

朝廷里没有人理解我，我又何必怀恋故乡？

既然没有人能同我推行美政，我将追随彭咸，寻求安身的田园！

【赏析】

宋代著名史学家、词人宋祁说："《离骚》为辞赋之祖，后人为之，如至方不能加矩，至圆不能过规。"这就是说，《离骚》不仅开辟了一个广阔的文学领域，而且是中国诗赋方面永远不可企及的典范。

《离骚》是一首充满激情的政治抒情诗，作于楚怀王二十四、五年，屈原被放汉北后的两三年中。汉北即汉水在郢都以东折而东流一段的北面，现今天门、应城、京山、云梦县地，即汉北云梦。怀王十六年，屈原因草拟宪令、主张变法和主张联齐抗秦，被内外反对力量合伙陷害，而去左徒之职。后来楚王接连在丹阳、蓝田大败于秦，才将屈原召回朝廷，命其出使齐国。至怀王二十四年秦楚合婚，二十五年秦楚盟于黄棘，

秦归还楚国上庸之地，屈原被放汉北。汉北其地，西北距楚故都郢（今宜城）不远。《离骚》是屈原到郢拜谒了先王之庙及公卿祠堂后所写。诗开头追述楚之远祖及屈氏太祖，末尾言"临睨旧乡"而不忍离去，中间又写到灵氛占卜、巫咸降神等情节，都和这个特定的创作环境有关。

由于诗人无比的忧愤和难以压抑的激情，全诗如大河之奔流，浩浩汤汤，不见端绪。但是，细心玩味，无论诗情意境的构思，还是外部结构，都体现了诗人不凡的艺术匠心。

从构思上说，诗中写了两个世界：现实世界和由天界、神灵、往古人物以及人格化了的日、月、风、雷、鸾凤、鸟雀等所组成的超现实世界。这个超现实的虚幻世界是对现实世界表现上的一个补充。在人间见不到君王，到了天界也同样见不到天帝；在人间是"众皆竞进以贪婪"，找不到志同道合的人，到天上求女也同样一事无成。诗人设想的天界是在高空和传说中的神山昆仑之上，这是与从原始社会开始形成的一般意识和神话原型相一致的，所以显得十分自然。比起后世文学作品中通过死、梦、成仙到另一个世界的处理办法更具有神话的色彩，而没有宗教迷信的味道。诗人所展现的背景是广阔的、雄伟的、瑰丽的。其意境之美、壮、悲，是前无古人的。特别是，诗人用了龙马的形象，作为由人间到天界，由天界到人间的工具。我国古代传说中的动物龙的原型之一即是神化的骏马。在人间为马，一升空即为龙。本来只是地面与高空之分，而由于神骏变化所起的暗示作用，则高空便成了天界。诗人借助自己由人间到天上、由天上到人间的情节变化，形成了这首长诗内部结构上的大开大阖。诗中所写片段的情节只是作为情感的载体，用以外化思想的斗争与情绪变化。然而这些情节却十分有效地避免了长篇抒情诗易流于空泛的弊病。

从外部结构言之，全诗分三大部分和一个礼辞。第一部分从开头至"虽体解吾犹未变兮，岂余心之可惩"，自序生平，并回顾了诗人在为实现崇高的政治理想不断自我完善、不断同环境斗争的心灵历程，以及惨遭失败后的情绪变化。这是他的思想处于最激烈的动荡之时的真实流露。从"女媭之婵媛兮，申申其詈予"至"怀朕情而不发兮，余焉能忍而于此终古"为第二部分。其中写女媭对他的指责，说明连亲人也不理解他，他的孤独是无与伦比的。由此引发出向重华陈词的情节。这是由现实社会向幻想世界的一个过渡（重华为已死一千余年的古圣贤，故向他陈辞便显得"虚"；但诗人又设想是在其葬处苍梧之地，故又有些"实"）。然后是巡行天上。入天宫而不能，便上下求女，表现了诗人在政治上的努力挣扎与不断追求的顽强精神。从"索藑茅以筳篿兮"至"仆夫悲余马怀兮，蜷局顾而不行"为第三部分，表现了诗人在去

留问题上的思想斗争，表现了诗人对祖国的深厚感情，读之令人悲怆！末尾一小节为礼辞。"既莫足以为美政兮，吾将从彭咸之所居"，虽文字不多，但表明诗人的爱国之情是与他的美政理想联系在一起的。这是全诗到高潮之后的画龙点睛之笔，用以收束全诗，使诗的主题进一步深化，使诗中表现的如长江大河的奔涌情感，显示出更为明确的流向。诗的第一部分用接近于现实主义的手法展现了诗人所处的环境和自己的历程。而后两部分则以色彩缤纷、波谲云诡的描写把读者带入一个幻想的境界。常常展现出无比广阔、无比神奇的场面。如果只有第一部分，虽然不能不说是一首饱含血泪的杰作，但还不能成为像目前这样的浪漫主义的不朽之作；但如只有后两部分而没有第一部分，那么诗的政治思想的底蕴就会薄一些，其主题之表现也不会像现在这样既含蓄又明确，既朦胧又深刻。

诗词辞典

对偶

对偶，在不同的领域有着不同的解释。在词语中，它是一种修辞方法，两个字数相等、结构相似的语句表现相关或相反的意思。在语文中，对偶的种类很多，分为单句对对偶、偶句对对偶、多句对对偶等。如诗中"夕归次于穷石兮，朝濯发乎洧盘"；"苏粪壤以充帏兮，谓申椒其不芳"；"惟兹佩之可贵兮，委厥美而历兹"等，将"兮"字去掉，可以看出都运用了对偶的修辞手法。

九章·橘颂

后皇①嘉树，橘徕服兮②。

受命③不迁，生南国兮。

深固难徙，更壹志④兮。

绿叶素荣⑤，纷其可喜兮。

曾枝剡棘⑥，圆果抟⑦兮。

青黄杂糅，文章烂⑧兮。

精色⑨内白，类任⑩道兮。

纷缊宜修⑪，姱⑫而不丑兮。

嗟⑬尔幼志，有以异兮。

独立不迁，岂不可喜兮。

深固难徙，廓⑭其无求兮。

苏⑮世独立，横而不流⑯兮。

闭心⑰自慎，不终失过⑱兮。

秉德⑲无私，参天地兮。

原岁并谢⑳，与长友兮。

淑离㉑不淫，梗㉒其有理兮。

年岁虽少，可师长㉓兮。

行比伯夷，置以为像㉔兮。

【注释】

①后皇：即后土、皇天，指地和天。②橘徕服兮：适宜南方水土。徕，同"来"。服，习惯。这里指美好的橘树只适宜生长在楚国的大地。③受命：受天地之命，即禀性、天性。④壹志：志向专一。壹，专一。⑤素荣：白色花。⑥曾枝：繁枝。剡（yǎn）棘：尖利的刺。⑦抟（tuán）：同"团"，圆圆的；一说圜（huán），环绕，楚地方言。⑧文章：花纹色彩。烂：斑斓，明亮。⑨精色：鲜明的皮色。⑩类：像。任：抱。⑪纷缊宜修：长得繁茂，修饰得体。⑫姱（kuā）：美好。⑬嗟：赞叹词。⑭廓：胸怀开阔。⑮苏：苏醒，指的是对浊世有所觉悟。⑯横而不流：横立水中，不随波逐流。⑰闭心：安静下来，戒惧警惕。⑱失过：即"过失"。⑲秉德：保持好品德。

⑳岁，年岁。谢：死。㉑淑离：美丽而善良自守。离，同"丽"。㉒梗：正直。㉓可师长：可以为人师表。㉔像：榜样。

【译文】

橘啊，你这天地间的佳树，生下来就适应当地的水土。

你的品质坚贞不变，生长在江南的国度啊。

根深蒂固难以迁移，那是由于你专一的意志啊。

绿叶衬着白花，繁茂得让人欢喜啊。

枝儿层层，刺儿锋利，圆满的果实啊。

青中闪黄，黄里带青，色彩多么绚丽啊。

外观精美，内心洁净，类似有道德的君子啊。

长得繁茂又美观，婀娜多姿，毫无瑕疵啊。

啊，你幼年的志向就与众不同啊。

独立特行永不改变，怎不使人敬重啊。

坚定不移的品质，你心胸开阔，无所私求啊。

你远离世俗独来独往，敢于横渡而不随波逐流啊。

小心谨慎，从不轻率，自始至终不犯过失啊。

遵守道德，毫无私心，真可与天地相比啊。

愿在万物凋零的季节，我与你结成知己啊。

内善外美而不放荡，枝干坚挺而又纹理清晰啊。

你的年纪虽然不大，却可做人们的良师啊。

品行好比古代的伯夷，将永远是我立身的榜样啊。

【赏析】

南国多橘，楚地更可以称为橘树的故乡。《汉书》盛称"江陵千树橘"，可见早在汉代以前，楚地江陵即以产橘而闻名遐迩。不过橘树的习性奇特：只有生长于南土，才能结出甘美的果实，倘若将它迁徙到北地，就只能得到又苦又涩的枳实了。《晏子春秋》所记"橘生淮南则为橘，生于淮北则为枳"，说的就是这种情况。这不是一大缺憾吗？但在深深热爱故国乡土的屈原看来，这种"受命不迁，生南国兮"的秉性，正可与自己矢志不渝的爱国情志相通。所以在他遭谗被疏、赋闲郢都期间，即以南国的橘树作为砥砺志节的榜样，深情地写下了这首咏物名作——《橘颂》。

《橘颂》可分两节，第一节重在描述橘树俊逸动人的外表。开笔"后皇嘉树，橘徕服兮"等三句就不同凡响：一树坚挺的绿橘，突然升立在广袤的天地之间，它深深扎根于"南国"之土，任凭什么力量也无法使之迁徙。那凌空而立的意气，"受命不迁"的坚毅神采，顿令读者升起无限敬意！橘树是可敬的，同时又俊美可亲。诗人接着以精工的笔致，勾勒它充满生机的"绿叶"，晕染它蓬勃开放的"素荣"；它的层层枝叶间虽也长有"剡棘"，但那只是为了防范外来的侵害；它所贡献给世人的，却是"精色内白"，是光彩照人的无数"圆果"！屈原笔下的南国之橘，正是如此"纷缊宜修"，如此堪托大任！这节虽以描绘为主，但从字里行间，人们却可强烈地感受到，诗人对祖国"嘉树"的一派自豪、赞美之情。

橘树之美好，不仅在于外在形态，更在于它的内在精神。此诗第二节，即从对橘树的外表美的描绘，转入对它内在精神的热情讴歌。橘树年岁虽少，却已抱定了"独立不迁"的坚定志向；它长成以后，更是"横而不流""淑离不淫"，表现出梗然坚挺的高风亮节；纵然面临百花"并谢"的岁暮，它也依然郁郁葱葱，绝不肯向凛寒屈服。诗中的"原岁并谢，与长友兮"一句，乃是沟通"物我"的神来之笔：诗人在颂橘时突然提及自己，表示并愿与橘树结为知己，这便顿使傲霜斗雪的橘树形象与不改操守的屈原重叠在了一起。而后思接千载，以"行比伯夷，置以为像兮"作结，全诗境界一下得到了升华——在两位古今志士的遥相辉映中，前文所赞美的橘树精神，便全都流转、汇聚，成了身处逆境的伟大志士精神之象征！

《橘颂》堪称中国诗歌史上的第一首咏物诗。屈原巧妙地抓住了橘树的生态和习性，运用类比联想，将它与自己的精神、品格联系起来，给予热烈的赞美。借物抒志，以物写人，既沟通物我，又融汇古今。从此以后，南国之橘便蕴含了志士仁人"独立不迁"、热爱祖国的丰富文化内涵。

卜　居

屈原既放，三年不得复见。竭知尽忠，而蔽障于谗①。心烦虑乱，不知所从。乃往见太卜②郑詹尹曰："余有所疑，愿因先生决之。"詹尹乃端策拂龟曰："君将何以教之？"

屈原曰："吾宁悃悃款款③，朴以忠乎？将送往劳来，斯无穷乎？宁诛锄草茅以力耕乎？将游大人以成名乎？宁正言不讳以危身乎？将从俗富贵以偷生乎？宁超然高举以保真乎？将哫訾栗斯④，喔咿儒儿，以事妇人乎？宁廉洁正直，以自清乎？将突梯滑稽⑤，如脂如韦，以洁楹⑥乎？宁昂昂若千里之驹乎？将泛泛若水中之凫⑦乎？与波上下，偷以全吾躯乎？宁与骐骥亢轭⑧乎？将随驽马之迹乎？宁与黄鹄⑨比翼乎？将与鸡鹜争食乎？此孰吉孰凶？何去何从？世溷浊而不清。蝉翼为重，千钧为轻；黄钟⑩毁弃，瓦釜雷鸣；谗人高张，贤士无名。吁嗟默默兮，谁知吾之廉贞？"

詹尹乃释策而谢，曰："夫尺有所短，寸有所长；物有所不足，智有所不明；数有所不逮，神有所不通。用君之心，行君之意，龟策诚不能知此事！"

【译文】

　　屈原已被放逐，三年没见到楚王。竭尽智慧与忠诚，却被谗言所阻碍。他心中烦乱，不知何去何从。于是去见太卜郑詹尹，问："我有疑虑，愿先生为我决断。"詹尹摆正蓍草，拭净龟甲，说："先生有何见教？"

　　屈原说："我应该诚实恳切地为国君尽忠，还是应该无休止地往来应酬？应该割除茅草努力耕种，还是应该游说权贵大人获得名声？是该忠言直谏，甚至危及自身，还是该顺从世俗，追求富贵，苟且偷安？是应该超然远去，保持本色，还是谄媚地随声附和，去奉承受宠的妃子和佞臣？是廉洁正直，清高自重，还是处事圆滑，巧言善辩，没有自己的立场？是像千里马一样昂然而行，还是像水中的野鸭子一样随波逐流，得过且过，保全自己？是该与骏马并驾齐驱，还是应该与黄鹄比翼高飞，还是应该和鸡鸭争食残羹剩饭？请问哪些是吉，哪些是凶？我将何去何从？世道混浊不清，将轻薄蝉翼看作重，将千钧之重当成轻；黄钟之器遭毁弃，瓦釜却在雷鸣；谗佞小人占据高位，气焰嚣张，贤明之士却默然无名。可叹的沉默啊，又有谁知道我的廉洁忠贞？"

　　詹尹放下蓍草辞谢道："尺有时也短，寸有时也长；世间万物各有不足，智者有时也糊涂；卜卦也有算不准的，神灵也有想不通的。以你的心，行你的意，卜筮问卦实在无法知道这事情！"

　　古人以占卜决疑，"卜居"是说通过占卜来了解自己该采取怎样的态度来对待现实社会。《卜居》主体的卜问之辞，必须联系诗人奋斗道路的选择与蒙谗遭逐的现实遭遇，才能真切地感受到其间的情感涨落。作者采取"宁……将……"的两疑问句，在卜问之辞的对立铺排中似乎表现出某种"不知所从"、须由神明决断的表象。但由于诗人在两疑之问中寓有褒贬笔法，使每一对立的卜问，实际上都表明了诗人的选择立场。如问自身所欲坚守的立身原则，即饰以"悃悃款款""超然高举""廉洁正直"之词，无须多加探究，一股慨然同风的正气，已弥漫字里行间。对于那些奸佞的处世之道，则斥为"偷生""争食""喔咿儒儿""突梯滑稽"，其间的鄙夷不屑之情，正与词锋锐利的嘲讽相辅相成。与对千里之驹"昂昂"风采的描摹形成鲜明对比的，则是对与波中凫"泛泛"丑态的勾勒——其间所透露的，不正是对贵族党人处世哲学的深深憎恶和鞭挞之情吗？明睿的"郑詹尹"对此也早已了然于心，所以他"释策而谢"，公然承认"数有所不逮，神有所不通"，也正表达了对屈原选择的由衷钦佩和推崇。

　　寓诗人的选择倾向于褒贬分明的形象描摹之中，而以两疑之问成文，是《卜居》抒发情感的最为奇崛和独特之处。正因为如此，此文所展示的并非屈原对人生道路、处世哲学的真正疑惑，而恰是他在混浊不清、是非颠倒的世道中，不愿随波逐流，不愿向腐朽的权贵攀附折腰的志士风骨。

古为今用

　　"尺有所短，寸有所长"，现今用来比喻人各有长处和短处，彼此都有可取之处。例如，"尺有所短，寸有所长，我们要善于取人之长，补己之短。"

渔 父

屈原既放，游于江潭，行吟泽畔；颜色憔悴，形容枯槁①。

渔父见而问之曰："子非三闾大夫与？何故至于斯②？"

屈原曰："举世皆浊我独清，众人皆醉我独醒，是以见放③。"

渔父曰："圣人不凝滞于物，而能与世推移④。世人皆浊，何不淈⑤其泥而扬其波？众人皆醉，何不铺其糟而歠其醨⑥？何故深思高举⑦，自令放为？"

屈原曰："吾闻之，新沐者必弹⑧冠，新浴者必振衣。安能以身之察察，受物之汶汶⑨者乎？宁赴湘流，葬于江鱼之腹中，安能以皓皓之白，而蒙⑩世俗之尘埃乎！"

渔父莞尔而笑，鼓枻⑪而去。歌曰："沧浪之水清兮，可以濯吾缨；沧浪之水浊兮，可以濯⑫吾足。"遂⑬去，不复与言。

【注释】

①江：这里指沅江，在今湖南常德境内。潭：深渊。泽畔：水边。颜色：脸色。枯槁：干枯，没有生气。②渔父：打鱼的老人，应是一位隐士。三闾大夫：掌管王族三姓（昭、屈、景）的官，屈原曾做过三闾大夫。与：同"欤"，句末语气词，表疑问或感叹。斯：此，这个地步。③举：全。见放：被放逐。④凝滞：停止流动，不灵活。与世推移：随着社会的变化而灵活变通，与"凝滞于物"相反。⑤淈（gǔ）：浑浊，搅乱。⑥铺：食，吃。糟：酒渣。歠（chuò）：饮。醨（lí）：同"醨"薄酒。

吃些酒渣，饮些薄酒，与众同醉的意思。⑦高举：高于世人的行为方式。⑧沐：洗头。弹：用手指轻敲。⑨察察：洁白的样子。汶汶（wèn）：玷污，污染。⑩皓白："皓皓之白"形容极白，的缩语，比喻自己高尚的品行。蒙：遭受。⑪莞尔：微笑的样子。鼓枻（yì）：划动船桨。⑫沧浪：水名，在今湖南武陵一带。濯：洗。⑬遂：于是。

【译文】

屈原被放逐后，独行于江潭，在大泽之边且行且吟，面容憔悴，形容枯槁。渔父见了，问道："您不是三闾大夫吗？为什么流落到这般地步？"

屈原答："全世界都浑浊，只有我还清白；世人都醉，只有我还清醒。因此被放逐了。"渔父说："圣人对待万事不拘泥固执，他随世道变化而变通。世人都污浊，何不搅和泥水，助长其波？众人都醉，何不食糟饮酒，与世同醉？为何非要思虑深切，举止高超，以致被放逐？"

屈原答道："我听说，刚洗过头发一定要掸掉帽子上的灰土，刚洗过澡一定要抖落衣服上的尘埃。怎能让洁净的身体遭到污浊的玷污？宁愿投身江流，葬身鱼腹，怎么能让洁白蒙受世俗的尘埃？"

渔父微微一笑，荡舟而去。唱道："沧浪江的水清澈啊，可以洗我的冠缨。沧浪江的水浑浊啊，可以洗我的双足。"渔父远去了，再不与屈原说什么。

【赏析】

《渔父》中的人物有两个——屈原和渔父。全文采用对比的手法，主要通过问答，表现了两种对立的人生态度和截然不同的思想性格。

文章一开始，交代了故事发生的背景、环境以及主人公的特定情况。时间是在"既放"之后，即在屈原因坚持爱国的政治主张遭到顷襄王的放逐后；地点是在"江潭""泽畔"，其时屈原心事重重，一边走一边口中念念有词。文中以"颜色憔悴，形容枯槁"八个字活画出屈原英雄末路、心力交瘁、形销骨立的外在形象。

接下来是文章的主体，即渔父和屈原的问答。对渔父不作外形的描述，而是直接写出他心中的两个疑问。一问屈原的身份："子非三闾大夫与？"屈原曾任楚国的三闾大夫，显然，渔父认出了屈原，使用反问以认定其身份。第二问才是问话的重点所在："何故至于斯？"屈原落魄到这地步，是渔父没有料想到的。由此一问，引出屈原的答话，并进而展开彼此间的思想交锋。屈原说明自己被流放的原因是"举世皆浊我独清，众人皆醉我独醒"，即自己与众不同，独来独往，不苟合，不妥协。由此引出渔父进一步的议论。针对屈原的自是、自信，渔父提出，应该学习"圣人不凝滞于物，而能与世推移"的榜样，并以三个反问句启发屈原"淈泥扬波""[XC58]糟歠醨"，走一条与世沉浮的自我保护的道路。他认为屈原没必要"深思高举"，以致为自己招来流放之祸。坚持不同流合污，具有高尚人格的屈原，对于"渔父"的忠告当然不能采纳。他义正词严地进一步表明了自己的思想、主张。他以"新沐者必弹冠，新浴者必振衣"这两个浅显、形象的比喻，说明自己洁身自好、卓而不同的态度。又以不能使自己的清白之身受到玷污的两个反问句，表明自己"宁赴湘流"，不惜牺牲性命也要坚持自己的理想。

全文的最后，笔墨集中在渔父一人身上。听了屈原的再次回答，渔父"莞尔而笑"，不再搭理屈原，兀自唱起"沧浪之水清兮"的歌，"鼓枻而去"，这部分对于渔父的描写十分传神。屈原不听他的忠告，他不愠不怒，不强人所难，以隐者的超然姿态心平气和地与屈原分道扬镳。

两汉诗歌

西汉文人诗坛颇为寂寞，基本上为模拟四言和骚体的创作。值得一提的有汉初高祖刘邦的骚体歌诗《大风歌》、韦孟的四言《讽谏诗》等。但是到了东汉，情况有了转变。早期作家班固写的《咏史》诗，采用的是五言形式。后来张衡作《同声歌》、秦嘉作《留郡赠妇诗》，在五言诗的技巧上更有进步。而此时七言诗的创作也在尝试中，张衡的《四愁诗》虽没有脱尽骚体的影响，但已具有了新的气象。在班固、张衡的倡导下，东汉文人注意学习乐府民歌，五言诗创作更趋成熟。辛延年的《羽林郎》、宋子侯的《董娇娆》风神已逼近汉乐府民歌中的优秀之作。

刘 邦
——汉民族和汉文化的开拓者之一

刘邦（前256—前195），即汉高祖，字季，沛县丰邑中阳里（今江苏丰县）人。秦朝时曾担任泗水亭长。秦二世元年（前209年）九月起兵反秦，入咸阳灭秦，被封汉王。后出兵平关中，击败项羽。于公元前202年称帝，建立汉朝，在位十二年。人称"古朴霸气，少有悲凉之句"。

大风歌

大风起兮云飞扬，
威加海内①兮归故乡，
安得②猛士兮守四方。

【注释】

①威：威力；威武。加：凌驾。海内：四海之内，就是"天下"的意思。古人认为天下是一片大陆，四周大海环绕，海外则荒不可知。②安得：怎样得到。

【译文】

大风刮起来了，云随着风翻腾奔涌啊！

威武平天下，荣归故乡。

怎样得到勇士去守卫国家的边疆啊！

【赏析】

《大风歌》是汉朝皇帝刘邦所作的诗歌。刘邦在战胜西楚霸王项羽后，成了汉朝的开国皇帝。这当然使他兴奋、喜悦，但同时，他的内心深处却隐藏着深刻的悲哀。这首《大风歌》就生动地显示出他矛盾的心情。

第一句"大风起兮云飞扬"是对于人的渺小的感伤，当时正处在秦末群雄纷起、争夺天下之时，下句"威加海内兮归故乡"则是刘邦说自己在这样的形势下夺得了帝位，因而能够衣锦荣归。所以，在这两句中，刘邦无异于坦率承认：他得以"威加海内"，首先有赖于"大风起兮云飞扬"的局面。第三句"安得猛士兮守四方"，既是希冀又是疑问。他希望找到能为自己效力的猛士，但对于是否找得到捍卫四方的猛士，自己的天下是否守得住，还没有十足的把握，因此深感忧虑和不安。所以这首歌的前二句写得踌躇满志，第三句却突然透露出前途未卜的焦灼和恐惧。

项 羽

——英雄末路的悲歌绝唱

项籍（前232－前202），字羽，历史上通常称为项羽，秦下相（今江苏省宿迁市）人。公元前207年的巨鹿之战中，统率楚军大破秦军主力。公元前206年灭秦之后，自立为"西楚霸王"，统治黄河及长江下游的梁楚九郡。后在楚汉战争中为汉高祖刘邦所败，在乌江（今安徽和县）自刎而死。项羽是中国历史上以勇武著称的将领，古人对其有"羽之神勇，千古无二"的评价，"霸王"一词专指项羽。宋朱熹评其诗："慷慨激烈，有千载不平之余愤。"

垓下歌

力拔山兮气盖世。时不利兮骓①不逝。骓不逝兮可奈何！虞兮虞兮奈若②何！

【注释】

①骓：青白杂色的马，是项羽常骑乘的一匹骏马。②虞：项羽宠姬。若：你。

【译文】

我力可拔山啊，豪气可盖世。时运不济啊，我的乌骓马也不走了。乌骓马不走了，我能怎么办啊？虞姬啊虞姬啊！我又如何安排你啊！

【赏析】

公元前202年，项羽兵败之后，驻军垓下，兵少粮尽，被刘邦军队重重围困。夜晚，项羽听到四面楚歌，皆为汉军所唱，他认识到大势已去，与心爱的虞姬饮酒帐中，慷慨悲歌，唱出了这首流传千古的诗歌，生动表现了英雄末路、无可奈何的悲凉之情。

诗歌的第一句就使读者看到了一个举世无敌的英雄形象。"力拔山""气盖世"，通过虚实结合的手法，把项羽叱咤风云的气概生动地显现了出来。作为反秦义军的领袖，项羽可谓卓绝超群、势不可当。但此刻，"骓不逝兮可奈何！虞兮虞兮奈若何"写出了他不仅于战无计，而且连自己的爱妃也保护不了，这是何等震撼人心的悲哀！

刘 彻
——能歌善赋的盛世君王

刘彻（前156—前87），生于长安，幼名彘，即汉武帝。他是一位拥有雄才大略的君主，对内完成真正统一，对外解除匈奴威胁，经过五十多年的经营，他使汉朝的文治武功都达到了前所未有的高度。刘彻仿效古代采诗制度，创立乐府机关来掌管宫廷音乐，收集民间歌谣和乐曲，对乐府诗的发展起了一定的推动作用。他本人也能歌善赋，今存《悼李夫人赋》《秋风辞》和《李夫人歌》等诗作。后人称其诗"清丽隽永，笔调流畅"。

秋风辞

秋风起兮白云飞，

草木黄落兮雁南归。

兰有秀兮菊有芳①，

怀佳人兮不能忘。

泛楼船②兮济汾河，

横中流兮扬素波③。

箫鼓鸣兮发棹歌④，

欢乐极⑤兮哀情多。

少壮几时兮奈老何！

【注释】

①秀：草本植物开花叫"秀"。芳：香气。②泛：浮。泛楼船，即"乘楼船"的意思。③扬素波：激起白色波浪。④棹（zhào）歌：划船时唱的歌。⑤极：尽。

【译文】

秋高气清，天上飘飞着几团白云，

大地上树叶凋落，草木枯黄，那一行行的大雁鸣叫着向南归去。

兰草的秀丽，菊花的清香，勾起对佳人不尽的怀念。

坐着楼船渡过汾河，见河中心翻滚起白色的粼粼水波，

这时楼船上箫鼓齐鸣，与那艄公划船的声音相应和，不绝于耳。

过分的欢乐之后，又不免产生哀怨的心绪，因为青春难再，老之将至。

【赏析】

汉元鼎四年（前113年），汉武帝刘彻率领群臣到河东郡汾阳县（今山西万荣县北面）祭祀后土（土神），途中传来南征将士的捷报，逐将当地改名为闻喜，沿用至今。时值秋风萧瑟之际，汉武帝听说汾水旁边有火光腾起，就在那里立了一座后土祠来祭祀大地。之后他乘坐楼船，泛舟汾河，与群臣宴饮时作此诗。

诗之开篇两句写景："秋风起兮白云飞，草木黄落兮雁南归。"此刻，武帝正乘船行在黄河第二支流汾河的清波之上。船头，阵阵秋风拂面而来；仰望万里蓝天，朵朵白云御风而飞。两岸的树木，虽已不复葱郁苍翠，但那纷纷飘坠的金黄落叶，无异为画面抹上了一重斑斓的秋色。雁鸣阵阵，缓缓掠过天空……武帝笔下的河上秋景，虽只有短短两句，但写得美丽清远，胜似图画！

秋天是怀思的季节。虽然也有秋兰含芳、金菊斗奇，但凋落的草木、飞雁的归鸣，所勾起的更多的还是撩人的思情。武帝于把酒临风之际，生出了对心中"佳人"的悠悠怀思。"泛楼船兮济汾河，横中流兮扬素波。箫鼓鸣兮发棹歌"三句，竭力描写汉武帝泛舟中流、君臣欢宴的景致。

紧接着却出现了"欢乐极兮哀情多"。武帝君临天下、跨有四海，当俯仰天地之时，应该为汉朝帝国的空前鼎盛感到高兴才是，为何发出了这样的幽幽哀音？原来，即便是君王也免不了生老病死，眼前的尊贵荣华终有尽时，心中怎能不被时时袭来的哀情所充塞？

诗词辞典

李夫人深得武帝宠爱，不幸的是，元狩年间，李夫人病逝，武帝对她思念不已，竟然召来一个神仙方士，让他在宫中设坛招魂，好能与李夫人再见一面。而今七八年过去，武帝还是不能忘记她，在把酒临风之际，又牵起了对这位"佳人"的悠悠怀思。诗中唱道："怀佳人兮不能忘。"以表对"佳人"的生死相望之思。

梁 鸿
——敢言民间疾苦的乖张隐士

梁鸿，字伯鸾，扶风平陵（今陕西咸阳市西北）人。东汉隐士，生卒年不详。一日，他来到京城洛阳，感慨于皇宫的巍峨、百姓的苦难，情不自禁地写下了震惊一时的《五噫歌》。汉章帝读后大为不满，下令逮捕他，因此他更名改姓，避居于齐鲁。后又南去吴郡（今江苏苏州市），不久病卒。梁鸿著作有十余篇，有集二卷，今已不传。诗作除《五噫歌》外，还有《适吴诗》和《思友诗》，均见《后汉书·梁鸿传》。人称东汉时期"疾物矫情"的代表人物。

五噫歌

陟彼北芒①兮，噫②！
顾瞻帝京③兮，噫！
宫阙崔嵬④兮，噫！
民之劬劳⑤兮，噫！
辽辽未央兮，噫！

【注释】

①陟：登高。北芒：一作"北邙"，又称邙山，在河南洛阳城北。②噫：感叹词。③顾瞻：看。一作"顾览"。帝京：洛阳。④宫阙：宫殿。崔嵬：高大貌。⑤劬（qú）劳：劳苦。

登上洛阳城北的北芒山，唉！

回头俯瞰京城洛阳，唉！

看到的是多么巍峨的宫室，唉！

修建它们的百姓多么辛苦，唉！

这种劳苦简直是无穷无尽，唉！

【赏析】

单纯是《五噫歌》的主要特点，也是它的力量所在。《五噫歌》所涉及的，是东汉前期政治生活中人人感觉到了，但又难以说清的社会现象。而它所抨击的对象，又是一些皇权贵族。对于这样的社会现象和皇权贵族，绕圈子的暗示恐怕是起不到作用的。最好的办法还是单刀直入，用事实说话。《五噫歌》正是如此。全诗直叙诗人登上北芒山见到的宫室崔嵬的事实，揭露统治者追求"奢华"，给人们带来了"辽辽未央"的"劬劳"。这样单纯的写法，有一种让人无法躲避的力量。他的《五噫歌》也正和他的怪脾气一样，单纯而简朴。

但单纯不等于单调。《五噫歌》简朴、单纯，内涵却很丰富。前三句一句一顿，又紧密相承，是简略的叙述。对所见"帝京"的景物，只用"宫阙崔嵬兮"一句勾勒，其余皆为空白。这样的空白，给了读者丰富的想象空间，让读者自己去构想皇宫的奢侈华丽。后两句结以深沉的感叹，虽无对"民之劬劳"情景的描摹，但读者仅从那"辽辽未央"的有字之处，便听到了一种更为深沉、无声的叹息。

特别令人称奇之处在于此歌每句句尾，本已有了感叹词"兮"，诗人偏偏还要加一个"噫"字，将本来平平的叙唱，化作怫郁直上的啸叹，具有了更加强烈的情感冲击力。

秦 嘉
——精通抒情诗

秦嘉，字士会，生卒年不详，东汉陇西郡平襄县人（今陕西通渭）人。桓帝时，为郡吏，后为郡上计簿到京都洛阳，任黄门郎。后病死于津乡亭。秦嘉的作品今存者有《与妻徐淑书》《重报妻书》和《赠妇诗》三首。梁代诗论家钟嵘评为"事既可伤，文亦凄怨"。

赠妇诗（其一）

人生譬朝露，居世多屯蹇①。

忧艰常早至，欢会常苦晚。

念当奉时役②，去尔日遥远。

遣车迎子③还，空往复空返。

省书情凄怆，临食不能饭。

独坐空房中，谁与相劝勉？

长夜不能眠，伏枕独展转。

忧来如循环，匪④席不可卷。

【注释】

①屯蹇（jiǎn）：《周易》上的两个卦名，都表示艰难不顺之意。故人们通常用此语指艰难阻滞。②奉时役：指为上计吏被派遣入京。③遣车迎子：秦嘉入京离家时，其妻徐淑正卧病在其父母处。秦嘉当时曾派车去接她，还给她写了一封信（《与妻徐淑书》）。不知因何原因，徐淑没有坐车返回，只是给他写了一封回信。子：古代尊称对方，犹如今之称"您"。④匪：同"非"。

【译文】

人生短暂，处世多不顺。

忧愁艰难多，欢乐相会少。

奉命去京师任职，这一去不知要多久。

特意派了车子去接妻子，不料她染病，没有回来。

看到妻子捎回的书信，读后伤感，饭食当前也不能下咽。

独自坐在空房中，少了妻子的勉励。

长夜悠悠，孤身一人，伏在枕上翻来覆去，不能入眠。

忧愁循环不尽，难以脱卸。

【赏析】

秦嘉与其妻徐淑都能诗文，这首诗就是他将去洛阳，夫妇不能当面告别，因而写来赠给妻子的。《赠妇诗》共三首，此录第一首。

此诗语言极为平易,却也并非一望可知。"人生譬朝露,居世多屯蹇",诗以感喟生命短暂、处世多艰开篇。"忧艰常早至,欢会常苦晚"这二句将前二句意思延伸,至此可算一个段落。

诗人为何会生此感叹呢?原来,"念当奉时役,去尔日遥远。"他将要奉命行役,上计京师,离开心爱的妻子,为了临别时再见上一面,叮嘱几句,但"遣车迎子还,空往复空返。"人生在世上,连与妻子"欢会"片刻也这么难。妻子还寄来了一封情致凄婉的书信,令他读后倍觉怆然,至此又为一层。

末六句是第三层,细说没有见到妻子后的心情:"长夜不能眠,伏枕独展转"。最后一句"忧来如循环"使整首诗在这种无穷无尽的忧思中结束,犹如一首深沉、哀愁的弦曲,带着无限余哀,缓缓地奏到了尾音。

诗词辞典

"匪席不可卷"出自《诗经·柏舟》:"我心匪席,不可卷也。"长夜漫漫,诗人孤枕难眠,无奈之下,他只能默念起《诗经》中"我心匪席,不可卷也"的句子,将上古那位同样忧愁难入眠的诗人拉来做伴,共消长夜。

汉乐府

乐府是自秦代以来设立的配置乐曲、训练乐工和采集民歌的专门官署，汉乐府指汉时乐府机关所采制的诗歌。这些诗原本在民间流传，经由乐府保存下来，汉人叫做"歌诗"，魏晋时始称"乐府"或"汉乐府"。后世文人仿此形式所作的诗，亦称"乐府诗"。

汉乐府是继《诗经》之后，古代民歌的又一次大汇集，它开创了诗歌现实主义的新风。汉乐府民歌中女性题材作品占重要位置。由杂言渐趋向五言，采用叙事写法，刻画人物细致入微，创造人物性格鲜明，故事情节较为完整，而且能突出思想内涵，着重描绘典型细节。用通俗易懂的语言、贴近生活的题材，开拓叙事诗发展成熟的新阶段，是中国诗史上五言诗体发展的一个重要阶段。汉乐府在文学史上有极高的地位，与《诗经》《楚辞》可鼎足而立。

上 邪

上邪①！我欲与君相知②，长命③无绝衰。山无陵④，江水为竭，冬雷震震⑤，夏雨雪⑥，天地合，乃敢⑦与君绝！

【注释】

①上邪：犹言"天啊"。上，指天。邪，同"耶"。②相知：相爱。③命：同"令"字，使。④陵：大土山。⑤震震：雷声。⑥雨雪：降雪。⑦乃敢：才敢。"敢"字是委婉的用语。

【译文】

上天呀！我渴望与你相知相惜，长存此心，永不衰退。直到群山消逝不见，江水枯竭，寒冬雷声翻滚，酷暑白雪纷飞，天地合而为一，我才敢将对你的情谊彻底抛开！

与文人诗词喜欢描写少女初恋时的羞涩情态相反，在民歌中最常见的是以少女自述的口吻来表现她们对于幸福爱情无所顾忌的追求。这首诗属于汉代乐府民歌中的《鼓吹曲辞》，是一位心直口快的北方姑娘向其倾慕的男子表述爱情。

首句"上邪"是指天为誓，犹言"天啊"！古人敬天畏命，非不得已，不会轻动天的威权。现在这位姑娘开口便言天，可想见她神情庄重，有异常重要的话要说。果然，姑娘终于把珍藏在自己内心，几次想说而又苦于没有机会说的秘密说出来了："我欲与君相知，长命无绝衰。"姑娘经过自己的精心选择，认为这位男子确实值得相爱。"长命无绝衰"是说两人的爱情永生永世不会衰退。前一句是爱情的表白，后一句是进一步表明心迹。

接着女子通过出人意料的逆向想象，从反面立誓。"山无陵，江水为竭"，是说世上最永久的存在物发生了巨变；"冬雷震震，夏雨雪"，是说自然界最永恒的规律发生了怪变；"天地合"是说整个宇宙发生了毁灭性的灾变，最后道出了"乃敢与君绝"五个字。由于这五个字有五件非常之事作为支撑点，因此字字千钧，不同凡响；又由于立誓的前提没有一个会发生，"敢绝"即是终不可绝了。

江　南

江南可采莲，
莲叶何田田①！

鱼戏莲叶间。

鱼戏莲叶东，

鱼戏莲叶西，

鱼戏莲叶南，

鱼戏莲叶北。

【注释】

①田田：莲叶很密的样子。

【译文】

在江南可以采莲的季节，莲叶层层叠叠，很多很繁茂。鱼儿们在莲叶之间嬉戏。一会儿嬉戏在莲叶东面，一会儿嬉戏在莲叶西面，一会儿嬉戏在莲叶南面，一会儿嬉戏在莲叶北面。

【赏析】

本篇是一首优美的民歌。诗歌的开头三句勾勒出一幅生动的江南景致。后四句以东、西、南、北并列，方位的变化以鱼儿的游动为依据，显得活泼、自然、有趣。句式复沓而略有变化，是《诗经》的传统手法，用在这里，更令人联想到采莲人在湖中泛舟来往、歌声相应的情景。诗中没有一字直接写人，但是通过对莲叶和鱼儿的描绘，却如闻其声，如见其人，如临其境，感受到一股勃勃生气，领略到采莲人内心的欢乐。

移　情

　　诗歌开篇"江南可采莲，莲叶何田田"之后，本该有人的"戏"，而作者却将它转嫁为鱼的"戏"。这就是移情的表现手法。移情的作用是把自己的情感移到外物身上，觉得外物也有同样的情感，好像自己欢喜时，所看到景物都像在微笑；悲伤时，景物也像在哀叹。诗中的人是快乐的，看到成群的鱼儿穿梭往来，潜沉浮跃，似乎鱼也轻松活泼，嬉戏玩闹。

陌上桑①

日出东南隅②，照我秦氏楼。秦氏有好女，自名为罗敷。
罗敷喜蚕桑③，采桑城南隅。青丝为笼系④，桂枝为笼钩⑤。
头上倭堕髻⑥，耳中明月珠⑦，缃绮⑧为下裙，紫绮为上襦⑨。
行者见罗敷，下担捋髭须⑩。少年见罗敷，脱帽著帩头⑪。
耕者忘其犁，锄者忘其锄。来归相怨怒，但坐⑫观罗敷。（一解）

使君⑬从南来，五马立踟蹰⑭。使君遣吏往，问是谁家姝⑮？
"秦氏有好女，自名为罗敷。"
"罗敷年几何？""二十尚不足，十五颇有余。"
使君谢罗敷："宁可共载不⑯？"
罗敷前致辞："使君一何⑰愚！使君自有妇，罗敷自有夫。"
（二解）

"东方千余骑⑱，夫婿居上头⑲。何用⑳识夫婿？白马从骊驹㉑；
青丝系马尾，黄金络马头㉒；腰中鹿卢剑㉓，可直千万余㉔。
十五府小吏㉕，二十朝大夫㉖，三十侍中郎㉗，四十专城居㉘。

为人洁白皙㉙，鬑鬑颇有须㉚。盈盈公府步㉛，冉冉㉜府中趋。坐中数千人，皆言夫婿殊㉝。"（三解）

【注释】

①陌上：田埂上。桑：桑林。②东南：指东方偏南。隅：角落。③喜蚕桑：喜欢采桑。喜，一作"善"。④笼：篮子。系：络绳（缠绕篮子的绳子）。⑤笼钩：一种工具。采桑时用来钩桑枝，走路时用来挑竹筐。⑥倭堕髻：即堕马髻，发髻偏在一边，呈坠落状。⑦明月珠：一种大的宝珠。⑧缃绮：浅黄色有花纹的丝织品。⑨襦：短袄。⑩捋：抚摸。髭：嘴唇上方的胡须。须：下巴上长的胡子。⑪著：戴。帩头：古代男子束发的头巾。⑫但：只是。坐：因为，由于。⑬使君：汉代对太守、刺史的通称。⑭五马：指（使君）所乘的五匹马拉的车。汉朝太守出行用五匹马拉车。踟蹰：徘徊不前的样子。又作"踟躇"。⑮姝：美丽的女子。⑯谢：这里是"请问"的意思。宁可：愿意。不：同"否"。⑰一何：何其，多么。⑱东方：指夫婿当官的地方。千余骑：泛指跟随夫婿的人。⑲居上头：在行列的前端。意思是地位高，受人尊重。⑳何用：用什么（标记）。㉑骊驹：黑色的小马。㉒黄金络马头：马头上戴着金黄色的笼头。络，这里指用网状物兜住。㉓鹿卢剑：剑把用丝绦缠绕起来，像鹿卢的样子。鹿卢，即辘轳，井上汲水的用具。㉔千万余：上千上万（钱）。㉕小吏：太守府的小官。有的本子作"小史"。㉖朝大夫：朝廷上的一种高等文官。㉗侍中郎：出入宫禁的侍卫官。㉘专城居：作为一城的长官（如太守等）。专：独占。㉙白皙：指皮肤洁白。㉚鬑鬑颇有须：胡须稀疏而长。白面有须，是古时候美男子的标准。颇：稍微。㉛盈盈：仪态端庄美好。公府步：踱方步。㉜冉冉：走路缓慢。㉝殊：出色，与众不同。

【译文】

太阳从东南方升起，照到我们秦家的小楼。秦家有位美丽的少女，本名叫罗敷。罗敷善于养蚕采桑，（有一天在）城的东南角采桑。用黑色丝做篮子上的络绳，用桂树枝做篮子上的提柄。头上梳着倭堕髻，耳朵上戴着宝珠做的耳环；浅黄色有花纹的丝绸做成下裙，紫色的绫子做成上身短袄。走路的人看见罗敷，放下担子，捋着胡子（注视她）。年轻人看见罗敷，把帽子脱掉，只戴着纱巾。耕地的人忘记了自己在犁地，锄地的人忘记了自己在锄地。回来后互相埋怨生气，只是因为观看罗敷。

太守乘车从南边来到这，拉车的五匹马停下来徘徊不前。太守派遣小吏过去，问这是谁家的漂亮女孩。小吏回答："是秦家的女儿，起名叫作罗敷。"太守又问："罗敷多少岁了？"小吏回答："还不到二十岁，已经过十五了。"太守请问罗敷："愿意与我一起乘车吗？"

罗敷上前回话："太守你怎么这样糊涂！你本来有妻子，罗敷我本来有丈夫。（丈夫当官）在东方，随从人马一千多，他排列在最前头。怎么识别我丈夫呢？骑着白马，后面跟随小黑马的那个大官就是；用青丝拴着马尾，那马头上戴着金黄色的笼头；腰中佩着鹿卢剑，宝剑可以值上千上万钱。十五岁在太守府做小吏，二十岁在朝廷里做大夫，三十做皇上的侍中郎，四十岁成为一城之主。他长得皮肤洁白，有一些胡子。他轻缓地在府中迈方步，从容地出入官府。（太守座中聚会时）在座的有几千人，都说我丈夫出色。"

【赏析】

这篇汉乐府古辞是一首语言优美、风格诙谐的民间叙事诗。全诗共分三解。"解"为乐歌的段落，本诗的乐歌段落与歌词内容的段落大致相合。

第一段，写罗敷的美貌。首先写环境美和器物之美来衬托她的美貌，然后重点写她的服饰之美，最后通过侧面描写烘托她的美貌，无论是行者还是少年，无论是耕者还是锄者，都倾慕她的美丽，以此激起读者的想象。本段写她的外表美，铺衬下文的心灵美；写劳动人民对罗敷的健康感情，与后文使君的不怀好意形成对照。

第二段，写使君觊觎罗敷的美色，向她提出无理要求。先是使君的马徘徊不前，使君对罗敷垂涎三尺，继而上前搭话，询问姓名，打听年龄，最后提出和罗敷"共载"的无耻要求，暴露了使君肮脏的灵魂。

第三段，写罗敷拒绝使君，并盛夸丈夫以压倒对方。本段全部由罗敷的答话构成，回应使君的调戏。斥责、嘲讽使君愚蠢，声明自己已有丈夫，丈夫威仪赫赫、荣华富贵、仕途通达、品貌兼优、才华横溢。罗敷的伶牙俐齿使自以为是的使君自惭形秽，罗敷的不畏权势、敢于与权势斗争的精神充分体现出来了，表现了她的人格魅力。在这次官与民、贵与贱、美与丑、卑劣与高尚的对抗中，女性终以智慧的力量守住坚贞，为自己伸张了正义。

诗词辞典

汉王朝规定，每年春耕，郡太守都必须到他的属县去巡视检查，"观览民俗""劝人农桑"。但实际上变成太守"扰民"和"猎艳"的一种形式。汉代权贵至乡间"载其女归"的现象相当严重，甚至有汉梁节王刘畅掠取小妻三十七人的情况。《陌上桑》就是针对这种社会现状，表达了民女对达官贵人的机智嘲弄。

长歌行①

青青园中葵②，朝露待日晞③。

阳春布德泽④，万物生光辉。

常恐秋节至，焜黄华⑤叶衰。

百川东到海，何时复西归？

少壮不努力，老大徒⑥伤悲。

【注释】

　　①长歌行：汉乐府曲调名。②葵：冬葵，我国古代重要蔬菜之一，可入药。③晞：天亮，引申为阳光照耀。④阳春：温暖的春天。布：布施，给予。德泽：恩泽。⑤秋节：秋季。焜黄：形容花叶枯黄凋落的样子。华：同“花”。⑥徒：白白地。

【译文】

　　早晨，园中有碧绿的葵菜，晶莹的朝露等待在阳光下晒干。

　　春天把幸福的希望洒满了大地，所有生物都因此呈现出一派繁荣生机。

　　常常担心萧瑟的秋天来到，花和叶都衰败凋落。

　　千万条大河奔腾着向东流入大海，什么时候才能再向西流回来？

　　要趁年纪还轻，好好努力，不要到老一事无成，只留下悲伤。

本诗的前六句揭示出春荣秋枯的自然规律，为过渡到珍惜时光做铺垫。七、八句用生动巧妙的比喻来揭示时光就像流水一样不会倒转，人老了就不会再年轻这一客观规律，从而突出人应珍惜宝贵时光。

诗词辞典

"少壮不努力，老大徒伤悲"一句脍炙人口，现在人们常用来规劝青少年要有所作为，就应该从小努力学习，不断扩充自己的知识，否则便会虚度岁月，到老了一事无成而空自悲叹！例如，"如果你现在不好好学习，只怕将来会老大徒伤悲。"

白头吟

皑①如山上雪，皎②若云间月。

闻君有两意③，故来相决绝④。

今日斗⑤酒会，明旦⑥沟水头；

蹀躞御沟⑦上，沟水东西流。

凄凄复凄凄⑧，嫁娶不须啼；

愿得一心人，白头不相离。

竹竿何袅袅⑨，鱼尾何簁簁⑩。

男儿重意气⑪，何用钱刀为⑫！

【注释】

①皑：白。②皎：洁白。③两意：犹"二心"，与下文的"一心"相对。④决绝：断绝。决，一作"诀"。⑤斗：酒器。⑥明旦：明日。⑦蹀躞（xiè dié）：小步徘徊貌。御沟：指环绕宫墙或流经宫苑的渠水。

⑧凄凄：悲伤貌。 ⑨裹裹：柔弱貌。⑩筷筷（shāi）：形容鱼尾像濡湿的羽毛。在中国歌谣里，钓鱼是男女求偶的象征隐语。这里用隐语表示男女相爱的幸福。⑪意气：情义。⑫钱刀：钱币。刀，刀币。为：语末疑问词。

【译文】

爱情应该像山上的雪一般纯洁，像云间的月亮一样光明。

听说你怀有二心，所以来与你决裂。

今日喝杯诀别酒，明日就在沟水边分手。

我缓缓地移动脚步沿沟走去，你我将像沟水一样永远各奔东西。

当初我毅然离家随君远去，就不像一般女孩那样哭哭啼啼。

满以为嫁了个情意专一的称心郎，可以相爱到老永不离。

钓竿那样轻细柔长，鱼儿那样活泼可爱。

男子汉应当重情义，以金钱为诱饵的爱情是靠不住的。

【赏析】

这首汉乐府民歌巧妙地通过抒情主人公的言行，塑造了一个个性爽朗、感情强烈、头脑清醒的女性形象。诗的开头两句以高山白雪、云间皎月来象征女子爱情的纯真和品格的高洁。她容不得半点儿卑污，所以"闻君有两意，故来相决绝"。"闻"之即"来"，"来"之即"绝"，语言紧凑利落，气势咄咄逼人，充分表现了她的处事果断、大胆泼辣。她对理想爱情和婚姻的看法，体验真切，见解深刻，也显示出她是一位有主

见、有头脑的女性。

全诗时而今，时而昔，时而言己：愿得一心人，白头不相离；时而言他：男儿重意气，何用钱刀为。回环交错，层层递进。全诗的脉络似乱不乱，如断又续，既真实地刻画了女主人公心烦意乱、思虑万千的精神状态，同时也显示出她思想的冷静和周密。

孔雀东南飞

序曰：汉末建安①中，庐江府小吏焦仲卿妻刘氏，为仲卿母所遣，自誓不嫁。其家逼之，乃投水而死。仲卿闻之，亦自缢于庭树。时人伤之，为诗云尔。

孔雀东南飞，五里一徘徊。

"十三能织素②，十四学裁衣，十五弹箜篌③，十六诵诗书。十七为君妇，心中常苦悲④。君既为府吏，守节情不移，贱妾留空房，相见常日稀。鸡鸣入机织⑤，夜夜不得息。三日断⑥五匹，大人故⑦嫌迟。非为织作迟，君家妇难为！妾不堪⑧驱使，徒留无所施⑨，便可白公姥⑩，及时相遣归⑪。"

府吏得闻之，堂上启阿母："儿已薄禄相，幸复得此妇，结发同枕席，黄泉共为友。共事二三年，始尔未为久，女行无偏斜，何意致不厚？"

阿母谓府吏："何乃太区区！此妇无礼节，举动自专由。吾意久怀忿，汝岂得自由！东家有贤女，自名秦罗敷，可怜体无比，阿母为汝求。便可速遣之，遣去慎莫留！"府吏长跪告："伏惟启阿母，今若遣此妇，终老不复取！"

阿母得闻之，槌床便大怒："小子无所畏，何敢助妇语！吾已失恩义，会不相从许！"

府吏默无声，再拜还入户，举言谓新妇⑫，哽咽不能语："我自不驱卿，逼迫有阿母。卿但暂还家，吾今且报府⑬。不久当归还，还必相迎取⑭。以此下心意⑮，慎勿违吾语。"

新妇谓府吏："勿复重纷纭⑯。往昔初阳岁⑰，谢家⑱来贵门。奉事⑲循公姥，进止⑳敢自专？昼夜勤作息，伶俜萦㉑苦辛。谓言㉒无罪过，供养㉓卒大恩；仍更被驱遣，何言复来还！妾有绣腰襦㉔，葳蕤㉕自生光；红罗复斗帐，四角垂香囊；箱帘㉖六七十，绿碧青丝绳，物物各自异，种种在其中。人贱物亦鄙，不足迎后人㉗，留待作遗㉘施，于今无会因㉙。时时为安慰，久久莫相忘！"

鸡鸣外欲曙，新妇起严妆㉚。著我绣夹裙㉛，事事四五通。足下蹑㉜丝履，头上玳瑁光。腰若流纨素，耳著明月珰㉝。指如削葱根㉞，口如含朱丹㉟。纤纤㊱作细步，精妙世无双。

上堂拜阿母，阿母怒不止。"昔作女儿时，生小出野里。本自无教训，兼愧贵家子。受母钱帛多，不堪母驱使。今日还家去，念母劳家里。"却㊲与小姑别，泪落连珠子。"新妇初来时，小姑始扶床；今日被驱遣，小姑如我长。勤心养公姥，好自相扶将。初七及下九，嬉戏莫相忘。"出门登车去，涕落百余行。

府吏马在前，新妇车在后。隐隐何甸甸，俱会大道口。下马入车中，低头共耳语："誓不相隔㊳卿，且暂还家去；吾今且赴府㊴，不久当还归㊵。誓天不相负！"

084

新妇谓府吏："感君区区怀㊶！君既若见录，不久望君来。君当作磐石，妾当作蒲苇，蒲苇纫㊷如丝，磐石无转移。我有亲父兄，性行暴如雷，恐不任我意，逆㊸以煎我怀。"举手长劳劳㊹，二情同依依。

入门上家堂，进退无颜仪㊺。阿母大拊掌㊻，不图㊼子自归："十三教汝织，十四能裁衣，十五弹箜篌，十六知礼仪，十七遣汝嫁，谓言无誓违。汝今何罪过，不迎而自归？"兰芝惭阿母㊽："儿实无罪过。"阿母大悲摧㊾。

还家十余日，县令遣媒来。云有第三郎，窈窕世无双。年始十八九，便言多令才。阿母谓阿女："汝可去应之。"

阿女含泪答："兰芝初还时，府吏见丁宁，结誓不别离。今日违情义，恐此事非奇。自可断来信，徐徐更谓之。"

阿母白媒人："贫贱有此女，始适还家门。不堪吏人妇，岂合令郎君？幸可广问讯，不得便相许。"媒人去数日，寻遣丞㊿请还，说有兰家女，承籍有宦官。云有第五郎，娇逸(51)未有婚。遣丞为媒人，主簿通语言。直说(52)太守家，有此令郎君，既欲结大义，故遣来贵门。

阿母谢媒人："女子先有誓，老姥(53)岂敢言！"

阿兄得闻之，怅然(54)心中烦。举言谓阿妹："作计何不量(55)！先嫁得府吏，后嫁得郎君，否泰(56)如天地，足以荣汝身。不嫁义郎体，其往(57)欲何云？"

兰芝仰头答："理实如兄言。谢家事夫婿，中道还兄门。处分(58)适兄意，那得自任专！虽与府吏要(59)，渠会(60)永无缘。登即(61)相许和，便可作婚姻。"

媒人下床去，诺诺复尔尔。还部白府君㉒："下官奉使命，言谈大有缘。"府君得闻之，心中大欢喜。视历复开书，便利㉓此月内，六合正相应。良吉㉔三十日，今已二十七，卿可去成婚。交语速装束，络绎㉕如浮云。青雀白鹄舫，四角龙子幡。婀娜随风转，金车玉作轮。踯躅㉖青骢马，流苏金镂鞍。赍㉗钱三百万，皆用青丝穿。杂彩㉘三百匹，交广市鲑珍。从人四五百，郁郁登郡门。

阿母谓阿女："适得府君书，明日来迎汝。何不作衣裳？莫令事不举！" 阿女默无声，手巾掩口啼，泪落便如泻。移我琉璃榻，出置前窗下。左手持刀尺，右手执绫罗。朝成绣夹裙，晚成单罗衫。晻晻日欲暝，愁思出门啼。

府吏闻此变，因求假㉙暂归。未至二三里，摧藏马悲哀。新妇识马声，蹑履相逢迎。怅然遥相望，知是故人来。举手拍马鞍，嗟叹使心伤："自君别我后，人事不可量。果不如先愿，又非君所详。我有亲父母，逼迫兼弟兄。以我应他人，君还何所望！"

府吏谓新妇："贺卿得高迁㉚！磐石方且厚，可以卒千年；蒲苇一时纫，便作旦夕间。卿当日胜贵，吾独向黄泉！"

新妇谓府吏："何意出此言！同是被逼迫，君尔妾亦然。黄泉下相见，勿违今日言！"执手分道去，各各还家门。生人作死别，恨恨那可论？念与世间辞，千万不复全！

府吏还家去，上堂拜阿母："今日大风寒，寒风摧树木，严霜结庭兰。儿今日冥冥，令母在后单。故作不良计㉛，勿复怨鬼神！命如南山石㉜，四体康且直㉝！"阿母得闻之，零泪应声落:"汝是大家子,仕宦于台阁㊔。慎勿为妇死,贵贱情何薄!东家有贤女,窈窕艳城郭,阿母为汝求,便复在旦夕。"

府吏再拜还,长叹空房中,作计乃尔立。转头向户里,渐见愁煎迫㊞。

其日牛马嘶,新妇入青庐㊟。奄奄黄昏后,寂寂人定初㊡。"我命绝今日,魂去尸长留!"揽裙㊢脱丝履,举身㊣赴清池。

府吏闻此事,心知长别离。徘徊庭树下,自挂东南枝。

两家求合葬,合葬华山傍。东西植松柏,左右种梧桐。枝枝相覆盖,叶叶相交通。中有双飞鸟,自名为鸳鸯。仰头相向鸣,夜夜达五更。行人驻足听,寡妇起彷徨。多谢后世人,戒之慎勿忘!

【注释】

①建安:东汉献帝年号。②素:白色的丝绢。③箜篌(kōng hóu):亦作"空侯",古代的一种拨弦乐器,形状和筝、瑟相似。④苦悲:痛苦悲伤。⑤入机织:到织布机上去织布。⑥断:把织成的布截断,即从织机上取下来。⑦大人:对长辈的尊称,这里是兰芝称呼其婆母。故:故意。⑧不堪:不胜任,受不住。⑨无所施:没有用处。⑩白公姥(mǔ):禀告婆母。⑪及时:趁早,赶快。遣归:打发回去,休弃。⑫举言:发言。新妇:即媳妇。⑬报府:一作"赴府",到郡府去。⑭相迎取:去把你接回来。⑮下心意:安下心,沉住气。⑯重纷纭:再找麻烦。⑰初阳岁:冬末春初的季节。⑱谢家:辞家。⑲奉事:侍奉。⑳进止:举止,行动。㉑伶俜(pīng):孤独的样子。萦:缠绕。㉒谓言:自以为。㉓供养:

侍奉。㉔绣腰襦（rú）：一种绣花的短袄。㉕葳蕤（ruí）：草木茂盛的样子。这里形容刺绣的花样，花繁叶茂，闪闪发光。㉖箱帘：箱子和镜奁。帘，又作"奁"，镜奁，梳妆匣子。㉗后人：后来者，指仲卿将来再娶的妻子。㉘遗（wèi）：赠送。又作"遣"。㉙因：机会。㉚严妆：郑重地梳妆打扮。㉛绣夹裙：绣花的裙子。㉜蹑（niè）：踩。这里当"穿"讲。㉝珰（dāng）：耳环一类的妆饰品。㉞削葱根：削尖了的葱白。㉟朱丹：一种红色的宝石。㊱纤纤：细小。㊲却：还，再。㊳隔：犹"绝"，断绝。㊴赴府：赶赴衙府做差事。㊵还归：娶回。㊶区区怀：真诚心意。㊷纫（rèn）：当作"韧"。㊸逆：违逆。㊹劳劳：忧伤。㊺进退：进见。无颜仪：没脸，难为情。㊻拊（fǔ）掌：拍手。㊼不图：没想到。㊽惭阿母：感到没有脸面见母亲。㊾大悲摧：非常悲痛忧伤。㊿寻：不久。丞：县丞，官名。(51)娇逸：特别娇美。(52)直说：直截了当地说。(53)老姥：刘母自称，即老妇。(54)怅然：愤恨不满的样子。(55)作计：作决定。不量：欠思考。(56)否（pǐ）：恶运。泰：好运气。(57)其往：一作"其住"，可以。(58)处分：决定，处理。(59)要：同"约"，约订。(60)渠会：和他相会。渠：他，指仲卿。(61)登即：立即，马上。(62)还部：回到府衙。白：回报。府君：指太守。(63)便：就。利：适宜。(64)良吉：良辰吉日。(65)络绎：连续不绝。(66)踯躅（zhí zhú）：缓步前进。(67)赍（jǐ）：赠送。(68)杂彩：各种颜色的缎料。(69)求假：请假。(70)高迁：高升，这里指兰芝再嫁太守之子。(71)不良计：不好的主意。(72)南山石：比喻寿命如山之高，如石之固。(73)四体：四肢，指身体。直：舒坦，顺适。(74)台阁：即尚书台。(75)愁煎迫：为忧愁所煎熬逼迫。(76)青庐：一种用青布搭成的帐篷，是古时举行婚礼的地方。(77)人定初：人们刚刚安息的时候。(78)揽裙：撩起裙子。(79)举身：纵身。

序说：东汉末建安年间（公元 196 — 219），庐江太守衙门小吏焦仲卿的妻子刘兰芝，被焦仲卿的母亲赶回娘家，她（回娘家后）发誓不再嫁人。她的娘家逼迫她改嫁，她便投水自尽了。焦仲卿听到后，在（自家）庭院的树上吊死了。当时人们为了悼念他们，写下这首诗记述这件事。

孔雀向东南方向飞去，飞上五里便徘徊一阵。

"（我）十三岁能织白绢，十四岁学裁衣，十五岁弹奏箜篌，十六岁背诵经书，十七岁做你的媳妇，心里常常感到苦悲，你已经担任府吏，遵守府里的规则，专心不移，我独处空房，见面的日子很少。鸡叫时进入机房织绢，夜夜不能休息。三天截下来五匹，婆婆总是嫌织得慢。不是织绢慢，是你家媳妇难做！我不能胜任被使唤，白白地留着没有用，（你）现在就可以去禀告婆婆，趁早把我送回娘家。"

焦仲卿听了这般诉说后，到堂上去禀告母亲："我已经没有做高官、享厚禄的貌相，幸亏还能娶到这个（贤惠能干）妻子，结婚后相亲相爱地生活，（并约定）死后在地下也要相依为伴侣。相处在一起不到两三年，（生活）才开始，还不算很久，这个女子的行为并没有什么不正当，哪里料到会招致母亲不满意呢？"

焦母对仲卿说："（你）怎么这样没见识！这个女子不讲礼节，一举一动全凭自己的意思。我早就憋了一肚子气，你怎么可以自作主张！邻居有个贤惠的女子，名字叫秦罗敷，（长相）美丽，没有谁比得上，母亲替你去求婚。（你）就赶快休掉刘兰芝，打发她走，千万不要挽留（她）！"

焦仲卿直身而跪禀告："孩儿恭敬地禀告母亲，现在假如休掉这个女子，我一辈子就不再娶妻子了！"

焦母听了儿子的话，（用拳头）敲着坐具大发脾气（骂道）："你这小子没有什么害怕的了，怎么敢帮你媳妇说话！我对她已经没有什么恩情了，当然不能答应你（的要求）。"

焦仲卿默默地不敢出声，对母亲拜了两拜，回到自己房里，张嘴对妻子说话，却哭得连话也说不成句："本来我不愿赶你走，但母亲逼迫。你只好暂时回娘家去，我现在还得回太守府里办事，不久我一定回来，回来后必定去迎娶你回来。为此，你就受点儿委屈吧，千万不要违背我说的。"

刘兰芝对焦仲卿说："不要再白费口舌了！记得那一年冬末，我辞别娘家嫁到你府上，侍奉时总是顺从婆婆的意旨，一举一动哪里敢自作主张呢？我白天黑夜勤恳地劳作，孤孤单单地受尽辛苦折磨，总以为没有过错，终身侍奉婆婆。（我）到底还是被赶走了，哪里还说得上再回到你家？我有绣花的齐腰短袄，上面美丽的刺绣发出光彩，红色罗纱做的双层斗帐，四角挂着香袋，盛衣物的箱子六七十个，箱子上都用碧绿色的丝绳捆扎着。样样东西各不相同，种种器皿都在那箱匣里面。我人低贱，东西也不值钱，不配拿去迎接你日后再娶的妻子，留着作为我赠送（给你）的纪念品吧，从此没有再见面的机会了。时时把这些东西作个安慰吧，（希望你）永远不要忘记我。"

鸡鸣啼了，外面天将亮了，刘兰芝起床打扮得整整齐齐。穿上绣花夹裙，每穿戴一件衣饰，都要更换好几遍。脚下穿着丝鞋，头上戴（插）着闪闪发光的玳瑁首饰，腰上束着白绢，光彩像水波一样流动，耳朵戴着用明月珠做的耳坠，手指纤细白嫩，像削尖的葱根，嘴唇红润，像含着红色朱砂，轻盈地踏着细步，精巧美丽，真是绝世无双。

刘兰芝走上厅堂，拜见婆婆，婆婆的怒气仍未平息。（兰芝说）"从前我做女儿时，出世后就生长在乡间，本来就没受过什么好的教养，同你家少爷结婚，更感到惭愧。接受婆婆送的钱财礼品很多，却不能承担婆婆的使唤。今天我就回娘家去，只是记挂婆婆在家里辛苦操劳。"回头再与小姑告别，眼泪像连串的珠子一样掉下来。（刘兰芝对小姑说）"我初来你家时，小姑你刚能扶着坐具学走路，今天我被赶走，小姑你长得和我一样高了。希望你尽心奉养母亲，好好地服侍她。初七和十九，在玩耍的时候不要忘记我。"（兰芝说完）出门登上车子离去了，眼泪簌簌落下。

焦仲卿的马走在前面，刘兰芝的车行在后面，车子发出隐隐当当的响声，一起会合在大路口，焦仲卿下马坐入刘兰芝的车中，两人低头互相凑近耳朵低声说话。（焦仲卿说）"我发誓不与你断绝关系，你先回娘家去，我现在暂且去庐江太守府（办事），不久一定会回来，我对天发誓，绝不会对不起你。"

刘兰芝对焦仲卿说："感谢你的真心诚意！你既然这样记着我，盼望你不久就能来接我，你一定要成为磐石，我一定要成为蒲草。蒲草柔软结实得像丝一样，磐石不容易被转移。我有一个亲哥哥，性情暴躁如雷，恐怕不会听任我的意愿，我担心他会违逆我（等你）的心意。"接着举手告别，惆怅不止，两人恋恋不舍。

兰芝走进了家门，来到内堂，拜见母亲觉得没有脸面。刘母（看见兰芝回来）大为惊讶，拍着手掌说："你怎么自己回来了！十三岁就教你纺织，十四岁你就能裁剪衣裳，十五岁会弹箜篌，十六岁懂得礼节，十七岁送你出嫁，总以为你不会有什么过失。你现在究竟有什么过错，没有人迎接你就自己回来了？"兰芝惭愧地对母亲说："女儿实在没有什么过错。"母亲听后非常悲伤。

（兰芝）回家才十多天，县令就派了媒人上门来。（媒人）说，县令家的三公子，漂亮文雅，世上无双，年龄只有十八九岁，口才很好，又非常能干。刘母对女儿说："你可以去答应他。"

女儿含着眼泪回答说："兰芝才回来时，焦仲卿再三嘱咐我，立下誓言，永不分离。今天违背情义，恐怕这件事这样做不合适。你先回绝来说媒的人，（以后）慢慢再讲这件事吧。"

刘母告诉媒人说："（我们）贫贱人家，有了这个女儿，她刚出嫁不久就被休回娘家。（她）不能做府吏的妻子，怎么配得上县太爷的公子？希望你多方面打听打听（再访求别的女子），我不能答应你。"县令的媒人走了几天后，不久，太守派郡丞来求婚了。说太守家的五儿子，娇美俊逸，还没有结婚，主簿传话请郡丞来做媒。郡丞直接对刘母说："我们太守家有这样一个好公子，想和你家结连理，所以派我到你府上来说媒。"

刘母谢绝媒人说："女儿先前与（府吏）有过誓言，老妇我怎么敢（对她）说再嫁这件事呢？"

兰芝哥哥听到太守求婚被拒这件事，心中烦躁不安，开口对妹妹说："你作这样的决定总要好好考虑！上次嫁的是一个小官吏，这次嫁的是太守的儿子，时来运转，（好运气）足够使你终身荣耀富贵，不嫁给这样仁义的公子，往后你打算怎么办？"

兰芝抬头回答道："道理确实像哥哥说的话一样，我辞别娘家去侍奉丈夫，半途又回到哥哥家里。怎样处理，完全照哥哥的主意吧，哪敢自己随便做主呢？虽然我与府吏立下誓约，但与他永远没有机会见面了。立刻答应这门亲事吧，可以办婚事了。"

太守的媒人从座位上起来连声说："好好，就这样办，就这样办。"他回到郡府报告太守说："我遵照您交给的使命，到刘家去做媒，说媒很成功。"太守听了，心里非常欢喜，（马上）查看婚嫁历，又翻看婚嫁书，便告诉郡丞："婚期定在这个月内就很吉利，年、月、日的干支都相适合，好日子就在三十这一天，今天已经是二十七了，你赶快去刘家订好结婚日期。"太守府内大家互相传话说："赶快筹办婚礼吧！"（赶办婚礼的人）像天上的浮云一样来来往往，络绎不绝。装婚礼（物品）的船绘有青雀和白天鹅的图案，四角挂着绣有龙的旗幡，轻轻地随风飘荡，金色的车子，白玉镶的车轮。缓步前行的青骢马套四周垂着彩缨，刻着金饰的马鞍。赠送的聘金有三百万，都用青色的丝线穿着，各色绸缎有三百匹，从交州、广州采购来的山珍海味。跟从的人有四五百，热热闹闹来到庐江郡府门。

兰芝的母亲对她说："刚才接到太守的信，明天来迎接你，为什么还不做衣裳？不要让婚事办不起来！"

兰芝默不做声，用手巾捂着嘴哭泣，眼泪淌下就像水一样倾泻。移动坐着的琉璃榻，搬出来放在前面的窗子下。左手拿着剪刀和尺子，右手拿着绫罗绸缎（动手做衣裳）。早晨就做成了绣花的夹裙，晚上做成了单罗衫。阴沉沉地，天快要黑了，兰芝满怀愁思，走出门去痛哭。

焦仲卿听说有此变故，于是请假回来，到兰芝家还有二三里的地方，人伤心，马也哀鸣。兰芝熟悉府吏的马叫声，轻步快跑去迎接他，悲伤失意地望着，知道（相爱的）人来了。她举起手抚摸着马鞍，哀声长叹，伤心地说："自从你离开我以后，人事的变化真料想不到啊！果然不如想象的那么好，有很多的事情你又不了解。我有亲生母亲，还有兄长逼迫，硬把我许配给了别人，你回来有什么指望呢！"

焦仲卿对兰芝说："祝贺你得到高升！我这块磐石方正又坚实，可以一直存放上千年，而蒲苇一时柔韧，只能保持很短的时间而已。你将会一天天地富贵起来，我就一个人独自走向地府去吧！"

兰芝对焦仲卿说："（你）怎么能说出这种话来！同是被逼迫，你我是一样的，（我们）就在地府见面吧，（但愿）不要违背今天的誓言！"（他

们）紧紧握着彼此的手，然后告别离去，各自回到家中。活着的人却作临死的诀别，心里的愤恨哪里说得尽呢？想到（他们）将要永远离开人世间，无论如何不能再保全（生命了）！

焦仲卿回到家，走上厅堂拜见母亲说：“今天风大寒冷，寒风摧折了树木，院子里的白兰花上结满了浓霜。儿子现在就像快要落山的太阳一样，使得母亲在今后很孤单。（我）是有意作这样坏的打算的，不要再去怨恨什么鬼神了！愿您的寿命像南山的石头一样长久，愿您的身体永远健康又舒顺！”

焦母听到（儿子）这些话，泪水流下来，说：“你是官宦世家的子弟，又在京城里任官职，千万不要为了（一个）妇人去寻死，（你和她）贵贱本不同，（休掉她）怎么能算薄情呢？东邻有个贤惠的女子，她的美丽在城内外是出名的，我替你去求婚，很快就会有答复。”

焦仲卿向母亲拜了两拜就回房，在自己的空房里长声叹息，自杀的主意就这样定下了。（他）把头转向兰芝住过的内房，（睹物生情），越发悲痛煎熬。

（兰芝）结婚的这一天，牛马乱叫的时候，兰芝走进办婚礼的青布篷帐，在暗沉沉的黄昏后，四周静悄悄的，人们开始安歇了。（兰芝自言自语地说）“我的生命在今天结束了，魂灵要离开了，让这尸体长久地留在人间吧”！（于是）挽起裙子，脱去丝鞋，纵身跳进清水池里。

焦仲卿听到刘兰芝投水自杀这件事，心里知道（从此与刘兰芝）永远离别了，在庭院里的树下徘徊了一阵，自己就在朝向东南的树枝上吊死了。

焦刘两家要求合葬，于是把两个人合葬在华山旁边。（在坟墓的）东西两旁种上松柏，左右两侧种上梧桐，（这些树）条条树枝互相覆盖着，片片叶子互相连接着。树中有一对飞鸟，它们的名字叫做鸳鸯，仰头相互对着叫，天天夜里直叫到五更。路过的人停下脚步听，寡妇听见了，从床上起来，心里很不安定。多多劝告后世的人，以此事为教训，千万不要忘记啊！

【赏析】

通过有个性的人物对话塑造了鲜明的人物形象，是《孔雀东南飞》最大的艺术成就。

从诗中"吾意久怀忿，汝岂得自由""小子无所畏，何敢助妇语"等语，可立见焦母的蛮横；"作计何不量！先嫁得府吏，后嫁得郎君。否泰如天地，足以荣汝身。不嫁义郎体，其往欲何云？"可见刘兄的势利。

"鸡鸣外欲曙，新妇起严妆。著我绣夹裙，事事四五通"，写出了刘兰芝离开焦家时的矛盾心情。欲曙即起，表示她不愿在焦家生活的决心，严妆拜别是她对焦母的抗议与示威。打扮时的事事四五通，表示了她对焦仲卿的爱，欲去又不忍离去的微妙心理。"却与小姑别，泪落连珠子"，姑嫂关系不易相处，兰芝与小姑却关系融洽，正表现了她懂礼仪、易相处。这同焦母的不融恰成对照。另外，辞焦母不落泪，而辞小姑落泪，也可见兰芝的倔强。

焦仲卿的形象刻画也是如此，他送兰芝到大道口，"下马入车中，低头共耳语"，表现了一片真情。闻知兰芝要成婚，"未至二三里，摧藏马悲哀"，诗篇用马悲渲染衬托他内心的强烈痛苦。临死前"长叹空房中""转头向户里"，对母亲还有所顾念，这里可见他的孝顺与善良。

《孔雀东南飞》的重大思想价值在于：它在中国封建社会的早期，就形象地用刘兰芝、焦仲卿两人殉情而死的家庭悲剧，深刻揭露了封建礼教的吃人本质，热情歌颂了刘兰芝、焦仲卿夫妇忠于爱情、反抗压迫的叛逆精神，直接寄托了人民群众对爱情婚姻自由的热烈向往。

古诗十九首

诗歌到汉代，开始告别四言和骚体，汲取乐府诗的精粹，艰难缓慢地朝五言的方向迈进。由于汉代的主流文学样式是气势恢宏、语言华丽的大赋而不是诗，这与汉武帝好大喜功及汉帝国的富足强盛不无关系。于是汉代五言诗在大赋、乐府和四言诗的压迫下，只有很小的一块。它一方面要脱去四言和骚体的旧外衣，同时又要摆脱先秦、战国以来儒家经典的纠缠。因此处于旁流的五言诗只能随写随弃，或在小范围内传唱吟咏，等三百年过去，诗还在，但是时代、作者、具体的篇名却大都无从知晓了。

梁代太子萧统从许多无名而近于散佚的"古诗"中，选择了十九首编在一起，并命名《古诗十九首》。很快，这些古诗脱颖而出，树立了五言诗的新典范，成为中国诗歌史上一个独立的单元，地位越来越高。《古诗十九首》大多写的是游子和思妇的题材，在诗歌中呼喊直白而热烈的相思，反映剧烈动荡的社会，倾诉下层知识分子的失意、彷徨、痛苦，以及对人的生死、生存价值作了一系列的思考和质疑。

行行重行行

行行重①行行，与君生别离。
相去②万余里，各在天一涯③。
道路阻且长，会面安可知？
胡马依北风，越鸟巢④南枝。
相去日已⑤远，衣带日已缓⑥。
浮云蔽白日，游子不顾反⑦。
思君令人老，岁月忽已晚⑧。
弃捐勿复道⑨，努力加餐饭。

①行行：走着不停。重：又，再。②相去：相离。③涯：边际。④越：古代南方一个民族的名称，这里借指南方。巢：筑巢。⑤已：同"以"，作"比"讲。⑥缓：宽松。⑦顾：顾恋、思念。反：同"返"。⑧忽：匆促。晚：指年终。⑨弃捐：抛弃，丢开。勿复道：不要再说了。

【译文】

你走啊走啊，一直不停地走，就这样活生生分开了你我。

从此你我之间相距千万里，我在天这头，你就在天那头。

路途那样艰险又那样遥远，要见面可知道是什么时候？

北马南来，仍然依恋着北风，南鸟北飞，筑巢还在南枝头。

彼此分离的时间越长越久，衣服越发宽大，人越发消瘦。

飘荡的游云遮住了太阳，他乡的游子不想返回。

思念你使我都变老了，一年的岁月转眼间快完了。

还有许多心里话都不说了，只愿你多吃饭，好好保重身体。

【赏析】

这是一首在东汉末年动荡年月中的相思离乱之歌。诗人用思妇自述的口吻，委婉地抒发了妻子对远行丈夫的思念之情。全诗可以分为两个部分，前六句写离别的状况，后面十句写相思的心情。相思之苦本来是一种抽象的心理状态，可是作者通过"胡马""越鸟""浮云""白日"等恰

切的比喻，以及"衣带日已缓""思君令人老"等细致的描写，把悲苦的心情刻画得生动具体、淋漓尽致。

诗歌开头连用四个"行"字，表现了一个离乡背井的游子在漫长的岁月中无休止的飘荡，所谓"悲莫悲兮生别离"（《九歌·少司命》），生离死别是动荡年代里一种带有普遍意义的生存状态，诗人要挖掘的就是隐含在这种普遍的离别之情背后的人生大悲哀。

运用优美而单纯的语言，回环往复地表达自己的感受，这是民歌抒情的基本特点。《古诗十九首》虽是文人创作，却也保持了民间歌谣的风格。比如，"相去万余里""相去日已远"，"道路阻且长""游子不顾反"，反复说的是相似的意思，但全诗就是通过这种一唱三叹的形式，逐层加深地烘托出主人公心中忧伤难遣的情感。

诗词辞典

　　汉乐府《饮马长城窟行》："长跪读素书，书中竟何如？上言加餐饭，下言长相忆。"大意是说："恭恭敬敬地拜读丈夫用素帛写的书信，书信中究竟说了些什么？书信的前一部分是说要增加饭量，保重身体，书信的后一部分是说经常想念。"这首诗以"努力加餐饭"来表达妻子对丈夫深深的关心。"加餐饭"成为当时安慰对方的日常用语。

西北有高楼

西北有高楼，上与浮云齐。

交疏结绮①窗，阿阁②三重阶。

上有弦歌声，音响一何悲！

谁能为此曲？无乃杞梁妻③。

清商④随风发，中曲正徘徊⑤。

一弹再三叹，慷慨⑥有余哀。

不惜⑦歌者苦，但伤知音⑧稀。

愿为双鸿鹄⑨，奋翅起高飞⑩。

【注释】

①疏：镂刻。绮：有花纹的丝织物。②阿（ē）阁：四面有曲檐的楼阁。③无乃：是"莫非""大概"的意思。杞梁妻：杞梁妻的故事，最早见于《左传·襄公二十三年》。据说齐国大夫杞梁出征莒国，战死在莒国城下。其妻趴在杞梁的尸体上痛哭，一连哭了十个日夜，连城墙都被她哭塌了。④清商：古乐曲名，其曲调哀婉。⑤中曲：乐曲的中段。徘徊：指乐曲旋律往复萦回。⑥慷慨：感慨、悲叹的意思。⑦惜：痛惜。⑧知音：识曲的人，借指知心的人。⑨鹄：天鹅。一作"鸣鹤"。⑩高飞：远飞。

【译文】

西北方有一座高楼矗立，高耸似与浮云一般高。

镂刻的木条交错成有花纹的窗格，四周是高翘的阁檐，有层叠的三重阶梯。

楼上飘下了弦歌之声，声音是多么地让人悲伤啊！

谁能弹此曲？莫非是杞梁的妻子。

清商声调哀婉悠扬，随风飘荡。弹到中曲，旋律往复萦回。

弹完一个基调，再反复重奏或和声，抚琴人哀叹的声息不止。

不痛惜抚琴人的苦楚，悲伤的是知音难觅。

愿我们化作一对天鹅，共同展翅高飞吧。

【赏析】

这是一首写知音难觅的诗。全诗开篇，凄凉的弦歌声从重门紧锁的高楼上隐隐传来，其声调的悲凉深深地感染了楼下听歌的人。从那清婉悠扬、感慨哀伤而又一唱三叹的歌声中，诗人清晰地感受到了歌者经历的惨痛和被压抑的内心痛苦。这令人不禁推想，歌者是谁？莫非是杞梁妻那样的忧伤女子？

细心读来，人们自然明白：正如"西北有高楼"的景象，全是诗人托化的虚境一样，就是这"弦歌"高楼的佳人，也还是诗人虚拟的。那佳人其实正是诗人自己——他无非是在借佳人不遇"知音"之悲，抒写自己政治上的失意之情罢了。不过，悲愤的诗人竟然会生此奇想：不仅把自身托化为高楼的"歌者"，而且又从自身化出另一位"听者"，作为高楼佳人的"知音"而唏嘘感怀、聊相慰藉——透过诗面上的终于得遇"知音"、奋翅"高飞"，人们感受到的，恰恰是一种"四顾无侣"、自歌自听的无边寂寞和伤情。诗人内心的痛苦，正借助于这痛苦中的奇幻之思，表现得分外悱恻和震颤人心。"但伤知音稀"是当时一种具有广泛社会性的苦闷、悲伤和期待。

诗 词 辞 典

相传伯牙善弹琴，钟子期善听琴。伯牙弹到志在高山的曲调时，钟子期就说"峨峨兮若泰山"；弹到志在流水的曲调时，钟子期又说"洋洋兮若江河"。钟子期死后，伯牙不再弹琴，因为再没有人能像钟子期那样懂得自己的音志。诗人此处以"但伤知音稀"倾诉没有了解自己的人的苦闷心情。

明月皎夜光

明月皎夜光，促织①鸣东壁。

玉衡指孟冬②，众星何历历③。

白露沾野草，时节忽复易④。

秋蝉鸣树间，玄鸟⑤逝安适？

昔我同门友⑥，高举振六翮⑦。

不念携手好，弃我如遗迹。

南箕北有斗⑧，牵牛不负轭⑨。

良无盘石⑩固，虚名复何益？

【注释】

①促织：蟋蟀。②玉衡：北斗七星的第五星，又可指第五至第七星中的斗柄三星。古人根据北斗星所指方位的变换来辨别节令的推移。孟冬：冬季的第一个月。③历历：分明貌。④易：变换。⑤玄鸟：燕子。⑥同门友：同窗，同学。⑦翮（hé）：鸟的羽茎。⑧箕：星名，形似簸箕。斗：星名，形似古代盛酒的器具。《诗·小雅·大东》："维南有箕，不可以簸扬；维北有斗，不可以挹酒浆。"后即用"南箕北斗"比喻有名无实。⑨牵牛：指牵牛星。轭：车辕前横木。⑩良：确实，诚然。盘石：同"磐石"，大石。

【译文】

皎洁的明月照亮了仲秋的夜色，东壁的蟋蟀低吟浅唱着。

101

夜空北斗横转，斗杓正指向十二方位中的孟冬，众多的星星格外闪亮。

草叶上已沾满露珠，深秋已在不知不觉中到来。

秋蝉在枝叶间鸣叫，燕子飞往温暖的南方。

曾经的同门好友，如今飞黄腾达了。

忘却以前携手同游的交情，把我丢弃如同身后遗留的脚印。

箕在南而斗在北，"牵牛"星不能拉车，真是徒有虚名。

"同门之谊"本来应当坚如磐石，徒有虚名又有何用呢？

【赏析】

诗人有感于朋友翻脸无情，遗弃贫贱，忘却旧交，仰观众星，天上人间均有令人无可奈何的事情。全诗分三部分：首八句从秋夜景色的铺叙写起，然后时节忽变，暗喻世态炎凉，蝉犹鸣，燕已逝，暗喻已与友人出处不同了。中四句是对同门友贵而弃"我"的鄙视和谴责，此处揭示出作诗的主旨。末四句回到景色描写后的感慨，意在抱怨朋友不提携自己，当时还信誓旦旦地声称同门之谊"坚如磐石"，叹息炎凉世态虚名又有何用呢？直接写来显得生硬，妙在借"箕斗""牵牛"等众多星星作比，道出有名无实，顿时趣味横生。

这也是一首写月意象的诗。清澈的月光照亮了诗歌的每一句，为全诗抹上一层清凉凄迷的底色；所有的促织、玄鸟、秋蝉，所有的鸣叫、飞翔，野草上的白露，诗人的哀怨，全都笼罩在月光透明的清阴之下。这种月的意象在后人的诗歌中多有应用，比如张九龄的《望月怀远》、杜甫的《月夜》，还有李白诗篇中的月亮，都有同样的意象风格。

迢迢牵牛星

迢迢牵牛星①，皎皎河汉女②。

纤纤擢③素手，札札弄机杼④。

终日不成章⑤，泣涕零⑥如雨。

河汉清且浅，相去复几许⑦？

盈盈一水间⑧，脉脉不得语⑨。

【注释】

①迢迢（tiáo）：遥远。牵牛星：隔银河和织女星相对，俗称"牛郎星"。②皎皎：明亮。河汉：即银河。河汉女：指织女星。③擢（zhuó）：伸出。④杼：织机的梭子。⑤终日不成章：《诗经》的原意是织女徒有虚名，不会织布；这里则是说织女因害相思而无心织布。⑥涕：眼泪。零：落。⑦几许：多少。⑧盈盈：清澈、晶莹的样子。间：相隔。⑨脉脉（mò mò）：含情凝视的样子。

【译文】

遥远的牵牛星，明亮的织女星。

（织女）伸出细长而白皙的手，正摆弄着织机，发出"札札"的声音。

一整天也没织成一段布，眼泪像下雨一样落下来。

银河又清又浅，相隔又有多远呢？

虽只隔一条清澈的河水，但他们只能含情凝视而不能交谈。

　　诗篇开头，由牵牛星引出河汉女，"纤纤擢素手，札札弄机杼"引出织女织布的场面，但这并不是本诗叙写的重点，"终日不成章，泣涕零如雨"句承上启下，进行过渡，一下子塑造了孤独、哀怨、痛苦、不幸的织女形象，她日夜相思的牛郎却因隔着天河而不能相见，天河水清且浅，两岸相距并不遥远，却无人给他们搭上一座小桥，让二人相会，织女只能默默凝视，欲语不能，盈盈粉泪，柔肠寸断。

　　这首诗之所以流传久远，还在于它深刻的内涵，全诗借牛郎织女遭天河隔绝的故事，表达了一个年轻女子思念她的爱人，欲相会而不能的怨情。诗人从牛郎织女的神话传说中汲取了创作的灵感，又另辟蹊径，不写牛郎织女之间的情深义重，而着重渲染他们相思的幽怨。

诗词辞典

叠音词

　　叠音词有时简称"叠词"，是重复同一个音节所构造的词。使用叠音词，能够传神地描写出人和物的音、形、情、态等。这首诗一共十句，其中六句都用了叠音词，即"迢迢""皎皎""纤纤""札札""盈盈""脉脉"。这些叠音词使这首诗质朴、清丽，情趣盎然。

上山采蘼芜

上山采蘼芜^①，下山逢故夫。

长跪问故夫，新人复何如？

新人虽言好，未若故人姝^②。

颜色类相似，手爪^③不相如。

新人从门入，旧人从阁去^④。

新人工织缣^⑤，故人工织素^⑥。

织缣日一匹^⑦，织素五丈余。

将缣来比素，新人不如故。

【注释】

①蘼芜（mí wú）：一种香草，叶子风干可以做香料。古人相信蘼芜可使妇人多子。②故人：指前妻。姝：美好。这里指勤劳有妇德。③手爪：指纺织等技巧。④阁（hé）：旁门，小门。⑤工：善于。缣（jiān）：黄色细绢，品相价格较贱的丝织品。⑥素：白色细绢，品相价格较贵的丝织品。⑦一匹：布帛长四丈，宽二尺二寸为一匹。

【译文】

登上山中采蘼芜，下山偶遇前时夫。

妇人长跪问前夫，你的新妻怎么样？

新妻虽说还不错，却比不上你的好。

美貌虽然也相近，纺织技巧差得多。

新人从正门迎娶，我却从小门送走。

新人很会织黄绢，你却善于织白绢。

黄绢一日织一匹，白绢一日五丈多。

黄绢白绢相比较，我的新妻不如你。

【赏析】

这是一首写弃妇的
诗。全篇是弃妇和故夫
偶然重逢时的一番简短对
话。弃妇向前夫打听"新
人"的情况："新人复何
如？"一个"复"字用得
意味深长，既透露出弃妇
心中的无限委屈怨恨，又
带着一丝本能的妒意。故夫则回答："手爪不相如。"弃妇则冷冷地刺了
他一句："新人从门入，旧人从阁去。"于是心怀愧意的前夫得出"新人
不如故"的结论。

这首诗的本意是咏唱弃妇不幸的命运，却不从正面写弃妇的哀怨委
屈，反而写出了前夫的念旧。作者没有作任何正面的说明和谴责，但是
前夫的念旧使读者了解到弃妇是一个美丽勤劳的女子，她的命运取决于
丈夫一时的好恶。至于那位"新人"的命运也就不难猜测了。

十五从军征

十五从军征，八十始得归①。

道逢②乡里人："家中有阿③谁？"

"遥看是君④家，松柏冢累累⑤。"

兔从狗窦⑥入，雉⑦从梁上飞。

中庭生旅⑧谷，井上生旅葵⑨。

舂谷持作⑩饭，采葵持作羹⑪。

羹饭一时⑫熟，不知饴⑬阿谁。

出门东向看，泪落沾⑭我衣。

【注释】

①始：才。归：回家。②道逢：在路上遇到。道，路途。③阿：语助词，无实义。④遥看：远远地看。君：你，表示尊敬的称呼。⑤柏：松树。冢：坟墓。累累：与"垒垒"同，形容丘坟一个连一个的样子。⑥窦：洞穴。⑦雉：野鸡。⑧中庭：屋前的院子。旅：植物未经播种而生长叫"旅生"。⑨旅葵：即野葵。⑩舂：把东西放在石臼或钵里捣掉皮壳或捣碎。持：用。作：当做。⑪羹：糊状的菜。⑫一时：一会儿就。⑬饴：送，赠送。⑭沾：渗入。

【译文】

十五岁就应征去参军，八十岁才退伍回到故乡家中。

路上碰到一个乡下的邻居，问："我家里还有什么人？"

"远远望去就是你的家，松柏之下一片墓地。"

野兔从墙下狗洞中出入，野鸡在屋梁上飞来飞去。

院子里长着野生的谷子，井台周围长着葵菜。

用捣掉皮壳的野谷做饭，摘下野葵煮汤当做菜。

汤和饭一会儿都做好了，却不知赠送给谁吃。

走出大门向着东方张望，老泪纵横，洒落在征衣上。

【赏析】

　　这首诗通过一个老兵的自述，有力地揭露和控拆了当时兵役制度的残酷。汉代长期拓边征战，给人民带来了沉重的苦难。这首诗就真实地反映了这一个历史阶段的社会生活。"十五从军征，八十始得归"，看似简单、平实的事件交代，其中却隐含了老兵一生从军的辛酸。颠沛一生，老来回到家园，看到的却是更为荒芜凄凉的景象。

诗的最后两句通过对老兵动作的描绘，抒发老兵心中的悲哀。这里突出老兵出门张望（"出门东向看"）与老泪纵横（"泪落沾我衣"）的细节，将老兵举目无亲、孤身一人的形象刻画得栩栩如生，将其悲痛欲绝的茫然之情抒发得淋漓尽致。

这首诗没有一句话直接描写战争的残酷、诅咒社会的黑暗，可是恰恰是因为没有激愤之语，只有平实之态，才更蕴含了凄楚沉郁之情。

魏晋南北朝诗歌

建安时代，文人五言诗繁兴。曹操及其子曹丕、曹植都爱好写诗，此外，建安七子中的王粲、刘桢、徐幹、陈琳、阮瑀等人，都擅长写诗，写的多数是五言诗。

东汉末年，战乱频繁，社会各方面遭到严重破坏，百姓大量死亡。建安文人通过亲身体验，学习用乐府民歌体来反映国家的丧乱和人民的苦难，具有强烈的现实性。他们的不少诗篇还表现了力求建功立业、有所作为的奋发精神。他们的诗深受民歌影响，语言疏朗明白，不尚雕琢，具有清新刚健的特色。建安诗歌情怀慷慨、刚健的风貌，深受后人推崇，称为"建安风骨"，或者扩大一些，称为"汉魏风骨"。唐代诗人曾经把追求建安风骨作为革新诗风的一个有力口号。

曹　操

——性情古直，甚有悲凉之句

曹操（155—220），字孟德，沛国谯县（今安徽亳州）人，是东汉末期著名的政治家、军事家和诗人。曹操一生跃马扬鞭、南征北战，但手不释卷，雅爱文学。曹操的诗歌古朴刚健、慷慨豪迈。散文主要是表、令类的实用性文体，在内容和形式上很少受传统的束缚，下笔无所顾忌，具有自由不羁的风格，被鲁迅誉为"改造文章的祖师"。

观沧海

东临碣石①，以观沧②海。
水何澹澹③，山岛竦峙④。

树木丛生，百草丰茂。

秋风萧瑟，洪波涌起。

日月之行，若⑤出其中；

星汉⑥灿烂，若出其里。

幸甚至哉⑦，歌以咏志⑧。

【注释】

①临：登上。碣（jié）石：山名。②沧：同"苍"，青绿色。③何：多么。澹澹（dàn）：水波摇动的样子。④竦峙（sǒng zhì）：高高耸立。竦：同"耸"，高。⑤若：如同，好像是。⑥星汉：银河。⑦幸：庆幸。甚：极点。至：非常。⑧咏：歌吟。志：理想。

【译文】

东行登上碣石山，来观看大海。

海水多么宽阔浩荡，山岛高高地挺立在海边。

树木郁郁葱葱，百草丰盛繁茂。

秋风发出悲凉的声音，海中翻腾着巨大的波浪。

太阳和月亮的运行，好像是从浩瀚的海洋中出发的。

银河星光灿烂，好像是从这浩渺的海洋中产生的。

庆幸得很啊，就用诗歌来表达心志吧。

【赏析】

《观沧海》这首诗，海水、山岛、草木、秋风，全是眼前景物，不过后文中的"日月""星汉"，都是曹操想象之景，并不是真实看到的景物。"水何"六句虽然是在描绘生气勃勃的大海风光，实际上是在歌颂祖国的壮丽山河，透露出诗人热爱祖国的感情。诗人目睹祖国山河壮丽的景色，更加激起了要一统天下、建功立业的雄心壮志。于是借助丰富的想象，来充分表达这种愿望。

这首诗不但通篇写景，而且独具一格，堪称中国山水诗的最早佳作，特别受到文学史家的厚爱。曹操写秋天的大海，能够一洗悲秋的感伤情调，写得沉雄壮阔、气吞万象，这与他作为一个雄心勃勃的政治家和军事家的风度是一致的，真是使人读其诗如见其人。

龟虽寿

神龟虽寿，犹有竟时①。
腾蛇②乘雾，终为土灰。
老骥伏枥③，志在千里。
烈士暮年④，壮心不已。
盈缩⑤之期，不但⑥在天；
养怡⑦之福，可得永年。
幸甚至哉！歌以咏志。

【注释】

①竟：尽，完。②腾蛇：传说中与龙同类的神物，能腾云驾雾。③骥（jì）：千里马。枥（lì）：马槽。④烈士：有雄心壮志的人。暮年：晚年。⑤盈缩：指人的寿命长短。盈，长。缩，短。⑥但：仅，只。⑦养怡：保养身心健康。

【译文】

神龟的寿命虽然十分长久，但也还有生命终了的时候。

腾蛇尽管能腾云驾雾，终究也会死亡，化为土灰。

年老的千里马伏在马棚里，它的雄心仍然是日驰千里。

有远大志向的人到了晚年，奋发思进的雄心不会止息。

人的寿命长短，不只是由上天所决定的。

只要自己注意身心健康，也可以益寿延年。

真是幸运极了，用歌唱来表达自己的志向吧。

【赏析】

本诗作于建安十二年（207），北伐乌桓胜利凯旋的归途。当时曹操五十三岁，虽然刚刚取得了胜利，但诗人想到一统中国的宏愿尚未实现，想到自己已届暮年，人生短促，时不我待，怎能不为生命的有限而感慨？但是，诗人并不悲观，他仍以不断进取的精神激励自己，建功树业。《龟虽寿》所表达的正是这样一个积极的主题。

诗歌一开头，就用"神龟""腾蛇"这两个形象的比喻说明世间万物都不是永恒存在的，新陈代谢是大自然的根本规律。诗人承认生命有限正是为了充分利用这有限的生命，建功树业，有所作为。全诗以形象的比喻、明快的语言表达了一种人定胜天的非宿命论的思想，它告诉人们，事在人为，命运是可以改变的。它激励人们，不要哀叹时光的流逝，丢弃那种人到暮年无所作为的消极思想，要像"老骥伏枥"一样"志在千里"，奋斗不息。

古 为 今 用

"老骥伏枥，志在千里"，现今用以比喻有志向的人虽然年老，仍有雄心壮志。例如"真正老骥伏枥志在千里，奋斗不止的人是少而又少的。"

短歌行

对酒当歌，人生几何？

譬如朝露，去日苦①多。

慨当以慷，忧思难忘。

何以解忧？唯有杜康②。

青青子衿③，悠悠我心。

但为君故，沉吟至今。

呦呦④鹿鸣，食野之苹⑤。

我有嘉宾，鼓瑟吹笙。

明明如月，何时可掇⑥？

忧从中⑦来，不可断绝。

越陌度阡⑧，枉用相存⑨。

契阔谈䜩⑩，心念旧恩⑪。

月明星稀，乌鹊南飞。

绕树三匝⑫，何枝可依？

山不厌⑬高，海不厌深。

周公吐哺⑭，天下归心。

【注释】

①去日：逝去的日子。苦：恨，遗憾。②杜康：这里指酒。③衿：衣领。这里代指人才。④呦呦：鹿鸣声。⑤苹：艾蒿。⑥掇（duō）：拾取。⑦中：内心。⑧陌、阡：都是田间小道，东西向叫陌，南北向叫阡。⑨枉：枉驾，屈就。存：问。⑩契：合。阔：疏。䜩：同"宴"。⑪旧恩：指

往日情谊。⑫匝：周，圈。⑬厌：满足。⑭周公吐哺：《史记》载，周公自谓："一沐三握发，一饭三吐哺，犹恐失天下之贤。"这里是指周公见到贤才，吐出口中正在咀嚼的食物，马上接待。哺：口中咀嚼的食物。

【译文】

　　面对美酒，伴以高歌，人生短促，日月如梭。

　　好比晨露转瞬即逝，失去的时日实在太多。

　　席上歌声激昂慷慨，忧郁长久填满心窝。

　　靠什么来排解忧闷？唯有狂饮方可解脱。

　　那穿着学士服的学子哟，你们令我朝夕思慕。

　　正是因为你们的缘故，我一直低唱着《子衿》。

　　阳光下鹿群呦呦欢鸣，悠然自得地啃食着艾蒿。

　　一旦四方贤才光临舍下，我将奏瑟吹笙，宴请宾客。

　　那皎洁的月亮哟，何时可以摘取呢？

　　因此而忧心啊，一直不曾断绝。

　　远方宾客踏着田间小路，一个个屈驾前来探望我。

　　欢饮畅谈，重温那往日的恩情。

　　月光如此明亮，星光也显得暗淡了，一群乌鸦向南飞去。

　　绕树飞了三圈，哪里才是它们的栖身之所？

　　高山从不满足于自己的高大，大海从不满足于自己的深广。

　　我要像周公一般礼贤下士，愿天下英杰都真心归顺于我！

【赏析】

　　这首《短歌行》的主旨就是希望招揽大量人才为自己所用。曹操在其政治活动中，为了扩大他在庶族地主中的统治基础，打击反动的世袭豪强势力，曾大力强调"唯才是举"，为此而先后发布了"求贤令""举

士令""求逸才令"等；而《短歌行》实际上就是一曲"求贤歌"，又正因为运用了诗歌的形式，含有丰富的抒情成分，所以能起到独特的感染作用，有力地宣传了他所坚持的主张，配合了他所颁发的政令。

曹操和常人一样，也深感人生的短暂，人生之短，犹如朝露，短暂的生命是很令人忧惧的。曹操又是一位有远大抱负的政治家和军事家，他对生命价值的理解异于常人。他珍惜生命，因为他志在千里；他也意识到自己已进入暮年，但仍壮心不已。全诗没有写到一个"乐"字，反而三次写到"忧"，曹操忧什么呢？让曹操担忧的是天下不太平！生命如此有限，求贤和建功立业更显得急迫。

写作技法

代 指

代称是指不直接说出人或事物的名称，而以事物的特征或标志来指代该事物，或以部分代全体、以原料代成品、以具体代抽象等方法来指示事物。本诗"青青子衿，悠悠我心"句中用的"子衿"便是以衣领代指人才。"何以解忧？唯有杜康"句中便是用酿酒始祖"杜康"代指酒。

曹 丕

——诗风缠绵哀怨

曹丕（187 — 226），字子桓，沛国谯县（今安徽亳州）人，魏武帝曹操的长子，曹魏的开国皇帝。三国时期著名的政治家、文学家，220 — 226 年在位。曹丕在文学方面也有相当高的成就：其《燕歌行》是中国现存最早的文人七言诗；他的五言诗和乐府诗清绮动人；所著《典论·论文》在中国文学批评史上占有重要地位，与其父曹操、其弟曹植并称为"三曹"。

杂诗二首（其一）

漫漫秋夜长，烈烈①北风凉。

展转②不能寐，披衣起彷徨。

彷徨忽已久，白露沾我裳。

俯视清水波，仰看明月光。

天汉回西流③，三五正纵横④。

草虫鸣何悲，孤雁独南翔。

郁郁⑤多悲思，绵绵思故乡。

愿飞安得翼，欲济河无梁。

向风长叹息，断绝我中肠。

【注释】

①烈烈：风力强劲。②展转：翻来覆去，不能入睡的样子。③天汉：

天河。古人用观察星象的方法测定时间，回西流就是银河转向西，表示夜已很深了。④三五：指天空稀疏的小星。纵横：指群星布列的样子。⑤郁郁：苦闷忧伤。

【译文】

漫漫的秋夜多么长，烈烈的北风吹来凉。

躺在床上辗转难眠，披衣而起，徘徊旷野。

徘徊不觉得时间已久，白露渐渐浸湿我衣裳。

俯视池中清水起微波，仰看空中皎皎明月光。

银河转西流向正西方，天空中已是月明星稀。

草虫的叫声多么可悲，鸿雁孤独地向南飞翔。

内心闷闷不乐忧愁多，连续不断地思念故乡。

想要高飞何处得双翅，想要渡河河上无桥梁。

面对来风长长地叹息，忧思不尽使我愁断肠。

【赏析】

这首诗写长期漂泊异乡的游子浓厚抑郁的思乡情绪。在"漫漫秋夜长，烈烈北风凉"之时，游子徘徊在旷野，他的情思飞向故乡，思乡情结困扰着他。他时而俯视流水，时而仰视长空，草虫的鸣唱、孤雁的飞翔都增加了他的悲伤，是什么让他如此痛苦？"郁郁多悲思，绵绵思故乡"。故乡，是他在无依的漂泊中渴望停泊的港湾，那里有他的

亲人，有他生命的根，然而他不能归去，只能"向风长叹息，断绝我中肠"。萧瑟的秋景与游子孤寂的心境非常吻合。

这首诗以写景为主，借景抒情，言外有无穷的悲凉，远不止于游子对故乡的思念，诗句间还流淌着建安时代特有的悲怆，是一个时代士人忧愁凄苦生存境遇的特写，是士人在社会动乱中的切身体悟。

燕歌行二首（其一）①

秋风萧瑟天气凉，草木摇落②露为霜，群燕辞归雁南翔。
念君客游思断肠，慊慊思归恋故乡，君为淹留③寄他方？
贱妾茕茕④守空房，忧来思君不敢忘，不觉泪下沾衣裳。
援琴鸣弦发清商⑤，短歌微吟不能长。明月皎皎照我床，
星汉西流夜未央⑥。牵牛织女遥相望，尔独何辜限河梁⑦。

【注释】

①本篇属《相和歌辞·平调曲》。燕是北方边地，征戍不绝，所以《燕歌行》多半写离别。②摇落：凋残。③慊慊（qiè）：空虚之感。淹留：久留。④茕茕（qióng）：孤独无依的样子。⑤援：执，持。清商：乐名。⑥夜未央：夜已深而未尽的时候。这诗所描写的景色是初秋的夜间景色。⑦尔：指牵牛、织女。河梁：河上的桥。传说牵牛和织女隔着天河，只能在每年七月七日相见，乌鹊为他们搭桥。

【译文】

秋风萧瑟，天气清冷，草木凋落，白露凝霜。
燕群归去，天鹅南飞。思念出外远游的良人啊，我肝肠寸断。

119

思虑冲冲，怀念故乡。君为何故，久留他方。

贱妾孤零零地空守闺房，忧愁的时候思念君子啊，我不能忘怀。

不知不觉中珠泪下落，打湿了我的衣裳。

拿过古琴，拨弄琴弦却发出丝丝哀怨。短歌轻吟，似续还断。

那皎洁的月光啊照着我的空床，星河沉沉向西流，忧心不寐夜漫长。

牵牛织女啊远远地互相观望，你们究竟有什么罪过，被天河阻挡。

【赏析】

这是今存最早的一首完整的七言诗。它叙述了一位女子对丈夫的思念。笔致委婉，语言清丽，感情缠绵。这首诗突出的特点是写景与抒情的巧妙交融。

诗歌的开头展示了一幅秋色图：秋风萧瑟，草木零落，白露为霜，候鸟南飞……这萧条的景色牵出思妇的怀人之情，映照出她内心的寂寞；最后几句以清冷的月色来渲染深闺的寂寞，以牵牛星与织女星的"限河梁"来表现思妇的哀怨。

诗歌在描述思妇的内心活动时，先是写丈夫"思归恋故乡"；继而设想他为何"淹留寄他方"，迟迟不归；再转为写自己"忧来思君不敢忘"，整日里在相思中过活；苦闷极了，想借琴歌排遣，却又"短歌微吟不能长"，只好望月兴叹了。如此娓娓叙来，笔法极尽曲折之妙，写出了这位女子内心不绝如缕的思念柔情。

曹 植

——骨气奇高，词采华茂

曹植（192 — 232），字子建，沛国谯县（今安徽亳州）人。三国时期魏国的杰出诗人。曹操第三子，因才学出众，早年曾被曹操宠爱，一度欲立为太子，后失宠。曹丕称帝后，他受曹丕的猜忌和迫害，屡遭贬爵和改换封地。曹植的诗歌创作以曹丕即帝位为界，分为前后两期。前期诗歌的基调开朗、豪迈；后期作品掺杂较浓厚的消极思想。其诗比较全面地代表了建安诗歌的成就，对五言诗的发展颇有影响。后人评其诗歌"情兼雅怨"。

白马篇

白马饰金羁①，连翩②西北驰。借问谁家子，幽并游侠儿③。
少小去乡邑，扬声沙漠垂④。宿昔秉良弓，楛矢⑤何参差。
控弦破左的⑥，右发摧月支⑦。仰手接飞猱⑧，俯身散马蹄。
狡捷过猴猿，勇剽若豹螭⑨。边城多警急，虏骑数⑩迁移。
羽檄⑪从北来，厉马⑫登高堤。长驱蹈⑬匈奴，左顾陵⑭鲜卑。
弃身锋刃端，性命安可怀⑮？父母且不顾，何言子与妻？
名编壮士籍，不得中顾私⑯。捐躯赴国难，视死忽如归！

【注释】

①羁：马络头。②连翩：接连不断，这里形容轻捷迅急的样子。魏初，西北方为匈奴、鲜卑等少数民族居住区，驰向西北即驰向边疆战场。③幽并：幽州和并州，即今河北、山西和陕西诸省的一部分地区。

游侠儿：重义轻生的青年男子。④扬：传扬。垂：边疆。⑤宿昔：昔时，往日。秉：持。楛（hù）矢：用楛木做箭杆的箭。⑥控：引，拉开。左的：左方的射击目标。⑦摧：毁坏。月支：箭靶名。⑧接：迎接飞驰而来的东西。飞猱（náo）：与下文的"马蹄"均为飞动的箭靶。⑨剽：行动轻捷。螭（chī）：传说中似龙的猛兽。⑩虏：胡虏，古时对北方少数民族的蔑称。数：屡次。 ⑪羽檄：檄是军事方面用于征召的文书，插上羽毛表示军情紧急，所以叫羽檄。⑫厉马：奋马，策马。⑬蹈：奔赴。⑭陵：压制。⑮怀：顾惜。 ⑯中：心中。顾：念。

【赏析】

　　曹植的这首乐府诗可分四节来理解其内容。第一节，从开头至"幽并游侠儿"，概写主人公游侠儿英俊豪迈的气概；第二节，从"少小去乡邑"到"勇剽若豹螭"，补叙游侠儿的来历和他超群的武艺；第三节，从"边城多警急"到"左顾陵鲜卑"，写游侠儿在战场上冲锋陷阵、奋勇杀敌的英雄事迹；第四节，从"弃身锋刃端"至结束，写游侠儿弃身报国、视死如归的崇高思想境界。全诗塑造了一个武艺高强又充满爱国情感的游侠形象。其实，曹植借武艺高超、渴望卫国立功甚至不惜牺牲生命的游侠少年形象，抒发了自己要为国建功立业的豪迈情怀。

目　录
CONTENTS

唐诗

唐

诗

唐诗

唐代（618－907）是我国古典诗歌发展的全盛时期。唐诗是我国优秀的文学遗产之一，也是全世界文学宝库中的一颗灿烂的明珠。尽管离现在已有一千多年了，但许多诗篇还是广为流传。

唐代诗歌的发展过程，大致可以分为初唐、盛唐、中唐、晚唐四个阶段。唐诗的题材非常广泛。有的反映当时社会的阶级状况和阶级矛盾，揭露了封建社会的黑暗；有的歌颂正义战争，抒发爱国思想；有的描绘祖国河山的秀丽多娇；此外，还有抒写个人抱负和遭遇的等等。在创作方法上，既有现实主义的流派，也有浪漫主义的流派，而许多伟大的作品，则是这两种创作方法相结合的典范。从而形成了我国古典诗歌的优秀传统。可以说，唐诗是唐代社会的一个缩影。它在文学上和生活上都丰富了人们的想象，至今仍生机盎然。唐诗中承载的积极向上的高尚节操，最终成了一种激励中华民族生生不息的博大精神。

虞世南
——诗风柔中带刚

虞世南（558—638），凌烟阁二十四功臣之一，字伯施，余姚（今属浙江）人，唐初政治家，书法家，文学家。隋炀帝时官拜起居舍人，唐时历任秘书监、弘文馆学士等。唐太宗称他德行、忠直、博学、文词、书翰为"五绝"。

蝉

垂緌①饮清露，流响出疏桐。

居高声自远，非是藉秋风。

①缕：古人结在颔下的帽带下垂部分，蝉的头部伸出的触须，形状与其有些相似。

【译文】

蝉所饮的是甘洌的清露，鸣叫声从稀疏的梧桐林传向远方。

声音远播是因为站在高处，而不是因为有秋风相助。

【赏析】

诗人借咏蝉表现自己高尚的情操,构思精巧。古时候因蝉居高饮露，人们都以其为高洁品质的象征。作者明为写蝉，实为写人。后两句为全篇重点，作者直抒胸臆，指出人若有高尚的品格，即使不借助外物的帮助，也可声名远播。

骆宾王
——浑然物我一体的诗境

骆宾王（约638—约684），字观光，婺州义乌（今浙江义乌）人。唐初诗人，与王勃、杨炯、卢照邻合称"初唐四杰"。唐龙朔初年，骆宾王担任道王李元庆的属官。后来相继担任武功主簿和明堂主簿、侍御史等。曾经被人诬陷入狱，被赦免后出任临海县丞，所以后人也称他骆临海。武则天光宅元年（684），徐敬业起兵讨伐武则天，他作为秘书，起草了著名的《讨武曌檄》。

在狱咏蝉

西陆①蝉声唱，南冠②客思深。

那堪玄鬓③影，来对《白头吟》。

露重飞难进，风多响易沉。

无人信高洁，谁为表予心？

【注释】

①西陆：秋天。②南冠：代指囚禁中。③玄鬓：蝉翼。

【译文】

秋天蝉声鸣唱，激起作为囚徒的我的满怀愁思。怎么忍受得了秋蝉扇动着黑色的翅膀，对着我这满头白发的人吟唱。露水太重，蝉有翅膀也难飞；晚风太响，淹没了蝉的叫声。没有人相信我的清白，有谁能为我表白冤情？

【赏析】

武则天当政时，徐敬业起兵讨伐她，将骆宾王写的《讨武曌檄》散布天下，揭露她的昏庸和暴行。不久，骆宾王被捕入狱，在狱中写下了这首诗。

首句由蝉鸣开篇，由蝉联想到自身。颔联中《白头吟》为古时乐府佳作，描写一位被爱人抛弃的女子的哀怨心情，诗人以此自比，表明自己仕途坎坷，屡遭贬谪，黑发渐渐变白发的凄惨现状。

"玄鬓"和"白头"对照鲜明，更显凄凉。颈联托物言志，以蝉喻己，把诗人多年来的坎坷经历全程再现。"露重""风响"则比喻周遭事物的不尽如人意，"飞难进"则是暗喻诗人难以在官场有所作为，"响易沉"暗喻自己的观点受到打压排挤。结尾一句设问点明，自己虽拥有蝉的高洁品质，但含冤入狱，悲愤之情跃然纸上。整首诗质朴流畅，托物言志，用典自然，语义双关，是咏物诗中的杰作。

诗 词 辞 典

相传西汉时司马相如对卓文君爱情不专后，卓文君作《白头吟》以自伤。其诗云："凄凄重凄凄，嫁娶不须啼。愿得一心人，白头不相离。"（见《西京杂记》）这里，诗人巧妙地运用了这一典故，进一步比喻执政者辜负了诗人对国家的一片忠爱之忱。

于易水送人

此地别燕丹，壮士发冲冠[①]。
昔时人已没[②]，今日水犹寒。

【注释】

①发冲冠：形容人极度愤怒，头发把帽子都顶起来了。 ②人：一种说法为单指荆轲，另一种说法为当时在场的人。没：同"殁"，死。

【译文】

在这个地方，荆轲告别燕太子丹，壮士悲歌豪气，怒发冲冠。
昔日刺杀秦王的荆轲已经不在了，今天的易水还是那样的寒冷。

【赏析】

《于易水送人》从诗题上看是一首送别诗，从诗的内容上看这又是一首咏史诗。骆宾王长期怀才不遇，身受迫害，一身才华无从施展。他在送别友人之际，通过咏怀古事，表达了对古代英雄的仰慕，倾诉自己满腔热血无处可洒的极大苦闷。写易水送别一事，慷慨悲壮，气概横绝，尤其是"水犹寒"三字，虽古人已去，而英风壮采，凛然如生；使人仿佛听到风声萧萧，犹如听到人声呜咽，顿生感慨。

王 勃
——少时即聪明过人

王勃（649 或 650 — 676），初唐诗人。字子安，绛州龙门（今山西河津）人。王勃与杨炯、卢照邻、骆宾王齐名，史称"初唐四杰"。他力求革新宫体诗风，拓宽诗歌题材，表现积极进取、健康昂扬的精神，抒发政治感慨和怀才不遇的愤懑。王勃十四岁时应举及第，被沛王李贤征为王府侍读。咸亨三年（672）任虢州参军，后来因为受牵连犯了死罪，遇大赦免死革职。不久，王勃在前往探父途中，渡海溺水，受惊而死。年仅二十七。

送杜少府之任蜀州

城阙辅①三秦，风烟望五津。

与君离别意，同是宦游②人。

海内存知己，天涯若比邻。

无为在歧路，儿女共沾巾。

【注释】

①城阙：指京城长安。辅：护卫。②宦游：在外地做官。

【译文】

三秦护卫着巍峨的长安，你要奔赴的蜀地，却是一片风烟迷茫。离别时，不由得生出无限的感慨，你我都是远离故土，在仕途上奔走的游子。人世间只要是志同道合的朋友，即使远在天涯，也似在身边。不要在分手时徘徊忧伤，像多情的儿女一样，任泪水打湿衣裳。

【赏析】

这是王勃在京城长安送别一位姓杜的朋友到蜀地任县令时所作的抒情诗，是一首写得旷达豪爽的送别诗。

此诗虽为送别诗，但全无伤感之情。一般送别诗无外乎"儿女共沾巾"，而此诗反其道而行之，尽显作者旷达的胸襟，乐观的态度。"海内存知己，天涯若比邻"二句，强调志同道合的朋友，在情感上的心心相印，在心理上的亲近，在道义上的互相支持和鼓舞，成为崇高友谊的赞歌，是妇孺皆知的千古名句。

宋之问
——年轻时已成名

宋之问，约生于唐高宗年间（约 656 — 713），又名少连，字延清，汾州（今山西汾阳）人。上元二年（675）登进士第，曾任考功员外郎。武周时期，奉承武后，沉溺堕落，并陷入政治旋涡。玄宗即位后将其赐死。今有明人辑《宋学士集》九卷。

渡汉江

岭外①音书断，经冬复历春。
近乡情更怯②，不敢问来人。

【注释】

①岭外：岭南。指今广东省一带。②怯：畏缩，胆怯。

【译文】

客居岭外，与家里音信断绝，经过了冬天，又到了春天。

离故乡越近，心中越胆怯，不敢询问遇到的家乡来人。

【赏析】

宋之问久离家乡，于神龙二年（706）回归洛阳，途经汉水生情而作此诗。此诗写回乡的一种心理状态："怯。"这是长年奔波在外，而又和家人通信不便的人所共有的心态。其实这种忐忑不安的背后，还隐藏着回家的喜悦。

陈子昂
——诗风朴质而明朗

　　陈子昂（659—700），字伯玉，梓州射洪（今属四川）人。唐代文学家，初唐诗文革新人物之一。其存诗共一百多首。陈子昂在政治上曾针对时弊，提过一些改革的建议。在文学方面针对初唐的浮艳诗风，力主恢复汉魏风骨，反对齐、梁以来的形式主义文风。如《登幽州台歌》《感遇》等共三十八首诗，诗歌格调苍凉激越，标志着初唐诗风的转变。

登幽州台歌

前不见古人，后不见来者。
念天地之悠悠①，独怆然而涕②下。

【注释】

　　①悠悠：无穷无尽的意思。②怆然：悲痛伤感的样子。涕：眼泪。

【译文】

　　前不见圣贤之君，后不见贤明之主。想起天地茫茫悠悠无限，不觉悲伤地流下眼泪。

【赏析】

　　陈子昂很有才学，受到

武则天的赏识，被任命为随军参谋，但遭到将军武攸宜的排挤，壮志难酬，于极度苦闷中登幽州台远眺作此诗。前两句直抒胸中愤懑。后两句写因想到宇宙无限而自身局限，倍加伤怀。诗歌只有四句，但遒劲有力，气势磅礴，雄浑沉郁，读起来荡气回肠，撼人心魄。

写 作 技 法

　　这首诗没有对幽州台作一字描写，而只是登台的感慨，却成为千古名篇。诗的前三句粗笔勾勒，以浩茫宽广的宇宙天地和沧桑易变的古今人事作为深邃、壮美的背景。第四句凌空一笔，诗人慷慨悲壮的形象出现在了画面的主位上。

贺知章
——为人旷达不羁

　　贺知章（659—约744），字季真，越州永兴（今浙江萧山）人。武则天证圣元年（695）进士，授国子四门博士，迁太常博士。后历任礼部侍郎、秘书监、太子宾客等职。晚年自号"四明狂客""秘书外监"，八十六岁告老还乡，旋逝。贺知章诗文以绝句见长，除祭神乐章、应制诗外，其写景、抒怀之作风格独特，清新潇洒，作品大多散逸，现仅存二十首。《回乡偶书》《咏柳》两首脍炙人口。世人评其性格"清淡风流"。

回乡偶书

少小离家老大回，乡音无改鬓毛衰①。
儿童相见不相识，笑问客从何处来。

①鬓毛衰：两鬓的头发已经斑白疏落了。

【译文】

年少时就离开了故乡，直到垂暮之年才回到日夜思念的家园，虽然乡音还没有改变，但鬓发已被秋霜染白。那些孩子从未见过我，好奇地笑着问我这个客人从什么地方来。

【赏析】

一般写思乡之情，都侧重在离乡之际，可贺知章的这首名作写的却是回乡。但回乡却是在垂暮之年，怎不叫人伤感！儿童的"笑问"，恰恰反衬出作者离乡之久，内心乡愁之深。

写作技法

　　就全诗来看，一、二句尚属平平，三、四句却似峰回路转。后两句的妙处在于虽写哀情，却借欢乐场面表现；虽为写己，却从儿童一面翻出。借用无忌稚嫩的童言，写出了极富生活情趣的场面。

咏　柳

碧玉妆成一树①高，万条垂下绿丝绦②。
不知细叶谁③裁出，二月春风似剪刀。

①妆成：装饰，打扮。 一树：满树。②万：表示很多的意思。丝绦：形容一丝丝像丝带般的柳条。③裁：裁剪，用刀或剪子把物体分成若干部分。

婀娜玉立的柳树像精美的碧玉装扮而成的妙龄少女，千丝万缕的枝条像少女盛装上垂挂下来的绿色丝带。这细细的柳叶是谁裁剪出来的？原来是那如同剪刀一样的二月春风。

这是一首咏物小诗，诗人通过赞美柳树，表达了内心深处对春天的无限热爱。作者对柳树的描写层层递进：乍看满眼翠绿，色彩悦人；再看身姿婷婷，万条垂挂，温柔可人；细看片片柳叶，精致小巧，形态喜人。整首诗层次分明，手法独特，清新美好。

张 旭
——性格狂放豪爽

张旭（约 685—约 759），字伯高，苏州吴县（今属江苏）人。曾官常熟尉、金吾长史。嗜酒，擅草书，作草书有如神助，世称"张颠"。其草书与李白诗歌、裴旻剑舞并称"三绝"。又工诗，与贺知章、张若虚、包融号称"吴中四士"。原集已逸，《全唐诗》存诗六首。

桃花溪

隐隐①飞桥隔野烟，石矶②西畔问渔船。

桃花尽日随流水，洞在清溪何处边。

【注释】

①隐隐：忽隐忽现。②石矶：水边凸出的岩石。

【译文】

隐隐约约一座高桥隔断在云烟中，在石矶的西边询问渔夫。桃花整天随着流水流淌，桃源洞口在清溪的哪一边呢？

【赏析】

这首诗写景模仿陶渊明《桃花源记》的意境，诗中有画，清幽缥缈，充满朦胧的美感。首句写远景，诗人刻意渲染一种含蓄迷茫的神秘气氛。次句写近景。一个"问"字，赋予渔船生命，让其变活变生动。三、四两句，承接二句的"问"，却有问不答，答在问中，十分巧妙，蕴藉含蓄。更写出桃花源的些许神秘感，让人向往。

写作技法

诗人由远处落笔，写山谷深幽，迷离恍惚，其境若仙。然后镜头移近，写桃花流水，渔舟轻泛，问讯渔人，寻找桃源。全诗构思巧妙，意境若画，有景有情，趣味深远。

张九龄
——以景入诗极尽其妙

张九龄（678—740），又名博物，字子寿，韶州曲江（今广东韶关）人，唐中宗景龙初年进士，唐玄宗开元时历官中书侍郎、同中书门下平章事、中书令，是唐代有名的贤相，为"开元之治"做出了积极贡献。他的五言古诗，以素练质朴的语言，寄托深远的人生慨望，对扫除唐初所沿袭的六朝绮靡诗风贡献尤大。被誉为"岭南第一人"。

感遇（其一）

兰叶春葳蕤①，桂华秋皎洁。

欣欣此生意，自尔②为佳节。

谁知林栖者③，闻风坐相悦。

草木有本心④，何求美人折？

【注释】

① 葳（wēi）蕤（ruí）：枝叶茂盛的样子。②自尔：自然而然的。③林栖者：林中隐者。④本心：天性。

【译文】

春天是兰草繁茂的季节，秋天是桂花芬芳的时候。

兰桂都是这样欣欣向荣，自然是各自的生机勃勃和清新雅洁象征了春秋佳节。

谁知道林中隐者，闻到了兰桂的芬芳而生出爱慕之情。

殊不知兰桂的美好完全是源自它们的本心本性，哪里是在为求人折赏呢？

【赏析】

此诗是张九龄受谗遭贬后所作《感遇》诗十二首的第一首，诗人自比兰桂，抒发了孤芳自赏、不求人知的情怀。

感遇（其七）

江南有丹橘，经冬犹绿林。

岂伊①地气暖，自有岁寒心。

可以荐嘉客，奈何阻重深。

运命②唯所遇，循环不可寻。

徒言树桃李，此木岂无阴③？

【注释】

①岂伊：难道是。②运命：运气，命运。③阴：同"荫"。

【译文】

江南生长着红橘树，它经历严冬，却葱翠依然。这并非是因为那里的气候温暖，而是橘树本身具有着耐寒的禀性。丹橘佳美，可以用来招待嘉宾，无奈有重重阻隔，山高水深。命运的好坏只在于机遇的不同，周而复始、变化莫测的自然之理，让人无法探究。世人只知道倾心于种植浮华艳媚的桃李，难道丹橘就没有葱郁不凋的树荫吗？

这首诗中诗人以丹橘自比，委婉含蓄地表达了对自己因为正直而遭贬黜的悲愤之情，期待朝廷重新起用自己的心意也灼然可见。末尾"徒言树桃李，此木岂无阴"的反诘，深沉凝重，矛头直指玄宗后期信用奸人、排斥贤良的用人政策。

诗词辞典

反 诘

反诘是反问的意思，但又不同于反问，它有追问、责问的意味。反诘是用疑问的形式表达确定的意思，以加强语气。

望月怀远

海上生明月，天涯共此时。

情人怨遥夜①，竟夕②起相思。

灭烛怜光满，披衣觉露滋③。

不堪盈手赠，还寝④梦佳期。

【注释】

①遥夜：漫漫长夜。②竟夕：通宵。③披衣：表示即将出户。露滋：露水滋生。④还寝：回卧室再睡。

【译文】

海上升起了一轮明月，远在天涯的人与我一样望月，思念对方。

多情的人埋怨漫漫长夜，整个晚上想念亲人。

熄灭蜡烛，怜爱这满屋的月光，披上衣服，觉得露水渐渐重了。

不能把这满手的月光赠给你，还是回去睡觉吧，希望与你在梦里相见。

　　首联诗人用朴实、自然的语言描绘出一幅画面：一轮皓月从东海那边冉冉升起，展现出一幅无限壮丽的动人景象。正因明月深奥难窥，遥远难测，自然而然地勾起了诗中人不尽的思念。诗中人不说自己望月思念对方，而是设想对方在望月思念自己。构思奇巧，含蕴有致，生动地反衬出诗人深沉的情感。

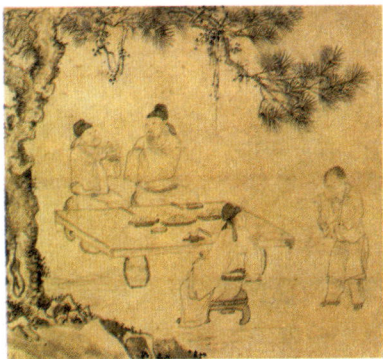

　　颔联说多情人怨恨这漫漫的长夜，对月相思而彻夜不得入眠。这里写出多情人由怀远而苦思，由苦思而难眠，由难眠而怨长夜的种种连锁过程，也包含着有情人的主观感情色彩。这一声"怨长夜"，包蕴着多么深沉的感情！

　　颈联写诗中人因遥思远人，彻夜相思，灭烛之后，尤觉月光可爱，于是披衣步出室外，独自对月仰望凝思，不知过了多久，直到露水沾湿了衣裳方觉醒过来。月的清辉最易惹人相思，诗人神思飞跃，幻想月光能成为思念之人的化身，可与之相依为伴。诗人多么想让这种幻想成为现实！所以"灭烛"正是为了追随月光，"披衣"则是为了同月光多停留些时刻。

　　尾联写因思念远人而不得相见，故面对皎月，情不自禁地产生了把月光赠送远人的想法。随之而来便产生寻梦之想。这是一种无可奈何的痴念。借此更衬托出诗人思念远人的深挚感情，使诗的怀远更为具体、更有含蕴。诗便在这失望和希望的交集中戛然收敛，读之尤觉韵味深长。"海上生明月，天涯共此时"意象优美，境界雄浑阔达，表达出深深的怀念之情，为千古名句。

王之涣

王之涣（688—742），字季陵，晋阳（今山西太原）人，后迁居绛郡（今山西新绛县）。曾任冀州衡水主簿，不久被诬罢职，遂漫游北方，到过边塞。闲居十五年后，复出任文安县尉，唐玄宗天宝元年卒于官舍。盛唐时期著名的边塞诗人，曾与王昌龄、高适、崔国辅等相唱和，名动一时。其传世之作仅六首，其中《凉州词》和《登鹳雀楼》尤为大气磅礴，韵调优美，皆可列入盛唐代表作中。

登鹳雀楼①

白日依山尽，黄河入海流。
欲穷②千里目，更③上一层楼。

【注释】

①鹳雀楼：在今山西省永济市蒲州古城西南，传说鹳雀经常栖息于此。②穷：尽，达到极点。③更：再。

【译文】

夕阳西沉，渐渐没入连绵的群山，黄河奔腾，汇入浩瀚的大海。

虽然眼前一片壮阔，但要打开千里视野，看得更清楚更远，还须再登上一层高楼。

前两句写景气势磅礴，景物豪迈壮阔，能激发人的豪情。后两句有高瞻远瞩之意，表现出作者的胸襟抱负，把诗的意境提到一个新的高度。诗人未必有所寄托，读者自可从登高望远中悟出一番人生哲理，被概括为"站得高才能看得远"。两联对仗工整，而语言自然，毫无板滞之感。

古 为 今 用

"更上一层楼"现在比喻使已取得的成绩再提高一步。例如："只要改掉有始无终的坏毛病，我们的成绩就会更上一层楼。"

凉州词

黄河远上①白云间，一片孤城万仞②山。
羌笛③何须怨杨柳，春风不度玉门关④。

【注释】

①黄河远上：又有作"黄河直上"。②万仞：形容极高。仞，古代八尺为一仞。③羌笛：管乐器，据说笛子出自西羌，故称羌笛。④玉门关：故址在今甘肃敦煌西，为古时通西域要道。

【译文】

远望黄河像丝带一般，犹如飘到了天空中，高山脚下，一座孤单的城池坐落在那里。

何必用羌笛吹奏《折杨柳》这首哀怨的思念家乡的曲子，就算是春风也吹不到玉门关外。

　　本篇又名《出塞》，是一首写戍边将士思乡的边塞诗。此诗为边塞诗中的绝唱。"孤城"加上"一片"，孤单的感觉更加强烈。"杨柳"指伤离别的笛曲，又关系到折杨柳送别的风俗，其所唤起的，无非是乡思别愁。诗中写景意境恢宏，波澜壮阔，为人称道。

孟浩然
——不需造作的真风采

　　孟浩然（689—740），本名浩，字浩然，襄州襄阳（今湖北襄阳）人。早年隐居家乡襄阳附近的鹿门山，闭门读书，以诗自娱。四十岁时游长安，应进士举不第。但因在太学作诗，名声大噪。之后云游吴越之地，饱览名山大川。开元二十五年（737），张九龄镇荆州时，署其为荆州从事，不久，患疽而卒，终年五十二岁。有《孟浩然集》。沈德潜称孟浩然的诗"语淡而味终不薄"。

望洞庭湖赠张丞相

八月湖水平，涵虚①混太清。
气蒸云梦泽，波撼岳阳城。
欲济②无舟楫，端居③耻圣明。
坐观垂钓者，徒④有羡鱼情。

【注释】

　　①涵虚：包含天空，形容水汽浩茫。②济：渡过。③端居：闲居。④徒：徒然。

　　八月洞庭水满，几乎与河岸相平，湖水空明，与蓝天相接。云梦泽上蒸腾着像雾一样的水汽，湖中波涛澎湃，摇撼着岳阳城。想要渡湖却没有船只，闲居在家，圣明时代无事可做，感到羞愧。坐着观看垂钓的人，只是空有对鱼的羡慕之情。

【赏析】

　　此诗题为《望洞庭湖赠张丞相》。当时张九龄为相，作者在游历洞庭湖时以此诗相赠，有乞仕之意。

　　这是一首干谒诗，却写得超凡脱俗，关键在于运用了比兴手法。诗人借洞庭湖起兴，描写了洞庭湖的壮丽景色，进而抒发自己想被施展政治抱负，希望有人引荐的心情。这首诗写得得体，有分寸，同时也没有失了自己的身份。"气蒸云梦泽，波撼岳阳城"二句，写出风吹浪涌的无比声威。"蒸""撼"二字表现出一种力度，一种震撼，字字力重千斤。已经极为雄阔，历来与杜甫的"吴楚东南坼，乾坤日夜浮"并提，成为绝妙之作。

诗 词 辞 典

　　干谒诗是古代文人为推销自己而写的一种诗歌，类似于现代的自荐信。一些文人为了求得进身的机会，往往会十分含蓄地写一些干谒诗，向达官贵人呈献诗文，展示自己的才华与抱负，以求引荐。本诗就是孟浩然进京赶考，名落孙山后给丞相张九龄写的一首干谒诗，期求得到援引推荐。

岁暮归南山

北阙①休上书，南山归敝庐②。

不才明主弃，多病故人疏③。

白发催年老，青阳④逼岁除。

永怀⑤愁不寐，松月夜窗虚。

①北阙：指朝廷奏事处。②敝庐：破旧的居所。③故人疏：老朋友因之而疏远。④青阳：春天。⑤永怀：积在胸怀而不去。

【译文】

仕途失意以后，我只好重新归隐南山。我的才学不够，所以受到圣明君主的弃置；因为身体多有疾病，亲朋好友也都渐渐地和我疏远了。头上有了白发，就更觉得年老的速度在加快；新春转眼又二年了。愁绪满怀，夜不能寐，窗间松影在月光下虚幻一片。

【赏析】

这首诗是诗人被贬后愁肠郁结而作。"白发催年老，青阳逼岁除"句为千古名句，诗人用"催"和"逼"形容时光的流逝，而自己老大无成，足见他心中的不甘和无奈。诗歌末句"永怀愁不寐，松月夜窗虚"。用夜不能寐，及窗上的一片松影衬托他惆怅落寞的心情。

早寒有怀

木落雁南度，北风江上寒。

我家襄水曲^①，遥隔楚^②云端。

乡泪客中尽，孤帆天际看。

迷津^③欲有问，平海夕漫漫^④。

【注释】

①我家襄水曲：孟浩然家在襄阳，襄阳处在襄水之边。襄水，也叫襄河，汉水在襄阳以下一段，水流曲折，故名襄水曲。②楚：襄阳古属楚国。③津：渡口。④平海：指水面平阔。古时候亦称江为海。

【译文】

树叶飘落，大雁飞向南方，北风萧瑟，江上分外寒冷。

我家在曲曲折折的襄水边，远隔楚天云海，迷迷茫茫。

思乡的眼泪在旅途中流尽，一叶孤帆在天边徜徉。

风烟迷离，渡口藏于何处？茫茫江水在夕阳下荡漾。

【赏析】

这是一首怀乡思归的抒情诗。诗的开头两句扣诗题"早寒"。"木落""雁南度"是眼中所见的"早寒"景象，"江上寒"更多地着眼于自身的感受。两句诗很具体地写出了季节气候特点，应该说是写实。秋末冬初的萧条景物不禁勾起诗人的思乡情怀，襄水曲远隔着楚地云天，因此诗人的思念更加深切。"乡泪客中尽"，正面抒发了思乡之情，一个"尽"将诗人的思乡之情尽情地抒发。天际孤帆勾起了诗人乘船返乡的念头。可江水漫漫，又到哪里去问路呢？最后两句表面上是写归路之难，仔细推敲则会发现这里并不是纯粹写实，有着很深的含意。开元十五年（727），孟浩然曾与唐玄宗到长江下游漫游过一次，开元十七（729）年至二十一年（733），孟浩然再到吴越漫游。这首诗可能作于第二次漫游时期。因离乡日久，触景生情，诗人便在诗中表达了对家乡的思念，并阐述了心境的迷茫。

诗词辞典

长沮、桀溺是隐者，而孔子则是积极从政的人。长沮、桀溺不说渡口的所在，反而嘲讽孔子奔走四方，以求见用，引出了孔子的一番慨叹。双方是隐居与从政的冲突。而孟浩然本为襄阳隐士，如今却奔走于东南各地（最后还到长安应进士举），把隐居与从政的矛盾集于一身，而这种矛盾又无法解决，"迷津欲有问"是诗人慨叹自己彷徨失意，如同迷津的意思。

过故人庄

故人具鸡黍①，邀我至田家。

绿树村边合，青山郭②外斜。

开轩面场圃③，把酒话桑麻④。

待到重阳日，还来就菊花。

【注释】

①鸡黍：杀鸡煮黄米饭，指农家丰盛的待客饭菜。②郭：外城墙。③轩：窗户。圃：菜园。④话桑麻：谈论农事。

【译文】

老友准备了丰盛的饭菜，邀我到他的田舍做客。

幽美的村庄，四周绿树环抱，一脉青山在城外隐隐横斜。

推开窗子，面对着打谷场和菜圃，共饮美酒，闲谈农务。

告别时就盼望着快到重阳佳节，那时我还要来品尝美酒，观赏菊花。

【赏析】

这是孟浩然田园诗中的一首杰作，也是整个田园派的代表作。全诗看似平淡，却透露着与大自然息息相通的无穷意趣。平平叙述，娓娓道来，没有夸张的句子，没有华丽的辞藻，却让人领略了纯净的田园之美与朴实的农人情怀，表现出淳朴的民风和真挚的友情，这正是孟浩然田园诗的特色。

春　晓

春眠不觉晓^①，处处闻啼鸟^②。
夜来风雨声，花落知多少。

【注释】

①晓：早晨，天亮。②闻：听见。啼鸟：鸟鸣。

【译文】

春天酣睡，醒来时不觉已经天亮，处处都可以听到悦耳动听的鸟叫声。夜里阵阵的风声雨声，不知吹落、打落了多少花儿。

【赏析】

本诗首句破题，写春睡的香甜，也流露着对明媚朝阳的喜爱。次句写景，写悦耳的春声，也交代了醒来的原因；三句转为写回忆，诗人从听觉的角度描绘了雨后春天早晨的景色，再次表现了春天里诗人内心的喜悦和对大自然的热爱。末句又回到眼前，由喜春转为惜春，爱极而惜——那潇潇春雨也引起了诗人对花木的担忧。春天在诗人的笔下活灵活现、生机勃勃。

宿建德江

移舟泊烟渚^①，日暮客愁新。
野旷天低树^②，江清月近人。

【注释】

①泊：停船靠岸。烟渚：指烟雾弥漫的小沙洲。②旷：空阔远大。天低树：天幕低垂，好像和树木相连。

【译文】

把船停泊在烟雾弥漫的小沙洲旁，日落黄昏时，旅人又增加了新愁。原野空旷，远处的天空好像比近处的树还低，江水清澈，映照得月亮仿佛与人更亲近。

【赏析】

此诗作于诗人漫游吴越时，写羁旅之思。"客愁"二字是全诗之眼。按常理，三、四句应进入对愁绪的直接描绘，可诗人笔锋一转，用两句写景的诗句结束了全诗。原来这景中正寄寓着"客愁"。"天低树""月近人"都是视感上的错觉，但又有强烈的真实感。诗人怀着愁心，在这广袤而宁静的宇宙之中，经过一番上下求索，终于发现了还有一轮孤月此刻和他是那么亲近。寂寞的愁心似乎寻得了慰藉，诗也就戛然而止了。

这首诗不以行人出发为背景，也不以船行途中为背景，而是以舟泊暮宿为背景。它虽然露出一个"愁"字，但立即又将笔触转到景物描写上去了。"野旷天低树，江清月近人"这种极富特色的景物，只有人在舟中才能领略得到。

留别王维

寂寂竟何待，朝朝空自归。

欲寻芳草①去，惜与故人违②。

当路谁相假③，知音世所稀。

只应守寂寞，还掩故园扉④。

【注释】

①寻芳草：指寻找隐居的去处。②违：分离。③当路：当权者。假：提携，帮助。④扉：门。

【译文】

寂静落寞中，我也不知道自己究竟在等待什么，但是每一天都拖着失望的步子独自而回。我想要追寻芳草的清香远远离开，但又对你这位老朋友依依不舍。当权者没人对我伸出援手，世上的知音

本来就少之又少啊。我想我只应当甘守寂寞，就此归去，重新掩起故园的柴门。

【赏析】

　　孟浩然求仕不得，也不愿再在京城长安滞留，他满怀失意地悄然离去，并将这首诗留给挚友王维，作为此行的一个说明。诗文言浅意深，满含辛酸，颇能引起求仕失意者的共鸣。

王昌龄
——盛唐著名边塞诗人

　　王昌龄（？—756），字少伯，京兆长安（今陕西西安）人。玄宗开元十五年（727）登进士第，授秘书省校书郎。开元二十二年（734）应博学宏词科，迁汜水尉。开元二十八年（740）任江宁丞，后贬龙标尉，故世称王龙标。安史之乱后避乱于江淮，为濠州刺史闾丘晓所杀。其边塞诗气势雄浑，格调高昂，充满了积极向上的精神。有"诗家夫子王江宁"之誉，后人称他为"七绝圣手"。存诗一百七十余首。

出　塞

秦时明月汉时关，万里长征人未还。
但使龙城飞将在^①，不教胡马度阴山^②。

【注释】

　　①龙城飞将：指汉武帝时的镇关大将李广。②胡马：指敌人的军队。

度：越过。阴山：内蒙古自治区中部的山脉。

【译文】

　　秦汉以来，明月就是这样照耀着边塞，但是离家万里的士卒却没能回还。如果有卫青、李广这样的将军立马阵前，一定不会让敌人的铁蹄踏过阴山。

【赏析】

　　此诗即景怀古，思慕古代名将，暗讽边将不得其人。这首诗首句用"互文"的手法，刻画了古时边塞苍凉的意境，次句写战争的残酷无情。后两句又寄希望于名将的出现，以保家卫国，抵御外侵。强烈的现实感，深远的历史感，使全诗显得分外凝重而深沉。诗人将诗歌置于深广的时空背景中，意境雄浑苍茫，感情丰厚深广，气势磅礴大气，被称为唐人七绝的压卷之作。

诗词辞典

互　文

　　也叫互辞，是古诗文中常采用的一种修辞方法。即有上下文互相呼应、互相渗透、互相补充来表达一个完整句子意思的修辞方法。此诗中，"秦时明月汉时关，万里长征人未还"就是互文，句中的"秦""汉""关""月"四个字是交错使用的。可以理解为"秦汉时的明月照耀秦汉时的关塞"。

芙蓉楼送辛渐

寒雨连江夜入吴^①，平明送客楚山^②孤。

洛阳亲友如相问，一片冰心在玉壶。

【注释】

①吴：今江苏南部，古属吴地。②平明：天刚亮。楚山：古时吴、楚两地相接，镇江一带也称楚地，故其附近的山也可叫楚山。

【译文】

迷蒙的烟雨在夜幕中笼罩着吴地，与浩渺的江水连成一片，天亮时我将送你启程，而我却要独自留下，如同这形单影只的楚山。如果洛阳的亲友询问我的情况，请你一定转告他们，我的一颗心如晶莹剔透的冰贮藏在玉壶中。

【赏析】

此诗作于王昌龄被贬为江宁丞时。作者当时在政治上蒙受打击，为官方舆论所不容，此诗正是要向亲友们表明自己的清白。诗的前两句通过景物描写着力渲染离别的气氛。"连"和"入"两字，将雨势之连绵不断表现得淋漓尽致。"洛阳亲友如相问，一片冰心在玉壶"两句是历来为人传诵的名句。冰心玉壶之喻尤为精巧，形象地表明了作者坚信自己的清白，没有愧对亲友之处，也暗含不为贬谪打击所动的态度。

荷 花

亦称"莲花""芙蓉""芙蕖"。属于多年生水生花卉。观赏性莲花，有红、紫、白等色。其中佳品有：品字莲（一蒂三花）、并蒂莲（两朵双生）、重台莲（花开后蕊中再吐花）等。原产我国，栽培史悠久。1973,年河南郑州大河村仰韶文化遗址曾出土两枚5000年前的古莲子。古人认为荷花出污泥而不染，纯洁清香，高雅不俗，多用为诗文绘画的题材。

塞下曲

饮马①渡秋水，水寒风似刀。

平沙日未没②，黯黯见临洮。

昔日长城战，咸③言意气高。

黄尘足今古，白骨乱蓬蒿④。

【注释】

①饮马：给马喝水。②平沙：茫茫无际的沙漠。③咸：都。④蓬蒿：蓬草、蒿草之类的杂草。

【译文】

让马喝完水，渡过秋水，河水冰冷，寒风吹过来像刀割一样。一片大漠上，太阳还没有落下，昏暗中隐隐约约看到临洮。昔日长城脚下发生的战争，都说战士们士气高昂。自古至今，这里都黄沙漫漫，没有什么不同，将士们遗下的白骨散落在蓬蒿间。

这是一首具有反战意味的边塞诗。描绘边地的荒寒，表现战争的残酷。此诗悲壮苍凉，遒劲雄健，历来被视为边塞诗的代表作。"秋水"已觉寒冷，再加上"风似刀"，其寒自可使人不寒而栗，比喻生动有力。黄土漫天，蓬蒿中满布白骨，战争的惨烈亦不言而喻，写得极其简练传神。

从军行^①（其四）

青海长云暗雪山^②，孤城遥望玉门关。

黄沙百战穿金甲^③，不破楼兰终不还^④。

【注释】

①从军行：乐府旧题，内容多写军队战争之事。②青海：指青海湖。雪山：这里指甘肃省的祁连山。③穿：磨破。金甲：战衣，金属制的铠甲。④楼兰：汉代西域国名，这里泛指当时骚扰西北边疆的敌人。

【译文】

青海湖上战云弥漫，雪山都显得暗淡无光。一座孤城和玉门关遥遥相望。战士们身经百战，黄沙都磨穿了金甲。不消灭敌人，我们是不会回去的。

【赏析】

本篇为王昌龄《从军行》系列诗中八首之一。此诗以汉喻唐，表现了戍边官兵力退敌军的必胜信念，赞扬了将士在恶劣条件下敢于浴血奋战、为国献身的大无畏精神。前两句描绘了一幅苍茫开阔的画卷，其间集中了东西数千里广阔地域，就是当时西北戍边将士生活、战斗的典型环境。它是对整个西北边陲的一个鸟瞰，一个概括。战争之惨烈，由一个"暗"字得以体现。后两句诗人笔锋一转，直抒胸臆。"黄沙百战穿金甲"概括力极强。戍边时间的漫长，战事的频繁，战斗的艰苦，敌军的强悍，边地的荒凉，都于此七字中概括无遗。"百战"是比较抽象的，冠以"黄沙"二字，就突出了西北战场的特征，尽管写出了战争的艰苦，但整个形象给人的实际感受是雄壮有力的，而不是低沉伤感的。"百战"而至"穿金甲"，更可想见战斗之艰苦激烈。尽管金甲磨穿，将士的报国壮志却并没有消磨，而是在大漠风沙的磨炼中变得更加坚定。"不破楼兰终不还"便是将士们坚定意志的直接体现。此篇不愧为乐府诗中描写边塞将士的代表作。

诗词辞典

"青海长云暗雪山，孤城遥望玉门关"是一个倒装句，使诗歌画面的色彩顿时突显。同时，从地理学的角度讲，站在"孤城"之上，人的肉眼是看不到玉门关、祁连山和青海湖这三点相联的千里边防线的，这里一个"遥望"，既是想象、夸张的手法使之"视通万里"，又突显了戍边将士那全局在胸、重任在肩的历史责任感。

高 适
——有游侠之风

高适（约 700—765），字达夫，渤海蓚（今河北景县）人。天宝八载（749），应举中第，授封丘尉。天宝十一载辞官，又一次到长安。次年入河西节度使哥舒翰幕，为掌书记。安史之乱后，曾任淮南节度使、彭州刺史、蜀州刺史、剑南节度使等职，官至渤海县侯。世称"高常侍"。有《高常侍集》等传世。高适是盛唐时期边塞诗派的领军人物，雄浑悲壮是他的边塞诗的突出特点。其诗歌洋溢着盛唐时期所特有的奋发进取、蓬勃向上的时代精神。

别董大①

千里黄云白日曛②，北风吹雁雪纷纷。
莫愁前路无知己③，天下谁人不识④君?

【注释】

①董大：唐玄宗时代著名的艺人董庭兰，善弹琴，被誉为"古琴王子"。大，表示在兄弟中排行第一。②曛：日色昏暗。这里是说天空阴云密布，太阳暗淡无光。③知己：知心朋友。④识：赏识。

【译文】

一望无边的昏黄阴云笼罩着昏暗的天地，连太阳也显得昏黄暗淡，失去了光芒。只有一群群叫声凄婉的大雁，在北风劲吹、大雪纷飞的秋冬之际匆匆南迁。此去不要担心遇不到知己，天下之人谁会不赏识像你这样优秀的人呢?

【赏析】

此诗为高适所写的两首《别董大》的第一首，为离别而作。当时的大致情况是高适和董大重逢小聚后又各奔东西。据说作者作此诗时已窘迫到无钱买酒的境地，可在此诗中却没有丝毫忧愁的情绪，反而有一种豪迈开阔之气。作者一反唐人赠别诗的那种凄清缠绵，低徊留连，表现了送别时刻

的一种超乎他人的昂扬和悲壮。末两句诗意很大气，看似围绕董大而写，实则表达自己"四海之内皆兄弟"的思想，为脍炙人口的名句。

塞上听吹笛

雪净胡天牧马还，月明羌笛戍楼①间。
借问梅花何处落②，风吹一夜满关山。

【注释】

①羌笛：一个古代民族的乐器。羌是古代民族。戍楼：军营城楼。
②梅花何处落：是将曲调《梅花落》拆用，嵌入"何处"两字，从而构成一种虚景。

【译文】

冰雪消融，胡地到了牧马的时节。傍晚时分，战士们赶着马群回来，明月皎洁，从戍楼中传来熟悉的《梅花落》曲调。借着风，它在一夜之间传遍了关山。

【赏析】

高适的诗苍劲有力，充满边塞情怀。本篇向我们展示了他的另外一种风格，与其他边塞诗的内容不太一样。开篇就呈现出一种边塞诗少有的平和气氛，主要是通过诗的前两句实景描写来表现。"雪净"表明边关的季节。"明月"下的边塞一片祥和。其中"雪净"和"牧马"归来暗指战事结束，边关平静。下面两句写的是虚景。在这里，诗人巧用《梅花落》的曲名，在"梅花落"间夹入"何处"二字。末句写曲子随着风传遍关山，给人一种深远的意境，余音袅袅，不绝如缕。

营州歌

营州少年厌原野，狐裘蒙茸猎城下。
虏酒千钟不醉人，胡儿十岁能骑马。

【译文】

营州的少年自幼就习惯茫茫原野，经常能看到他们在城外打猎的身影。他们纵使喝上千盅虏酒也不会醉，并且十岁的时候就会骑马了。

【赏析】

唐代东北边塞营州（今辽宁朝阳），水草丰盛。各族杂居，以牧猎为生，崇尚习武，风俗犷放。高适这首绝句似风情速写。诗人抓住营州少年城下打猎活动的特殊现象，看到了边塞少年向往原野的心灵，粗犷豪放的性情，勇敢崇武的精神。诗中少年的形象生动鲜明。"狐裘蒙茸"，见其可爱之态；"千钟不醉"，见其豪放之性；"十岁骑马"，见其勇悍之状。这一切又都展示了典型的边塞生活。构思上即性即情，直抒胸臆；表现上白描直抒，笔墨粗放，是这首绝句的艺术特点。诗人善于抓住生活现象的本质和特征，并能准确而简练地表现出来，洋溢着生活气息和浓郁的边塞情调。在唐人边塞诗中，这样热情赞美各族人民生活习尚的作品实在不多，因而这首绝句显得尤为可贵。

王 维

——山水怡情，诗作传情

王维（701—761），字摩诘，祖籍太原祁县（今属山西），盛唐时期著名诗人。开元九年（721）中进士，宰相张九龄执政时，王维任右拾遗，转监察御史。安史之乱被俘，叛乱平定后，因其在被俘期间作诗怀念朝廷，痛骂安禄山，加之平乱有功的胞弟王缙极力营救，得唐肃宗特许，仅降职为太子中允，后为尚书右丞。因此世称"王右丞"。晚年意志消沉，过着半官半隐的生活。存世有《王右丞集》。苏轼誉："味摩诘之诗，诗中有画；观摩诘之画，画中有诗。"

山居秋暝

空山新雨后，天气晚来秋。

明月松间照，清泉石上流。

竹喧归浣女①，莲动下渔舟。

随意春芳歇，王孙自可留②。

[注释]

①浣女：洗衣女。②王孙：贵族的后裔，这里指隐居的高士。《楚辞·招隐士》："王孙游兮不归，春草生兮萋萋。岁暮兮不自聊，蟪蛄鸣兮啾啾……王孙兮归来，山中兮不可以久留。"原为招隐士出山之词。王维在这里反用其意，说任春芳消逝，而美好的秋色让王孙（王维自指）自可以留居山中。

一阵新雨过后，青山翠谷越发显得幽静，夜幕降临，凉风习习，更令人感到秋意浓厚。

明亮的月光照着松林，泉水从石上潺潺流过。

竹林中传来阵阵欢声笑语，原来是洗衣女们归来了，莲叶浮动，那是顺流而下的渔舟。

尽管春天的芬芳早已逝去，我陶醉在这美妙的秋色中，依然向往长留。

【赏析】

此为王维山水诗中的名篇，描写秋天傍晚山居之景。明月清泉、竹喧莲动、浣女归舟，层次分明，有声有色、有静有动，构成一幅清晰和谐的雨夜秋山图。"明月松间照，清泉石上流"二句，动静相生，塑造了明净超脱的意境，因此被后人广为传颂。

写作技法

"竹喧归浣女，莲动下渔舟"，此二句写"浣女""渔夫"活动的画面。诗人采用了"未见其人，先闻其声"的写法。竹海之中传来女们拨动翠竹的"沙沙"声响；再听水面莲叶波动，这便是渔夫乘着月光归来。这些细节无不传达出诗人对于劳动人民的喜爱之情。

鹿 柴

空山①不见人，但闻②人语响。

返景③入深林，复照青苔上。

①空山：空旷的山林。②但闻：只听到。但，只。③返景：夕阳返照的光。景，同"影"。

【译文】

空寂的山谷中看不见人影，却能听到人讲话的声音。

落日的余晖射入幽暗的深林，斑驳的树影映在青苔上。

【赏析】

鹿柴的景色有朝暮四时不同，诗人抓住夕阳斜射时，声的寂静、光的幽暗来写，恰到好处。大自然的律动恰恰表现在这种对立面上，最普通的人声出现在寂静的空山中，就产生了不同寻常的意义；最常见的阳光，穿越幽深的密林，就产生了十分奇妙的感觉。沉寂的山林被人声打破，深林的幽暗被落日余晖反照，方显其中的禅机，难怪前人认为王维的诗中有禅味。这首诗可谓是诗、画、音乐的和谐组合。

鸟鸣涧

人闲①桂花落，夜静春山空②。

月出惊山鸟，时鸣春涧③中。

【注释】

①闲：安静，寂静。②空：空空荡荡。③时：时而，偶尔。涧：夹在两山间的流水。

【译文】

人的心闲静下来后，才能感觉到春天桂花从枝头飘落，宁静的夜色中，春山一片空寂。

皎洁的月亮从山谷中升起，惊动了山鸟，山鸟时而在山涧中发出鸣叫。

【赏析】

此诗是王维山水诗的代表作之一。从文学创作的角度来赏析，该诗的精妙之处在于"动""静"的艺术辩证，进而衬托诗的意境。

首句以声写景，巧妙地采用了通感的手法，将"花落"这一动态情景与"人闲"结合起来。当时是"深夜"，显然诗人无法看到桂花飘落，但在寂静的夜，诗人可以感受到盛开的桂花从枝头飘落。诗中，作者运用了"空"字，在其很多作品中，时常出现这个字，或许是诗人颇具禅者的心境吧。唯其心境洒脱，才能捕捉到常人无法感知的情景。

末句则是以动写静，"惊""鸣"，看似打破了夜的静谧，实则是用对声音的描述衬托山中的幽静与闲适，与王籍的"蝉噪林逾静，鸟鸣山更幽"有异曲同工之妙。

五言绝句

五言绝句是绝句的一种，就是指五言四句而又合乎律诗规范的小诗，属于近体诗范畴。此体源于汉乐府小诗，深受六朝民歌影响，到了唐代与近体律诗如孪生姐妹。五言绝句仅二十字，便能展现出清新的图画，传达真切的意境。在短章中包含丰富的内容是其最大特色。代表作品有王维的《鸟鸣涧》、李白的《独坐敬亭山》、王之涣的《登鹳雀楼》等。

相　思

红豆①生南国，春来发几枝。

愿君多采撷②，此物最相思。

【注释】

①红豆：产于两广一带，又名相思子，形如豌豆，朱红色。古人常用来象征爱情或相思。②采撷：采摘。

【译文】

生长于南方的红豆，入春以来不知长出了多少枝条。希望你多多采摘，红豆最能寄托离别相思之情。

【赏析】

唐诗中经常用红豆来表示相思之情。相思既包括男女之间的情爱，也包括朋友之间的友爱，本诗属于后者。诗人对南国红豆"春来发几枝"的询问，正是对身居南国的友人的牵挂。希望友人多多采撷，其实是希望他们不要忘了自己，经常想起自己。诗人将对友人真挚的关怀和深厚的友谊通过红豆巧妙地传达了出来。

红豆产于南方，结实鲜红浑圆，晶莹如珊瑚，南方人常用以镶嵌饰物。传说古代有一位女子，因丈夫死在边地，哭于树下而死，化为红豆，于是人们又称呼它为"相思子"。唐诗中常用它来代指相思。而"相思"不限于男女情爱范围，朋友之间也有相思。此诗题一作《江上赠李龟年》，可见诗中抒写的是眷念朋友的情绪。据说天宝之乱后，著名歌者李龟年流落江南，经常为人演唱《相思》，听者无不动容。

九月九日忆山东兄弟

独在异乡为异客，每逢佳节倍思亲。
遥知兄弟登高处，遍插茱萸①少一人。

【注释】

①茱萸：一种有浓烈香味的植物。古人在重阳节那天头插茱萸以避灾疫。

【译文】

独自在他乡做外乡客，每逢佳节之际，不禁加倍思念亲人。
遥想兄弟们登上高处，都插上茱萸，只少我一个人。

【赏析】

诗人不仅写出了佳节之时自己对亲人的思念，更设想远在家乡的兄弟们对自己的思念，从两面着笔，更见亲情之浓厚。"每逢佳节倍思亲"一语，朴实无华，高度概括，同时又反映了人们

的心声，容易引起共鸣，故成为人们经常吟咏的名句之一。

送元二使安西①

渭城朝雨浥②轻尘，客舍青青柳色③新。

劝君更尽④一杯酒，西出阳关无故人。

【注释】

①安西：唐代安西都护府，在今新疆维吾尔自治区库车县。②浥：湿润。③柳色：指初春嫩柳的颜色，"柳"与"留"谐音，暗示对朋友的留恋不舍。④尽：喝尽，喝完。

【译文】

渭城的晨雨湿润了地上的沙土，驿馆旁的柳条在雨后分外清新。

劝好友再饮完一杯醇香的美酒，只因你西出阳关就没有交情深厚的老友了。

【赏析】

这是王维送朋友去西北边疆时作的诗。

前两句写送别的时间、地点、环境、气氛。清朗的空气、洁净的道路、青青的客舍、翠绿的杨柳，为这场送别提供了典型的自然环境。这次深情的离别透露出一种轻快而富有希望的情调。"轻尘""青青""新"等词语，声韵轻柔明快，进一步加强了读者的这种感受。三、四是一个整体，要深切理解这临行劝酒中蕴含的深情，就不能不提及"西出阳关"。阳关位于河西走廊尽头，和北面的玉门关相对，当时阳关以西是穷荒绝域。朋友"西出阳关"，免不了长途跋涉的寂寞。这杯酒成了饱含诗人感情的琼浆，这里面不仅有依依惜别的情谊，而且包含着对远行者处境、心情的深情关怀，包含着前路珍重的殷勤祝愿。三、四句所剪取的虽然只是一刹那的情景，却蕴含极其丰富的内容，令人回味无穷。

在浩如烟海的"送别诗"中，王维的这首《送元二使安西》洗尽铅华，用明朗自然的语言，抒发诚挚、深厚的惜别之情，以情意殷切、韵味深远独树一帜。当时被谱曲传唱，称为《阳关三叠》。

积雨辋川庄作①

积雨空林烟火迟，蒸藜炊黍饷东菑②。
漠漠水田飞白鹭，阴阴夏木啭黄鹂。
山中习静观朝槿，松下清斋折露葵。
野老③与人争席罢，海鸥④何事更相疑？

【注释】

①诗题一作《秋归辋川庄作》。②饷东菑：给在东边田里干活的人送饭。菑，本指已经开垦了一年的田。③野老：自称。④海鸥：此处以海鸥喻淳朴而无心机的农民。

【译文】

因为积雨日久，林中无风而且湿润，故而做饭的炊烟升起时显得有些缓慢。烧好的粗茶淡饭是送给村东耕耘人的。广阔平坦的水田上，一行白鹭掠空而飞。夏日幽静清凉的树林中传来黄鹂的婉转啼声。我在山中修身养性，观赏朝槿晨开晚谢；在松下吃着素食，和露折葵不沾荤腥。我已和村里的那些人相处得随便，没有什么隔阂。淳朴的农民为什么还要猜疑呢？

此诗描写雨后辋川庄清幽的景色和淳朴的生活。这首七律描写田园风光，以淡雅幽静的意境取胜，表现了诗人隐居山林、脱离尘俗的闲情逸致，是王维田园诗的一首代表作。诗歌描写景物细腻逼真，色彩清新柔和，形象鲜明生动。诗中写景，静中有动，以动衬静，富有禅趣。

诗 词 辞 典

杨朱去从老子学道，路上旅舍主人欢迎他，客人都给他让座；学成归来，旅客们却不再让座，而与他"争席"，说明杨朱已得自然之道，与人们没有隔膜了。《列子·黄帝篇》载：海上有人与鸥鸟相亲近，互不猜疑。一天，父亲要他把海鸥捉回家来，他又到海滨时，海鸥便飞得远远的，心术不正破坏了他和海鸥的亲密关系。这两个充满老庄色彩的典故，一正用，一反用，两相结合，抒写诗人淡泊自然的心境。

送 别

下马饮①君酒，问君何所之②。
君言不得意③，归卧南山陲④。
但去莫复问，白云无尽时。

【注释】

①饮（yìn）：请别人喝。②之：去，往。③不得意：不得志，理想抱负不能施展。④南山：指终南山（今陕西西安市南）。陲：边。

请你下马来喝一杯酒，敢问你要到哪里去？你说因为不甚得志，要到终南山那边隐居。只管去吧，我不再多问，那白云没有穷尽的时候。

【赏析】

这是一首送别仕途受挫，归隐终南山的友人的诗，对友人的归隐充满羡慕向往。

诗设为问答，一问一答，如故友相对，极为亲切自然。最后两句，言语之间，表现出对友人归隐的赞许，以及对隐居生活的向往，同时也使得诗歌显得意境悠远，韵味绵长。

渭川①田家

斜光照墟落②，穷巷③牛羊归。

野老念牧童，倚杖候荆扉。

雉雊④麦苗秀，蚕眠桑叶稀。

田夫荷⑤锄立，相见语依依。

即此⑥羡闲逸，怅然吟《式微》⑦。

【注释】

①渭川：即渭水。②墟落：村庄。③穷巷：深巷。④雉雊（gòu）：野鸡叫。⑤荷（hè）：扛着。⑥即此：就这样。⑦《式微》：《诗经》篇名，其中有"式微，式微，胡不归"之句，表归隐之意。

　　斜阳照在村墟篱落，放牧的牛羊回到了深深的小巷。村中一位老叟拄着拐杖倚靠在柴门前，等候放牧晚归的牧童。吐穗华发的麦地里，传来野鸡的阵阵鸣叫声。桑树上桑叶稀疏，蚕儿就要吐丝。从田里归来的农夫扛着锄头，相见时打着招呼，絮语依依。见到此情此景，怎能不羡慕隐居的安详，吟咏着《式微》的诗章，意欲归隐又不能如愿，心绪不免紊乱惆怅。

【赏析】

　　此诗描写了乡村黄昏的山水田园景象，寄托向往之情，抒发宦海沉浮的彷徨。

　　这是王维田园诗中的名篇。写初夏夕照时的田园风光以及农人的生活情境。寥寥数字，简练传神，诗中事物如在眼前，淋漓尽致，构成一幅怡然自乐的农家晚归图。全诗自然亲切，清新明媚，韵味深长。

杂　诗

君自故乡来，应知故乡事。
来日绮窗①前，寒梅著花②未？

【注释】

①来日：指动身前来的那天。绮窗：雕饰精美的窗子。②著花：开花。

【译文】

您刚从我们家乡出来，一定了解家乡的人情事态。请问您来时我家的绮窗前，那一株蜡梅花开了没？

【赏析】

这是一首抒写怀乡之情的诗。诗以白描记言的手法，简洁而形象地刻画了主人公思乡的情感。对于离乡游子而言，故乡可怀念的东西很多。然而诗不写眷怀山川景物，风土人情，却写眷念窗前"寒梅著花未"。真是"于细微处见精神"，寓巧于朴，韵味浓郁，给人留下无穷的想象空间。

写作技法

诗歌一开头，诗人以近似讲话一样的语气，不加修饰地表现了一个久住他乡异地的人，见到自己家里的亲友，急切地问："窗前那枝蜡梅开花了没有？"用蜡梅作为繁多家事的借代，不但更加生活化，而且也诗化了最普通的家务事。

终南别业

中岁颇好道①，晚家②南山陲。

兴来每独往，胜事③空自知。

行到水穷处，坐看云起时。

偶然值林叟④，谈笑无还期。

【注释】

①中岁：中年。好道：喜爱佛家学说。②家：安家。③胜事：快

048

意的事。④值：遇到。林叟：山林中的老人。

【译文】

中年有心研求禅理，晚年移家南山边际。乘兴出游，独来独往，快意佳趣自有心知。闲情漫步到水尽头，坐下仰望白云飘浮。偶与林中老叟相遇，谈笑不停，忘了归期。

【赏析】

这首诗意在写隐居终南山之闲适怡乐、随遇而安之情。首联叙述自己中年以后就厌恶世俗而信奉佛教。颔联写诗人的兴致和欣赏美景时的乐趣。颈联向来为人称道，以简练的笔墨写出诗人悠然自得的行踪，而流水行云又极富画意，且诗句中蕴含着深刻的人生哲理，富有耐人寻味的禅机，言简意赅，含韵无穷。最后进一步写出悠闲自得的心情。"偶然"遇"林叟"，便"谈笑无还期"，写出了诗人淡逸的天性和超然物外的风采。

观　猎①

风劲角弓②鸣，将军猎渭城③。
草枯鹰眼疾④，雪尽马蹄轻。
忽过新丰市⑤，还归细柳营。
回看射雕处，千里暮云平。

【注释】

①诗题一作《猎骑》。《乐府诗集》《万首唐人绝句》取此诗前四句作一首五绝，题作《戎浑》，《全唐诗》亦以《戎浑》录入卷五一一张祜集中，皆误。②角弓：用兽角装饰的弓。　③渭城：秦时咸阳城，汉改

称渭城，在今西安市西北，渭水之北。④眼疾：目光敏锐。⑤新丰市：故址在今陕西省临潼县东北，是古代盛产美酒的地方。

【译文】

　　疾风遒劲，风声和角弓射箭的声音呼啸齐鸣，将军正在渭城打猎。野草枯黄，鹰的眼睛敏锐，积雪消融，飞驰的马蹄显得更加轻捷。猎骑瞬间穿过了新丰市，驻马时已回到了军营。回望那射落大雕之处，千里暮云笼罩下的原野平静如初。

【赏析】

　　这首诗是王维早期的作品。主要描写了一位将军打猎时意气风发的雄姿。首句中"风劲""弓鸣"给人强烈的感官冲击力，能在这样恶劣的环境中狩猎的，一定是身手不凡的高人，为后面人物的出场蓄势。紧接着"将军猎渭城"说明了该人的身份。三、四句表面写鹰和马，实际写将军身手的敏捷。诗人用笔极其凝练，"疾"和"轻"两个字含蕴无穷。前四句写狩猎的场面，五、六句接着写归猎的情景。"忽过"和"还归"两个词表现出将军往来速度非常快，可见身手非常好。末两句以将

军"回看"的景色结束。这不仅首尾照应，而且点题。本篇最突出之处是通过景色表现人的情感：出猎时的环境使人的心情感到很紧张，归猎后的氛围又使人的心情恢复平静。以景写情，手法很高妙。

使①至塞上

单车②欲问边，属国过居延③。
征蓬④出汉塞，归雁入胡天。
大漠孤烟直，长河落日圆。
萧关⑤逢候骑，都护在燕然⑥。

【注释】

①使：奉命出使。②单车：一辆车，这里形容这次出使时随从不多。③居延：故址在现在内蒙古额济纳旗一带。④征蓬：飘飞的蓬草，此处为诗人自喻。⑤萧关：古关名，故址在今宁夏固原东南。⑥都护：唐代边疆设有都护府，其长官称都护，这里指前敌统帅。燕然：燕然山，即现在蒙古国境内的杭爱山，代指边防前线。

【译文】

我单车上路，要去访问边疆的将士。我作为朝廷的使臣，正经过居延地区，好像飘飞的蓬草出了汉塞，又好像归去的大雁飞入胡天。大漠中一道孤烟直上云霄，长河尽头的落日又红又圆。在萧关遇上出来侦察的探马，探马禀报说，都护驻扎在燕然城。

开元二十五年（737），王维奉命赴西河节度使府慰问将士，此诗即诗人赴西河途中所作。这是一首纪行诗，描写了黄河上游的壮阔景色，记述了诗人此次出使途中的所见所感。

首联以"欲问边"开头，"过居延""出汉塞""入胡天"等词依次出现，表明行程的紧凑和路途的遥远。颔联兼用了比喻和起兴的手法，将在塞上的所见所感灵活地表现了出来。叙事和抒情相结合，手法自然贴切。"大漠孤烟直，长河落日圆"描写了进入边境后所见的壮美奇丽的塞外景色，因为意境壮阔宏大而广泛流传，脍炙人口。其中，一个"大"字表现了边疆沙漠的广阔，一个"孤"字表现了烽火台燃烧时浓烟的醒目和沙漠的荒凉、单调，一个"直"字又表现了烟的挺拔、刚劲。"直"和"圆"的搭配使用触动了诗人的悲壮诗情，一幅壮美的边疆黄昏美景图跃然纸上。尾联的基调由悲寂变为喜悦，因为诗人遇到候骑，听到捷报。本篇诗人将悲壮、寂寥的情怀融入描写细致的壮阔边塞景色之中，手法巧妙。绘景壮美雄浑，堪称一绝。

写作技法

本诗采用的是对照的写法。"征蓬"喻诗人，是正比；而"归雁"喻诗人则是反衬。在一派春光中，雁北归旧巢育雏，是得其所；诗人却迎着漠漠风沙，像蓬草一样飘向塞外，景况迥然不同。

竹里馆

独坐幽篁①里，弹琴复长啸②。

深林人不知，明月来相照。

【注释】

①篁：竹丛。②长啸：即从口中发出清越悠长的声音，古代文士喜在幽谷山林之间长啸，借以抒情调气。

【译文】

独自坐在幽静的竹林中，拨弄着琴弦，又一声声地长啸。竹林幽深，没有人知道我的行踪，只有皎洁的月光静静地映照着我。

【赏析】

《竹里馆》这首诗是《辋川集》中王维二十首诗中的第十七首。竹里馆，辋川别墅的胜景之一，房屋周围有竹林，故名。本篇主要描写归隐的悠闲生活。这首诗如果四句分开来看，没有任何新奇之处，诗中景物和人物描写平平淡淡。但其妙处却在于四句诗结合起来，共同构成一种境界：一个清幽绝俗的境界！月夜幽林之中空明澄静，坐于其间弹琴长啸，怡然自得，尘念皆空。该诗对景物和人物的描写看上去简单，其实很巧妙。用琴声长啸来衬托月夜竹林的寂静，用月亮的光影来衬托竹林的阴暗。其中"深林人不知，明月来相照"两句尤为出色，文字简练而意蕴无穷，给人留下充分的想象余地。

送沈子福归江东

杨柳渡头行客稀，罟师荡桨向临圻①。
唯有相思似春色，江南江北送君归。

【注释】

①罟师：渔人。此指船夫。临圻：近岸之地，此指江东岸。

【译文】

渡口杨柳依依，行客稀少，渔民划着船桨驶向江东。我的相思就像春色一样，弥漫在江南江北，送你回家。

【赏析】

本篇题目点明了此为送别之作，内容写诗人送别友人的情况。沈子福，生平不详。《全唐诗》作沈子。"归"又作"之"。首句点明送别的地点和环境。"杨柳"不仅点明了时令，也象征着离别。"行客稀"三个字具有动态的画面感，不仅点明了渡口的冷清，也是诗人心情的写照。第二句点题，点明友人要回江东。后两句以"春色"喻"相思"，使相思真切可感，写法巧妙。本篇虽然写令人悲伤的离别，但不觉感伤，充分体现了盛唐诗歌积极明朗的特点。

李 白
——被后人尊称为"诗仙"

李白（701 — 762），字太白，号青莲居士，祖籍陇西成纪（今甘肃静宁西南）。天宝初，因道士吴筠的推荐，应诏赴长安，供奉翰林，受到唐玄宗李隆基的特殊礼遇。但因权贵不容，不久即遭谗去职，长期游历。晚年漂泊于武昌、浔阳、宣城等地。代宗宝应元年（762）因病去世。他的诗篇具有强烈的浪漫主义色彩，有《李太白集》。胡应麟说："太白诸绝句，信口而成，所谓无意于工而无不工者。"

望天门山①

天门中断楚江②开，碧水东流至此回。
两岸青山③相对出，孤帆一片日边来④。

【注释】

①天门山：在今安徽当涂西南长江两岸，东名博望山，西名西梁山。两山夹江而立，形似天门，故得名。②楚江：流经湖北宜昌至安徽芜湖一带的长江。因该地古时属于楚国，所以诗人把流经这里的长江叫作楚江。③两岸青山：指博望山和西梁山。④日边来：指孤舟从天水相接的远方驶来，犹如来自天边。

　　天门山从中间断开，为楚江让开奔流的通道，碧绿的江水东流至此弯曲徘徊。

　　两岸青山对峙，双峰耸立，在那天水相接之处，一只白帆沐浴着灿烂的阳光慢慢驶来。

【赏析】

　　此诗为作者于开元十三年（725）赴江东途中，行至天门山时所作。

　　前两句描写天门山雄奇壮观及江水浩荡奔流的气势，给人惊心动魄之感。后两句描绘了从两岸青山夹缝中望去所见的远景。诗中所写的碧水青山、白帆红日交映成一幅色彩绚丽的画面。

写 作 技 法

　　诗人描写的画面不是静止的，而是流动的。随着诗人行舟，山断江开，东流水回，青山相对迎出，孤帆日边驶来，景色由远及近，再及远地展开。诗中用了六个动词"断、开、流、回、出、来"，使山水景物呈现出跃跃欲出的动态，描述了天门山一带的雄奇阔远景象。

静夜思

床①前明月光，疑②是地上霜。

举头望明月，低头思③故乡。

　　①床：旧注多作卧之床解。床亦有井栏之义。②疑：怀疑，以为。③思：乡思。

【译文】

　　那透过窗户映照在床前的月光，起初以为是一层层的白霜。

　　仰首看那空中的明月，不由得低头沉思，愈加想念自己的故乡。

【赏析】

　　引发作者写这首小诗的，其实是诗人的一个错觉：误将床前明月当成了地上的秋霜。然而，在顷刻间，诗人由明月联想到家乡，这正是思乡之情长期在诗人胸中积聚的结果。这首诗的思想内容具有普遍性，而语言却明白如话，因此被千古传诵。

将进酒

君不见黄河之水天上来，奔流到海不复回。

君不见高堂明镜悲白发，朝如青丝暮成雪。

人生得意①须尽欢，莫使金樽空对月。

天生我材必有用，千金散尽还复来。

烹羊宰牛且为乐，会须②一饮三百杯。

岑夫子，丹丘生，将③进酒，杯莫停。

与君歌一曲，请君为我侧耳听。

钟鼓馔玉不足贵，但愿长醉不愿醒。

古来圣贤皆寂寞，唯有饮者留其名。

陈王④昔时宴平乐，斗酒十千恣欢谑⑤。

主人何为言少钱，径须沽⑥取对君酌。

五花马⑦，千金裘，呼儿将出换美酒，与尔同销万古愁⑧。

【注释】

①得意：适意高兴的时候。②会须：正应当。③将（qiāng）：请。④陈王：指陈思王曹植。⑤恣：纵情任意。谑（xuè）：戏。⑥径须：干脆，只管。沽：买。⑦五花马：指名贵的马。一说毛色作五花纹，一说颈上长毛修剪成五瓣。⑧销：同"消"。

【译文】

你难道没有看见，汹涌奔腾的黄河之水，有如从天上倾泻而来？它滚滚东去，奔向大海，永远不会回还。你难道没有看见，在高堂上面对明镜，深沉悲叹那一头白发？早晨还是满头青丝，傍晚却变得如雪一般。因此，人生在世，每逢得意之时，理应尽情欢乐，切莫让金杯空对皎洁的明月。既然老天造就了我这栋梁之材，就一定会有用武之地，即使散尽了千两黄金，也

会重新得到。烹羊宰牛姑且尽情享乐，今日相逢，我们真要干三百杯。岑勋先生，丹丘先生，请快喝，不要停，我为你们唱一首歌，请你们侧耳为我细细听。在钟鼓齐鸣中享受丰美食物的豪华生活并不值得珍贵，但愿永远沉醉，不愿清醒。自古以来那些圣贤无不感到孤独寂寞，唯有寄情美酒的人才能留下美名。陈王曹植过去曾在平乐观大摆酒宴，即使一斗酒价值十千也在所不惜，恣意畅饮。主人啊，你为什么说钱已经不多，快快去买酒来让我们一起喝个够。牵来名贵的五花马，取出价钱昂贵的千金裘，统统用来换美酒，让我们共同来消融这无穷无尽的万古长愁！

【赏析】

李白咏酒的诗篇极能表现他的个性，思想内容更为深沉，艺术表现更为成熟。

《将进酒》原是汉乐府短箫铙歌的曲调，题意即"劝酒歌"，故古词有"将进酒，乘大白"句。此篇约作于天宝十一年（752），他当时与友人岑勋在嵩山另一好友元丹丘的颍阳山居为客，三人尝登高饮宴。人生快事莫若置酒会友，作者又正值"抱用世之才而不遇"之际，于是满腔不合时宜借酒兴诗情，来了一次淋漓尽致的抒发。

写作技法

诗中屡用巨额数目字（"千金""三百杯""斗酒十千""千金裘"等）表现豪迈诗情，此外，全篇大起大落，诗情忽翕忽张，由悲转乐，转狂放，转愤激，再转狂放、最后归结于"万古愁"，回应篇首，具有震动古今的力量与气势。

关山月

明月出天山[①]，苍茫云海间。

长风几万里，吹度玉门关②。

汉下白登道③，胡窥青海湾④。

由来⑤征战地，不见有人还。

戍客⑥望边邑，思归多苦颜⑦。

高楼当此夜，叹息未应闲。

【注释】

①天山：今甘肃祁连山，古时匈奴称天为祁连，故名天山。②玉门关：在今甘肃敦煌西，相传和田美玉经此传入中原，因此得名，古时为中原通西域的门户。③"汉下"句：指汉高祖刘邦亲率军与匈奴交战，被困白登山七日一事。④胡：指吐蕃。窥：窥伺。青海湾：即青海湖。唐军多与吐蕃于此交战。⑤由来：从来。⑥戍客：戍边的官兵。⑦苦颜：愁容。

【译文】

一轮明月升起在峻伟的天山，出没于苍茫云海之间。浩荡长风掠过几万里，吹度千古玉门雄关。历史上汉高祖用兵白登山征战匈奴，吐蕃觊觎青海河山，这里从古到今都是征战厮杀的地方，几乎看不到有人活着归还。戍边将士望着边地的城塞，思念起故乡，愁眉不展。他们家中的妻子在这个夜晚，一定在闺楼上凭栏远眺，哀叹连连。

唐朝国力强盛，但边尘未曾肃清过。李白此诗，就是叹息征战之士的苦辛和后方思妇的愁苦。诗的开头四句，主要写包括关、山、月三者在内的边塞风光，从而表现出征人怀乡的情绪；中间四句具体写到战场的悲惨残酷；后四句写征人望边地而思念家乡，进而推想妻子月夜在高楼叹息不止。这末了四句与诗人《春思》中的"当君怀归日，是妾断肠时"为同一笔调。

秋浦（其十五）歌①

白发三千丈，缘愁似个②长。

不知明镜里，何处得秋霜③。

【注释】

①秋浦：在今安徽贵池县西南。唐时是著名的产铜、银的地方。②缘：因为。个：这样。③秋霜：秋天的白霜，这里用来形容白发。

【译文】

我头上的白发长到三千丈！只因我心中的愁绪也这样长。对着明亮的镜子，我的头发白得像秋霜。我真不知道哪里弄来这副模样！

【赏析】

本篇为《秋浦歌》中的第十五首，内容是抒愤。在秋浦时，距李白离开长安已接近十年了。本篇中，诗人以夸张的手法表现了心中积压已久的忧愤。

头两句起句突兀，感觉似晴空霹雳，令人心惊。第一句用夸张的手法，看似不合理，因为白发怎可能有三千丈？等到第二句"缘愁似个长"，读者才突然明白，原来白发是因愁绪而长出来的。诗眼全落在一个"愁"字上。下两句写悲愤至极的痛彻之语，并非问句。为何得到如此多的愁绪？"得"字串起了诗人前半生所遭受到的排挤。他不得志，所以愁绪催生白发。

赠汪伦①

李白乘舟将欲行，忽闻岸上踏歌②声。
桃花潭③水深千尺，不及汪伦送我情。

【注释】

①汪伦：李白在桃花潭结识的朋友，性格非常豪爽。李白游览桃花潭时，汪伦常常用美酒款待他。临走时，李白作这首诗赠予汪伦。②踏歌：一种民间歌调，一边唱歌，一边用脚踏地打着拍子，这是唐代民间流行的一种唱歌方式。③桃花潭：水潭名，在今安徽泾县西南。

【译文】

我（李白）乘船刚要走，忽然听到岸上传来踏歌声。
纵使桃花潭水深千尺，也比不上汪伦对我的情谊深啊。

【赏析】

这首诗是李白即兴脱口吟出，朗朗上口，因而历来为人传诵。

"李白乘舟将欲行"，是说我就要乘船离开桃花潭了。语言简明，不假思索，顺口流出，表现出乘兴而来、兴尽而返的潇洒神态。"忽闻"二字表明，汪伦的到来，确实是不期而至的。这样的送别，侧面表现出李白和汪伦两人同是不拘俗礼、洒脱自由的人。短短十四字就写出两人乐天派的性格和他们之间不拘形迹的友谊。结合此情此景，后两句诗也脱口而出，感情真率自然。

送孟浩然之广陵①

故人西辞黄鹤楼，烟花②三月下扬州。
孤帆远影碧空尽，唯见长江天际流。

【注释】

①广陵：扬州的旧名。②烟花：指柳如烟、花似锦的明媚春光。

【译文】

老朋友在黄鹤楼与我辞别，在烟雾弥漫、繁花似锦的三月去扬州。

孤船的帆影渐渐远去，消失在碧空的尽头，只看见长江水浩浩荡荡地向天边流去。

【赏析】

此为寓情于景的送别诗。前两句点明了告别的时间、地点与孟浩然将要去的地方。后两句写了四个场景，先是一叶孤帆，后化作远远的影子，最后消失于天际，只剩下长江奔流。诗中不见情字，却处处有情。尤其是最后两句，给人留下无限的想象空间，一个伫立江边远望朋友，久久不肯离去的形象跃然纸上。

送友人

青山横北郭①，白水绕东城。

此地一为别，孤蓬万里征。

浮云游子意，落日故人情。

挥手自兹②去，萧萧③班马鸣。

【注释】

①郭：外城。②兹：此。③萧萧：马的嘶叫声。

【译文】

青山横卧在北城之外，清澈的流水环绕着东城。今天我们在此地一别离，你将要像孤独的蓬草一样万里飘零。浮云飘浮不定，如同你的心意，落日迟迟不去，如同你的惜别深情。忍痛挥手告别，你便从此离去，马儿它不愿分离，也萧萧长鸣。

【赏析】

本篇为送别诗。头两句对仗工整，交代了送别的地点。"青"和"白"两种明丽的色彩交相辉映。"横"字描摹了山的静态，"绕"字刻画了水的动态，生动传神，妙趣横生。中间四句写离别时的离愁，回应标题。"浮云游子意，落日故人情"二句，以工整的对偶表达依依惜别的深情，

尤其耐人寻味。清人仇兆鳌评说:"太白诗词'浮云游子意,落日故人情。'对景怀人,意味深远。"(《杜诗详注》)最后两句巧妙化用《诗经·车攻》中"萧萧马鸣"的语句,在其中加个"班"字,写出并排而行的马不愿意离群,也将人物难舍难分的情感进一步表现出来。本篇寓情于景,声色俱备,自然朴素,别具特色。不仅画面感强,而且情真意切,动人心魄,堪称送别诗中的佳作。

诗词辞典

萧萧班马鸣

这一句出自《诗经·车攻》"萧萧马鸣"。班马,离群的马。诗人和友人在马上挥手告别,频频致意。那两匹马仿佛懂得主人的心情,也不愿脱离同伴,临别时忍不住萧萧长鸣,似有无限深情。马犹如此,人何以堪!李白化用古典诗句,著一"班"字,便翻出新意,烘托出缠绵情谊,可谓鬼斧神工。

宣州谢朓楼饯别校书叔云

弃我去者,昨日之日不可留;
乱我心者,今日之日多烦忧。
长风万里送秋雁①,对此可以酣高楼。
蓬莱文章②建安骨,中间小谢又清发。
俱怀逸兴壮思飞,欲上青天揽明月。
抽刀断水水更流,举杯销愁愁更愁。
人生在世不称意,明朝散发弄扁舟。

①秋雁：喻李云。②蓬莱文章：借指李云的文章，这里指李云供职的秘书省。

【译文】

弃我而去的昨日已不可挽留，

乱我心绪的今日多叫人烦忧。

长风万里吹送秋雁南来之时，

对此情景，正可开怀酣饮于高楼。

你校书蓬莱宫，文有建安风骨，

我好比谢朓，诗歌亦清发隽秀。

我俩都怀有逸兴豪情，壮志凌云，

想攀登九天，把明月揽在手中。

抽刀砍断江水，江水更猛奔流，

想要举杯消愁，却愁上加愁。

人生在世，不能活得称心如意，

不如明朝散发，驾舟江湖漂流。

【赏析】

这首诗是在李云行至宣城与李白相遇并同登谢朓楼时，李白为之饯行而作。全诗慷慨豪放，抒发了诗人怀才不遇的愤懑之情，表达了对黑暗社会的强烈不满和对光明世界的执着追求。

诗旨在以蓬莱文章比李云，以

谢清发自喻。借送别以赞对方，惜其生不逢时。开首二句，不写叙别，不写楼，却直抒郁结，道出心中烦忧。三、四句突做转折，从苦闷中转到爽朗壮阔的境界，展开了一幅秋空送雁图。一"送"，一"酣"，点出了"饯别"的主题。"蓬莱"四句，赞美对方文章如蓬莱宫幽藏，刚健遒劲，有建安风骨。又流露自己的才能，以谢朓自比，表达了对高洁理想的追求。末四句抒写感慨，理想与现实不可调和，不免烦忧苦闷，只好在"弄扁舟"中去寻求寄托。它不仅把诗人怀才不遇的内心愤懑鲜明地表达出来了，而且还发人深省，让我们去思考诗人的言外之意。"抽刀断水水更流，举杯销愁愁更愁"句，成为千百年来人们描摹愁绪的名言，众口交赞。

登金陵凤凰台

凤凰台^①上凤凰游，凤去台空江自流。
吴宫花草埋幽径^②，晋代衣冠^③成古丘。
三山^④半落青天外，二水中^⑤分白鹭洲。
总为浮云能蔽日，长安不见使人愁。

【注释】

①凤凰台：故址在今南京凤台山。相传刘宋元嘉年间有三只凤凰集于山，因筑凤凰台。②吴宫：三国时孙吴建都金陵（今江苏南京）。③衣冠：指王公贵族。④三山：山名，指南京西南长江边上的三座山峰。⑤二水：秦淮河流经南京，西入长江，因白鹭洲横其间而分为两支。

【译文】

凤凰台上曾有凤凰翔游，凤凰飞走了，现如今凤凰台空，长江水依然不停地流着。

吴国昔日繁华的宫廷已经荒芜，东晋贵族早已进入坟墓。

三山矗立水天之际，若隐若现，白鹭洲把江水分为两道。

浮云总是遮蔽日月，不能回到长安，内心沉痛忧郁。

【赏析】

全诗将历史与现实、自然的景与个人的情完美地结合在一起，一气呵成。该诗虽在凭吊古迹，然而字里行间隐寓着伤时的感慨。首联写凤凰台的传说，点明了凤去台空，六朝繁华，一去不返。颔联就"凤凰台"进一步抒情，东吴、东晋的一代风流人物也已经进入坟墓，灰飞烟灭。颈联写大自然的壮美，形象逼真，对仗工整，意境开阔，气象万千。尾联则写唐都长安现实，暗示皇帝被奸邪蒙蔽，自身报国无门，十分沉痛，借以抒发有志难酬的感慨。一说李白很欣赏崔颢的《黄鹤楼》，故登金陵凤凰台时，用崔颢这首诗的韵律写下了此篇。

诗 词 辞 典

从远古时代开始，凤凰一直被认为有祥瑞的意义，并且与社会的发展有关：美好的时代，凤凰则从天而降，一片天籁之声。因此，凤凰的出现，多半显示着称颂的意义。然而李白在这里首先点出凤凰，却恰恰相反：他所抒发的是繁华易逝，引来凤凰的元嘉时代已经永远地过去了，繁华的六朝也已经永远地过去了，只剩下浩瀚的长江之水与巍峨的凤凰之山依旧生生不息。

客中作

兰陵①美酒郁金香②，玉碗盛来琥珀光。
但使③主人能醉客，不知何处是他乡。

【注释】

①兰陵：地名。今山东省苍山县兰陵镇。②郁金香：散发香气的郁金。郁金，一种香草，用以浸酒，浸酒后呈金黄色。③但使：只要。

【译文】

兰陵出产的美酒透着醇浓的郁金香的芳香，盛在玉碗里，看上去犹如琥珀般晶莹。

只要主人同我一道尽兴畅饮，一醉方休，我怎么会去想这里是故乡还是异乡呢！

【赏析】

抒写客愁是古代诗歌创作中一个普遍的主题。本篇虽题为《客中作》，抒写的却是另一番感受。前两句交代了诗人做客的地点。而将其与美酒放在一起的描写手法，让人丝毫感觉不到作客异乡的凄凉，反而让人心生迷恋之情。诗人见到美酒的兴奋表情跃然纸上。

后两句写得既合乎情理，又让人感到意外。合乎情理是因为与前面的描写和情感发展的趋势一致，而使人感到意外的是，虽是写客愁的诗作，诗人却写出了另一种情感。诗人并不是不思念家乡，也并非不知道身处异乡。但在良友美酒面前，一切的苦楚都不见了。由身在客中发展到乐而不觉其为他乡，正是这首诗不同于一般羁旅之作的地方。

早发白帝城①

朝辞白帝彩云间②，千里江陵一日还。
两岸猿声啼不住③，轻舟已过万重山。

【注释】

　①白帝城：在今重庆市奉节县东白帝山上。②彩云间：因白帝城在白帝山上，地势高耸，从山下江中仰望，仿佛耸入云间。③住：停息。

【译文】

　早晨辞别了彩云缭绕的白帝城，一天就回到了千里之遥的江陵。

　两岸山间猿啼的声音还没有停息，轻快的小舟已经驶过了重峦叠嶂的峻岭。

【赏析】

　唐肃宗乾元二年（759）春，李白因参加永王李幕府事，被牵连流放夜郎（今贵州境内），行至白帝遇赦，乘舟东还时作此诗。本诗意在描摹白帝至江陵一段的长江水流湍急、舟行若飞的情景，借以抒发了作者当时喜悦畅快的心情。

　全诗给人一种锋棱挺拔、空灵飞动之感。洋溢的是诗人经过艰难岁月之后突然迸发的一种激情，故雄峻迅疾中，又有豪情欢悦。快船快意，令人神往。后人赞此篇谓："惊风雨而泣鬼神矣。"（杨慎《升庵诗话》）

春　思①

燕②草如碧丝，秦③桑低绿枝。

当君怀归日，是妾断肠时。

春风不相识，何事入罗帏④？

【注释】

①春思：春天的情思。②燕：燕地，今河北、辽宁一带。③秦：秦地，今陕西、甘肃一带。④罗帏：丝织的帏帐。此指女子的闺房。

【译文】

燕地的春草刚刚细嫩如丝，秦地的桑树已经低垂树枝。当你思念归来的时候，正是我想你想得肝肠寸断的时候。春风啊，我与你素不相识，你为何闯进我的罗帐来？

【赏析】

此诗为闺情诗，描写春天将临，秦地少妇思念远戍燕地的丈夫之苦。萧士说："燕北地寒，生草迟。当秦桑低绿之时，燕草方生，兴其夫方萌怀归之志，犹燕草之方生。妾则思君之久，犹秦桑之已低绿也。"(《分类补注李太白集》)结尾问春风，既有对丈夫不归的抱怨之意，又自明贞洁非外物所能动摇。全诗像一首短小的民歌，含蓄委婉，质朴警策。

> ### 写作技法
>
> 李白有相当数量的诗作描摹思妇的心理，《春思》是其中著名的一首。在中国古典诗歌中，"春"字往往语带双关。它既指自然界的春天，又可以比喻青年男女之间的爱情。诗题"春思"之"春"，就包含着这样两层意思。

行路难（其一）

金樽清酒斗十千，玉盘珍羞直万钱。
停杯投箸①不能食，拔剑四顾②心茫然。
欲渡黄河冰塞川，将登太行雪满山。
闲来垂钓碧溪上，忽复乘舟梦日边。
行路难，行路难，多歧路，今安③在？
长风破浪会有时，直挂云帆济④沧海。

【注释】

①箸：筷子。②顾：望。③安：哪里。④济：渡。

【译文】

金樽斟满清酒，一杯要十千钱，玉盘里摆满珍美的菜肴，价值万钱。面对佳肴，我放下杯子，停下筷子，不能下咽，拔出剑来，四处看看，心中一片茫然。想渡过黄河，却被坚冰阻塞，想登上太行，却被满山的白雪阻拦。闲暇时坐在溪边垂钓，忽然又梦见乘船从白日边经过。行路艰难，行路艰难，岔路这么多，今后要去哪？总会有乘风破浪的那一天，挂起高帆渡过茫茫大海。

　　全诗在情感上大起大落，充分表现了理想和现实的矛盾，尽管极度悲愤，但结尾处奏出最强音，自有李白的英风豪气在。本诗利用比兴的手法描写了人世间的坎坷，抒发了诗人的人生追求，表现了诗人乐观自信的人生态度。诗人不畏人生艰难，不放弃自己的理想，没有消沉下去，是值得世人学习的。

子夜吴歌

长安^①一片月，万户捣衣^②声。

秋风吹不尽，总是玉关情。

何日平胡虏，良人罢^③远征。

【注释】

　　①长安：今陕西西安市。②捣衣：洗衣时将衣服放在砧石上，用棒敲打。③良人：指丈夫。罢：结束。

【译文】

　　长安城一片月色，千家万户传来捣衣的声音。秋风吹不尽的，总是思念驻守玉门关的丈夫的情思。什么时候才能扫平胡虏，亲人可以停止远征。

【赏析】

　　李白此题下有四首诗，分咏春夏秋冬。此为第三首《秋歌》，写女子秋夜思念远征丈夫。此诗前两句纯然写景，而深情自在景中；中两句情感逐渐显露；末两句纯乎言情，一往情深。诗意层层递进，情感逐渐浓烈，将思妇的深情展现得真切动人，再加上诗歌本身短小流畅，此诗从古至今流传不衰。

金陵①酒肆留别

风吹柳花满店香，吴姬压酒②劝客尝。

金陵子弟③来相送，欲行不行各尽觞④。

请君试问东流水，别意与之谁短长？

【注释】

①金陵：今江苏省南京市。②吴姬：吴地女子。压酒：酒熟时将酒汁压出。③子弟：年轻人。④尽觞：喝干杯中酒。觞：酒器。

【译文】

春风吹拂柳花，满店飘着酒香。吴地女子斟上美酒，请客人们品尝。金陵的子弟们纷纷来相送，主客畅饮，频频举杯。请你们问问这东流的江水，离情别意和它相比，谁长谁短？

【赏析】

这是一首惜别的诗，虽然短，却情意深

长。本篇描绘出了一幅令人陶醉的春光春色图。春风暖人，柳絮飘扬，诗人即将离开金陵，独自坐在江南水村的一家小酒店里饮酒为别。飞扬的柳絮飘满小店，香气醉人。诗人的依依惜别之情，不觉涌上心头。金陵子弟来送别，使诗人的离别场面变得热闹起来，但是越热闹越会体现出离别后的寂寥。不过诗人并没有沉溺于离别之伤，而是情绪饱满，哀叹而不悲伤，表现了诗人风流潇洒的特点。

独坐敬亭山

众鸟高飞尽①，孤云独去闲②。

相看两不厌③，只有敬亭山。

【注释】

①尽：没有了。②闲：形容云彩飘来飘去，悠闲自在的样子。③厌：满足。

【译文】

鸟儿们高飞，没有了踪迹，天上飘浮的孤云也不愿意留下，慢慢向远处飘去。只有我看着高高的敬亭山，敬亭山也默默地注视着我。能和我相看两不厌的，也只有这敬亭山了。

【赏析】

李白一生曾到宣州七次，敬亭山就在宣州（今安徽宣城）境内。本篇作于天宝十二载(753)诗人秋游宣州之时。当时他离开长安已有十年。

诗歌开首"尽""闲"两个字，暗示了诗人在敬亭山游览观望之久，勾画出他"独坐"出神的形象，为下联"相看两不厌"做了铺垫。三、四两句用浪漫主义手法，将敬亭山人格化、个性化。认为自己在看敬亭山的同时，敬亭山也在看着自己，有意要和他做伴。以山的"有情"衬托人世的"无情"，更显诗人内心的孤寂凄凉，同时也表现出诗人在大自然中寻求安慰和寄托，是诗人表现自己精神世界的佳作。

写作技法

"众鸟高飞尽，孤云独去闲"，看似写眼前之景，实为以景语说心事，这两句是写"动"见"静"，以"动"衬"静"，创造了一个"静"的氛围。这种"静"，将诗人的落寞孤寂情怀写尽了。

望庐山①瀑布

日照香炉生紫烟②，遥看瀑布挂前川③。
飞流直下三千尺，疑是银河落九天④。

【注释】

①庐山：我国名山之一，在今江西省九江市北部的鄱阳湖盆地，九江市庐山区境内。②香炉：即香炉峰，在庐山西北，因形状像香炉且山上笼罩烟云而得名。紫烟：指日光照射后呈现出紫色的云雾水汽。③川：河流，这里指瀑布。④银河：又称天河。古人指银河系构成的带状星群。九天：古人认为天有九重，九天是天的最高层，此处指极高的天空。

【译文】

太阳照在香炉峰上，使得山峰上紫烟弥漫。远看瀑布犹如绸缎一样挂在山前。水流由高处飞奔而下，就像是银河从九天而降。

【赏析】

安史之乱爆发的第二年六月，即天宝十五载（756），李白隐居庐山，并在那里度过了夏、秋、冬。其间，他写了二十四首诗，本诗是其中很有名的一篇，大约写于夏秋之交。

诗开首第一句主要写香炉峰。香炉就是指庐山香炉峰，它被诗人描写得非常美，并且充满了浪漫主义色彩。"生"字不仅写活了香炉峰，也表现出山间烟云缓慢升起的景致。下一句，诗人的视线转移到了山上的瀑布。"遥看"交代是远观，点明主题。"挂前川"形象地表现出它给诗人的第一印象。"挂"生动地写出了瀑布在"遥看"时倾斜的样子，使之由动变静。诗的前半部分客观地写实，后半部分则用夸张的比喻和奇妙的想象描写了瀑布的形态。第三句极写瀑布的动态，用笔挥洒有力。"飞"形象地描写了瀑布喷薄而出的景致，"直下"在表明山势陡峭的同时，也形象地表现了水流的湍急和其从高空流下的强劲势头。最后一句更震撼人心，"落"字点明了瀑布势不可当的气势。而将瀑布比作"银河落九天"，既夸张又自然，既生动又真实，既奇妙又真切。

月下独酌（其一）

花间一壶酒，独酌无相亲。

举杯邀明月，对影成三人。

月既不解饮，影徒随我身。

暂伴月将影，行乐须及春^①。

我歌月徘徊，我舞影零乱。

醒时同交欢^②，醉后各分散。

永结无情游，相期邀云汉^③。

【注释】

①及春：趁着青春年华。②交欢：一起欢乐。③相期：相约。云汉：
银河。

【译文】

在花丛中摆上一壶美酒，独自喝酒，没有知心者相伴。只好高举酒
杯邀请明月和我的影子，我们"三人"一起喝。虽然明月既不能理解开
怀畅饮之乐，影子也只能默默地跟随在我的左右而已。我只得暂时伴着
明月、清影，趁此美景良辰，及时欢娱。我吟诵诗篇，月亮伴随我徘徊，
我手舞足蹈，影子便随我蹁跹。清醒时我与你一同分享欢乐，沉醉后便
再也找不到你们的踪影。让我们结成永恒的友谊，相约一起去仙境。

【赏析】

这首诗约作于天宝三载（744），当时李白在长安。诗人写自己在花
间月下独酌的情景，表现诗人孤独苦闷的心理。

月下独酌本是寂寞的，但诗人却运用丰富的想象，把月亮和自己的
身影凑成了所谓的"三人"。又从"花"字想到"春"字，从"酌"到"歌""舞"，
把寂寞的环境渲染得十分热闹，不仅笔墨传神，更重要的是表达了诗人
善于排遣寂寞的旷达不羁的个性和情感。从表面上看，诗人好像真的
能自得其乐，可是背后却充满着无限的凄凉。诗人孤独到了邀月和影，
可是还不止于此，甚至连今后的岁月，也不能找到同饮之人了。所以，

只能与月光身影永远结游，并且约好在天上的仙境再见。本篇以动写静，以热闹写孤寂，艺术效果十分强烈。

崔　颢
——一曲《黄鹤楼》冠绝古今

　　崔颢（？—754），汴州（今河南开封）人。开元十一年（723）进士，曾为太仆寺丞，天宝中为司勋员外郎。崔颢才思敏捷，善于写诗，《旧唐书·文苑传》把他和王昌龄、高适、孟浩然并提，但他经历宦海浮沉，终不得志。好饮酒和赌博，艳情故事常为时论所薄。晚年游览山川，经历边塞，精神视野大开，风格一变而为雄浑自然。《黄鹤楼》一诗，据说李白为之搁笔，曾有"眼前有景道不得，崔颢题诗在上头"的赞叹。《全唐诗》存其诗四十二首。

黄鹤楼

昔人①已乘黄鹤去，此地空余黄鹤楼②。

黄鹤一去不复返，白云千载空悠悠。

晴川历历③汉阳树，芳草萋萋鹦鹉洲。

日暮乡关何处是？烟波江上使人愁。

【注释】

　　①昔人：指传说中的仙人。②黄鹤楼：旧址在今武汉长江大桥桥头处。③历历：清楚分明。

【译文】

　　仙人早已乘着黄鹤飞去，这里留下的只有那空荡荡的黄鹤楼。黄鹤飞去后就不再回还，千百年来只有白云悠悠飘浮。晴朗的汉江平原上，是一片片葱郁的树木和茂密的芳草，它们覆盖着鹦鹉洲。天色渐暗，放眼远望，何处是我的故乡？江上烟波迷茫，使人生出无限的哀愁。

【赏析】

　　此诗写登黄鹤楼之所见及引发的乡愁，被誉为题黄鹤楼之绝唱。这是一首千古流传的名作，是唐代七律诗中最著名的作品之一。前四句借用神话传说，以高度概括的笔法，写尽人事沧桑和世态浑茫。信笔挥洒，气势奔腾。后四句写登楼所见景象，表现绵绵乡愁，用笔具体而细腻。整首诗流畅浑圆，一气呵成，意境开阔悠远，具有很高的艺术价值。

常　建
——善于描写田园风光

　　常建（708—约765），祖籍邢州（今河北邢台），长安（今陕西西安）人，唐玄宗开元十五年（727）与王昌龄同榜进士，与王昌龄有文字相酬。仕途不得意，来往于山水之间，体现山林逸趣的名作居多。后移家隐居鄂渚。其诗意境清迥，语言洗练自然，艺术上有独特造诣。现存诗五十七首。

宿王昌龄隐居

清溪深不测，隐处①唯孤云。

松际露微月，清光犹为君。

茅亭宿②花影，药院滋③苔纹。

余亦谢时④去，西山鸾鹤群。

【注释】

①隐处：隐居的地方。②宿：比喻夜静时花影如眠。③药院：种芍药的庭院。滋：生长着。④谢时：谢绝时人，离开世俗。

【译文】

清溪的水深不可测，隐居的地方只见一片白云。松林间露出微微的月光，清亮的光辉好像是为了你而发出。茅亭外的夜静悄悄的，花影像睡着了一样，种芍药的院子里生长出苔痕。我也要离开世俗隐居，到西山与鸾鹤作伴。

【赏析】

这首诗作于辞官归隐途中，作者夜宿挚友入仕前的居所，触景生情。前六句作者选取清溪、孤云、松月、花影、苔纹这些自然景象，构成一幅优美清幽的图画，环境深远幽僻，隐居者虽没出场，但他的清高的品格已跃然纸上，表现出作者的钦慕之情。诗即据此托物言志，神情韵味俱佳。

题破山寺后禅院

清晨入古寺，初日照高林。
曲径通幽处，禅房①花木深。
山光悦鸟性，潭影空人心。
万籁②此都寂，但余钟磬音。

【注释】

①禅房：僧侣的住房。②万籁：各种声响。

【译文】

　　清晨我漫步到这座古寺，初升的太阳照耀着高耸的丛林。一条曲折的小路通向幽静的远方，那里是被花木浓荫覆盖着的禅房。山光明净，鸟儿欢悦地歌唱，深潭倒影更使人觉得心境空灵。万物一片沉寂，只听到那悠悠钟磬的回声。

【赏析】

　　这是一首游破山寺的题壁诗，描写破山寺后禅院景物的幽静，为盛唐山水诗中别具一格的名作。首联前半句记叙，后半句写景。颔联中诗人通过曲径来到后院，发现花木深处竟是禅院的所在。此联抓住最有特色

的景物，寥寥数笔便勾勒出后禅院的幽寂。其中隐含着归隐闲居，寄情山水的禅意，历来为人称道。颔联写诗人看到寺后山光灿烂，心中顿时没了杂念。尾联转写悠远的钟声，余音袅袅，意境深远。全诗景物鲜明，而语言质朴明净，清新淡雅，与闲适高雅的情怀融为一体。

写作技法

诗人抓住山寺中独特的景物，前四句以静显静，后四句运用了以动显静的表现手法，塑造了一个幽深静寂、安详和平、自然高远的境界。

刘长卿
——诗歌类型广泛

刘长卿(？—约789)，字文房。宣城(今属安徽)人。玄宗天宝进士。肃宗至德年间任监察御史、长洲县尉，贬岭南南巴尉，后返，旅居江浙。代宗时历任转运使判官，知淮西、鄂岳转运留后，被诬，再贬睦州司马。刘长卿诗以五七言近体为主，尤工五言，被称为"五言长城"。其五律简练浑括，于深密中见清秀。五绝如《逢雪宿芙蓉山主人》以白描取胜，饶有韵致。《全唐诗》编录其诗五卷。

逢雪宿芙蓉山①主人

日暮苍山②远，天寒白屋③贫。
柴门闻犬吠，风雪夜归人。

【注释】

①芙蓉山：地名。②苍山：青山。③白屋：贫家的住所。房顶用

白茅覆盖，或木材不加油漆叫白屋。

【译文】

傍晚时，我仍在匆匆忙忙地赶路，远处的青山显得更加遥远。突然看见一间茅草屋，在严寒的天气里显得更加贫寒。站在柴门边听见一阵阵狗叫声，风雪之夜，茅屋来了我这个投宿的人。

【赏析】

本诗以时间为序，在诗人的精细描绘下，徐徐展开一幅旅人傍晚投宿、山家风雪夜归的寒山夜宿图。诗句中并没有明写人物，直抒情思，但使读者感到其人呼之欲出，其情浮现纸上。纵观全诗，选景精当，开合自如，留白巧妙，余味悠长。

诗 歌 辞 典

狗的别称

狗在古代的别称有：犬、豺舅、地羊、黄耳、韩卢等。豺舅，在《尔雅翼》中解释说，狗是豺狼的舅舅，豺狼遇见狗，就会跪下来作拜见状，所以称为豺舅；地羊是古方言中狗的异名；黄耳，起初是西晋著名诗人陆机的一条狗，曾为陆机不远千里传递家书，广为世人传颂；韩卢，原指战国时韩国善跑的黑狗。现在这些名称都已经是狗的泛称了。

杜 甫
——最伟大的现实主义诗人

杜甫（712 — 770），字子美，自号"少陵野老"，祖籍襄阳（今属河北），自其曾祖时迁居巩县（今河南巩义西南）。杜甫一生坎坷，生活在唐朝由盛转衰的历史时期，其诗多涉笔社会动荡、政治黑暗、人民疾苦，因而他的诗被誉为"诗史"。他的诗时而雄浑奔放，时而沉郁悲凉。

他擅长律诗，又是新乐府诗体的开创者，在我国文学史上有"诗圣"之称。他的诗留存至今的有一千四百余首。有《杜少陵集》。"为人性癖耽佳句，语不惊人死不休"正是他严谨创作态度的真实写照。

春望

国破山河在，城春草木深。

感时①花溅泪，恨别鸟惊心。

烽火连三月，家书抵②万金。

白头搔更短，浑③欲不胜簪。

【注释】

①感时：感叹时事。②抵：值。③浑：简直。

【译文】

故国沦亡，空留下山河依旧，春天来临，长安城中荒草茂盛。

感叹时局，看到花开不由得流下眼泪，怨恨别离，听到鸟鸣也禁不住心中惊悸。

战火连绵，如今已是暮春三月，家书珍贵，足足抵得上万两黄金。

忧愤中，我的白发越搔越短，简直插不上头簪了。

【赏析】

天宝年间，安禄山叛军占领长安，城池被焚掠一空，杂草丛生，满目荒凉。当时杜甫身在长安，深陷贼乱之中。国破家亡，内心极度痛苦。诗人忧时伤乱，触景生情，行文走笔，表现了作者对国家动乱的忧愤。全诗由"望"着笔，情景相融。层层推进，环环相扣，由忧国到思家，情感愈来愈强，逐渐具体，逐步深入。读罢全诗，满腹焦虑、搔首而叹的诗人恍若就在眼前。此诗以深沉凝练、言简意深闻名。遣词用字精当准确，含蕴丰富。此为杜甫五律诗中的代表作。

诗词辞典

五言律诗

五言律诗，简称"五律"，是中国近体诗（格律诗）中的一种样式。其格式是全诗共八句，每句五个字，三、四句和五、六句均为对仗句。代表诗作有唐代诗人李白的《送友人》、杜甫的《春望》等。

登 高

风急天高猿啸哀，渚清沙白鸟飞回①。

无边落木萧萧②下，不尽长江滚滚来。

万里悲秋③常作客，百年④多病独登台。

艰难苦恨繁霜鬓，潦倒新停⑤浊酒杯。

【注释】

①渚：水中的小洲。回：回旋。②落木：落叶。萧萧：风吹树叶飘落的声音。③悲秋：因秋而生悲意。④百年：人的一生，此指年老。⑤潦倒：困顿，衰颓。新停：指当时杜甫因患病而停酒。

【译文】

天高风急，猿啸声声，似乎蕴含着无限悲哀；白沙点缀着江洲，飞鸟在水上回旋。一望无边的树叶萧萧飘落；波涛不息的长江滚滚奔来。离家万里，悲叹自己长年漂泊他乡，秋来更添愁绪；年老多病，寒秋中独自登临高台。艰苦备尝，双鬓早被繁霜覆盖；穷困潦倒，不得不放下这浇愁的酒杯。

此诗为杜甫大历二年（767）重阳节在夔州所作，写客居异乡、重阳登高的观感。全诗大致前四句主景，后四句主情。前两句中诗人仅用十四个字，六种景物

及各自的特点就呈现了出来，用字凝练至极。颔联写落叶、长江两种景物，意境壮阔恢宏，一下子将读者的视野拉开。同是写景，首联是局部的近景，颔联是整体的远景，相互映衬，将秋日登高所见尽现笔下。颈联为全篇重心，"常作客"写自己多年漂泊不定，"独登台"则写出诗人的孤独无依之感。加上"万里""百年"两个修饰词，哀愁和孤独感被最大限度地加深了。

阁 夜

岁暮阴阳①催短景，天涯霜雪霁寒宵。
五更鼓角声悲壮，三峡②星河影动摇。
野哭千家闻战伐，夷歌数处起渔樵。
卧龙跃马终黄土，人事音书漫③寂寥。

【注释】

①阴阳：日、月。②三峡：包括瞿塘峡、巫峡、西陵峡。③漫：任随。

到了年末，日月移动，天变短了，身处天涯，霜雪刚停，夜更寒冷。五更的鼓角声悲壮感人，三峡上空的星河映照在江水中，摇动不定。野外千家恸哭，听说又要打仗了，几处响起了渔夫和樵夫唱的夷歌。诸葛亮、公孙述最终还是归于黄土，人世萧条，家书断绝，寂寞孤独，又算得了什么？

【赏析】

这是大历元年（766）冬，杜甫寓居夔州西阁时所作。抒写伤乱思乡之感。诗人写了岁暮时节，霜雪寒夜中长江的雄浑悲壮景色，抒发了战乱未休、身世飘零的感慨。杜甫作此诗时，西川军阀混战，连年不息；吐蕃也不断侵袭蜀地。而杜甫的好友李白、严武、高适等都先后死去。全诗激越悲凉，感情真挚。诗中亦凸显了杜甫悲天悯人的情怀，最后两句叹息历史上的贤愚人物终究皆成黄土，因此个人的寂寞可以置之度外。颔联雄浑伟丽，苍凉壮阔，为千古名句。

诗 词 典 故

西汉末年，天下大乱，公孙述凭蜀地险要，自立为天子，号"白帝"。这里取晋代左思《蜀都赋》中"公孙跃马而称帝"之意。诸葛亮和公孙述在夔州都有祠庙，故诗中提到，"卧龙跃马终黄土"句是贤人和愚人都终成黄土之意。

江南逢李龟年①

岐王②宅里寻常见，崔九③堂前几度闻。

正是江南好风景，落花时节又逢君。

①李龟年：唐代著名的音乐家，受唐玄宗赏识，后流落江南。②岐王：唐玄宗的弟弟李范，他被封为岐王。③崔九：就是崔涤，当时担任殿中监。

【译文】

过去在岐王府中经常和你见面，多次在崔九堂前听你唱歌。现在正是江南景色美好的时候，落花时节又和你相逢。

【赏析】

此诗作于安史之乱后，大历五年（770）春，诗人在长沙重逢李龟年时闻歌抒感。这首诗通过李龟年的前后遭遇写尽世态炎凉。诗人对昔日李龟年演奏的追忆，其实是对安史之乱前盛世的怀念，后写如今与李氏在江南的遭遇，则表现了两人各自在乱世中颠沛流离的命运。"落花时节"尤其加深了诗中的伤感情绪。诗中虽无一字提及四十年的盛衰巨变，无一字直抒忧愤，然社会之动乱，彼此命运之颠簸，俱在其中，包蕴极大。情韵深厚，内蕴丰富，举重若轻，具有极高的艺术成就。

绝句（其三）

两个黄鹂鸣翠柳，一行白鹭上青天。
窗含西岭千秋雪①，门泊东吴万里船②。

【注释】

①西岭：即成都西南的岷山，其雪常年不化，故云千秋雪。这是想象

之词。②东吴:指长江下游的江苏一带。成都水路通长江,故云东吴万里船。

【译文】

　　两只黄鹂在翠绿的树枝上不停地鸣叫,一行白鹭在蔚蓝的天空上自由飞翔。透过窗子向外望去,依稀能看见岷山上的皑皑白雪以及家门前停泊着的即将前往江南的大船。

【赏析】

　　这首诗是杜甫广德二年（764）春初回草堂时写的,是杜诗写景的佳作。此诗犹如一幅绚丽生动的彩画:黄鹂、翠柳、白鹭、青天、江水、雪山,色调淡雅和谐,图像有动有静,视角由近及远,再由远及近,给人以既细腻又开阔的感受。

写作技法

　　诗人对空间感和时间感运用巧妙,使人觉得既在眼前,又及万里;既是瞬间的观感,又连通古今甚至未来;既是写实,又富于想象。短短四句小诗,把读者由眼前景观引向广远的空间和悠长的时间之中,引入对历史和人生的哲思理趣之中。

客　至

舍南舍北皆春水,但①见群鸥日日来。

花径不曾缘②客扫,蓬门③今始为君开。

盘飧市远无兼味④,樽酒家贫只旧醅⑤。

肯与邻翁相对饮,隔篱呼取尽余杯。

【注释】

　　①但:只。②缘:因为。③蓬门:蓬草编织的门。④飧:熟食。⑤

旧醅：没过滤的陈酒。

【译文】

房前屋后都环绕着春水，只见成群的鸥鸟天天来。花径因为客人少而没有打扫过，柴门为了今天你的到来才打开。因为离市集远，盘中的菜品种少，由于家贫，酒杯中只有旧年的陈酒。如果你愿意和邻居的老翁对饮，就隔着篱笆喊他一起过来干杯。

【赏析】

杜甫于上元二年（761）在成都草堂作下此篇。写客人来访的生活细节，流露出坦率的性格，闲适的情怀。

首联前半句中的"皆"字使春天江水涨溢的景象跃然纸上，后半句写明诗人生活环境的幽静，也暗指鲜有人至。颔联用互文手法，用对话的形式，饱含生活气息，构思巧妙，表现了诗人对客人到来的喜悦之情和招待客人的诚意。颈联中我们仿佛看到了诗人待客的景象，这种自然朴实的描写，给人一种亲切感，体现了宾主之间的深情厚谊。尾联写诗人邀邻居共饮，体现了农居生活的情趣。这处细节描写不但使待客气氛达到最高潮，还取得了峰回路转、别开生面的艺术效果。本篇写诗人在家中款待客人的情景，语言淳朴，充满真挚情意，也洋溢着浓郁的村野生活气息。诗中人与人之间的关系是那样真诚融洽，令人向往。此诗写得情真意切，闲趣盎然，是杜诗中难得一见的属于轻松一路的代表作。

旅夜书怀

细草微风岸，危樯^①独夜舟。

星垂平野^②阔，月涌大江流。

名岂文章著^③，官应老病休。

飘飘^④何所似，天地一沙鸥。

【注释】

①危樯：船上的高桅杆。②平野：原野。 ③文章著：因文章而著名。
④飘飘：不定的样子。

【译文】

岸边微风低拂细草，旅夜孤舟桅杆高耸。广阔的原野上空星辰低垂，翻滚的江潮里月轮奔涌。名声难道要凭文章流播，年老多病，也应该休官了。我漂泊一生，究竟像什么？就如同那茫茫天地之间一只孤飞的沙鸥！

【赏析】

此诗写杜甫在流离途中的伤感情怀。首联细致地描写了诗人所处的环境，奠定了凄凉孤独的感情基调。"星垂平野阔，月涌大江流"运用了夸张的修辞，把诗人所处的背景夸张地

放大。"飘飘何所似，天地一沙鸥"运用了比喻修辞，有了前面的夸张，诗人把自己比喻成一只小小的沙鸥，在广阔平野，这样反而加剧了诗人内心的孤独、无助。"飘"字体现了全诗的感情基调烘托出诗人流离失所，孤独感又一次袭上心头。

写·作·技·法

"星垂平野阔，月涌大江流"不仅气象壮阔，而且动静结合。非"垂"不见平原之阔，非"涌"不见大江之流。这"垂""涌"就是杜甫的"炼"字。杜甫诗用字大多如此，千锤百炼而又生动自然。

望 岳①

岱宗②夫如何，齐鲁青未了。
造化钟③神秀，阴阳④割昏晓。
荡胸生曾云，决眦⑤入归鸟。
会当凌⑥绝顶，一览众山小。

【注释】

①岳：指东岳泰山。②岱宗：泰山。岱：泰山的别名，泰山为五岳之首，故尊称为"宗"。③造化：大自然。钟：集中。④阴阳：阴指山后背光处。阳指山前向阳处。⑤决眦：眼睛睁大到极致。眦：眼角。⑥会当：定要。凌：登上。

【译文】

泰山啊，你究竟是何等的景象？郁郁苍苍，从齐到鲁都看不尽。你凝聚着大自然的神奇秀美，把南北分成昏暗和明亮。山中云气层生，荡涤心胸，睁大眼睛远望，见到归来的飞鸟。我一定要登上峰顶，将周围低矮的群山一览眼底。

此诗作于杜甫游齐、赵时，由望泰山而产生登临之感。首联中第一句设问，写出了诗人初见泰山时的兴奋和惊叹之情，第二句写出了泰山绵延无际的特点。颔联写近看的景象，具体展现了泰山的秀丽巍峨，首句赋予大自然人情，此句言泰山之高。颈联写细望泰山之景，侧面写泰山之美。尾联"会当凌绝顶，一览众山小"气势恢宏，表现出青年诗人非凡的抱负和宏大的气魄，为千古传诵的名句。全诗以"望"字驰神运思，前六句从不同的角度描写泰山的雄伟高峻和神奇秀丽，动人心魄。结尾写想象中登泰山远望的情景。诗中无一"望"字，而处处皆望意，尽显巧妙的构思。

咏怀古迹（其三）

群山万壑赴荆门，生长明妃①尚有村。
一去紫台连朔漠②，独留青冢向黄昏。

画图省识春风面，环佩空归月夜魂。

千载琵琶作胡语，分明怨恨曲中论。

【注释】

①明妃：指王昭君。②去：离开。朔漠：北方大沙漠。

【译文】

群山万壑随着江流奔赴荆门，昭君生长的地方现在还有村落。一离开紫台就和沙漠连在一起，只留下一座黄昏下长着青草的坟墓。凭画图约略地看清宫女的容貌。环佩声响，只有魂魄月夜归来。琵琶弹奏胡音胡调长久不息，分明有怨恨之情从乐曲中抒发出来。

【赏析】

这是杜甫经过昭君村时所作的咏史诗。述说王昭君的悲剧身世，同时寄托了自己的同情。首联写昭君村以群山万壑为背景，是为了衬托生长在此的昭君的不平凡。颔联中诗人用了四个意象：紫台、朔漠、青冢、黄昏，经过组合，含义非常丰富。"紫台连朔漠"形象地说明了昭君离开故土，远赴匈奴的事实；"青冢向黄昏"写出了王昭君葬身塞外的人生结

局。四个意象概括了王昭君悲剧性的一生。由此再批判汉元帝的昏庸，幻想昭君魂魄归来，诗人胸中的不平之气稍稍得以抒发。而最后以琵琶曲收尾，更是充满苍凉之感。诗人堪称昭君的千古知音。

诗词辞典

> 琵琶本是胡人传入中国的乐器，经常弹奏的是胡音胡调的塞外之曲，后来许多人同情昭君，又写了《昭君怨》《王明君》等琵琶乐曲，于是琵琶和昭君在诗歌里就变得密切难分了。

月 夜

今夜鄜州月，闺中①只独看。

遥怜小儿女，未解②忆长安。

香雾云鬟湿，清辉③玉臂寒。

何时倚虚幌，双照④泪痕干。

【注释】

①闺中：内室。②解：懂得。③清辉：月光。④双照：指月光同时照着身处异地的夫妻二人。

【译文】

今天夜里鄜州的月亮，在家里只有妻子一个人看见。远远地想起家中可怜的小儿女们，还不懂得想念在长安的父亲。妻子站久了，雾气一定润湿了她的头发，清冷的月光照在手臂，一定会觉得寒冷。什么时候才能一同倚着轻薄透明的帷幌，月光一同照着我们两个人，把泪痕拭干。

此诗为杜甫在长安思念家人而作，是表现离乱生活的名篇。

首联的艺术手法独具匠心，欲写自己对妻子的怀念，却说妻子对自己的怀念。"独"字尽显夫妻二人的孤独落寞，读之令人心酸。颔联承接上联，写儿女陪同母亲看月亮，却不解大人的相思之苦。一个"怜"字道出了诗人内心的深情。颈联为诗人想象妻子月夜里想念自己的场景。尾联中诗人期盼自己能早日与妻子团聚。此诗通过对家室之思、夫妻之情的描写，使诗歌充满着人间至爱。本诗的显著特点是，诗人写自己对妻子深切的思念，却从妻子对自己的思念着笔。思念之情更显真切。构思新颖，质朴清淡，而又情真意切，婉转动人，是一首感人肺腑的情诗。诗歌又不囿于个人的悲欢离合，同时含涵着对动乱的悲愤，对安定的向往。这是杜甫五律中的杰出代表。

月夜忆舍弟

戍鼓断人行①，边秋②一雁声。

露从今夜白，月是故乡明。

有弟皆分散，无家问死生。

寄书长不达③，况乃④未休兵。

①行：交通。②边秋：秋天的边地。③达：到。④况乃：何况是。

【译文】

　　戍楼上的鼓声隔断了人们的来往，秋天的边塞只听见孤雁在鸣叫。从今夜就进入了白露节气，月亮应该还是故乡的最明亮。有兄弟却都分散了，没有家，无法探问生死。寄的家书很久不能送到，何况战乱频繁没有停止。

【赏析】

　　这是乾元二年（759）秋天白露节气时，流落在甘肃秦州的杜甫思念流散在河南、山东等地的几个弟弟而作的一首著名的诗歌。此诗上半部分写"月夜"，由于战乱，秋夜显得分外凄凉。下半首写"忆舍弟"，语言质朴，极富感染力。诗中表现了杜甫对战乱的厌恶，对安定的向往，由一己之家推及天下苍生，其忧国忧民的思想感人至深。"露从今夜白，月是故乡明"二句，成为典型的律诗对句，恰到好处地点出时令，同时暗含思念之情，十分巧妙，让人拍手称绝，为千古名句。

岑 参
——风格壮伟的边塞诗人

　　岑参（约715—770），江陵（今湖北荆州市荆州区）人。天宝三载（744）中进士，做过兵曹参军的小官。天宝十三年（754）出任安西、北庭判官，驻轮台（今新疆维吾尔自治区米泉县）。安史之乱后，肃宗即位，岑参又从西域回到长安，在杜甫和房琯的推荐下，任朝中右补阙。由于直言敢谏，屡受排挤。大历元年（766）做嘉州刺史，不久罢官，五十五岁时，客死成都。岑参几度出塞，熟悉边塞的风光和戎马生活，有不少边塞诗作，被认为是历代"边塞诗人"中成就最高的一位。

白雪歌送武判官归京

北风卷地白草①折，胡天八月即飞雪。

忽如一夜春风来，千树万树梨花②开。

散入珠帘湿罗幕，狐裘不暖锦衾薄。

将军角弓③不得控，都护铁衣冷难着。

瀚海阑干④百丈冰，愁云惨淡万里凝。

中军置酒饮归客，胡琴琵琶与羌笛。

纷纷暮雪下辕门⑤，风掣红旗冻不翻。

轮台东门送君去，去时雪满天山路。

山回路转不见君，雪上空留马行处。

【注释】

①白草：是西北地区的一种牧草，秋天干枯成白色。②梨花：这里形容雪花。③角弓：用牛角装饰的弓。④瀚海：大沙漠。阑干：纵横凌乱的样子。⑤辕门：军营的大门，古时行军扎寨，以车环卫，在出入处用两车的车辕相向竖立，作为营门，故称辕门。

　　北风卷动，地面的沙尘吹折了枯草，胡地到了八月就白雪纷飞了。雪花飞舞，就像忽然一夜间吹起了春风，千树万树的梨花盛开了一样。雪花飞入珠帘，沾湿了罗幕，穿着狐皮袍子也不暖和，盖着软和的被子还嫌单薄。将军冻得拉不开角弓，都护的铁衣都很难穿戴。沙漠纵横着百丈的冰，天空中冬云阴沉暗淡，凝结了万里。中军设下酒席，欢送回京的客人，胡琴、琵琶、羌笛一起演奏。黄昏时，雪花在辕门外纷纷落下，风吹红旗，但旗子已被冻得不能飘动。在轮台的东门送你回京，走的时候，雪花落满了天山路。山路回转几次就看不见你了，雪地上空留着马走过的痕迹。

【赏析】

　　此诗描写边地八月飞雪的奇丽景象，抒发送别武判官的无尽离思。是唐代边塞诗的代表作，将咏雪与送别之情相结合。"忽如"二句，想象奇特美丽，出乎意料而又生动贴切，不免给人展现出一种惊喜之象。末句留在雪地上的马蹄印，暗示着依依惜别的情怀，意境悠远。整首诗咏雪和送别自然融合，既有大处挥洒，又有细致勾勒，生动传神，回味无穷。

张　继
——一语道尽羁旅愁

　　张继（约715—约779），字懿孙，襄州（今湖北襄阳）人。天宝十二载（753）登进士。安史之乱中游历吴越。大历四、五年（769—770）西上武昌。大历末任检校祠部员外郎，分掌财赋于洪州。张继有《张祠部诗集》一部流传后世，为文不事雕琢，其中以《枫桥夜泊》最为著名。

枫桥夜泊

月落乌啼霜满天，江枫渔火①对愁眠。

姑苏②城外寒山寺③，夜半钟声到客船。

【注释】

①渔火：渔船上的灯火。②姑苏：今江苏省苏州市。③寒山寺：苏州枫桥附近的寺院。

【译文】

月亮落下去了，乌鸦不时地啼叫，茫茫夜色中似乎弥漫着满天的霜华，面对岩上隐约的枫树和江中闪烁的渔火，愁绪使我难以入眠。夜半时分，苏州城外的寒山寺凄冷的钟声，悠然飘荡到了客船。

【赏析】

这是一首很著名的诗，描写苏州城外寒山寺幽静的夜景，抒发作者的羁旅愁思和孤寂情怀。全诗从视觉、听觉等各个方面摄取意象，前两句写了六种景象，"月落""乌啼""霜满天""江枫""渔火"，及泊船上的一夜未眠的客人。后两句只写了姑苏城外的寒山寺以及，钟声传到船上的情

景。前两句是诗人看到的，后两句是诗人听到的，在静夜中忽然听到远处传来悠远的钟声，一夜未眠的诗人有何感受呢？游子面对霜夜江枫渔火，萦绕起缕缕轻愁。这"夜半钟声"不但衬托出了夜的静谧，而且揭示了夜的深沉，而诗人卧听钟声时隐隐透露出旅人的孤寂，也就尽在不言中了，韵味绵长深远，耐人寻味，至今长盛不衰。

诗词辞典

倒 叙

倒叙是根据表达的需要，把事件的结局或某个最重要、最突出的片段提到文章的前边，然后再从事件的开头按事情原来的发展顺序进行叙述的方法。这首诗就采用倒叙的写法，先写拂晓时的景物，然后追忆昨夜的景色及夜半钟声。

孟 郊
——有"诗囚"之称

孟郊（751—814），字东野，湖州武康（今浙江德清）人。孟郊早年生活贫困，曾周游湖北、湖南、广西等地，屡试不第。四十六岁始登进士第，故有诗《登科后》。贞元十七年（801），任溧阳尉。在任时常以作诗为乐，作不出诗则不出门，与贾岛齐名，人称"郊寒岛瘦"。六十岁时，因母死去官。后在阌乡（今河南灵宝）暴病去世。现存诗歌五百多首，代表作有《游子吟》。世人称其有"桀骜奇崛之风骨"。

游子吟

慈母手中线，游子身上衣。
临行密密缝，意恐①迟迟归。

谁言寸草②心，报得三春晖③。

【注释】

①意恐：担心。②寸草：小草，比喻游子。③三春晖：喻指慈母之恩。三春，春季的三个月。旧称农历正月为孟春，二月为仲春，三月为季春。晖，阳光。

【译文】

慈祥的母亲手里把着针线，为即将远游的孩子赶制新衣。她把衣服缝得严严实实，担心孩子一走，很晚才会回来。谁能说儿子像小草的那点儿孝心，可报答春晖般的慈母的爱呢？

【赏析】

此诗为孟郊为溧阳县尉时，迎养母亲时所作。诗人歌颂母爱，但没有凭空议论，而是通过游子临行前，慈母为其缝衣这一真切感人的生活细节来作形象生动的描述。手中线和身上衣紧紧相连，密密缝寄寓着叮咛早日归来之意，只简单四句，母亲对儿子的体贴入微与万千牵挂，已自在形象之中，使人感动不已。最后两句，作者以寸草春晖设喻，感叹对母爱的无以回报，而母爱的伟大也自在不言之中了。前后两部分结合自然，相得益彰。诗歌质朴自然，语浅情深，在短章中蕴含着伟大的人生哲理，成为千古绝唱。

古 为 今 用

"三春晖"现在也用来比喻深厚的感情。例如："何当得报三春晖，献给恩人毛泽东。"（《诗刊》1977 年第 6 期）

登科后

昔日龌龊①不足夸，今朝放荡②思无涯。

春风得意马蹄疾，一日看尽长安花。

【注释】

①龌龊：指处境不如意和思想上拘谨局促。②放荡：自由自在，无所拘束。

【译文】

以往生活的困顿与思想的局促不安再也不值得一提了，今朝金榜题名，无拘无束，大有扬眉吐气之感。策马奔驰，走在繁华的长安道上，今日的马蹄格外轻疾，一日就把长安的春花看尽。

【赏析】

孟郊四十六岁那年进士及第，诗人按捺不住内心的激动和喜悦，便化成了这首别具一格的小诗。这首诗因为给后人留下了"春风得意"与"走马看花"两个成语而为人们熟知。前两句诗人毫不掩饰考中的喜悦，将困顿的往昔和得意的今朝进行对比，一吐心中郁积多年的烦闷。此时的诗人扬眉吐气，备感得意。后两句真切地描绘出诗人考中后的得意之情。"春风得意"实为诗人得意，"马蹄疾"实为诗人心情欢快。心情好自然花也美。末两句的思想艺术容量较大，明朗畅达而又别有情韵，成为后人喜爱的名句。

古 为 今 用

"春风得意"旧时形容考中进士后的兴奋心情。现在用来形容职位升迁顺利。例如："第二年开春，孔尚任真是春风得意，进京上任去了，而蒲松龄却仍过着寒酸的教书生活。"

韩 愈
——开创"说理诗派"的诗风

韩愈（768—824），字退之，河阳（今河南孟州）人。祖籍昌黎（今河北通县），每自称昌黎韩愈，所以世称韩昌黎。唐德宗贞元八年（792）进士，曾任监察御史、刑部侍郎，官至吏部侍郎。和柳宗元同是古文运动的倡导者。擅长各种文体，文章道劲有力，条理畅达，语言精练，为司马迁以后文学史上最杰出的散文家之一。韩愈的诗歌气势壮阔，笔力雄健，力求新奇，自成一家。他开了"以文为诗"的风气，对后来的宋诗影响很大。有《昌黎先生集》。

初春小雨

天街①小雨润如酥②，草色遥看近却无。
最是一年春好处，绝胜③烟柳满皇都。

【注释】

①天街：唐时长安城朱雀门大街亦名天门街，简称天街。指京城的街道。②酥：酪类，指酥油。此处形容小雨滋润着早春的土地，使之变得松软湿润起来。③胜：抵得上。

【译文】

长安街细雨纷纷，像酥酪般滋润，远望草色依稀连成一片，近看时却显得稀疏零星。

这是一年中最美的景色，大大胜过满城柳绿花红的暮春。

【赏析】

　　这首诗描写并赞美了春天风光的美好。第一句写初春的小雨，用一个"润"字来形容雨的细滑润泽，使人不由得联想到"润物细无声"。第二句写雨后的草色，勾勒出了初春小草沾雨后的朦胧景象。最后两句是对初春景色的赞美。在唐诗中，写春景的诗多取晚春为题，这首诗却取早春咏叹，认为早春比晚春景色优胜，别出新意。这首小诗，短短四句，语言精练，实为描写早春景色的佳作。前两句为家喻户晓的名句，用雨中草色点染春色，写出了雨中青草萌生的生命气息。全诗语言清新隽永，使读者产生一种亲切之感。

刘禹锡
——深沉雅丽，精练含蓄

　　刘禹锡（772—842），字梦得，河南洛阳人。他出身官僚地主家庭，唐德宗贞元九年（793）进士。做过监察御史，是王叔文政治革新集团的重要成员。王叔文革新集团，在藩镇、宦官等势力的反扑下失败以后，刘禹锡被贬为郎州（今湖南常德）司马。后来又任苏州、汝州、同州刺史，晚年为检校礼部尚书兼太子宾客。终年七十一岁。刘禹锡的诗歌雄浑爽朗，语言干净明快，节奏比较和谐响亮，尤以律诗和绝句见长，有"诗豪"之称。著有《刘宾客集》。

酬①乐天扬州初逢席上见赠

巴山楚水凄凉地，二十三年弃置②身。

怀旧空吟闻笛赋，到乡翻似③烂柯人。

沉舟侧畔千帆过，病树前头万木春。

今日听君歌一曲，暂凭杯酒长精神。

【注释】

①酬：这里是以诗相答的意思。②弃置：抛弃。③翻似：倒好像。

【译文】

在巴山楚水这个凄凉的地方，度过了二十三年沦落的光阴。怀念故友时吟诵《思旧赋》，久谪归来，感到已非旧时光景。翻覆的船只旁仍有千千万万的帆船驶过，枯萎的树木前面也有千千万万树木欣欣向荣。今天听了你为我吟诵的《醉赠刘二十八使君》，深受感动，暂且借这一杯美酒振奋精神。

【赏析】

这首诗是刘禹锡在唐敬宗宝历二年（826）岁暮，从和州返回洛阳，途经扬州与白居易相会时所作的赠诗。诗作中，刘禹锡首

先紧承白诗末联"亦知合被才名折，二十三年折太多"之句，对自己被贬谪、遭弃置的境遇表达了无限辛酸和愤懑不平。然后写自己归来的感触：老友已逝，只有无尽的怀念之情，人事全非，自己恍若隔世之人。无限悲痛怅惘之情不禁油然而生。诗人于是退开一步，沉舟侧畔，千帆竞发；病树前头，万木争春。一洗伤感低沉的情调，尽显慷慨激昂气概。尾联点明酬赠题意，既是对友人关怀的感谢，也是和友人共勉，表现了诗人坚定的意志和乐观的精神。全诗逆境中见豁达，哲理深刻，积极向上，不愧为酬赠诗中的名作。

竹枝词①

杨柳青青江水平，闻郎江上踏歌②声。
东边日出西边雨，道是无晴却有晴。

【注释】

①竹枝词：是巴渝民歌的一种，唱时以笛、鼓伴奏，同时起舞。②踏歌：一作"唱歌"。踏歌，是指唱歌时以脚踏地为节拍。

【译文】

江边杨柳，树叶青青，江中流水，平如明镜。她忽然听到了江边传来的郎的歌声。这真好像晴雨不定的天气，说是晴天吧，西边还下着雨；说是雨天吧，东边还出着太阳，令人捉摸不定。是无情还是有情呢？

【赏析】

此诗作于刘禹锡任夔州刺史时，是模拟蜀地民歌的作品，清新质朴。它写的是一位沉浸在初恋中的少女的心情。她爱着一个人，可还没有确定对方的态度，因此既抱有希望，又含有疑虑；既欢喜，又担忧。诗人用她自己的口吻，将这种微妙复杂的心理成功地予以表达。诗歌末两句向来被人称道，通过这两句极其形象又极其朴素的诗，少女的迷惘、眷恋、忐忑不安、希望和等待便都刻画出来了。此诗清新明朗，活泼可爱，民歌的手法运用自然，成功刻画出了少女含情脉脉的微妙心思，为千古名篇。

秋 词（其一）

自古逢秋悲寂寥①，我言秋日胜春朝②。
晴空一鹤排③云上，便引诗情到碧霄④。

【注释】

①悲寂寥：悲叹萧条。②春朝：春天。③排：推开。④碧霄：青天。

【译文】

自古以来，文人每逢秋天都会感到悲凉寂寥，我却认为秋天要胜过春天。万里晴空，一只鹤凌云而飞，就引发我的诗兴到了蓝天之上。

【赏析】

《秋词》共两首，此为其一，作于诗人被贬，任郎州司马期间。此诗中，诗人歌颂秋天，意气风发，催人奋进，一反古代文人墨客悲秋伤怀的传

统。身处逆境却乐观向上，这种精神难能可贵。全诗气势雄浑，意境壮丽，融情、景、理于一炉，表现出高扬的精神和开阔的胸襟。唱出的那曲非同凡响的秋歌，为我们后人留下的是一份难能可贵的精神财富。

石头城

山围故国周遭①在，潮打空城寂寞回。
淮水东边旧时②月，夜深还过女墙③来。

【注释】

①故国：即旧都。周遭：周围。②淮水：指贯穿石头城的秦淮河。旧时：指汉魏六朝时。③女墙：指石头城上的矮墙。

【译文】

围绕在石头城周围的山依然如故，潮水拍打着空城，又寂寞地退去。旧时的月亮依旧从秦淮河东边升起，夜深时月光还照过城头的矮墙。

【赏析】

这是刘禹锡七绝组诗《金陵怀古》中的第一首。石头城即金陵城。金陵，六朝均建都于此。这些朝代国祚极短。在它们悲恨相续的史实中包含极深的历史教训，所以金陵怀古后来几乎成了咏史诗中的一个专题。刘禹锡于唐敬宗年间罢归洛阳，路过金陵，感慨丛生，作下此篇。前两句营造了悲凉的氛围，深沉凝重。后两句以一副明月过矮墙的画面收尾，蕴藉含蓄，耐人寻味。其中"还"字值得玩味。唐朝在安史之乱后危机四伏，诗人有感于此，借慨叹六朝的兴衰来提醒唐王朝的统治者，具有以古鉴今的现实意义。

诗人把石头城放到沉寂的群山中写，放在带凉意的潮声中写，放到朦胧的月夜中写，这样尤能显示出故国的没落荒凉。只写山水明月，而六代繁荣富贵俱归乌有。诗中句句是景，然而名名浸透着诗人对故国萧条、人生凄凉的深沉感伤。

乌衣巷

朱雀桥①边野草花，乌衣巷口夕阳斜。
旧时王谢②堂前燕，飞入寻常③百姓家。

【注释】

①朱雀桥：秦淮河上的桥名，离乌衣巷很近。②王谢：指东晋大臣王导和谢安。③寻常：平常，普通。

【译文】

朱雀桥畔长满了野草，到处盛开着一簇簇的野花。黄昏时刻，夕阳西下，乌衣巷内一片幽暗。那些曾经在王导和谢安的高楼华屋中筑巢的燕子，如今都飞到普通百姓家中去了。

【赏析】

此为《金陵五题》中的第二首，写乌衣巷的现状，将抚今吊古的感慨寄寓在景物描写之中。这是一首怀古诗。全诗抒发的是一种物是人非、沧海桑田的感慨。乌衣巷为东晋世家大族聚居之地，作者通过今昔对比，写出了历史的沧桑巨变。最著名的是后两句，借言于燕子，正是此诗托兴微妙之处，常被人提及，作为世事变迁的象征。

白居易
——作诗力求通俗易懂

　　白居易（772—846），字乐天，晚年又号香山居士，我国唐代伟大的现实主义诗人，他的诗歌题材广泛，形式多样，语言平易通俗，有"诗魔"和"诗王"之称。有《白氏长庆集》传世，代表诗作有《长恨歌》《卖炭翁》《琵琶行》等。他与元稹共同发起了"新乐府运动"，世称"元白"。主张"文章合为时而著，歌诗合为事而作"，写下了不少感叹时世、反映人民疾苦的诗篇，对后世颇有影响，是我国文学史上相当重要的诗人。晚年与"诗豪"刘禹锡友善，称"刘白"，提倡歌诗发挥美刺讽喻作用。其词极有特色，以风格明丽见长，为后世词人所推崇。

草

离离①原上草，一岁一枯荣。
野火烧不尽，春风吹又生。
远芳侵②古道，晴翠接荒城。
又送王孙③去，萋萋④满别情。

【注释】

　　①离离：草长而下垂的样子。②侵：进入。③王孙：本指贵族子弟。这里指游子。④萋萋：草生长茂盛的样子。此句诗意取自《楚辞·招隐士》："王孙游兮不归，春草生兮萋萋。"

原野上青草郁郁葱葱，鲜活又茂盛。年年岁岁，枯萎了又苍翠。野火再猛也烧不尽。春风一吹，青草复生。遥远的古道，弥漫着芳草的馨香，阳光照耀下，一片碧绿连荒城。又送友人踏上古道，眼望着萋萋的芳草，满怀离情。

【赏析】

此诗以咏草写离情，蕴含生命不止的哲理感悟。此题又作《赋得古原草送别》，据说此诗为白居易十六岁时所作，是白居易的成名作。首联开篇点题，用平淡的语言点出了古原上草木枯荣的自然规律。先说"枯"，后说"荣"，为下联展开描绘埋下伏笔。颔联承接上联，写草的强大生命力。借咏春草旺盛的生命力，表现了积极乐观的生活态度，催人奋进，成为千古绝唱。颈联转写古原，精工至极，"侵""接"将草强大的生命力进一步突出。尾联借用典故照应主题，揭示送别之意。

白居易从江南到长安，带了诗文谒见当时的大名士顾况，想求他在公众场合帮着扬扬名。"居易"这个名字根据词义可以解释为"住下很方便"。顾况看到白居易年纪轻轻，就开玩笑说："长安米贵，居大不易（京城里粮价高得很，住下很不方便吧）。"等读到"野火烧不尽，春风吹又生"这一联时，顾况大为惊奇，连声赞赏说："有才如此，居亦何难（能写出这样的诗句来，走到哪儿住下都方便得很）！"连诗坛老前辈也被折服了，可见此诗艺术造诣之高。

问刘十九

绿蚁新醅①酒，红泥小火炉。
晚来天欲雪，能饮一杯无②？

【注释】

①绿蚁：形容酒面上的浮渣、泡沫。醅：没有过滤的酒。②无：同"否"。

【译文】

新酿的绿蚁酒醇香无比，在小巧的红泥小火炉上煨着。晚上眼看着就要下雪，能否来同饮一杯？

【赏析】

诗人邀请友人饮酒，已经摆好了新酿的酒，炉火也烧得正旺，真挚的情意比酒还醇厚。诗中室内的暖和温馨与室外的阴沉寒冷形成对比，产生一种艺术上的张力。末句妙作问语，至今读来如闻其声，亲切温暖。全是一气呵成，轻松洒脱，是一首雅俗共赏的小诗。

暮江吟

一道残阳铺水中，半江瑟瑟^①半江红。
可怜^②九月初三夜，露似真珠^③月似弓。

【注释】

①瑟瑟：碧绿的颜色。②怜：可爱。③真珠：即珍珠。

【译文】

一道余晖铺在江面上，阳光照射下，波光粼粼。一半呈现出深深的碧色，一半呈现出红色。更让人怜爱的是九月凉露下降的初月夜。滴滴清露就像粒粒珍珠，一弯新月仿佛是一张精巧的弓。

【赏析】

全诗构思妙绝之处，在于摄取了两幅幽美的自然界的画面，加以组接。一幅是夕阳西沉、晚霞映江的绚丽景象，一幅是弯月初升，露珠晶莹的朦胧夜色。两者分开看各具佳景，合起来读更显妙境。由于这首诗渗透了诗人被迫远离朝廷后轻松愉悦的解放情绪和个性色彩，因而又使全诗成了诗人特定境遇下审美心理功能的艺术载体。全诗仅用二十八个字，就描绘出两幅美景，足见诗人遣词造句功力之深厚。

柳宗元
—— 用词极简，诗情颇远

柳宗元（773—819），字子厚，生于京都长安（今陕西省西安市）。世称"柳河东"，因官终柳州刺史，又称"柳柳州"。祖籍河东（今山西运城西）。唐代文学家、哲学家、散文家和思想家，与韩愈共同倡导古文运动，并称为"韩柳"。与刘禹锡并称"刘柳"。与王维、孟浩然、韦应物并称"王孟韦柳"。与唐代的韩愈、宋代的欧阳修、苏洵、苏轼、苏辙、王安石和曾巩，并称"唐宋八大家"。一生留诗文作品六百余篇，其文的成就大于诗。

江 雪

千山鸟飞绝①，万径人踪灭。
孤舟蓑笠②翁，独钓寒江雪。

【注释】

①鸟飞绝：天空中一只鸟也没有。②蓑笠（suō lì）：蓑衣和斗笠。

【译文】

千山万岭不见飞鸟的踪影，千路万径不见行人的足迹。只有一叶孤舟上，一位身披蓑衣，头戴斗笠的渔翁，默默地在漫天风雪中垂钓。

此诗作于柳宗元被贬永州司马期间，诗中描绘了一幅寒江孤钓图，塑造了一个孤独的渔翁形象。前两句写雪景，亦暗喻政治气候的寒冷。后两句中的独钓的渔翁，不为严寒所动的独立精神，正是作者对自身的真实写照，隐含诗人凄苦、倔强的心志。本篇虽然只有二十字，但画面感极强，且情景交融，意境深远，回味无穷，为脍炙人口的名篇。

贾 岛
——被世人称为苦吟诗人

贾岛(779—843)，字浪仙。唐朝河北道幽州范阳县(今河北省涿州市)人。早年出家为僧，号无本。自号"碣石山人"。后被韩愈发现，并受教于韩愈，还俗参加科举，但累举不中第。唐文宗的时候被排挤，贬为长江主簿。唐武宗会昌年初由普州司仓参军改任司户，未任病逝。一生不喜与人往来，唯独喜欢作诗苦吟，人称"诗囚"。

寻隐者不遇

松下问童子，言①师采药去。
只在此山中，云深不知处②。

【注释】

①言：说。②云深：指山深云雾浓。处：去处，地方。

在松树下，我询问童子（师父去哪儿了），他说师父采药去了。只知道他就在这座山里，然而山高云深，真不知道他在哪里。

【赏析】

此诗以问答体写寻访山中道士不遇的经历。此小诗中一问三答，除第一句叙事外，以下三句都为童子之言，间接表现山居环境的幽深。童子肯定地说师父就在此山中，可接着又说因为云雾缭绕，不知道师父具体在哪里。这两句话包含着许多禅机，浅淡而玄妙，耐人寻味，同时又生动地反映出隐者远离世俗，回归自然，超然物外的生活状态。

杜 牧
——诗韵悠远，思致潜涵

杜牧（803—852），字牧之，号樊川居士，京兆万年（今陕西西安）人。因晚年居长安南樊川别墅，故后世称其为"杜樊川"。杜牧的文学创作有多方面的成就，诗、赋、古文都堪称名家。他能吸收、融合前人的长处，以形成自己特殊的风貌。他的古体诗深受杜甫、韩愈的影响，题材广阔，笔力峭健。他的近体诗则以文词清丽、情韵跌宕见长。杜牧与晚唐另一位杰出的诗人李商隐齐名，并称"小李杜"。著有《樊川文集》。

过华清宫①绝句（其一）

长安回望绣成堆②，山顶千门次第开③。
一骑红尘妃子④笑，无人知是荔枝来。

【注释】

①华清宫：故址在陕西临潼县骊山上，是唐明皇与杨贵妃的游乐之地。②绣成堆：指花草林木和建筑物犹如一团锦绣。③次第：按顺序。④妃子：指贵妃杨玉环。

【译文】

从长安回望骊山，山如锦绣簇拥，美不胜收，一道道山门有序地打开。

原来是一匹驿马疾驰而来，马后尘土飞扬。没有人知道是岭南的荔枝运到了，只有贵妃见此情景，嫣然一笑。

【赏析】

此诗通过千里送荔枝这一经典史事，鞭挞了唐玄宗和杨贵妃骄奢淫逸的生活，寄寓了深刻的兴亡之感。诗歌前两句为背景铺垫，后两句推出描写的主体，揭示诗歌主旨。"一骑红尘"和"妃子笑"两个具体形象的并列推出，启人思索，留有悬念。"无人知"虽只有三字，却发人深省，耐人寻味。

　　杨贵妃集后宫三千宠爱于一身，虽然没有成为皇后，但她享受的却是皇后级别的待遇，宫中的礼仪规制都是为她而设，杨玉环嗜食新鲜荔枝，唐玄宗为了博其欢心，不惜代价，干脆在贯通秦岭的诸条古栈道中，为杨贵妃修了一条"荔枝道"，荔枝用快马送至长安不过三日，进呈贵妃的荔枝犹新鲜如初。杜牧的这首诗就是有感于杨贵妃的这段故事而作的咏史诗，尤为精妙绝伦，脍炙人口。

赤　壁

折戟沉沙铁未销①，自将磨洗认前朝②。
东风不与周郎③便，铜雀春深锁二乔④。

【注释】

　　①折戟：指残破的戟（兵器）。销：锈蚀。②前朝：以前的朝代。③周郎：吴国的年轻将领周瑜。④铜雀：即铜雀台。二乔：乔公二女，大乔嫁孙策，小乔嫁周瑜。

【译文】

　　沉埋在沙中折断的战戟还没有腐蚀，自己拿来磨洗，认出是前朝的兵器。
　　如果不是东风给周郎方便，二乔恐怕就会被幽闭在铜雀台上了。

【赏析】

　　此咏史诗前两句从一片深埋地下的铁戟写起，见微知著，构思新颖奇巧。

后两句作史论，不直接写社稷存亡、生灵涂炭，而巧引二乔，此为以小见大，别具匠心。句中也未必没有对曹公的同情，不以成败论英雄的感慨。其中也可看出作者对赤壁之战的看法，认为周瑜能破曹军，含有借东风的侥幸因素。

写作技法

　　发生于汉献帝建安十三年（208）十月的赤壁之战，是对三国鼎立的历史形势起着决定性作用的一次重大战役。其结果是孙权、刘备联军击败了曹军，而三十四岁的孙吴军统帅周瑜，乃是这次战役中的头号风云人物。"大乔"和"小乔"则是东吴著名美女。大乔是东吴前国主孙策的夫人，当时的国主孙权的亲嫂，小乔则是周瑜的夫人。杜牧观"赤壁"而思史，挥笔写下了这首著名的咏史诗。

泊秦淮

烟笼寒水月笼①沙，夜泊秦淮②近酒家。
商女③不知亡国恨，隔江犹唱《后庭花》④。

【注释】

　　①笼：笼罩。②秦淮：秦淮河，长江下游支流，贯穿南京市。③商女：卖唱的歌女。④"后庭花"：歌曲名，陈后主所作《玉树后庭花》，后人以此曲为亡国之音。

【译文】

　　如烟的水汽笼罩在秦淮河上，月光映照着江边的沙岸，宁静的夜里，把船停在岸边，靠近酒家。

　　这时，从江对岸传来歌声，那是不知亡国之恨的歌女在唱《玉树后庭花》。

　　本篇为脍炙人口的名篇。前两句写作者夜泊酒家附近，水上风景如画。后两句笔锋陡转，写听到对岸歌女吟唱着六朝时代的颓靡歌曲，触景生情，联想到六朝兴亡的历史，不禁对现实政治深感忧虑。表面写商女，实则在写商女背后的统治者，其中含有对统治者歌舞升平、醉生梦死生活的讽刺。

读·赏·析

中国最美古典诗词

（全4册）

③

石开航 / 主编

中国华侨出版社

·北京·

目 录
CONTENTS

唐宋词

唐宋词

唐词

　　词，又名诗余、长短句，是一种音乐文学，是在诗的基础上发展起来的。它的产生、发展以及创作、流传都与音乐有着直接的关系。晚唐五代时期，逐渐摆脱按曲牌谱词的束缚，文人词有了很大的发展，词开始有了取代诗的趋势。晚唐词人温庭筠及以他为代表的"花间派"词人和以李煜、冯延巳为代表的南唐词人的创作，都为词体的成熟和基本抒情风格的建立做出了重要贡献。词终于在诗之外别树一帜，发展成为一种独立的新诗体，成为古代最为突出的文学体裁之一。

李　白
——信手诗成，妙绝古今

　　李白（701-762），字太白，号青莲居士，祖籍陇西成纪（今甘肃静宁西南）。天宝初，因道士吴筠的推荐，应诏赴长安，供奉翰林，受到唐玄宗李隆基的特殊礼遇。但因权贵不容，不久即遭谗去职，长期游历。晚年漂泊于武昌、浔阳、宣城等地。代宗宝应元年（762）因病去世。他的诗篇具有强烈的浪漫主义色彩，有《李太白集》。胡应麟说："太白诸绝句，信口而成，所谓无意于工而无不工者。"

菩萨蛮

　　平林①漠漠烟如织，寒山一带伤心碧。暝色②入高楼，有人楼上愁。

　　玉阶空伫立③，宿鸟归飞急。何处是归程？长亭更④短亭。

①平林：平原上的林木。②暝（míng）色：暮色。③伫（zhù）立：长时间地站着。④更：连续连接。

【译文】

飞烟缭绕，有如穿织，秋天的山峦还留下一派惹人伤感的翠绿苍碧。暮色已经映入高楼，有人在楼上，心中泛起阵阵烦愁。

在玉梯上久久地凝眸站立，那回巢的鸟儿，在归心的催促下急包飞翔。什么地方是你回来的路程？一个个长亭接连一个个短亭。

【赏析】

此首望远怀人之词，寓情于境界之中。开篇自内而外，写平林寒山之境界，然后写日暮景色，更觉凄黯。"暝色"两句，自外而内。烟如织、伤心碧，皆暝色也。两句折到楼与人，逼出"愁"字，唤醒全篇。所以觉寒山伤心者，因为愁，愁的来源是人不归。下片点明"归"字。"空"字亦从"愁"字来。鸟归飞急，写出空间动态，鸟归人不归，寄情于景。"何处"两句自相呼应，仍以境界结束。但见归程，不见归人，语意含蓄不尽。

词 牌

　　词最初是伴曲而唱的，曲子都有一定的旋律、节奏，即词调。词与调之间，或按词制调，或依调填词，曲调的名称即词牌，一般根据词的内容而定。宋后，词经过不断地发展，产生变化，主要是依调填词，词牌与词的内容并不相关，而且大多数词都已不再配乐歌唱，所以词牌只作为文字、音韵结构的定式。菩萨蛮最初是唐教坊曲，后用为词牌。

忆秦娥

　　箫声咽①，秦娥梦断秦楼月。秦楼月，年年柳色，灞陵②伤别。乐游原③上清秋节，咸阳古道音尘绝④。音尘绝，西风残照，汉家陵阙。

【注释】

　　①箫：一种竹制的管乐器。咽：呜咽，形容箫管吹出的曲调低沉而悲凉。②灞陵：即"霸陵"，因汉文帝葬于此而得名，为唐人送别之处。③乐游原：在今陕西西安市南，是唐代的登游胜地。④咸阳古道：唐时从长安西去，咸阳为必经之地。音尘绝：音信断绝。

【译文】

　　箫声呜咽，如泣如诉。扰断秦娥的梦境，她醒来看到月色朦胧。多少次月下怀想，年年的杨柳枯荣，当年与恋人在灞陵分别的情景还历历在目。只是清秋节里，乐游原的胜景如今只能自己一人前去游赏，自从分别，迎来送往的咸阳古道便再没有传来他的消息。音信全无，但苦盼依旧，西风残照中，汉家陵园外是女子独自守候的身影。

"忆秦娥"为词牌名，唐、五代的词，多数只有词牌名，不另标题目，宋词才盛行词牌名和题目并列。

本词上阕借秦娥对情人的思念来表达词人内心对某种事物的苦思与追求，偏重于个人的悲欢离合。下阕则直接抒发了词人怀古伤今的情绪，把个人的忧愁融入历史的忧愁之中。面对秦汉那样的赫赫王朝的遗迹——咸阳古道、汉家陵阙，进入历史的反思，塑造了一种悲壮的兴亡感。意境博大，风格浑厚。

诗词辞典

弄玉公主是秦穆公的女儿，秦穆公专门为她修建了一座露天音乐厅——凤凰台。萧史，是秦穆公时人，很会吹箫，一曲奏完，能引来凤凰和鸣。弄玉和萧史情投意合，秦穆公欣然把弄玉嫁给萧史，在萧史的培训下，弄玉公主所奏音乐可以抵达天庭。终于有一天，上天派来一条赤龙和一只彩凤，弄玉骑着凤，萧史跨上龙，双双成仙去了。诗中的"箫声咽"就是由此典故而来。

秋风词

秋风清，秋月明。

落叶聚还散，寒鸦栖复①惊。

相思相见知何日，此时此夜难为情！

①复：又。

【译文】

秋天的风是如此的凄清，秋天的月是如此的明亮，落叶随风，聚而又散，连栖息在树上的乌鸦都感到惊心。思念你，但不知何时才能再见你，暗自叹息的是秋月秋风下，愈来愈浓的思念让人情何以堪！

【赏析】

在深秋的夜晚，诗人望着高悬天空的明月和栖息在枯树上的寒鸦，也许在此时，诗人正在思念一个旧时的恋人，此情此景不禁让诗人感到悲伤和无奈。这首词是典型的悲秋之作，秋风、秋月、落叶、寒鸦，烘托出悲凉的氛围，加上诗人奇丽的想象，和对自己内心的完美刻画，让整首诗显得凄婉动人。

张志和
——喜爱求仙问道

张志和（732—774），原名龟龄，字子同，婺州金华（今属浙江）人。肃宗时明经及第，待诏翰林，授左金吾卫录事参军。后因事贬官，赦归，遂浪迹江湖，徜徉山水，自号"烟波钓徒"。今存《渔歌子》词五首。

渔歌子

西塞山①前白鹭飞，桃花流水鳜鱼②肥。青箬笠，绿蓑衣，斜风细雨不须归。

【注释】

①西塞山：在今浙江省湖州市西面，一说在湖北省黄石市。②鳜(guì)鱼：俗名花鲫鱼，亦称"桂鱼"。

【译文】

西塞山前悠闲地飞翔着几只白鹭，西塞山下桃花含笑，春江水涨，鳜鱼正肥。江岸一位老翁戴着青色的箬笠，披着绿色的蓑衣，沐浴着斜风细雨坐在船上，他被美丽的江南春景迷住了，久久不愿回家。

【赏析】

这首小令是渔歌，写的是渔隐之乐，寥寥数语，不但写尽春意美景，更生动地表现了渔夫悠闲自在的乡村生活。也写出了作者恬和淡雅的情怀。

首句"西塞山前白鹭飞"，"西塞山前"点明地点，"白鹭"是闲适的象征，写白鹭自在地飞翔，衬托渔夫的悠闲自得。次句"桃花流水鳜鱼肥"写明桃红与水绿相映，表现了暮春西塞山前的湖光山色，渲染了渔夫的生活环境。三、四句"青箬笠，绿蓑衣，斜风细雨不须归"描写了渔夫捕鱼乐而忘归的场面。

张志和年仅16岁就一举科举及第，可谓少年得志，因张志和才华出众，肃宗李亨十分赏识他，特加奖掖，任命他为待诏翰林，肃宗还赐名"志和"与他，自此志和即为其名。正当他少年春风，备受荣宠之际，却不慎因事得罪朝廷，被贬至南浦（今江西南昌西南）为尉官。虽然被贬时间不长，不久又遇赦回到京城长安，但这一经历在他的心灵上留下了一道深痕，他似乎看破了官场，于是趁家亲亡故之机，以奔丧为由，请求辞官返金华。回乡后逍遥隐居近10年，常去水滨河溪效法姜太公无饵钓鱼。

白居易
——力求诗作通俗易懂

白居易（772—846），字乐天，号香山居士，我国唐代伟大的现实主义诗人，他的诗歌题材广泛，形式多样，语言平易通俗，有"诗魔"和"诗王"之称。有《白氏长庆集》传世，代表诗作有《长恨歌》《卖炭翁》《琵琶行》等。他与元稹共同发起了"新乐府运动"，世称"元白"。主张"文章合为时而著，歌诗合为事而作"，写下了不少感叹时世、反映人民疾苦的诗篇，对后世颇有影响，是我国文学史上相当重要的诗人。

忆江南

江南好，风景旧曾谙①。
日出江花红胜火，春来江水绿如蓝②。能不忆江南？

①谙（ān）：熟悉。②蓝：蓝草，其叶可制青绿染料。

【译文】

江南是个好地方，那里的风光我曾经很熟悉。日出时，江边的红花颜色鲜艳得胜过火焰，春天来了，江水绿如蓝草。怎能不想念江南？

【赏析】

白居易曾经担任杭州刺史，在杭州待了两年，后来又担任苏州刺史，任期也达一年有余。他在青年时期，曾漫游江南，旅居苏杭，应该说，他对江南相当了解，故而江南在他的心目中留有深刻印象。当他因病卸任苏州刺史，回到洛阳十二年后，他六十七岁时，写下了三首《忆江南》，可见江南胜景仍在他的心中，让他念念不忘。

用寥寥二十几个字来概括江南春景，实属不易，白居易却巧妙地做到了。他没有从描写江南惯用的"花""莺"着手，而是别出心裁地以"江"为中心下笔，又通过"红胜火"和"绿如蓝"，异色相衬，展现了鲜艳夺目的江南春景。

忆江南·江南忆

江南忆，最忆是杭州。山寺月中寻桂子，郡亭枕上看潮头①。何日更重游？

①郡亭：官署中的亭子。潮头：指中秋前后的钱塘潮。

【译文】

江南的回忆，最能唤起追思的是杭州。游玩山寺，寻找皎洁月中的桂子，悠然躺在郡亭内看澎湃的钱塘潮。什么时候能够再次去重新游玩？

【词解】

诗人早年因避乱来到江南，曾经旅居苏、杭二州。晚年又担任杭、苏刺史多年。江南的山山水水、一草一木给他留下了极深的印象。他也与那里的人民结下了深挚的友谊，直到晚年回到北方以后，仍然念念不忘。《忆江南》词就是这种心情下的产物。作品表达了诗人对祖国大好河山的热爱，对以后文人词的发展也产生了积极的作用。

在这首词中，作者用"山寺月中寻桂子，郡亭枕上看潮头"两个生活剪影，生动地道出了自己居住在杭州时生活的惬意与安闲，并在结尾处表达出对重游之日的热切盼望，对其地的一片由衷喜爱之情溢出纸面。

诗 词 辞 典

古神话中有吴刚伐桂树的传说。杭州灵隐寺多桂，据寺僧说："这些桂树是用吴刚伐桂掉落的桂子种植而成的。到如今中秋望夜，往往还会有桂树子掉落，寺僧时有拾得。"但这寺中月桂的说法不过是寺僧自圆其说而已。诗人此处运用这一传说，意在表达杭州的非同凡俗。同时，"山寺月中寻桂子"也表现了诗人浪漫的想象，眼前仿佛现出怒放的丹桂，闻到桂子浓郁的芳香。

长相思

汴水①流，泗水②流，流到瓜洲③古渡头。吴山点点愁。
思悠悠，恨悠悠，恨到归时方始休。月明人倚楼。

【注释】

①汴水：源于河南，与泗水合流后入淮河。②泗水：源于山东曲阜，至徐州与汴水合流入淮河。③瓜洲：在今江苏省扬州市南面，因形状似瓜而得名。

【译文】

离人驾着舟楫别家远行，思妇相思绵绵，别恨缕缕。离人从洛阳南下，愈行愈远。思妇的离愁别恨也随着汴水、泗水，流啊！流啊！流到瓜洲，流到江南……流水悠悠，思恨悠悠，明月当空，人独倚画楼，没有一点儿睡意，只是苦苦地思念着，这种思念大概要盼到离人归来才能罢休啊！

这首《长相思》，写的是一位女子倚楼怀人。在朦胧的月色下，映入她眼帘的山容水态都充满了哀愁。前三句用三个"流"字，写出水的蜿蜒曲折，也酿成低回缠绵的情韵。下面用两个"悠悠"，更增添了愁思的绵长。全词以"恨"写"爱"，用浅易流畅的语言、和谐的音律，表现人物的复杂感情。特别是那一派流泻的月光，更烘托出哀怨忧伤的气氛。

温庭筠
——用语浓艳，造境幽深

温庭筠（约 801 — 866），本名岐，字飞卿，山西太原人。少负才华，长于诗赋。生性傲岸，好讥讽权贵，因此累举不第，仅任方城尉、国子监助教等微职。温庭筠是晚唐著名词人，也有诗名，与李商隐并称"温李"。是花间词派的鼻祖，诗词风格温婉，怀古之作多讽喻。《全唐诗》存诗九卷。有《温飞卿集》。

望江南

梳洗罢，独①倚望江楼。过尽千帆皆不是，斜晖脉脉水悠悠②。肠断白蘋洲③。

【注释】

①独：写出了女子的孤独落寞之情。②脉脉：含情凝视，这里形容阳光微弱。③白蘋：一种水中浮草。洲：水中的小块陆地。

梳洗完毕，独自一人登上望江楼，倚靠着楼柱，凝望着滔滔江面。千帆过尽，盼望的人都没有出现，太阳的余晖脉脉地洒在江面上，江水慢慢地流着，眼睛望着水中那开满白色蘋花的小洲，怎不令人愁肠寸断。

【赏析】

这是一首很有名的小令，像一幅清丽的山水小轴，画面上的江水没有奔腾不息的波涛，发出的只是一种无可奈何的叹息，连落日的余晖也盘旋着一股无名的愁闷和难以排遣的怨恨。还有那临江的楼头，点点的船帆，悠悠的流水，远远的小洲，都惹人遐想，耐人寻味，看似不动声色，轻描淡写中却酝酿着炽热的思念之情。

菩萨蛮

小山①重叠金明灭，鬓云②欲度香腮雪。懒起画蛾眉，弄妆③梳洗迟。

照花前后镜，花面交相映。新帖绣罗襦④，双双金鹧鸪⑤。

【注释】

①小山：指屏风上所画的小山。②鬓云：似云般的鬓发。③ 弄妆：梳妆打扮。④罗襦（rú）：丝绸短袄。⑤金鹧（zhè）鸪（gū）：指用金线绣成的鹧鸪鸟。

【译文】

画屏上重叠的小山伴随着阳光的移动忽明忽暗，光滑的秀发半垂于香腮，宛如乌云度雪。懒得起来画蛾眉，梳洗打扮慢吞吞的。梳妆完毕后，用前后两面镜子察看面容发髻是否都已满意，双镜辉映着她如花般的容貌。新制的绫罗裙襦上，绣着一双金鹧鸪。

【赏析】

这首《菩萨蛮》把妇女的容貌写得很美丽，服饰写得很华贵，体态也写得十分娇柔，仿佛描绘了一幅唐代仕女图。词的上片，写床前屏风的景色及妇女梳洗时的娇慵姿态；下片写妇女妆成后的情态，鹧鸪双双，委婉含蓄地揭示了人物孤独寂寞的心境。

诗词辞典

花间词派

花间词派是晚唐进行词的创作的一个文人词派。得名于后蜀赵崇祚编辑的《花间集》。花间词派的主导风格婉丽绮靡，花间词派的兴起表明民间词已经成为文人手中的娱乐工具，标志着词作为一种文学样式正式流行于文坛。对后世词的发展起了深远的影响。被奉为"鼻祖"的温庭筠就极善写美女的体态妆饰及其闺阁情思，如《菩萨蛮》。

韦 庄
——词风流丽飘逸

韦庄（约836—910），字端己，杜陵（今陕西西安东南）人，曾任前蜀宰相。韦庄是花间派代表词人，其词与温庭筠齐名，世称"温韦"，有"弦上黄莺语"的美誉。今存词五十余首。有《浣花词》流传。

菩萨蛮

红楼①别夜堪惆怅，香灯半卷流苏②帐。残月出门时，美人和泪辞。

琵琶金翠羽③，弦上黄莺语④。劝我早归家，绿窗人似花。

【注释】

① 红楼：歌馆妓院。②流苏：绒线制成的穗子。③金翠羽：指琵琶上用黄金和翠色羽毛装点的饰物。④黄莺语：形容弦音婉转清越。

【译文】

画楼之上与心上人共守这别离前的最后一夜，香灯下，罗帐半卷，两人相对无语。别离时分，夜色阑珊，残月将落，美人噙着泪水道别。她拿出金翠羽装饰的琵琶，拨出离人熟悉的婉转琴音，轻轻唱起"早些回来，绿窗人似花"的曲子。

【赏析】

这首《菩萨蛮》词，表明了写作者浪迹江南一带时思乡怀念妻子的惆怅心情。

词的上片，写离别之夜，爱人和泪送行的动人情景。词的下片，写客地思归，由听到琵琶乐声想到所爱之人正倚窗远望，等候自己归来。

菩萨蛮

人人尽说江南好，游人只合①江南老。春水碧于天，画船听雨眠。

垆边人②似月，皓腕凝霜雪。未老莫还乡，还乡须断肠。

【注释】

①只合：只应。②垆边人：卖酒的姑娘。 垆，放酒坛子的土墩。

【译文】

人人都说江南好，游人只适合在江南老去。碧于天的春水，听雨眠的画船。酒垆边卖酒的女子光彩照人，卖酒时撩袖盛酒，露出的手腕白如霜雪。不到年老时，千万不要回故乡，回到家乡思念江南，会让人愁断肠。

【赏析】

这是韦庄到南方避乱时所写的一首词，描绘了江南水乡秀丽的景色和曼妙的人物，表达了诗人热爱江南的真挚感情。

江南的美好是人人皆知的，但没有真正到过江南的人恐怕不会有如此强烈深刻的感受。江南如诗如画的景致情调已经令人流连忘返，不思归计，哪堪再被那"垆边人"含情凝视？无怪乎作者会发出"未老莫还乡，还乡须断肠"的感慨。

女冠子

四月十七，正是去年今日，别君时①。忍泪佯低面②，含羞半敛眉。

不知魂已断，空有梦相随。除却天边月，没人知。

【注释】

①君：可以指男也可以指女，此处当是指韦庄过去的恋人。②佯：假装，有意掩饰。

【译文】

四月十七日这一天，正是去年分别的日子。在依依离别时，强忍着满眶眼泪，又怕人看到，偷偷地假装把头低下，想说些什么，又害羞地半皱着眉头，心中充满着别离的痛苦和忧伤。

难道不知我思念你已魄散魂断了吗？只有在梦里，我才能与你相随相伴了，这种夜夜魂飞思念的苦楚，除了天边的明月可以证明，就再也无人可知了。

【赏析】

这首词是为追忆旧爱而作，作于与情人分别一周年后。上阕回忆去年离别的情景，点明具体时间和心理苦况。"空有梦相随"一句极写想念之情，由忆而梦，语言不加修饰，带有明显的唐代民歌痕迹。

冯延巳

——借思妇抒感伤之情

冯延巳（903-960），一名延嗣，字正中，广陵（今江苏扬州）人。南唐烈祖时以秘书郎与李璟游处，保大四年（946），自中书侍郎拜平章事，出镇抚州，后又入朝为相，后罢相为太子少傅。冯延巳无治国之才，内政不修，但文辞颖发，工诗，尤长乐府词。词风清丽，委婉深情。今存词一百二十首。有《阳春集》。

谒金门

风乍①起，吹皱一池春水。闲引鸳鸯香径里，手挼②红杏蕊。

斗鸭阑干独倚，碧玉搔头③斜坠。终日望君君不至，举头闻鹊喜④。

【注释】

①乍：忽然。②挼(ruó)：揉搓。③碧玉搔头：即碧玉发簪。④闻鹊喜：古人认为闻鹊声意味着有喜事来临。

【译文】

春风乍起，吹皱了一池碧水。（我）闲来无事，在花间小径里逗引池中的鸳鸯，随手折下杏花蕊，把它轻轻揉碎。独自倚靠在池边的栏杆上观看斗鸭，头上的碧玉簪斜垂下来。（我）整日思念心上人，但心上人始终不见回来，（正在愁闷时），我忽然听到喜鹊的叫声。

这首词写贵族少妇在春日思念丈夫时百无聊赖的景况，反映了她的苦闷心情。由于封建社会妇女地位低下，上层社会的妇女依附于男子，女子又被禁锢在闺房，精神上很忧郁，这种情况在封建社会相当普遍，因此古典诗歌中写闺阁之怨的有很多，这种闺怨诗或多或少从侧面反映了妇女的不幸遭遇。

"风乍起，吹皱一池春水。"这两句表面写景，实际写情，本来水波不兴，忽然刮来风，吹皱了池塘的水，象征着词中女主人公的心起伏而不平静。春回大地，万象更新，丈夫远行在外，女主人公孤独一人，不由产生寂寞苦闷之情。这两句是传诵古今的名句。

"闲引鸳鸯香径里，手挼红杏蕊。"鸳鸯是水鸟，雌雄成双成对，在诗歌中经常作为爱情的象征，看见鸳鸯成双成对，更显得女主人公孤单，勾起了她的烦恼，引起她对心上人的怀念。

"斗鸭阑干独倚，碧玉搔头斜坠。"女主人公心情不佳，独自靠着栏杆站着，头上的簪随便斜插着，快掉下来了。勾画出女主人公懒散的心情。

"终日望君君不至，举头闻鹊喜。"女主人公从早到晚心中想到的都是心上人何时才会回到自己身边。喜鹊的再次鸣叫又勾起她的期待，但谁又知道新的期待不是新的失落呢？无须过多语言，只这一句"举头闻鹊喜"，如池塘的涟漪，定住作结，婉转含蓄，耐人寻味，可以说，这一句是整篇词的画龙点睛之笔。

　　南唐中主李璟，好读书，善文辞。继位后，他特别看重词人。冯延巳就是因词作升官。有一次，李璟取笑冯延巳："'吹皱一池春水'，干卿何事？"冯回答说："未若陛下'小楼吹彻玉笙寒'也。"冯延巳依仗自己的才学和君主的宠信，肆意欺辱朝臣，飞扬跋扈。所以冯延巳的回答被后人认为是溜须拍马、媚主的行为。

鹊踏枝

　　谁道闲情抛掷久？每到春来，惆怅还依旧。日日花前常病酒^①，不辞镜里朱颜瘦。

　　河畔青芜^②堤上柳，为问新愁，何事年年有？独立小桥风满袖，平林新月人归后。

【注释】

　　①病酒：因常醉酒而病。②芜（wú）：小草。

【译文】

　　谁说闲情抛弃了很久？每到春来，还是惆怅依旧。面对鲜花而心忧明媚春光转瞬即逝，所以日日醉酒遣怀，不敢看镜里日渐消瘦的容颜。

　　在堤岸漫步，看到河畔草青青，堤上柳依依，问起为何新愁如青草、绿柳一样春来即长，年年不尽？独立小桥上，任凉风鼓荡衣袖，不觉已到了月上树梢、路无行人的时候了。

【赏析】

　　这首词在第一句就直接地道出"闲情"二字，作为全词抒写的中心，笼罩着全篇。词人确实曾经想要抛掷掉它，但这"闲情"是如此的缠绵、深沉，他根本无法忘掉。可是，这"闲情"到底是一种什么样的感情？从全词隐约透露出的一点儿意绪看，词人抒写的很可能是一段逝去已久却难以忘却的恋情。

次句中的"每"字和"还依旧"三字，同首句中的"久"字相呼应。这"闲愁"郁积在怀，年复一年。三、四两句更进一层，在极度的痛苦中写出一种虽死而不悔的执着。词人确实承受不起这份沉重的忧愁和伤感，便只好每日在花前饮酒自醉，借以消愁解恨。

下阕开头换一个角度，承上阕"春来"二字写春景，通过景色进一步抒情。写春景不写盛开的鲜花，因为鲜花太绚丽、太热烈了，与词人的心境意绪不合；他写河畔漫无边际的青草，写堤上细丝飘动的柳条，在人心中唤

起的是一种清寂悠远和深长缠绵的情思。接下来，又承上阕"惆怅还依旧"发问："为问新愁，何事年年有？"词人虽提问，春色却无法回答，词人也无意于让它回答。因而末二句撇开提问，转而刻画词人的自我形象："独立小桥风满袖，平林新月人归后。"如此孤寂忧伤的自我形象，已然婉曲含蓄地回答了上面提出的问题。正因为他心中日积月累地萦绕着那抛掷不掉的"闲愁"，才产生出一种似旧而实新的惆怅之情来。

李 煜
——被誉为"千古词帝"

李煜（937—978），字重光，号钟隐，初名从嘉，南唐中主李璟第六子，文献太子卒后，以尚书令知政事立为太子。中主南巡，太子留守金陵监国。宋太祖建隆二年（961）即位，宋开宝八年（975），宋军南征，宋将曹彬攻破金陵，李煜出降，被俘至京师，封违命侯。太平兴国三年（978），被宋太宗赐死。李煜精书法，善绘画，通音律，诗文均有一定造诣，尤以词成就最高。有千古杰作《虞美人》《浪淘沙》《乌夜啼》等。

虞美人

春花秋月何时了①？往事知多少。小楼昨夜又东风，故国不堪回首月明中。

雕栏玉砌应犹②在，只是朱颜改③。问君④能有几多愁？恰似一江春水向东流。

【注释】

①了：了结，完结。②砌：台阶。雕栏玉砌，指远在金陵的南唐故宫。应犹：一作"依然"。③朱颜改：指怀念的人已衰老。④君：作者自称。

【译文】

一年一度的春花秋月什么时候才能了结，往事又知道多少？小楼上昨天夜里又刮来了春风，在这皓月当空的夜晚，怎能承受得了回忆故国的伤痛。

精雕细琢的栏杆，玉石砌成的台阶应该还在，只是朱红的颜色已经改变。若要问我心中有多少哀愁，就像这一江春水滚滚东流。

【赏析】

这首词是李煜囚居汴京时所作。当时李煜由南唐国君一下子变为宋朝的囚犯，不仅仅失去了至高无上的皇帝的地位和权力，更残酷的是，也失去了最起码的人身自由。残酷的现实使他"日夕以泪洗面"，这使他产生了特有的悲与愁。这首词倾泻的就是作者的亡国之痛，哀叹朱颜已改的情怀。写的是处于"故国不堪回首"的境遇下，愁思难抑的痛苦。全词不加藻饰，不用典故，纯以白描手法直接抒情，寓景抒情，通过塑造意境来感染读者，集中地体现了李煜词的艺术特色。以"一江春水向东流"喻愁思不尽，贴切感人。全词写的是亡国之痛，抒的是念国之情，意境深远，感情真挚，结构精妙，语言深沉。尽管词作篇幅短小，但余味无穷，能使读者产生强烈的共鸣。堪称婉约派作品之绝唱。

诗 词 辞 典

《虞美人》原为唐朝教坊中的曲名，最初是咏唱项羽宠姬虞美人死后地下开出一朵鲜花，后人以此为词牌名，又名《一江春水》《玉壶水》《巫山十二峰》等。

相见欢

无言独上西楼，月如钩，寂寞梧桐深院锁清秋①。

剪不断，理还乱，是离愁②，别是一般③滋味在心头。

【注释】

①锁清秋：被秋色深深笼罩。 ②离愁：指去国之愁。 ③别是一般：另有一种。

【译文】

一个人默默无语，独自登上西楼，天边月形如勾，在这清寒的秋夜，院子里深锁着梧桐，也锁住了寂寞。

心中的思绪想要剪断，却怎么也剪不断，想好好梳理，却更加的杂乱，这样的离别思念之愁，而今在心头却又另有一种滋味。

【赏析】

此词将原本不可捉摸的离愁表现得形象、生动、具体、可感。上片写愁景，以凄婉的笔触烘托环境。首句"无言独上西楼"，摄尽凄婉之神。"无言"者，并非无语可诉，而

是无人共语。"独上西楼",作者深谙这无异于雪上加霜,而今他却甘冒其"险",可见他对故国(或故人)极为怀念、眷恋。"月如钩"是作者凭栏所见。一弯残月映照着孑然一身的作者,也映照着他曾经拥有的无限江山,"此情可待成追忆,只是当时已惘然"。俯视楼下,秋色笼罩深院,悲凉之情油然而生。下片写离情,以暗喻手法寄托哀思。"剪不断"三句,以麻丝喻离愁,将抽象的情感具象化,历来为人们所称道,但更显作者神思的却是结句:"别是一般滋味在心头。"作者内心的纠结无法遏制。

相见欢

林花谢了春红,太匆匆! 无奈朝来寒雨晚来风①。

胭脂泪,相留醉,几时重? 自是人生长恨水长东!

【注释】

①无奈朝来寒雨晚来风:有的版本作"常恨朝来寒重晚来风"。

【译文】

林花凋谢了,失去了春天的艳红,春去匆匆。无奈摧残它的,有那朝来的寒雨和晚来的寒风。

眼泪滑过脸庞,怀恋留花时节,何时才能重见? 江水浩浩荡荡,无穷无尽,犹如人生长恨之绵绵无期!

【赏析】

这首词是即景抒情的典范之作。词的上片写景,雨打风吹,落红无数,春去匆匆,喻帝王生活消散,欢乐短暂,表达了一种无可奈何之心境。词的下片转写对"林花"的眷恋之情,暗喻人事,抒发了好景不现、失国难复之恨。词人将"春花凋谢""水长东流"这类自然界的规律与"人生长恨"相比照，实乃历经悲酸所悟，"人生长恨"不仅抒写了一己的失意情怀，还涵盖了整个人类所共有的生命的缺憾，是一种融汇和浓缩了无数痛苦的人生体验的浩叹。

写作技法

　　类比是一种主观推理，就是由两个对象的某些相同或相似的性质，推断它们在其他性质上也有可能相同或相似。在后主看来，好端端的一个南唐顷刻衰败，不正像林花突然凋谢吗？"林花谢了春红，太匆匆"句正是类比，深深寄托着亡国的悲伤。

浪淘沙令

　　帘外雨潺潺①，春意阑珊②。罗衾不耐五更寒。梦里不知身是客，一晌贪欢。

　　独自莫凭栏，无限江山。别时容易见时难。流水落花春去也，天上人间③。

【注释】

　　①潺潺：流水声，这里形容雨声。②阑珊：衰残貌。③天上人间：指和故国相见如天上地下般难。

【译文】

　　门帘外传来潺潺雨声，浓郁的春意又要凋残。罗织的锦衾受不住五更时的寒冷。只有在迷梦中才能忘掉自身是羁旅之客，才能享受片刻的欢喜。

　　独自一人在暮色苍茫时倚靠栏杆，遥望辽阔无边的旧日江山。辞别它是容易的，再要见到它就很艰难了。像流失的江水，凋落的红花随春天一起逝去了，今昔对比，一个在天上，一个在人间。

【赏析】

这是李后主以歌当哭的绝笔词，表达了他对故国家园和往日美好生活的无限追思，反映出词人从一国之君沦为阶下之囚的凄凉心境。词的上片写梦醒后感情上的急剧波动；前三句写醒后之悲，后两句写梦中之欢。时空的转换，人生的悲剧，巨大的落差，让人难以承受生命之重。下片写凭栏时对人生的留恋。"独自莫凭栏"，说明词人孑然一身，不堪回首曾经的宫阙楼阁。"别时容易见时难"这无疑是作者独特经历和思想感情的真实表现，也是对普遍存在的离愁别恨的高度概括，这也正是它千百年来能够打动读者的原因。"流水"两句，叹息春归何处。这不仅是此词的结束，亦暗示词人一生即将结束。从此词低沉悲怆的基调中，透露出这个亡国之君绵绵不尽的故土之思，可以说这是一支婉转凄苦的哀歌。

这首词表达惨痛欲绝的国破家亡的情感，真可谓"语语沉痛，字字泪珠，以歌当哭，千古哀音"。这种真挚的情感源于后主的一片"赤子之心"（王国维《人间词话》）。

到了宋代，词的发展进入了一个全新的阶段，形成了前所未有的繁荣局面。词的创作蔚为大观，产生了大批成就突出的词人，名篇佳作层出不穷，并出现了各种风格、流派。宋词历来与唐诗同为两朵奇葩，都代表一代文学之盛。其中以柳永为代表的婉约派和以苏轼为代表的豪放派成为宋词发展历史上举足轻重的力量。后有同名书籍《宋词》。

王禹偁
——倡导清淡平易的文风

王禹偁（954—1001），字元之，济州巨野（今属山东）人。晚年被贬于黄州，世称"王黄州"。宋太宗太平兴国八年（983）登进士第。先后担任成武县主簿、礼部员外郎、知制诰。因刚正不阿得罪权贵，曾屡次遭贬。其诗文清醇秀丽，极有成就。著有《小畜集》。

点绛唇·感兴

雨恨云愁，江南依旧称佳丽。水村渔市，一缕孤烟细。
天际征鸿，遥认行如缀①。平生事，此时凝睇②。谁会凭阑意！

【注释】

①行如缀：排成行的大雁，一只接一只，如同缀在一起。②凝睇：凝视。睇，斜视的样子。

　　细雨缠绵，乌云浓郁，但此时的江南依旧很秀美。放眼望去，到处是依水的村庄和渔市，一缕炊烟袅袅地飘着。天边飞过一对大雁，远远望去，一只接一只，好像用线连缀在了一起。我一生胸怀大志却屡屡不得志，此时凝视这长空中远行的飞雁，谁能理解我凭栏远眺的心情！

【赏析】

　　此词是北宋最早的小令之一。这首词是王禹偁任长洲知州时的作品。此词用清淡自然的笔触，描绘了雨中江南水乡的景色，起首一句"雨恨云愁"，借景抒情。云、雨并无喜怒哀乐，但词人觉得那江南的雨绵绵不尽，分明是恨意难消；那灰色的云块层层堆积，分明是郁积着愁闷。即使是这弥漫着恨和愁的云雨之中，江南的景色"依旧"是美丽的。下片写的是如此美丽的景色，却未能使词人感到欢快愉悦，因为有客居他乡的乡愁，并抒发怀才不遇之感慨。

> **诗 词 辞 典**
>
> 　　词人遥见冲天远去的大雁，触发的是"平生事"的联想，想到男儿一生的事业。王禹偁中进士后，只当了长洲知州。这小小的芝麻官，无法实现他胸中的大志，于是他恨无知音，愁无双翼，不能像"征鸿"一样展翅高飞。最后，词人将"平生事"凝聚在对"天际征鸿"的凝视之中，显得含蓄深沉，言而不尽。

柳 永
——将北宋文人词推向顶峰

　　柳永（约987—约1053），字耆卿，初名三变，字景庄。因排行第七，又被称为"柳七"。崇安（今福建武夷山）人。宋仁宗朝进士，官至屯田员外郎，故世称"柳屯田"。婉约派最具代表性的人物之一，代表作为《雨霖铃》。他自称"奉旨填词柳三变"，以毕生精力作词，并以"白衣卿相"自许，著有《乐章集》，词存二百一十三首。

雨霖铃

寒蝉凄切，对长亭晚，骤雨初歇。都门帐饮①无绪，留恋处，兰舟②催发。执手相看泪眼，竟无语凝噎③。念去去④，千里烟波，暮霭沉沉楚天阔。

多情自古伤离别。更那堪、冷落清秋节⑤。今宵酒醒何处？杨柳岸、晓风残月。此去经年⑥，应是良辰好景虚设。便纵有千种风情⑦，更与何人说！

【注释】

①帐饮：设帐饯行。②兰舟：木兰舟，相传鲁班曾刻木兰为舟，后用作船的美称。③凝噎：喉咙气塞声阻，因悲伤过度而说不出话来。④去去：去而又去，一程又一程地远去。⑤清秋节：清秋时节。⑥经年：年复一年。⑦风情：风流情意，这里指爱情。

【译文】

秋蝉的叫声凄凉悲切。傍晚时分，我们在长亭里默默相对，一场大雨刚刚停下。根本就没有心情在京都城门旁搭设的帐篷外饮酒，我们正恋恋不舍，华丽的船已经催促我要出发了。我们手拉着手，看着彼此流泪的眼，竟然说不出一句话，只是相互凝视着哽咽。想到此次离去，一程又一程，烟波千里，暮霭沉沉，楚天开阔。自古以来多情之人好伤别离。更何况如今是冷落的清秋节呢。不知今宵酒醒后，我会身在何处？应该是杨柳丛生的岸上，晨风料峭，残月清凉。这次一去好几年，离开你，任何良辰美景应当都是虚设了，即便有风情万种，又能和谁说呢。

【赏析】

这是一首著名的表达别情的词，为柳永离汴州南下时，与心爱的人惜别所作。

上片写离别的场景。前三句写景，景中含情。"都门"一句直接写词人的情绪。"无绪"是因有情。"执手"二句，写离别情状，不着一语，但真切感人。末句为词人想象，这种想象是词人含情伤别的必然结果。下片写情，直抒胸臆。首两句情感上递进，触目惊心。后面数句皆为想象，将离愁别恨集中到最高程度。"杨柳岸、晓风残月"是千古名句，后人常用之概括柳词的风格特色。本篇措辞不显雕饰，直白自然，画面栩栩如生。言情真切感人，痛彻肺腑。艺术手法上情景交融，虚实相生，或点或染。确实不愧为宋元时期流行的"宋金十大金曲"之一。

蝶恋花

伫倚①危楼风细细，望极春愁，黯黯生天际。草色烟光残照里，无言谁会凭阑意？

拟把疏狂②图一醉，对酒当歌，强乐③还无味。衣带渐宽终不悔，为伊消得④人憔悴。

【注释】

①伫倚：长时间地倚栏站立。②拟把：打算。疏狂：狂放不羁，不受约束。③强乐：勉强寻欢作乐。④消得：值得，能忍受得了。

【译文】

我伫立在高楼上，丝丝凉风拂面。极目远望，一片愁意黯然迷茫地生在天际。夕阳残照中，草色迷蒙，烟光缭绕。谁能体会我默默无言地凭栏远眺的心情呢。想要豪放不羁地狂饮一番，当在歌声中举起酒杯时，才感到勉强作乐毫无意义。我渐渐地消瘦了也不后悔，甘愿为你变得憔悴。

【赏析】

此词抒发了在羁旅中对情人的怀念之情。"伫倚危楼风细细"，说登楼引起了"春愁"。全词只此一句叙事，便把主人公的形象像一幅剪纸那样突现出来了。"望极春愁，黯黯生天际"，极目天涯，一种黯然魂销的"春愁"油然而生。"草色烟光残照里，无言谁会凭阑意"写主人公的孤单凄凉之感，暗示所思之人在远方。下片先说愁绪无奈，纵酒放歌都无济于事。由此可见彼此间的情深义重。末尾喊出自己的真情宣言。词人的所谓"春愁"，不外乎"相思"二字。

诗词辞典

本词采用"曲径通幽"的表现方式抒情写景，巧妙地把漂泊异乡的落魄感受同思念意中人的缠绵情思融为一体。这首词妙在紧扣"春愁"即"相思"，却又迟迟不肯说破，扑朔迷离，千回百折，直到最后一句，才使真相大白。

少年游

长安古道马迟迟，高柳乱蝉嘶。夕阳岛①外，秋风原上，目断四天垂②。

归云一去无踪迹，何处是前期？狎兴③生疏，酒徒萧索④，不似去年时。

【注释】

①岛：指河流中的洲岛。②四天垂：天的四周夜幕降临。③狎兴：狎游的兴致。④萧索：冷落。

【译文】

在长安那条向来喧嚣的古道上，我骑着瘦马缓慢地前行着。高大的柳树上，群蝉烦人地乱嘶。夕阳斜照洲岛，秋风清扫草原，放眼望去，目光尽关天幕低垂。归去的云一去杳无踪迹。在何处才能回到从前呢？狎游的兴致已经生疏，以前的酒友也越来越少，现在已经不像去年的样子了。

【赏析】

此词为柳永晚年之作。他一生仕途不济，情场变幻，经常处在羁旅漂泊之中，境况凄凉。此词实为作者的自我写照，有追思，有悔恨，有迷惘。

上片写景，秋色秋声，凄凉荒惨。"马迟迟"实为"人迟迟"，言词人内心的失意萧索。下片抒发感慨。前两句是感时伤春，后三句为追忆年少时的生活，对比显凄凉，读之使人怆然。世态炎凉隐隐见于笔端。

通篇情感沉重凝厚，言语直白却有味。

鹤冲天

黄金榜上，偶失龙头望。明代①暂遗贤，如何向？未遂风云便，争不恣狂荡？何须论得丧。才子词人，自是白衣卿相。

烟花巷陌，依约丹青屏障。幸有意中人，堪寻访。且恁偎红倚翠，风流事，平生畅。青春都一饷。忍把浮名，换了浅斟低唱！

【注释】

①明代：政治清明的朝代。

【译文】

在金字题名的榜上，我只不过是偶然失去取得状元的机会。即使在政治清明的朝代，君主也会暂时错失贤能之才，我今后该怎么办呢？既然没有碰到好的际遇，为何不随心所欲地游乐呢？为何要因为功名而患得患失呢？做一个风流才子，为歌伎们谱写辞章，即使身着白衣，其乐也自胜过公卿将相。在歌伎们居住的街巷里，有摆放着丹青花屏的绣房。所幸的是那里有我的意中人，值得我去寻求探访。和她们相依偎，享受着风流的生活，才是我生平最大的快乐。青春不过是片刻时间，我宁愿把功名，换成手中浅浅的一杯酒和耳畔婉转优美的歌声。

【赏析】

这首词是柳永进士科考落第之后的一纸"牢骚言"，在宋元时代有着重大的意义和反响。它正面鼓吹文人士者与统治者分离，而与歌伎等下层人民接近，有一定的思想进步性。

"黄金榜上，偶失龙头望"，考科举求功名，词人并不满足于登进士第，而是把夺取殿试头名状元作为目标。对于落榜，他认为只是偶然，"遗贤"只说是"暂"，由此可见柳永狂傲自负的性格。他自称"明代遗贤"是讽刺仁宗朝号称清明盛世，却不能做到"野无遗贤"。但既然已落第，下一步该怎么办呢？风云际会，施展抱负是封建时代士子的奋斗目标，既然"未遂风云便"，理想落空了，于是他就转向了另一个极端，"争不恣狂荡"，表示要无拘无束地过那种为一般封建士人所不齿的流连坊曲的狂荡生活。"偎红倚翠""浅斟低唱"，是对"狂荡"的具体说明。柳永这样写，是恃才负气的表现，也是表示抗争的一种方式。科举落第使他产生了一种逆反心理，所以他故意要造成惊世骇俗的效果以保持自己心理上的优势。柳永的"狂荡"之中仍然有着严肃的一面，狂荡以傲世，严肃以自律，这才是"才子词人""白衣卿相"的真面目。

柳永把他内心深处的矛盾想法抒写出来，说明落第这件事情给他带来了多么深重的苦恼和困扰，也说明他为了摆脱这种苦恼和困扰，曾经进行了多么痛苦的挣扎。写到最后，柳永得出结论："青春都一饷。忍把浮名，换了浅斟低唱！"青春短暂，怎忍虚掷，为"浮名"而牺牲赏心乐事？所以，只要快乐就行，"浮名"算不了什么。

据传说，柳永擅作俗词，而宋仁宗颇好雅词。有一次，柳永应试及第后，宋仁宗临轩放榜时想起柳永这首词中那句"忍把浮名，换了浅斟低唱"，就说道："且去浅斟低唱，何要浮名？"就这样又将他罢免。从此，柳永便自称"奉旨填词柳三变"，日日游醉于烟柳之地，在花柳丛中寻找生活的方向、精神的寄托。

范仲淹
——为政清廉，力主改革

范仲淹（989—1052），字希文，吴县（今江苏苏州）人。北宋政治家、文学家、军事家，谥号"文正"。真宗大中祥符八年（1015）进士。曾任陕西经略安抚招讨副使，守卫西北边境，遏制了西夏的侵扰。累官至参知政事（副宰相）。范仲淹文学素养很高，写有著名的《岳阳楼记》，其中"先天下之忧而忧，后天下之乐而乐"为千古名句。也留下了众多脍炙人口的词作，如《渔家傲》《苏幕遮》。

渔家傲

塞下①秋来风景异，衡阳雁去无留意。四面边声②连角起。千嶂③里，长烟④落日孤城闭。

浊酒一杯家万里，燕然未勒⑤归无计。羌管悠悠霜满地。人不寐，将军白发征夫泪。

【注释】

①塞下：指边境地区，设有城塞。②边声：马嘶风号之类的边地荒寒肃杀之声。角：军中的号角。③嶂：像屏障一样并列的山峰。④长烟：即荒漠上的直烟，因少风，烟直而高。⑤燕然未勒：指边患未平，功业未成。

【译文】

边境上的秋天一来，风景全异，向衡阳飞去的雁群毫无留恋的情意。从四面八方传来的边地悲声随着号角响起。重重叠叠的山峰里，长烟直上，落日斜照，孤城紧闭。喝一杯陈酒，怀念远隔万里的家乡，可是燕然还未刻上平胡的功绩，回归时间无法预计。羌人的笛声悠扬，寒霜洒满大地。征人不能入睡，将军头发花白，战士洒下眼泪。

【赏析】

这是一首边塞词，范仲淹作此词时，正在西北边塞军中任职，抵御西夏。上片写边塞风光，秋风萧瑟，荒芜萧索。下片写将士们的心情，战争尚未结束，还乡是无从谈起的，然而要取得胜利极为不易。最后由自己和征夫总收全词。爱国激情，沉重乡思，兼而有之。全词苍凉悲壮，清劲豪迈，一反先前词坛哀婉缠绵的扭捏之风，对以后的词风革新产生了积极影响，堪称宋代豪放词的开拓之作。

苏幕遮

碧云天，黄叶地，秋色连波，波上寒烟翠。山映斜阳天接水。芳草无情，更在斜阳外。

黯乡魂①，追旅思②。夜夜除非③，好梦留人睡。明月楼高休独倚，酒入愁肠，化作相思泪。

【注释】

①黯乡魂：指思乡之苦令人异常愁苦。化用江淹《别赋》中的"黯然销魂者，惟别而已矣"。②追：追缠不休。旅思：羁旅的愁思。③夜夜除非：即"除非夜夜"的倒装。按本文意应作"除非夜夜好梦留人睡"。这里是节拍上的停顿。

【译文】

碧蓝的天空飘着缕缕白云，金黄的树叶铺满大地。秋天的景色映进江上的碧波，水波上笼罩着寒烟，一片苍翠。远山映照着夕阳，天空连接江水。岸边的芳草似是无情，又在西斜的太阳之外。旅居异地的愁思，追逐黯然感伤的他乡之魂，每天夜里除非是做美梦才能入睡。

当明月照射高楼时，不要独自依倚。端起酒来洗涤愁肠，可是都化作了相思的眼泪。

这首词上片写景,以"天""地"开篇,点明时节是深秋。"碧"和"黄"构成对比,色彩感强烈。此片纯为景语,而无处不透着情,景中含情,凄迷伤人。下片写情,直抒思乡情怀。纵观全词,写景生动鲜活,气势开阔,言情清丽缠绵,柔中带刚,情和景完美统一,是羁旅词中难得的佳作。

写作技法

写乡思离愁的词,往往借萧瑟的秋景来表达,但这首词却反其道而行之,秋景写得阔远而秾丽。它一方面显示了词人胸襟的广阔和对生活、对自然的热爱,反过来衬托了离情的悲伤,另一方面又使下片所抒之情深挚而不流于颓靡。

张 先
——词多写相思离别

张先(990—1078),字子野,乌程(今浙江湖州)人。天圣八年(1030)进士。曾在吴江、嘉禾、渝州、虢州等地任职,官终尚书都官郎中。词与柳永齐名,擅长小令,亦作慢词。其词含蓄工巧,情韵浓郁。

天仙子

水调①数声持酒听,午醉醒来愁未醒。送春春去几时回?临晚镜,伤流景②,往事后期空记省③。

沙上并禽池上暝④,云破月来花弄影。重重帘幕密遮灯,风不定,人初静,明日落红应满径。

①水调：曲调名，相传隋炀帝开凿汴河时自制此曲《水调歌》。②流景：逝去的光阴。③省：醒悟，明白。④并禽：成对的鸟儿。这里指鸳鸯。暝：闭眼小憩。

【译文】

《水调》歌曲一声声，我不禁端起酒杯仔细倾听，午间醉后醒来，可愁闷却未醒。送别春天，春天要去多少时日才能返回？夜里照一照明镜，感伤流失了光景，旧日的事待到以后，只是徒劳的记省。鸳鸯在池边并眠。浮云撕破，月儿探出头来，花儿舞弄自己的倩影。重重叠叠的帘幕密密地遮住青灯，随着风儿摇曳不定，人们渐入梦乡，万籁俱寂，明日的落花定将铺满路径。

【赏析】

宋仁宗庆历元年（1041），张先为嘉禾（今浙江嘉兴市）判官，因卧病不赴会，写此词抒发临老伤春的心绪。

这首词上片写伤春情怀。"春"字连用，春华和春逝相对比，表达了词人深切的伤春情怀。"空"字尽显内心之落寞。下片写景，景中有情。"云破月来花弄影"为千古名句，"破""弄"动感十足，把花和云的形态刻画得惟妙惟肖，通过花影传神地写出了景物朦胧的动态美。本篇情景交融，把伤春之情与人生之感慨巧妙地结合在一起。

晏 殊
——多写闲情雅致

晏殊（991—1055），字同叔，临川（今江西抚州）人。少年时以神童召试，真宗景德二年（1005）被赐为进士。官至同中书门下平章事兼枢密使，封临淄公，谥号元献，世称"晏元献"。晏殊历任要职，更兼提拔后进，如范仲淹、韩琦、欧阳修等，皆出其门。他以词著于文坛，尤擅小令，有《珠玉词》一百三十余首，风格含蓄婉丽，与欧阳修并称"晏欧"。其代表作为《浣溪沙》《蝶恋花》《踏莎行》《破阵子》《鹊踏枝》等。

浣溪沙

一曲新词酒一杯，去年天气旧亭台，夕阳西下几时回？

无可奈何花落去①，似曾相识燕归来，小园香径独徘徊。

【注释】

①花落去：这里意为春光无法挽留，一切该逝去的都留不住。

【译文】

傍晚时分，听着小曲独自饮酒，怅然排遣着心中的愁绪。去年的时节、去年的天气、去年的亭台依然如故，不知何故，如今却要感时伤怀，心中无端浮起岁月年华易逝难留的淡淡哀愁，面对西下的夕阳发出几时才能回来的感叹。看着繁花落尽，看着屋檐下似曾相识的归燕。一个人独自徘徊在小园落花飘零的小路上，怎么也无法排解心中的失落与寂寞。

本词为晏词精品。描写的是晚春闲步园林的日常生活小景，抒发了无可奈何的春恨，且蕴含着有关生命和自然的某些哲理。尤以"无可奈何花落去，似曾相识燕归来"闻名。

诗 词 辞 典

"无可奈何花落去，似曾相识燕归来"这一联基本上用虚字构成。它虽然用虚字构成，却写出了细腻的感受，道出了自然界的规律。成功之处就在于作者善于捕捉刹那间的感受，并把这种感受转化为耐人寻味和启人联想的内容。

浣溪沙

一向①年光有限身，等闲离别易销魂，酒筵歌席莫辞频②。
满目山河空念远，落花风雨更伤春，不如怜取眼前人。

【注释】

①一向：一会儿。
②莫辞频：不要因为次数多而推辞。

【译文】

时光短暂，生命有限。平常的离别都很容易让人神伤。不要因酒宴歌席频繁而推辞。放

眼望去，一片山河，空自想念远方故人。看到风雨中花儿落下，更让人伤春。不要再伤感悲伤了，不如爱惜眼前的亲人。

【赏析】

本篇写时空的无限，生命的卑微，并形成鲜明的对照，上片写生命苦短，要加以珍惜。下片直抒胸臆。"不如怜取眼前人"提出以把握当前、享受生活来求得解脱，含有哲思。

蝶恋花

槛菊愁烟兰泣露，罗幕①轻寒，燕子双飞去。明月不谙离恨苦，斜光到晓穿朱户②。

昨夜西风凋碧树，独上高楼，望尽天涯路。欲寄彩笺兼尺素③，山长水阔知何处。

【注释】

①罗幕：丝罗的帷幕，富贵人家所用。②朱户：犹言朱门，指大户人家。③尺素：书信的代称。古人写信用素绢，通常长约一尺，故称"尺素"，语出古诗《饮马长城窟行》"客从远方来，遗我双鲤鱼。呼儿烹鲤鱼，中有尺素书"。

【译文】

清晨栏杆外的菊花笼罩着一层愁惨的烟雾，兰花沾露，似乎是饮泣的泪珠，罗幕之间透露着缕缕清寒，燕子双飞而去。皎洁的月亮不明白离别之苦，斜斜的银辉直到破晓都穿入红红的门户。昨夜西风惨烈，绿树凋零，我独自登上高楼，望尽了天涯路。想给我的心上人寄封信，可是高山连绵，碧水无尽，又不知道我的心上人在何处。

【赏析】

这是一首闺怨词，写对情人的思念。这首词不同于一般的凄婉柔媚的婉约词，而兼有婉约词和豪放词两家之妙，这在晏词中并不多见。"昨夜西风凋碧树，独上高楼，望尽天涯路"一句，被王国维称为人生学习的第二境界，并被人熟知。

宋 祁

——诗文多奇字

宋祁（998—1061），字子京。开封雍丘（今河南杞县）人。天圣二年（1024）与兄宋庠同举进士，当时称为"二宋"，亦与连庶、连庠并称"应山四贤"。累官知制诰、工部尚书、翰林学士承旨。诗词语言工丽，因《玉楼春》词中有"红杏枝头春意闹"句，世称"红杏尚书"。曾与欧阳修同修《新唐书》。谥号景文。词存六首。

玉楼春

东城渐觉风光好，縠皱波纹迎客棹①。绿杨烟外晓寒轻，红杏枝头春意闹②。

浮生长恨欢娱少，肯爱千金轻一笑。为君持酒劝斜阳，且向花间留晚照③。

【注释】

①縠皱：有皱纹的纱，这里比喻水的波纹。棹：船桨，代指船。②闹：热闹，浓盛。③晚照：落日的余晖。

【译文】

渐渐地感觉城东的风光越来越美，褶皱般的水面上划着小船。绿杨浸在清寒中，烟霭迷蒙。红杏花开满枝头，闹出春意。人生总是怨恨快乐太少，往往吝惜千金而轻视欢笑。我为你把酒规劝夕阳，姑且留在花间再照耀一番。

【赏析】

这是一首赏春惜时的名作，字里行间洋溢着对春光的赞美，对美好生活的珍惜。

在内容上新意不多，但语言上很有特色。上片极力渲染盎然的春意。其中"闹"字颇受好评，王国维有言"着一闹字而意境全出"（《人间词话》）。下片抒情，固然有买笑追欢的因素在其中，但不该看得过于死板，更不必苛刻责备古人，而应从作者珍惜美好年光及艺术表现需要的角度予以理解。下片于极盛处微著愁思，全词情调才见波澜。

欧阳修
——格调深婉清丽

欧阳修（1007—1072），字永叔，号醉翁，晚年又号六一居士，吉州永丰（今属江西）人。仁宗天圣八年（1030）进士。累官至参知政事，谥号文忠。他是北宋古文运动的领袖，"唐宋八大家"之一。擅长写词：或写恋情醉歌，缠绵婉曲；或绘自然美景，富含情韵。

踏莎行

候馆①梅残，溪桥柳细，草薰风暖摇征辔②。离愁渐远渐无穷，迢迢不断如春水。

寸寸柔肠，盈盈粉泪③，楼高莫近危阑倚。平芜④尽处是春山，行人更在春山外。

【注释】

①候馆：迎宾候客之馆舍。②征辔：行人坐骑的缰绳。辔，缰绳。③盈盈：泪水充溢的样子。粉泪：泪水流到脸上，与粉妆和在一起。④平芜：平坦开阔的草原。

【译文】

旅馆外的梅花残败，溪水桥边的柳枝纤细，暖风携着草香吹拂着，远行的人跃马扬鞭。走出去越远，离愁越无穷，迢迢不断，如同春天的江水。柔肠寸断，粉泪盈面，不要登上高楼，倚靠栏杆。平坦的草地尽头是重重春山，那远行的人更在那重重春山之外。

【赏析】

本篇写游子思妇天各一方，两处相思的轻快，是欧阳修词中吟咏男女离情的名篇。

上片写游子羁旅中的所见所感，见春景，伤离愁。下片是作者的遐想，遥想家乡妻子对自己的思念。本篇虚实结合，寓情于景，巧妙地表现出浓郁的离愁别恨。

诗 词 辞 典

本篇先写春色之美，然后通过"摇征辔"一转，由春色之美转出离愁无穷，先扬后抑，情景反衬。以乐景写哀景，以情景之间的失去平衡来震慑读者的心灵。

蝶恋花

庭院深深深几许①？杨柳堆烟②，帘幕无重数。玉勒雕鞍游冶处③，楼高不见章台路。

雨横风狂三月暮，门掩黄昏，无计留春住。泪眼问花花不语，乱红④飞过秋千去。

【注释】

①几许：多少。②堆烟：形容杨柳浓密。③玉勒：玉制的马衔。雕鞍：精雕的马鞍。游冶处：指歌楼妓院。④乱红：落花。

深深的庭院不知深到什么程度。杨柳处堆积着烟霭，帘幕一重接一重，不计其数。宝马香车在何处游玩，登上高楼也看不到章台路。三月的一个晚上，风狂雨急。黄昏时候掩上门，可没有办法留住春天。我热泪盈眶地去问花，可是花不说话，只见落花飞过秋千。

【赏析】

本篇为著名的闺怨词。上片写少妇的生活环境。首句连用三个"深"字，极尽叠字之妙，不仅写出了庭院的幽深孤寂，而且暗喻少妇内心的幽怨。李清照深爱此句，曾以其语作"庭院深深"数阕。"杨柳"两句，由远到近，层层逼近，画面感极强。"无数重"是对"深几许"的巧妙回答，暗示了少妇深闭闺中的生活处境。"玉勒"两句笔锋一转，转写少妇丈夫。少妇深围闺中，夫君却香车宝马，秦楼楚馆，到处玩乐。形成一种巨大的反差，对比中产生巨大的艺术效果。下片抒写少妇的心情，伤春亦自伤。风雨无情，留春不住，使少妇想到自己青春难驻。末尾两句情景交融，将少妇哀婉凄凉的心情表现得淋漓尽致。以两幅凄美的画面结尾，含蕴深远，意犹未尽，余音袅袅。此句为脍炙人口的名句。

浣溪沙

堤上游人逐画船，拍堤春水四垂天。绿杨楼外出秋千。

白发戴花君莫笑，六幺①摧拍盏频传。人生何处似尊②前。

【注释】

【注释】

①六幺：曲调名，即《绿腰》，节奏急促。②尊：同"樽"，酒杯。

【译文】

　　堤坝上的游人追逐着画船，垂天的春水拍打着堤岸。楼外的绿杨里荡出秋千。你不要笑白发老人头上戴着花朵，急促的《六幺》曲催饮，杯盏频举。人生还有哪里像在杯前喝酒一样呢。

【赏析】

　　这首词写春日游玩时的所见所感。上片写作者眼中世人的欢乐。展现出两个画面，一个在堤畔，一个在楼前。写游人之乐，一个"逐"字，便可见游人熙熙攘攘的场景，写居人之乐，一个"出"字，便表现出居人的闲情逸致，畅快欢愉。合而观之，一片生机盎然之景象。下片主要写作者听曲畅饮的情态，老成意趣，自在众人喧嚣之外。白发戴花，对比鲜明，刺激强烈，用此特写镜头写出老者头插鲜花，自己不感到可笑，也不怕别人见怪，俨然画出了他狂放不羁、乐而忘形的狂态。末句写出了无限凄怆沉郁，妙在含蓄短促，意味不尽。

诗　词　辞　典

　　对仗又称队仗、排偶。它是把同类或对立概念的词语放在相对应的位置上，使之出现相互映衬的状态，使语句更具韵味，增加词语表现力。"白发戴花君莫笑，六幺摧拍盏频传"就是对仗句，但形式灵活，使人浑然不觉。

望江南

　　江南蝶，斜日一双双。身似何郎全傅粉①，心如韩寿爱偷香②。天赋与轻狂。

微雨后，薄翅腻烟光。才伴游蜂来小院，又随飞絮过东墙。长是为花忙。

【注释】

①何郎傅粉：三国时魏人何晏皮肤白皙，就像敷了粉一样。形容皮肤白皙。②韩寿偷香：代指男女私通。

【译文】

江南的蝴蝶，在黄昏时成双成对地飞舞着。身子像何郎的那样白皙，心像韩寿一样爱偷香。天生一副轻狂性格。微雨过后，轻薄的翅膀在阳光下闪着微弱的光。刚陪伴着蜜蜂来小院游玩一番，又跟随着柳絮飘过东墙去。经常为花奔忙。

【赏析】

本词是描写蝴蝶的咏物词，以蝶喻人，托物言情。

上片写蝴蝶的美丽外表和轻狂个性。首两句写黄昏时蝴蝶成对飞舞，是为引子，引出描写对象。"身似"两句写蝴蝶的外形和内心，不仅表现出蝴蝶的外表美，而且揭示出其精神品质。韩寿偷香是个美丽的典故，用在此处巧喻蝴蝶饮食花蜜。以人喻蝶，赋予蝴蝶人的性情，将蝴蝶写得生动有情。"天赋"一句为直抒胸臆，抒发感慨，此处蝴蝶已不单指蝴蝶，也暗指放浪形骸、四处风流的男子。下片写蝴蝶

轻狂的具体表现。第一句的场景展现为引子。"薄翅"为一特写镜头，形象细致生动。"才伴""又随"两句尽显蝴蝶行为之轻佻浮躁，当然亦可说为风流倜傥。当是暗指风流成性用心不专的人。"长是为花忙"是词人直抒感慨。本篇为咏蝶小词，清秀别致，饶有雅趣，还夹杂着诙谐讽刺意味。

诗词辞典

咏物词

咏物词就是托物言志或借物抒情的词。咏物词中所咏之"物"往往是作者的自况，与诗人的自我形象完全融合在一起，作者在描摹事物时寄托了一定的感情。诗中或流露出诗人的人生态度，或寄寓美好的愿望，或包含生活的哲理，或表现诗人的生活情趣。

采桑子

群芳①过后西湖好，狼籍②残红。飞絮濛濛，垂柳阑干尽日风。
笙歌③散尽游人去，始觉春空。垂下帘栊④，双燕归来细雨中。

【注释】

①群芳：百花。②狼籍：残花纵横散乱的样子。③笙歌：笙管伴奏的歌宴。④帘栊：带纱网的窗户。

【译文】

百花凋落后，西湖风光依然美好，满地落花残红。漫天飞絮蒙蒙，垂柳轻拂栏杆，整天吹拂着清风。笙歌唱罢，游人都散尽了，这才觉得人去楼空。慢慢放下窗帘，见双燕归来，在细雨中疾飞。

欧阳修的仕途始于颍州，到了晚年，他又隐居于颍州。他深爱这里的秀丽风景，曾写了十首《采桑子》以纪念之。本词是第四首。

本篇描写的虽是暮春风景，却毫无哀伤的情调，只是由衷地赞美大好风光，洋溢着诗人对自然风光和美好人生的热爱。上片写西湖暮春的静谧之美。第一句点题，"残红""飞絮""垂柳"等一系列物象勾勒出一幅悠然静美的晚春图。下片写诗人对西湖美景的感悟。"笙歌散尽"是词人对以前湖上热闹场面的回忆，并非实写。虽为侧面描写这一热闹场景，但为读者提供了一个丰富的想象空间。"始觉春空"为词人的感受，包含些许落寞。末两句写屋子里的情景，可见词人悠然淡雅的心境。本篇句句都在写景，而且不存在直抒胸臆的词汇，但我们却能从中体会到词人的心怀和操守。

生查子·元夕

去年元夜时，花市①灯如昼。月上柳梢头，人约黄昏后。
今年元夜时，月与灯依旧。不见去年人，泪湿春衫袖。

【注释】

①花市：形容街市非常繁华。

【译文】

去年元宵夜之时，花市上灯光明亮如同白昼。月儿升起在柳树梢头，佳人约我在黄昏后同叙衷肠。今年元宵夜之时，月光与灯光明亮依旧。可是却见不到去年的佳人，相思之泪打湿了春衫的衣袖。

这是一首描写爱情的情词。上片为回忆往昔，写去年自己和情人约会的情景。头两句写花市的热闹，营造出情人见面时欢快的氛围。后面两句有情有景，虽为景语，实则为情语。只点出情人约会时的场景，而不详写男女之事，给读者留下充足的想象空间，意境清幽含蓄，韵味无穷，成为脍炙人口的名句。下片写眼前主人公爱情破灭，情人不在的凄苦情景，浸透着爱情失意后的哀怨和孤单。前两句与上片形成鲜明对比，进而引发后文"泪湿春衫袖"的沉痛和忧伤，可见主人公用情之深。同时也隐含着词人对完美爱情的憧憬。

诗词辞典

对　比

写作中的对比手法，就是把事物、现象和过程中矛盾的双方，安置在一定条件下，使之形成相辅相成的比照和呼应关系。本诗中，"人约黄昏后"和"不见去年人"形成鲜明对比，尽显物是人非的沧桑和今昔对比的凄凉，美景也变为了伤感之景。

浪淘沙

把酒①祝东风，且共从容。垂杨紫陌②洛城东，总是③当时携手处，游遍芳丛④。

聚散苦匆匆，此恨无穷。今年花胜去年红，可惜明年花更好，知与谁同？

【注释】

①把酒：端着酒杯。②紫陌：泛指郊野的大路。③总是：大多是，都是。④芳丛：花丛。

我端着酒杯祝福东风，也希望你暂且停下来，不要走得那么匆忙。洛阳城东杨柳低垂的荒野小路，正是我们当年携手同游的地方，那时我们游遍了姹紫嫣红的花丛。欢聚和离散都匆匆苦短。心中的仇恨永无穷尽。今年的花比去年的美丽，明年的将更美好，可是不知那时我会和谁一起游赏。

【赏析】

明道元年（1032）春，欧阳修和梅尧臣旧地重游，感慨万分而作此词。

上片回忆当年众多好友在洛城赏花的欢快场面。首句写春游宴饮之乐、洛城景色之美，以及大家团聚游玩机会的珍贵。一个"共"字境界全出，点活了春风。"洛城东"交代地点。"紫陌"是洛阳的特点。下片写情，发出人生聚散难期、世事难料的感慨。开始两句是个转折，发出"此恨无穷"的喟叹。后面三句写词人心中的苦楚，以美景衬托哀情，含蓄深沉。

玉楼春

别后不知君远近，触目凄凉多少闷。渐行渐远渐无书，水阔鱼沉①何处问。

夜深风竹敲秋韵②，万叶千声皆是恨。故敧③单枕梦中寻，

梦又不成灯又烬④。

【注释】

①鱼沉：古人有鱼雁传书之说，鱼沉，谓无人传言。②秋韵：即秋声。此谓风吹竹声。③欹：倚，依。④烬：火烧剩余之物，此指灯花。

【译文】

自从离别后就不知道你身在何处，满目凄凉，心中有说不尽的苦闷。你渐行渐远，杳无音信，我到哪里去打听你的消息啊？深夜里，风吹竹叶，萧萧作响，千声万声听起来都是离愁别恨。我想要依靠着孤枕到梦里寻找你，可是还没有入梦，灯火已经燃尽。

【赏析】

本篇为写思妇愁苦的闺怨词，是词人早期的作品。

上片写满腔离愁的原因。"别后不知君远近"是恨的缘由。"多少"以模糊语言极言"闷"之多。"渐行渐远渐无书"，一句之内"渐"字叠用，将思妇的想象意念越推越远，以致思妇发出"水阔鱼沉何处问"的慨叹。"何处问"将女主人公那种无奈又无助的状态以及由此而产生的怨恨真切地表现了出来。下片借景抒情。风竹秋韵，原是寻常景物，但思妇却觉得是"万叶千恨"，这正是内心郁结的离愁所致。妇人为摆脱现实的痛楚，打算去梦中寻夫，怎奈灯已尽而眠未成。"灯又烬"一语双关，既是说灯花已燃尽，又指思妇的一生也像燃尽的灯花一样凄凉。

诗 词 辞 典

双 关

在一定的语言环境中，利用词的多义和同音的条件，有意使语句具有双重意义，言在此而意在彼，这种修辞手法叫作双关。双关可使语言表达得含蓄、幽默，而且能加深寓意，给人以深刻印象。这首词中的"灯又烬"则是利用了词的多义。

青玉案

一年春事都来几①？早过了、三之二②。绿暗红嫣浑可事③，绿杨庭院，暖风帘幕，有个人憔悴。

买花载酒长安市，又争似、家山见桃李。不枉东风吹客泪，相思难表，梦魂无据，惟有归来是④。

【注释】

①都来：算来。几：若干，多少。②三之二：三分之二。③红嫣：红艳浓丽的花朵。浑：全。可事：可心的乐事。④是：正确。

【译文】

一年中的春天能有多久呢？到如今早就过了三分之二。绿叶葱郁、红花娇艳都是乐事。在杨柳婆娑的庭院里，在暖风浮动的帘幕里，有个人形容憔悴。即便是天天在长安街上买花喝酒，又哪能比得上在家乡的山里观赏桃李？不要责怪东风吹落了客居之人的眼泪。相思之情难以表达，梦魂飘浮不定，只有回归家乡才能称心如意。

【赏析】

上片写主人公独自赏春而伤怀。起笔突兀，直接抒发伤春感慨。"绿暗红嫣浑可事"一句指出春天自多乐事。末三句层层推进，穿过庭院，揭开帘幕，现出一个憔悴之人。为何憔悴，把答案留在了下片。下片抒情。前两句对比鲜明，表达了主人公对故园的思念，也是对上片"憔悴"的回答。接下来三句紧承上文，东风是无辜的，只怪乡愁之深。最后一句是词人决心归乡的宣言，把思乡的感情推向高潮。本篇语言质朴自然，句式错落有致，情感真挚动人，表达了深切的归乡之情。

李师中
——写景之词清丽动人

李师中（1013—1078），字诚之，楚丘（今山东曹县）人。十五岁即上书议论时政，由是知名。后中进士。累官提点广西刑狱，摄帅事。熙宁初，历河东转运使，知秦州、舒州、瀛州。后为吕惠卿排斥，贬和州团练副使，稍迁至右司郎中。元丰元年1078卒。著有《珠溪诗集》，词存《菩萨蛮》一首。

菩萨蛮

子规啼破城楼月，画船晓载笙歌发。两岸荔枝红，万家烟雨中。

佳人相对泣，泪下罗衣湿。从此信音稀，岭南①无雁飞。

【注释】

①岭南：指五岭以南的广大地区，包括现在的广东、广西全境。

【译文】

城楼挂残月，子规幽啼；划船徐行，笙歌催发。两岸缀满火红的荔枝，千家万户笼罩在朦胧的烟雨中。佳人相对哭泣，泪珠滚下，打湿衣衫。从此将少有音信，因为岭南遥远得没有可以传达书信的飞雁。

本篇是作者在岭南去官时所作。上片写离别之景。首句寥寥几字，却包含了子规、城楼、残月三种景象，含蕴宏大，构成一幅凄凉的月夜图。其中"破"字向来被人称道，为"炼字"之典范，将三种景象有机地融为一体，并暗示月亮残缺，心情悲戚，可谓"着一字而意境全生"。"画船"一句中，"笙歌"代指歌伎，也就是送别词人的人。末两句写景明白如话，却美丽动人。词人抓住了岭南风景的特色——荔枝与烟雨，读之如身临其境。此处的美景反衬了离别的伤情，艺术效果强烈。下片写离别之情。首两句作者从歌伎的角度下笔。亦是离别场景，却饱含深情，可谓情景交融。末两句从时间到空间，遐想别后的情景。

诗词辞典

　　古人用鸿雁传书信，因此"鸿雁"是书信的代称，有时也代指邮递员。因"北雁南飞，至衡阳歌翅停回"，因此有雁飞不过衡阳之说。广西地处岭南，故鸿雁更难飞到。此处运用鸿雁传书的典故写离愁别绪，十分妥帖。

王安石
——其诗擅于说理

　　王安石（1021—1086），字介甫，晚号半山，临川（今江西抚州）人。仁宗庆历二年（1042）进士。先后任淮南判官、鄞县知县、舒州通判、常州知州等地方官吏。神宗熙宁间两度拜相。封荆国公，世称王荆公。谥号"文"。其政治变法对北宋后期社会经济影响颇深。在文学中具有突出成就，为"唐宋八大家"之一。诗歌风格遒劲有力，精辟精绝，也有情韵深婉的作品。著有《临川先生文集》。

桂枝香

登临送目。正故国①晚秋，天气初肃②。千里澄江似练③，翠峰如簇。归帆去棹残阳里，背西风、酒旗斜矗。彩舟云淡，星河④鹭起，画图难足。

念往昔、繁华竞逐。叹门外楼头，悲恨相续。千古凭高，对此谩嗟荣辱。六朝旧事随流水，但寒烟、衰草凝绿。至今商女，时时犹唱，《后庭》遗曲。

【注释】

①故国：故都，指金陵（今江苏南京市）。②初肃：开始出现肃杀之气。③练：白绸。④星河：银河，天河，此处借指长江。

【译文】

我登高远望。正是故都金陵晚秋的时候，天气开始出现肃杀之气。澄澈的江水浩渺千里，银白如练，翠绿的山峰如聚集在一起的箭头。在斜阳残照中驾驶着小船，背靠西风，斜插的酒旗在风中飘扬。美丽的船只在江中漂着，淡淡的云朵在天空中浮动。长江边上成群的白鹭飞起，这样的风景，画图是很难描绘出来的。遥想往昔，金陵繁华昌盛。感叹门外楼头，六朝相继灭亡。自古以来，多少人在此驻足凭吊，对六朝兴亡之事大发感慨。如今六朝往事已随流水而去，只剩下寒烟衰草。可是商女们依旧时时在唱《后庭》遗曲。

【赏析】

本篇作于词人第二次被罢相，出知江宁府的时候，通过对金陵（即南京）景物的描写赞美和对历史兴亡的感叹，寄托了对当时朝政的担忧和对国家政治大事的关心，是怀古词中难得的佳作。上片写登高所见景色。起首三句，点明时间、地点，并引出下面的景物描写。一连串的景物镜头，构成一幅旷远美好的故国晚秋图。"彩舟云淡"写傍晚时江上的景色，"星河鹭起"写晚上沙洲的空旷凄冷。这两句是写景的名句。下片感叹六朝相继覆灭，实际上是借古喻今，别有弦外之音。"至今"一句有先天下之忧而忧的气概。此词一出，即为大词人苏轼所叹服。本篇思想深刻，胸襟博大，而又笔力雄健，含蕴深远。

苏 轼
——首先突破"艳词"的藩篱

苏轼（1037—1101），字子瞻，号东坡居士，世人称其为苏东坡，眉州眉山（今属四川）人。仁宗嘉祐二年（1057）与弟苏辙同登进士。神宗时历任密州、湖州等地知州，贬为黄州团练副使；哲宗朝累官至翰林学士，后被贬惠州、儋州。徽宗即位，赦还，卒于常州。苏轼是继欧阳修之后的北宋文坛领袖，豪放派词人代表。其诗、词、赋、散文成就均极高，且善书法和绘画，是中国文学艺术史上罕见的全才，词有《东坡乐府》。

定风波

莫听穿林打叶声，何妨吟啸①且徐行。竹杖芒鞋②轻胜马，谁怕？一蓑烟雨③任平生。

料峭春风吹酒醒④，微冷，山头斜照却相迎。回首向来萧瑟⑤处，归去，也无风雨也无晴。

①吟啸：吟诗，长啸。②芒鞋：草鞋。③烟雨：烟波风雨。④料峭：形容风力寒冷、尖利。⑤萧瑟：风雨穿林打叶声。

【译文】

不要注意听那穿林打叶的风雨声，不如一边吟唱着一边慢慢赶路。竹杖和芒鞋比马都轻快，有什么可怕的？我披着蓑衣，任凭烟雨侵袭，照样过自己的一生。春风料峭，吹醒了我的酒意，有一点点冷。山头斜照着的夕阳却来欢迎我。我回过头看我经过的地方，萧瑟凄凉。走吧，既无所谓风雨，也无所谓晴天。

【赏析】

这首词为苏轼贬居黄州时所作。叙述了词人在路上遭遇一阵风雨的经历，是富含理趣的一首名作。

上片写词人路上遇雨，然而遇雨不惊，处之泰然。下片写雨过天晴，然而放晴无喜，亦安之若素。表现了作者任凭政治风云变幻，屡遭挫折也无所畏惧、宠辱不惊的性格。这实际上是苏轼仕途失意后追求精神的自我解脱和安宁，也是他对现实社会的一种特殊的思想反抗。本篇在朴素中见深意，表现出旷达超脱的胸襟，寄寓了超凡脱俗的人生理想。

写作技法

诗中"风雨"二字，一语双关，既指野外途中所遇的风雨，又暗指几乎置他于死地的政治"风雨"和人生险途。

永遇乐

明月如霜，好风如水，清景无限。曲港跳鱼，圆荷泻露，寂寞无人见。纮如三鼓，铿然①一叶，黯黯梦云惊断②。夜茫茫，重寻无处，觉来小园行遍。

天涯倦客，山中归路，望断故园心眼③。燕子楼④空，佳人何在，空锁楼中燕。古今如梦，何曾梦觉，但有旧欢新怨。异时对，黄楼夜景，为余浩叹。

【注释】

①铿然：清越的音响。②梦云：夜梦神女朝云。云，喻盼盼。典出宋玉《高唐赋》，楚王梦见神女："朝为行云，暮为行雨。"惊断：惊醒。③心眼：心愿。④燕子楼：唐徐州尚书建封为其爱妓盼盼在宅邸所筑小楼。

【译文】

明月洁白如霜，好风清凉如水，晚秋的夜景真是怡人。弯弯的小河中，鱼儿跳出水面，圆圆的荷叶上，露珠随风飘落。这样的美景却寂寞而无人欣赏。三更的鼓声，声声响彻夜空，屋外的落叶铿然落地，轻音竟惊断了我的梦。夜色茫茫，醒后寻遍了小园，美梦再难寻找。浪迹天涯，早已疲倦，归隐山林的路在哪里？千里之外的故乡让我望眼欲穿。如今看燕子楼空空如也，佳人盼盼不知去哪里了，楼中空有燕子呢喃。从古到今，人生如梦，世上何曾有梦醒之人？有的只是难以排解的旧欢新愁。后世的人们，面对这黄楼夜色，定会为我长叹。

这首清丽脱俗的词，是苏轼任徐州知州时所作。当时苏轼因为对王安石变法有异议，自请外任。前途黯淡，羁宦他乡，孤单落寞，此词为其抒情遣怀之作。

上片写景，由夜景到惊梦再到游园。梦和景结合，虚实相生，境界深远。"清景无限"既是说晚秋的景色，又是词人内心的写照。然后转写动景，动静结合，"跳"字写活了鱼儿的生气，"泻"字用得精妙，富有神韵。"寂寞"一语双关，一是指景色之寂寞，二是指词人内心之寂寞。"如"三句转从声音切入，写夜的幽静。结尾几句写梦醒后的失落。下片言情。前三句饱含沧桑悲凉之感。"燕子楼空"三句，集中表达凭吊之意，极见概括之功，又具超越之妙，历来为词家所乐道。最后几句，词人思接古今天地，抒发世事如梦的感喟。蕴含着词人深邃的思索，极富哲理。

浣溪沙

簌簌衣巾落枣花，村南村北响缫车。牛衣^①古柳卖黄瓜。

酒困路长惟欲睡，日高人渴漫^②思茶，敲门试问野人^③家。

【注释】

①牛衣：麻衣，草衣。②漫：很，非常。③野人：农夫。

【译文】

衣巾在风中簌簌作响，枣花随风飘落。村子的南北两头响起缫车的吱呀声。衣着朴素的农民在卖黄瓜。路途遥远，酒意上心头，昏昏然，只想小憩一番。艳阳高照，无奈口渴难忍。于是敲开一家村民的屋门，看看能给一碗茶水解渴不。

本篇作于元丰元年（1078）苏轼任徐州太守之时。那年春旱，苏轼到城外二十里的石潭求雨，入夏后果得喜雨。在回石潭谢神的途中，词人意气风发，作《浣溪沙》五首，此为其四。本词叙写词人在乡间的所遇所感，颇有田园风味。

上片写初夏的田园风光。"衣巾""枣花""缫车""牛衣""古柳""黄瓜"都是极富有乡村特色的，构成一幅美妙的田园风光图。寥寥几笔，景象充盈，饱满自然，可见词人笔力之娴熟、雄厚。下片写词人自己的感受和行踪。酒后困顿，长路漫漫，日高人渴，急思茶水，于是词人敲门试问野人家。讨茶的方式多种多样，但词人这般富有意味的讨法恐怕并不多见。这一方面写出了民风之淳朴，一方面又表现了词人对乡村生活的享受。本篇绘景自然生动，细腻淳朴，叙事清新淡雅，脉脉含情，为宋词语境的拓展做出了贡献。

写作技法

"酒困路长惟欲睡"句是对上片的补充，在结构上，这一句又是倒叙，它解释了前三句从听觉方面来写的原因：因为酒意未消，路途遥远，人体困乏，故而写下来的只不过是睡眼蒙眬中听来的片段，并非眼睛看到的。

浣溪沙

山下兰芽短浸溪①，松间沙路净无泥。潇潇暮雨子规②啼。

谁道人生无再少？门前流水尚能西③！休将白发唱黄鸡④。

【注释】

①短浸溪：指初生的兰芽浸泡在溪水中。②子规：杜鹃。③西：向西流。④黄鸡：黄鸡天天报晓，喻指时光易逝，人生不能长久。

【译文】

　　山下的兰草刚刚发芽,短小的芽儿浸泡在溪水里。松林间的沙石路上,干净得没有一点儿泥。傍晚时下着潇潇的细雨,杜鹃啼叫着。谁说人生不会再次年轻呢?门前的流水尚且能向西流呢!不要恼叹白发,吟唱黄鸡之曲了。

【赏析】

　　此小令写于苏轼被贬黄州之时,当时词人游览蕲水清泉寺,发现这里的溪水竟然是自东向西流,顿生感慨作此诗。

　　上片写景。起首一句围绕"兰溪"运笔,指出"兰溪"的由来。"松间沙路净无泥"写景清新亮丽,或可理解为是对词人高洁心境的写照。"潇潇"句写景,子规作为暮春的典型事物,点出了当时的节气。词人轻描淡写,勾勒出一幅动人的图画,生动逼真的景象也体现出词人对自然的热爱。下片借景抒情,发表自己的观点。"谁道"两句,以问句起首,极有气势,然后又以借喻作答,更为巧妙。这里隐含着词人对人生的思考:世上的流水都是自西向东流,而这兰溪却反其道而行之,岂不是说明人间凡事并不绝对?结尾一句从典故中化出,却又别出心裁,反其意而用之,表现词人永不放弃的人生态度。此词写景清新自然,言情含蓄生动,情景交融而又富有哲理,可见词人胸中之慷慨豪情,对后人颇有启示。

蝶恋花·春景

　　花褪残红青杏小。燕子飞时,绿水人家绕。枝上柳绵吹又少,天涯何处无芳草。

　　墙里秋千墙外道。墙外行人,墙里佳人笑。笑渐不闻声渐悄,多情却被无情①恼。

【注释】

①多情：这里代指墙外的行人。无情：这里代指墙内的佳人。

【译文】

春天将尽，百花凋零，杏树上已经长出青涩的果实。燕子飞过天空，清澈的河流围绕着村落人家。柳枝上的柳絮已被吹得越来越少，但不要伤心，到处都可见茂盛的芳草。

围墙里面，有一位少女正在荡秋千。少女发出动听的笑声，墙外的行人都可听见。慢慢地，围墙里的笑声听不见了，行人怅然若失，仿佛多情的自己被无情的少女所伤害。

【赏析】

上片写春景。起首一句为静景描写，点出时令，即春末夏初。花褪色残，是衰败的景象，枝头虽有青杏，但一个"小"字让人顿生伤感。"燕子"两句，为动景描写，视角由路旁转到天上，由近及远。动静结合，寥寥几笔勾勒出一幅层次分明、内涵充盈的画面。末两句是对流逝春光的感伤，同时又表现出豁达的胸怀。下片言情。词人通过对人物关系和人物行为的描写，表达出自己对爱情和人生的思考。"墙"在这里颇具现代"围城"的味道，它把内外的"多情"和"无情"分隔开来，两者一笑一恼，对比鲜明，雅然成趣。结尾落于情语，意味深长。

诗 词 辞 典

小词最忌词语重复，但下片三句总共十六字，"墙里""墙外"分别重复，竟占去一半。而读来错落有致，耐人寻味。通过"秋千"与"道"，"行人"与"佳人笑"的对比，我们已感受到行人那冷落寂寞的心情。

水调歌头

丙辰中秋，欢饮达旦，大醉，作此篇，兼怀子由。

明月几时有？把酒问青天。不知天上宫阙^①，今夕是何年。我欲乘风归去，又恐琼楼玉宇^②，高处不胜^③寒。起舞弄^④清影，何似在人间。

转朱阁^⑤，低绮户^⑥，照无眠。不应有恨，何事长向别时圆？人有悲欢离合，月有阴晴圆缺，此事古难全。但愿人长久，千里共婵娟^⑦。

【注释】

①天上宫阙：指月中宫殿。阙，古代宫殿前左右竖立的楼。②琼楼玉宇：美玉建筑的楼宇，指月中宫殿。③不胜：不堪承受。④弄：赏玩。⑤朱阁：朱红的华丽楼阁。⑥绮户：雕饰华丽的门窗。⑦共：共赏。婵娟：美丽的月光。

【译文】

什么时候才能有明月？我端着酒询问青天。不知道月中宫阙，现在是何时。我想要乘风飞向月宫，又害怕月宫宫殿太高，我禁不住那里的寒冷。还不如在月下翩翩起舞，和自己的影子嬉戏，月宫怎能比得上人间。

月光转过朱红的阁楼，穿过华丽的门窗，照得窗内的人彻夜难眠。月亮不应该有恨啊，为何只在人们离别的时候才圆呢？人生多有悲欢离合，月自有阴晴圆缺，两全之事自古就很少见。但愿人们都健康平安，在千里之外共赏美丽的月光。

此篇为苏轼的代表作之一，历来备受赞赏。上片写词人对月遐思，幻游仙境。"我欲"三句中，"琼楼玉宇"暗指当时的朝廷，表达出词人对当时的政治既关心，又怀有畏惧的矛盾心理。"起舞"一句，表现了词人积极乐观的心态。下片情景交融，抒发对亲人的怀念。用自然物态变化对照人生际遇得失，在求得自我解脱的同时，发出了共享月下美景的祝愿，使得作品更具有积极奋发的含蕴。

本词以"月"贯穿全篇，上天下地，纵横开阔，构思奇妙，情思深远，被人誉为中秋词之绝唱，此词一出，"余词皆废"。

鹧鸪天

林断山明竹隐墙，乱蝉衰草小池塘。翻空白鸟时时见，照水红蕖①细细香。

村舍外，古城旁，杖藜②徐步转斜阳。殷勤③昨夜三更雨，又得浮生一日凉。

【注释】

①红蕖：荷花。②藜：一种草本植物，此指藜木拐杖。③殷勤：劳驾，有劳。

　　远望树林尽头是明朗的山川，近看茂盛的青竹遮掩着矮墙，小池塘边生长着衰草，不知何处传来的蝉鸣凌乱交织。时有白色的鸟从空中翻腾而过，荷花将红色的脸庞映照在水中，像女子正在化妆，若有若无的清香弥漫萦绕着。

　　在乡村的野外，古城墙的近旁，我手拄藜杖慢步徘徊，转瞬已是夕阳。真是有劳天公昨夜降下一场微雨，今天又能使漂泊不定的人们享受一日的爽心清凉。

【赏析】

　　全词为我们描写了一幅乡村野景图。上片写景。前两句由远及近，描绘词人的居所。写景参差错落，动中有静，静中有动，清丽明快。词人用"断""明""隐"写景，赋予景物以灵性，把景物描绘得生动真切，栩栩如生。同时，这些景物的情态也反映出词人当时的心境。后两句对仗精工，"翻空白鸟时时见"，画面动感十足；"照水红蕖细细香"，意境清幽淡雅。一动一静，交相辉映，趣味盎然。"细细香"笔法细腻，把荷香时有时无、断断续续的特点精准生动地写了出来，可谓妙手天成。下片写词人的乡居生活。前三句淡淡几笔，勾勒出词人悠然而游的情态，颇为传神。收尾的两句为重点，蕴义丰富。"殷勤"二字以拟人手法写春雨，"浮生"从《庄子·刻意》"其生若浮，其死若休"句中化出，突出词人虽遭困厄而仍能宠辱不惊、超然物外的人生境界。

写作技法

　　词开篇两句，既有远景，又有近景；既有动景，又有静景；意象开阔，层次分明。作者运用"断""隐""明"这三个形容词，把景物拟人化，写得活灵活现、栩栩如生。

江城子·乙卯正月二十日夜记梦

十年生死两茫茫，不思量，自难忘。千里孤坟①，无处话凄凉。纵使相逢应不识，尘满面，鬓如霜。

夜来幽梦忽还乡，小轩窗，正梳妆。相顾无言，惟有泪千行。料得年年肠断处，明月夜，短松冈。

【注释】

①千里孤坟：苏轼之妻王氏去世后葬于眉山东北，此时作者在密州，相隔何止千里。

【译文】

十年生死相隔，音容渺茫，即便是强忍着思念，也永远无法忘却。如今你静卧在千里之外的孤坟里，我想要倾诉凄凉也找不到地方。纵使我们再相逢，应该也不认识了，我已满面尘土，两鬓如霜。

夜里我在梦中忽然返回家乡，在小屋的窗前，你正在梳妆。我们相对无言，只有泪水不停地流下。料想年年最让我伤心的地方，就在这月明之夜，生满小松木的坟冈。

【赏析】

这是一首著名的悼亡词。以词人对亡妻思念之情的深沉邈远而引人注目。词以"生死"二字为眼目，统领全篇。上、下片以梦中、梦外为分界，抒发情感。上片侧重写生者即词人对亡妻的怀念。不刻意思量，但始终难忘，可见情思已深入心骨。不仅阴阳相隔，即使是想要悼念也无法亲临凭吊。尘面霜鬓，是就生者而言，即使相见也未必能被伊人认出。

如此写来，于悼亡中又现出"自悼"之意（此时的苏轼因与变法派政见不合，自请外任已有十年）。正因为难忘，故必然有梦。下片着重写梦中情景，写生者和亡妻在梦中相会。小窗梳妆，是再现生前情景，为词人难忘之场面。结尾两句，或者说是生者对死者深情长在，或者说是生者自料会为亡妻而断肠，总之是生死两途情不能了。整首词凄清满怀，"有声当彻天，有泪当彻泉"（陈师道语）。

念奴娇·赤壁怀古

大江东去，浪淘尽、千古风流人物。故垒西边，人道是，三国周郎①赤壁。乱石穿空，惊涛拍岸，卷起千堆雪②。江山如画，一时多少豪杰。

遥想公瑾当年，小乔初嫁了，雄姿英发。羽扇纶巾，谈笑间，樯橹灰飞烟灭。故国神游，多情应笑我，早生华发。人生如梦，一尊还酹③江月。

【注释】

①周郎：即周瑜。周瑜少年得志，掌管东吴重兵，时人称之为周郎。②千堆雪：千层浪花。③酹：以酒洒地，用以祭奠。

大江滚滚向东流去，滔滔巨浪淘尽千古风流人物。旧营垒的西边，听人说，那是三国的周瑜大破曹兵的赤壁。陡峭的石头耸入天空，受惊般的波涛拍击着江岸，卷起的浪花如同千堆雪。江山风景如画，一时间涌现出多少豪杰。

遥想周瑜当年春风得意，小乔刚刚嫁给他，他雄姿英发，豪情万丈，手摇羽扇，头戴纶巾，谈笑之间，曹兵就灰飞烟灭。如今我神游这片以前的战地。可笑我多愁善感，过早地生出满头白发。人生如梦，且洒一杯酒祭奠江月。

【赏析】

本篇为苏轼豪放词的杰作，也是宋代豪放词的扛鼎之作。上片以写"赤壁"为主题。由广大时空背景起笔，然后截取史事，一笔画出古战场的壮丽景象，一笔引出当时的一代英雄。笔力雄健，气势恢宏，读之使人瞬间精神振奋。下片着重描绘一代风流人物周瑜，采用正面叙写、侧面烘托等方式，有力地表现了他少年得志的精神风貌，继而感慨身世，言生命短促，人生无常，充满了郁郁不得志的悲愤之情。全篇气象雄奇，格调雄浑，情感悲壮，对当时词坛上的缠绵柔婉之风具有极大的冲击力。

写作技法

　　在"公瑾当年"后面忽然接上"小乔初嫁了"，然后再补上"雄姿英发"，像在两座悬崖之间横架一道独木小桥，是险绝的，因为这里本插不上小乔这个人物，如今硬放进去，似乎不大相称。但令人叹绝的是，正因为插上了"小乔"，周瑜的风流俊雅才更传神地描画出来。

水龙吟·次韵章质夫杨花词①

似花还似非花，也无人惜从教坠②。抛家傍路，思量却是，无情有思③。萦损柔肠，困酣娇眼，欲开还闭。梦随风万里，寻郎去处，又还被莺呼起。

不恨此花飞尽，恨西园，落红难缀。晓来雨过，遗踪何在？一池萍碎。春色三分，二分尘土，一分流水。细看来，不是杨花，点点是离人泪。

【注释】

①次韵：指依照一首诗词的原韵所和之诗词。章质夫：人名，浦城（今属福建省）人，曾作《水龙吟》咏杨花。杨花词：章质夫咏杨花的名作。②从教坠：任凭飘坠。③有思：有情意。杜甫《白丝行》"落絮游丝亦有情"。

【译文】

像花又好像不是花，也从来没有人怜惜，只是任凭它飘落。抛家离舍依傍在路旁，仔细思量却发现，貌似无情，其实也有情思。柔肠受损，娇眼困顿，似睁非睁，似闭非闭。梦随着风飘飞千万里，去追寻情郎的去处，却又被黄鹂的啼叫声惊醒。

不该怨恨杨花飞尽，要恨只该恨西园里落花难缀。早晨一阵风雨后，哪里还能看到杨花的踪迹，早化作一池破碎的浮萍了。如果把春色分成三份，二份已经化为尘土，一份落入了池水。仔细察看，其实那不是杨花，点点都是离人的眼泪。

　　本篇曾被视为咏物词的绝唱，明写杨花，暗抒离别的愁绪。宋张炎赞赏此词："真是压倒今古（《词源》卷二）。"咏物之作，关键在于处理好状物与传神之间的关系，既不能全然离开所吟咏之物以述己意，也不能黏滞于所咏之物而不敢或不能言情。当然也不能将所咏之物和言情割裂开来。就是要做到不即不离，形神兼备。此词正具有这种妙处。首句"似花还似非花"不应仅仅理解为杨花不同于一般的花，而应理解为似花者在形，而非花者在神。化"无情"的花为"有思"的人。收尾几句总揽一笔，把池中"萍碎"的杨花喻为离人的眼泪，虚实相生，想象奇特，妙笔生花。本篇借杨花写离恨，情思厚重，含蓄深沉，笔法哀婉，为苏轼婉约词中的代表作。

江城子·密州①出猎

　　老夫聊发少年狂，左牵黄②，右擎苍③。锦帽貂裘，千骑④卷平冈。为报倾城随太守，亲射虎，看孙郎。

　　酒酣胸胆尚开张，鬓微霜，又何妨。持节云中，何日遣冯唐？会挽雕弓如满月，西北望，射天狼。

【注释】

　　①密州：今山东诸城。②左牵黄：围猎时追捕猎物的架势。黄，黄犬。③擎：举，向上托起。苍：苍鹰。④千骑：形容随从乘骑之多。

【译文】

　　让老夫也暂且抒发一回少年的轻狂，左手牵着黄犬，右臂托着苍鹰。头上戴着锦缎帽子，身上穿着貂皮大衣，带领千骑马队席卷小山冈，威武雄壮。为了酬报满城士兵随同我观看打猎的盛意，我要亲自射杀猛虎，再现孙郎当年射虎的英姿。

我开怀畅饮，豪情满怀，气势豪迈。两鬓微白，这又何妨！什么时候皇上才派来冯唐那样的使节？让我能像魏尚那样为国效劳。我将要把雕弓拉得如同满月，转望西北，狠狠地射向侵扰的敌军。

【赏析】

本篇作于苏轼任密州知州时。当时因天气干旱，作者去常山祈雨，归来时和梅户曹在铁沟打猎，作此词以抒怀。上片写狩猎的情景。一个"狂"字统领全篇。"左牵黄，右擎苍"，描写情景，简洁生动，有种蓄势待发的气势。"锦帽貂裘，千骑卷平冈"两句，第一句描写词人的衣着，第二句展现出一种万马奔腾的雄壮气势。末句词人以孙郎自比，意指自己的豪情不在古人之下。下片抒怀。"酒酣"一句为转折，由实到虚，以醉酒为缘由，自然贴近。"鬓微霜，又何妨"一句，展现词人豪气冲天，不因鬓上微霜而服老。"持节"两句由汉文帝派冯唐持节赦免魏尚的典故化出，表现词人希望自己能被朝廷重用，杀敌报国。末句亦为想象，将词人的豪情表现到极点，读之一股雄壮之气冲人肺腑。东坡以豪放之气入词，极大地拓宽了词的境界，提升了词的品格，在词的发展史上功莫大焉。

诗词典故

汉文帝时，魏尚为云中太守，只因报功时多报了六个首级而获罪削职。一天，汉文帝说："我要是有廉颇和李牧那样的将军，就不用担心匈奴了！"冯唐却说："魏尚在，匈奴不敢接近云中，却因一时疏忽，陛下就把他罢官、判罪。即使陛下得到廉颇和李牧，也没用的。"汉文帝听后，立即派冯唐持节到云中去赦免魏尚，恢复他云中太守的职务。这里的"持节云中，何日遣冯唐"一句是作者以魏尚自喻，希望朝廷能像赦免魏尚那样重用自己。

晏几道
——词风哀感缠绵

晏几道（1038—1110），字叔原，号小山，晏殊第七子。临川（今江西抚州）人。历任颍昌府许田镇监、乾宁军通判、开封府判官等。有《小山词》。词与其父齐名，号"二晏"。

临江仙

梦后楼台高锁，酒醒帘幕低垂。去年春恨却来时。落花人独立，微雨燕双飞①。

记得小蘋初见，两重心字罗衣②。琵琶弦上说相思。当时明月在，曾照彩云③归。

【注释】

①出自五代翁宏《春残》诗："又是春残也，如何出翠帏？落花人独立，微雨燕双飞。"②两重心字罗衣：说明小蘋的身份地位，即歌女。两重心字，暗示心心相印。③彩云：此指小蘋。取自李白《宫中行乐词》："只愁歌舞散，化作彩云飞。"

【译文】

深夜梦回楼台，朱门紧锁，酒醒后帘幕重重低垂。青年的春恨涌上心头。人在落花纷飞时幽幽独立，燕子在微风细雨中双飞。记得和小蘋初次相见，她穿着两重心字的罗衣，琵琶轻弹，倾诉相思，当时的明月如今还在，曾照着她的身影。

【赏析】

【赏析】

　　这首怀旧名作是晏几道的代表作。全词通过对春景的描写，对过往生活的追忆，抒发了人生无常、欢愉难驻的伤愁。上片用景语抒写春恨。前两句写词人梦觉酒醒后的所见之景。楼台寂寞引发去年春恨。"落花人独立，微雨燕双飞"为写景名句，对仗工整，寥寥几字却含蕴丰满，包含了"落花""人""微雨""燕"四种景象，构成两幅凄美的画面，一种忧伤之心绪见于凄凉景色之外。这两句又引起词人的新愁。下片追忆小蘋，表达了词人对小蘋的深切怀念。本篇情景交融，情真意切，音韵柔婉，诚为佳作。清人陈廷焯谓之"既闲婉，又沉着，当时更无敌手"（《白雨斋词话》卷一）。

鹧鸪天

　　彩袖殷勤捧玉钟①，当年拼却②醉颜红。舞低杨柳楼心月，歌尽桃花扇底风。

　　从别后，忆相逢。几回魂梦与君同。今宵剩把银釭③照，犹恐相逢是梦中。

【注释】

①玉钟：珍贵的酒杯。②拼却：甘愿，不顾。③剩把：尽把。银
钉：银灯。

【译文】

当年你捧着酒盅，殷勤劝酒，而我不顾脸红，使劲喝酒。我们心情地
跳舞歌唱，直到没有力气摇动那桃花扇。自从我们离别之后，我总是回忆
我们相逢的日子。不知多少次梦到和你又在一起了。今晚我只管端着蜡烛
把你细看，还怕这次相逢只是在梦里。

【赏析】

这首词写和恋人久别重逢的惊喜心情。

上片是对往昔美好时光的追
忆。前两句写饮酒，后两句写歌舞。
饮酒时，一个殷勤，一个豪爽，可
谓情投意合。歌舞时，一个竭诚，
一个相知，更是尽情欢度。"舞低"
二句采用互文手法，华丽而语见新
意，描画而兼具婉情，是晏词的典
型语言。下片以"忆"字总括上片，
又从"忆"中生出梦境。梦里几回
相逢，回回梦见，在真的相逢之际，
还以为是梦。足见此人对恋人的用
情之深。上下两片，或今或昔，有
虚有实，恍惚迷离，空灵深婉，是《小
词山》中的佳作。

黄庭坚
——词风洒脱豪迈

黄庭坚（1045—1105），字鲁直，自号山谷道人，洪州分宁（今江西修水）人。历官叶县尉、北京国子监教授、校书郎、著作佐郎、秘书丞、涪州别驾、黔州安置等。后因修《神宗实录》失实而遭贬。他是北宋著名诗人、词人和书法家，为盛极一时的江西诗派开山三宗之一。词与秦观齐名。早年受知于苏轼，与张耒、晁补之、秦观并称"苏门四学士"。与苏轼并称"苏黄"，有《豫章黄先生文集》。

南乡子

诸将说封侯，短笛长歌独倚楼。万事尽随风雨去，休休，戏马台南金络头^①。

催酒莫迟留，酒味今秋似去秋。花向老人头上笑，羞羞，白发簪^②花不解愁。

【注释】

①金络头：精美的马笼头，代指功名。②簪：同"簪"。

【译文】

将领们都在谈论着封侯之事，而我独倚高楼，吹着短笛，放声长歌。所有的事情都随时间而流去，刘裕在重阳登临戏马台，与群臣宴会的场景也一去不复返了。赶快喝酒，别迟慢停留，酒味可没变，依然如当初。

花在老人头上笑着，像女子般害羞的样子，白发簪花不懂得忧愁。

【赏析】

　　本篇为黄庭坚在生前最后一个重阳节所作，堪称绝笔之作。词人在词中对自己的一生风雨表达了无限的感慨，字里行间流露着其对世俗名利的厌弃。

　　上片写词人对俗世已经了无牵挂，可痛楚依然如影随形，此等凄凉，震撼人心。下片写词人的解脱方法：对酒当歌，及时行乐。"催酒莫迟留"写人应该旷达少忧。"酒味今秋似去秋"一句暗喻，借酒消愁，只能愁更愁。收尾三句，以花笑反衬人愁，虽是解嘲之语，但尽显无奈。本篇咏语质朴，感情真挚，豪放中隐隐有一股凌厉之气。词人鬓发斑白，自知大限之期已然不远，但仍豪情不改，豁达更胜从前，让人叹服。

写作技法

　　首两句勾画出两种截然不同的人物形象：诸将侃侃而谈，议论立功封侯，而诗人却超然独立，和着笛声，倚楼长歌。这一组对比用反差强烈的色调进行描绘，互为反衬，突出了词人耿介孤高的形象。

李之仪
——讲究语尽而意不尽

　　李之仪（约 1035—1117），字端叔，晚号姑溪居士、姑溪老农，沧州无棣（今属山东）人。治平四年（1067）进士。苏轼知定州时，他做过幕僚。曾官枢密院编修。有《姑溪居士文集》《姑溪词》。

卜算子

我住长江头，君住长江尾。日日思君不见君，共饮长江水。

此水几时休，此恨何时已^①。只愿君心似我心，定不负相思意。

【注释】

①已：止。

【译文】

我住在长江的源头，你住在长江的末尾。天天想念你，可是见不到你，我们一起饮用着长江水。这水什么时候停下来？这忧恨什么时候才能停止？只希望你的心和我的心一样，一定不要辜负了彼此相思的情意。

【赏析】

这首词写一个女子对情人的深切怀念。上片写相思之情。开篇起兴，用长江之水体现两人间隔之远，也暗寓相思之悠远。长江之长也代指相思之长，此情如长江般无限。重复回环的句式加强了相思的意味，让人读来仿佛就能听到女主人公在耳边深情地叹息。随后两句紧接上文，继续写相思之情，同时点明主题：这滔滔不绝的江水虽然让他们相隔千里，但同时也是他们之间唯一可以联系的纽带，是相思之源。这几句含蓄蕴藉，浑然天成，回味无穷。下片直抒胸臆，是爱情的誓言。"此水""此恨"用两个问句，将江水和相思巧妙地融合到一起。最后两句是女主人公美好的期盼。本篇篇幅虽短，但把女主人公对情人的深切思念、对爱情的忠贞和美好心愿展现得充分得体而又含蓄深沉。词人以俗语入词，通俗易懂，朴实贴切。总之是一首充满民歌风情的杰作。

张舜民
——学识广博，胸襟阔大

张舜民，字芸叟，自号浮休居士，邠州（治今陕西彬州市）人。英宗治平二年（1065）进士，为襄乐令。元丰中，环庆帅高遵裕辟掌机密文字。元祐初做过监察御史。为人刚直敢言。徽宗时升任右谏议大夫，不久以龙图阁待制知定州，后又改知同州。曾因元祐党争事，牵连治罪，被贬为楚州团练副使，商州安置。后又出任过集贤殿修撰。张舜民的词作与苏轼风格相近，词存世仅四首，以《卖花声》最为杰出。

卖花声·题岳阳楼

木叶下君山，空水漫漫。十分斟酒敛芳颜①。不是渭城西去客，休唱《阳关》。

醉袖抚危栏，天淡云闲。何人此路得生还？回首夕阳红尽处，应是长安②。

【注释】

①敛芳颜：收敛容颜，肃静的样子。②长安：此指汴京。

【译文】

君山上落叶纷飞，洞庭湖水浩渺无边。歌女轻轻斟满酒，收敛笑容，要唱送别曲。我不是要在渭城向西而去的客人,不要唱令人悲伤的《阳关》。沉醉后扶栏远望,天空清远,白云悠然。被贬的南行客中有几人能在这条路上生还呢? 回首遥望,被夕阳染红的地方,应该就是我离开的汴京。

【赏析】

当时词人因妄论边事被贬,途经岳阳楼时作下此篇。本词在岳阳楼题词中颇负盛名。

上片写景。君山叶落,空水漫漫,景色凄凉肃杀,正是词人满腹落寞情怀的写照。而后笔锋一转,转入正题,写宴饮的场景。此时词人内心忧闷,纵使歌女斟满酒,也难以勾起他的一丝情趣。本是欢快的场景,但气氛悲凉压抑。最后一句表面看是对自己的嘲讽,其实暗含着对朝廷的不满,含蓄哀婉,感人至深。下片写情。"天淡云闲"意境宏阔苍茫,此景象正是词人当时心情的外化,情中有景,情景交融。

写作技法

"醉袖"二字用得极巧妙。不言醉脸、醉眼,而言"醉袖",以衣饰代人,是一个非常形象的修辞方法。看到衣着的局部,比看到人物的面部表情更易引起人们的想象,更易产生美感。从结构来讲,"醉袖"也与前面的"十分斟酒"紧密呼应。

秦 观
——作品文丽而思深

秦观(1049—1100),字太虚,后改字少游,号淮海居士,扬州高邮(今属江苏)人。宋神宗元丰八年(1085)进士。曾任太学博士、秘书省正字、国史院编修官。后屡遭贬谪,徙处州、郴州、横州、雷州等地。徽宗即位,放还,卒于滕州。"苏门四学士"之一,以词著称,有《淮海词》等。

八六子

倚危亭，恨如芳草，萋萋划①尽还生。念柳外青骢别后，水边红袂②分时，怆然暗惊。

无端天与娉婷，夜月一帘幽梦，春风十里柔情。怎奈向、欢娱渐随流水，素弦声断，翠绡香减，那堪片片飞花弄晚，蒙蒙残雨笼晴。正销凝③，黄鹂又啼数声。

【注释】

① 划：即"铲"。②红袂：红袖，代指佳人。③销凝：黯然销魂的样子。

【译文】

倚靠在高高的亭子里，离恨像萋萋芳草，铲干净了还会萌生。想起在水边柳树旁，我骑着青骢马和她道别，如今仍然怆然惊心。老天为何要给她娉婷的身姿呢，那个月夜的幽会，她的柔情如十里春风。只可惜短暂的欢愉终将随时间而去，优雅的琴声戛然而止，翠绿色丝巾上的香气也稀薄了。怎还禁得住傍晚时片片飞花翻飞，满天细雨。正黯然神伤，黄鹂又啼叫了几声。

这是词人晚春独居时怀念旧日情人之作，自宋代开始就被誉为绝唱。从章法上看，先写今，再追昔，复又言今。入手写今，开篇点题，言明要写离愁别恨，情话中有景。其景是传统的意象——芳草，在运用时却有新意，现出离恨的顽强和不可遏止。以此开端，气势突兀，用重笔振起全篇。"念"字以下追念往昔，由近及远：先写离别之时，再写相处之日。"春风"二句，不涉俗艳，意境优美。结尾两句写黄鹂送春，啼声哀婉，暗含词人的伤春之情。总之，下片情景交融，以景写情，充分表达了词人凄迷的情感，虽无重语，但用情颇深。本篇开篇言情，超拔俏丽；收尾写景，蕴藉深沉，可见词人心中的离恨之深。全词用语明丽，语韵和婉，是一篇情韵俱胜的杰作。

满庭芳

山抹微云，天连衰草，画角声断谯门①。暂停征棹，聊共引离尊。多少蓬莱旧事，空回首、烟霭纷纷。斜阳外，寒鸦万点，流水绕孤村。

销魂。当此际，香囊暗解，罗带轻分。谩赢得青楼，薄幸名存。此去何时见也，襟袖上、空惹啼痕。伤情处，高城望断，灯火已黄昏。

【注释】

①谯门：小楼，建在城门之上，供瞭望之用。

【译文】

山顶浮着一抹微云，天边接连着衰草。城门楼上的画角声若有若无。远行的船请暂时停下，让我们共饮离别的苦酒。夕阳外，万点寒鸦飞舞，流水静静地绕过孤村。黯然销魂啊，在此时此刻，暗暗解下香囊相送，罗带轻轻地分开。就因为此，我在青楼落得个薄情郎的名声。这一去何时才能相见，衣襟袖子上只留下泪痕。更让人伤心的是，高高的城墙已经看不到了，灯火却亮起来，到黄昏时分了。

【赏析】

此篇是秦观游会稽（今浙江绍兴）时，与所恋女子依依惜别之作。

本篇境界凄清，蕴藉深沉，融离愁别绪和功名失意于一处，是秦观最优秀的别情诗之一。上片从绘景入笔，境界清淡高远，炼字精准工整，"抹"字潜通画理，出语新奇，别具意趣。在此惨淡秋容的映衬之下，写出饯别之事。"烟霭纷纷"一方面写实景的烟霭朦胧，另一方面写心中的迷离感伤，两者在这里有机融合，虚实相间，情景交融，妙笔生花。"斜阳外"三语，自然清丽，既是画中神笔，又具有音乐美，同时其中四个意象也传达出词人的落寞情怀。下片直写离别时的情态，在自嘲薄幸之中，潜寓漂泊之悲，所谓"将身世之感，打入言情，又是一法"。结尾用景语，写出别情难舍，语尽而味长。本篇情调哀婉缠绵，格调低沉阴郁，造句精奇，颇得历代词家的赞赏，苏轼因此被称为"山抹微云君"。

结尾"高城望断"。"望断"两个字总收一笔,轻轻点破题旨。而灯火黄昏,正由山林微云的傍晚到"烟霭纷纷",即天色越来越晚,再到满城灯火,一步一步,层次递进,有条不紊,而惜别、流连难舍之意也尽在其中了。

踏莎行

雾失楼台,月迷津渡①,桃源望断无寻处。可堪孤馆闭春寒,杜鹃声里斜阳暮。

驿寄梅花,鱼传尺素②,砌成此恨无重数。郴江幸自绕郴山,为谁流下潇湘去?

【注释】

①津渡:渡口。②尺素:书信。

【译文】

浓雾遮住了楼台,月色迷失了渡口,寻觅遍了也找不到桃源。怎能忍受得了独居在孤寂的客馆,春寒料峭,在杜鹃的鸣叫声里又到了黄昏。驿站转寄来的梅花,还有远方捎来的书信,堆砌成我心中无尽的离恨。郴江自古以来就围绕郴山流淌,它到底是为谁流向潇湘去了呢?

【赏析】

这首词作于宋哲宗绍圣四年(1097),词人因与旧党牵连,屡次遭贬。当时他身在郴州旅馆,有感而发,写下此篇,以抒发流离之苦和思乡之情。上片写词人登高望远。起首三句写夜雾朦胧,意境迷离。"迷"与"望断""无处寻"对应,不仅写景,更是通过视觉上的恍惚迷离,暗示词人

心中的茫然无措，隐隐透露出理想落空的哀怨。"可堪"二句写自己周围的环境，景物萧然，更显居处之苦。"孤馆""春寒"是身心的感受，"杜鹃"为所闻，"斜阳"为所见，这些景物共同营造了一种孤寂凄迷的氛围，景中含情。此二句手法高妙，令人深思。相传苏轼极爱此两句,将此题于扇。下片写贬谪之愁苦。首两句写友人给自己寄梅写信，对自己关怀有加，更进一步衬出愁思之深。"砌成"二字，精练形象，妙笔生花。愁思原本无形，可"砌"字赋予其可观可感的形象。结尾两句用景语，且结于问句，意味深长，余音袅袅。表达了自己飘忽不定的哀伤和对故乡的深切思念。本篇借景抒情，因情造景，颇见功力。

浣溪沙

漠漠①轻寒上小楼。晓阴无赖似穷秋②。淡烟流水画屏幽。
自在飞花轻似梦，无边丝雨细如愁。宝帘③闲挂小银钩。

【注释】

①漠漠：像清寒一样的冷漠。②无赖：聊，无意趣。穷秋：深秋。

③宝帘：珠帘。

【译文】

一阵阵轻寒涨上小楼，清晨的天色阴冷得仿佛晚秋。画屏上烟霭淡淡，水流涓涓，景色幽幽。自在飘飞的落花轻盈似梦，天边弥漫的雨丝细密如愁。闲来无聊，卷起珍珠帘儿，挂上小银钩。

【赏析】

此篇创造出一个清寂幽静的境界，上片写景。首句"漠漠轻寒上小楼"，用笔轻灵，如微风拂面，为全词奠定了一种清冷的基调。随后一句还是写天气，强调清寒。"无赖"二字暗指女主人公因天气变化而生出丝丝愁绪。"淡烟"一句将视角从室外转到室内，画屏上淡烟流水，亦是一副凄清模样，让人不禁产生淡淡的哀愁。词作至此，眼前之景，画中之境，意中之情，三者交会，亦幻亦真，亦虚亦实。下片正面描写春愁。"飞花""丝雨"两个动感十足的景象反衬意境之清幽，以及主人公哀婉缠绵的情怀。末句中银钩闲挂，表明宝帘已经垂下，但景可隔而愁难断。"闲"字含蕴深远，耐人寻味。本篇构思巧妙，意境优美，比喻巧妙，联想奇特，把春愁写得形象鲜活，可谓匠心独运，妙笔生花，为婉约正宗，词中上品。

鹊桥仙

纤云弄巧，飞星传恨，银汉迢迢暗度。金风①玉露一相逢，便胜却人间无数。

柔情似水，佳期如梦，忍顾②鹊桥归路。两情若是久长时，又岂在朝朝暮暮③。

【注释】

　　①金风：秋风。②忍顾：忍不住回头看。③朝朝暮暮：日日夜夜。这里指朝夕相聚。

【译文】

　　纤柔的云朵在空中变化多端，天上的流星传递着相思的怨恨。秋风白露时段短暂的一次相逢，便可胜过无数人间的缠绵悱恻。轻柔似水，相会如梦，不忍心看那鹊桥归路。只要两个人之间的感情是长久的，又何必贪求朝夕卿卿我我的欢聚之乐。

【赏析】

　　本篇借神话传说歌颂美好的爱情。上片写牛郎织女七夕相会。首两句先描绘相会之地的环境：流云飞舞，飞星穿梭，奇景醉人。下面两句是对两人相会情况的描述。词人在此用"金风玉露"起兴，表现两人爱情的纯洁高贵。"金风玉露"是七夕时典型的景物，此比喻形象贴切。下片详写相会的情景并抒怀。前两句写两人相会时的心情。"佳期如梦"既点出他们心中的甜蜜和幸福，又写出相会的短暂。甜蜜和短暂并存，离别自然让人倍感心痛，以至于都不忍看鹊桥归路。结尾两句词人以议论表达自己的观点，讴歌坚贞高洁的爱情，蕴含着深邃的哲理。

很久很久以前，有一个贫苦的放牛郎名叫牛郎。他父母早亡，依靠哥嫂生活。但哥嫂待他苛刻，只分给他一头老牛和一辆破车，便将他赶出家门。

牛郎与老牛相依为命，每日辛勤劳作。一天，老牛忽然开口说话，告诉牛郎在碧莲池会有仙女下凡洗澡，让他去把其中一件红色仙衣藏起来。牛郎依言而行，果然看到仙女们在池中沐浴。他藏起红色仙衣，等仙女们上岸后，其他仙女都穿上仙衣飞走了，只有没找到仙衣的织女留在了人间。

牛郎与织女相识相知，渐渐互生爱意，最终结为夫妻。他们男耕女织，生活幸福美满，并生下了一儿一女。然而，好景不长。天庭得知织女私留人间成亲后大怒，派天神将织女捉回天宫。老牛临死前嘱咐牛郎披上它的皮去追织女。牛郎挑着儿女追到天上，眼看就要追上织女时，王母娘娘拔下头上的金钗，在天空划出一条波涛滚滚的银河。牛郎和织女被隔在两岸，只能相对哭泣。

他们的忠贞爱情感动了喜鹊，无数喜鹊飞来，搭成鹊桥，让牛郎织女走上鹊桥相会。从此，每年的七月初七，牛郎织女都会在鹊桥相会。

贺 铸
——词风兼有豪放与婉约

贺铸（1052—1125），字方回，号庆湖遗老，卫州（今河南卫辉）人。宋太祖贺皇后族孙，自称是唐贺知章后裔。授右班殿直，后改任地方武职。四十岁转文职，通判泗州。晚年居吴下。贺铸工词，风格多样。有《东山寓声乐府》（一名《东山词》）。

青玉案

凌波①不过横塘路，但目送、芳尘②去。锦瑟年华③谁与度？月桥花院，琐窗④朱户，只有春知处。

飞云冉冉蘅皋暮，彩笔新题断肠句。试问闲情都几许？一川烟草，满城飞絮，梅子黄时雨⑤。

【注释】

①凌波：形容女子走路时步态轻盈。②芳尘：指美人的行踪。③锦瑟年华：比喻美好的青春时期。④琐窗：雕刻或彩绘有连环形花纹的窗子。⑤梅子黄时雨：四五月梅子黄熟，其间常阴雨连绵，俗称"黄梅雨"或"梅雨"。

【译文】

她轻盈地迈着步子，没有走过横塘路。我只能目送着她轻轻地离去。我的大好年华与谁共度呢？她是在月下桥边开满鲜花的深院里，还是在雕窗的朱门大户家？只有春风才知道她的住处。云朵慢慢地飘飞到水边高地的上空，茫然间已经到了日暮，我禁不住提笔写下断肠般的诗句。试问我的愁情有多少？恰似这一地的烟草，满城飞舞的柳絮，又如那梅子黄时的绵绵细雨。

【赏析】

此篇为作者退居苏州期间所写，此词一出，备受推崇，黄庭坚寄诗以贺，当时士大夫谓之"贺梅子"（周紫芝《竹坡诗话》）。上片写词人偶遇佳人。首两句写词人路遇佳人，一见倾心。词人并没有正面描写两人相逢时的情景，而是以曲笔细描佳人的离去，由此可见词人选材、构思上的功力。"凌波"与"芳尘"一起，共同描绘出一位真实可感又朦胧隐约的佳人。"锦瑟"四句是词人的猜想,"锦瑟年华"写她的韶华之好,"月桥花院"写她的生活环境之美,"琐窗朱户"写她的居室之丽。这样绝世姣好的佳人,谁有资格和她共度美好时光呢?恐怕只有春天知道。下片写闲愁。愁称之为"闲",正是因为愁来之时往往漫无目的,捉摸不定,却也无处不在,无时不在。末尾三个比喻构成博喻,以景言情,把愁绪具体、形象化,似触手可及,表现出闲愁的繁多、广泛与无休无止,是传颂千古的佳句。

周邦彦
——被称为"词家之冠"

周邦彦(1056—1121),中国北宋末期著名的词人,字美成,号清真居士,钱塘(今浙江杭州)人。历官太学正、庐州教授、溧水县令等。徽宗时为徽猷阁待制,提举大晟府。精通音律,曾创作不少新词调。作品多写闺情、羁旅,也有咏物之作。语言典丽清雅。长调尤善铺叙。为后来格律派词人所宗。有《清真居士集》,已佚。

苏幕遮

燎沉香,消溽暑①。鸟雀呼晴,侵晓窥檐语。叶上初阳干宿雨,水面清圆,一一风荷举。

故乡遥,何日去?家住吴门,久作长安旅。五月渔郎相忆否?小楫轻舟,梦入芙蓉浦②。

【注释】

①溽暑:潮湿闷热。②芙蓉浦:荷花池。

【译文】

点燃沉香，祛除潮湿闷热的暑气。新雨过后，鸟雀欢悦，早上窥视着屋檐，轻快地鸣叫着。刚刚升起来的太阳蒸干了荷叶上的雨滴。水面上有一个个清晰的圆形，那是一个个荷叶的影子。故乡相去遥远，何日才能归去啊？家住在吴门，却一直羁旅在京城。又到五月了，家乡的鱼郎是否想念我了？我梦到自己驾着一叶轻舟，闯进了故乡的荷花塘里。

【赏析】

本篇上片写景。开篇两句写静态的景物，衬托主人公平静的心绪。三、四句从听觉上写景，"呼"字生动传神，点出昨夜有雨，今早刚放晴。末三句清丽秀美。"举"字尽显荷花迎风而立的姿态，动感十足。给人以美的享受，一幅美好的画面展现在眼前。下片写词人面对荷塘风物，顿生相思。其中"五月渔郎相忆否"，从家乡亲人好友的角度写相思，句法独特高妙，令人耳目一新。"小楫轻舟，梦入芙蓉浦"为梦中遐想，表现词人思乡之情切。整首词用语清新自然，韵味十足。

写作技法

"侵晓窥檐语"采用拟人手法，"窥"字赋予鸟雀灵性，突显出鸟雀的机警活泼。

陈 克
——以写闲适之情见长

陈克（1081—1137），字子高，号赤城居士，临海（今属浙江）人，寓居金陵（今江苏南京）。绍兴中，吕祉帅建康，辟为都督府准备差遣，敕令所删定官。绍兴七年（1137）六月，随吕祉去淮西庐州（今安徽合肥）抚军。八月郎琼叛变，与吕祉同时遇害。赵万里辑其《赤城词》一卷。陈振孙称其"词格颇高"。

菩萨蛮

绿芜①墙绕青苔院，中庭日淡②芭蕉卷。蝴蝶上阶飞，烘帘③自在垂。

玉钩双语燕，宝甃杨花转。几处簸钱④声，绿窗春睡轻。

【注释】

①绿芜：绿草。②日淡：指日色柔和。③烘帘：暖帘。④簸钱：掷钱为戏以赌输赢。

【译文】

绿草丛生的围墙环绕着长满青苔的庭院。庭院中日色柔和，芭蕉叶儿卷了起来。蝴蝶飞上台阶翩翩起舞，暖帘在微风中自在地闲垂着。玉钩旁双飞燕轻轻呢喃，杨花在井边旋转着飘落。传来几处簸钱游戏的响声，绿窗里的人正做着淡淡的春梦。

【赏析】

本篇以景语写暮春之闺阁，通篇写景，而人之闲情自如，自寓景中。上片写帘内人眼中的庭院景象，由外到内，由远及近。青苔满院，绿草拥墙，虽是春天才有，却也见其寂寞无人。蝴蝶飞上玉阶，暖帘自在下垂，亦是人少所致。下片写景静中有动，燕子语声，游戏之声，反衬环境的寂静。末尾写闺中人春睡之轻（浅），故能隐约闻燕语莺声。睡而不浓，不浓还睡，迷离恍惚，究其原因，应是无聊寂寞。有此"轻"字，则景语皆成情语。

明卓人月叹曰："轻字，全首俱灵"（《古今词统》）。

李清照
——"千古第一才女"

李清照（1084—约1155），号易安居士，齐州章丘（今属山东）人。其父李格非，为元祐后四学士之一，夫赵明诚为金石考据家。靖康之难起，避难金陵。建炎三年（1129），丈夫赵明诚卒，乃流离江浙，晚年寄居临安。善属文，于词尤工。婉约派代表词人。清照创词"别是一家"之说，其词创为"易安体"。词集名《漱玉集》，今本皆为后人所辑。代表作有《声声慢》《一剪梅》《如梦令》等。

如梦令

常记溪亭①日暮，沉醉②不知归路。兴尽晚回舟，误入藕花深处。争渡③，争渡，惊起一滩鸥鹭。

【注释】

①溪亭：临水的亭台。②沉醉：大醉。③争渡：怎么渡。争，同"怎"。

【译文】

经常想起小时候在临水的亭子里一直玩到天黑，沉醉得忘记了回家。玩得尽兴了，很晚才泛舟返回，不小心闯入荷花深处。怎么出去啊，怎么出去啊，惊飞了沙滩上的水鸟。

这首小令情景交融，景物描写似一幅清丽的山水画，极富诗情画意，生活气息浓厚。全词用语通俗易懂，以白描手法写出，给人清新亮丽之感，值得品味。

起首"常记"二字统领全篇，一方面强调这件事在词人心中的印象之深，另一方面也使词意自然过渡到对事件的叙述。"溪亭"点出当初和朋友游玩的地点，"日暮"呼应后文的"兴尽晚回舟"，写大家玩得很尽兴，直到天黑才想到回家。"沉醉"二字，突出词人愉悦的心情，"不知归路"，大家真的都不知归路了吗？恐怕未必，只是兴致正浓，不想回家罢了。"兴尽晚回舟"下接"误入"，衔接巧妙，又与前文的"沉醉"相呼应，毫无斧凿之痕，自然天成。随后再用两个"争渡"，生动地传达出当时大家的急切心情。于是"惊起一滩鸥鹭"。到这里，全词突然收尾，留下广阔的空间让读者想象，余音袅袅，回味无穷。

诗词辞典

白 描

白描是中国文学中为群众所喜闻乐见的传统描写手法。用最精练、最节省的文字粗线条地勾勒出人物的精神面貌。要求作家准确地把握住人物最主要的性格特征，不加渲染、铺陈，而用传神之笔加以点化，鲁迅的小说是白描的典范作品。鲁迅曾说："白描没有秘诀。如果要说有，也不过是和障眼法反一调：有真意，去粉饰，少做作，勿卖弄自己。"

武陵春

风住尘香①花已尽，日晚倦梳头。物是人非事事休，欲语泪先流。

闻说双溪春尚好，也拟②泛轻舟。只恐双溪舴艋舟③，载不动许多愁。

【注释】

①尘香：落花化为尘土，而香气仍在。②拟：打算。③舴艋舟：小船。

【译文】

风停了，枝头的花儿都被吹了下来，化为了芬芳的尘土。天色已晚，我也懒得梳头了。如今物是人非，什么事都不想做了，想要向人诉说，还没开口就先落泪了。

听说双溪的春光还不错，我也打算划船去散散心。只是恐怕那里的小船，载不动我无尽的忧愁。

【赏析】

本篇为作者晚年所作，用语质朴，生动感人，为一首不可多得的佳作，尤其最后一句"只恐双溪舴艋舟，载不动许多愁"为脍炙人口的名句。

绍兴四年(1134)，李清照的丈夫已逝世六年，李清照辗转流落于金华，孤苦伶仃，连夫妻俩珍爱的文物也多半丢失。面对这样的情景，词人不禁感慨万千，于是作下此篇，借春景抒发自己的悲苦情怀。

词的开篇两句写残春触动了词人的愁思。暮春时节，一阵风吹过后，百花凋零，只留下残香阵阵。"尘香"二字，写风势之凌厉，暗喻自己处境之艰辛。因心中多苦闷忧愁，故时间很晚了还没有心思梳妆。"物是人非"两句写愁怨让人落泪。"欲语泪先流"是悲极之状，心中痛到极点，欲语还休，流泪不止。下片笔锋陡转，由倾诉哀情转写春光之好。"春尚好""泛轻舟"笔意轻松活泼，节奏明快，将词人瞬间的愉悦之情表现得淋漓尽致。"闻说""也拟"缀于句前，更让词的意境变得含蓄低回，这说明词人的游玩之念只是一时兴起，她并没有从愁苦中解脱出来。"轻舟"为下文做好铺垫。"只恐"两句既是对上文的补充，又是一个强烈的起伏，极言伤怀之深切。而且这一句还与上文的"双溪""轻舟"相照应，情景交融，使词境得到了丰富和提升。

一剪梅

红藕香残玉簟①秋。轻解罗裳，独上兰舟。云中谁寄锦书来？雁字回时②，月满西楼。

花自飘零水自流，一种相思，两处闲愁。此情无计可消除，才下眉头，却上心头。

【注释】

①玉簟：指凉席。②雁字回时：鸿雁排成字形往回飞。古人认为雁可传书。

【译文】

红色的荷花只剩下残余的香气，凉席也有了丝丝寒意。轻轻地脱下外衣，独自登上美丽的兰舟。当大雁从云中飞过时，谁会捎它寄来书信？雁群南归时，只有凄冷的月光洒满西楼。

容颜像花一样自然老去，时间像水一样无声地流走。一种相思，牵

动两处的闲愁。无法消除这种忧愁，才离开紧蹙的眉头，却又爬上了烦乱的心头。

【赏析】

上片写词人怀远念归。首句点出时令，大概是在清秋时节。对"红藕""玉簟"的描写渲染了一种凄凉的氛围。此句色彩鲜丽，含蓄深沉，融情于景。后面几句写词人的行动。为排遣心事，到河上泛舟。"云中"一句直接抒情，但词人并非情感一发不可收，而是戛然而止，转写景色。"雁字"两句，营造出一种凄清的意境，使人愁绪暗生。下片写离愁之深。"花自"一句承前启后，随后两句直抒胸臆，然视角暗转，抒情对象不再是词人一人，也将她的丈夫并入其中，两人都为离愁而苦，可见两人情意之深。最后几句写离愁无法排遣。"眉头"和"心头"对应，"才下"和"却上"对应，对仗精工，妙笔生花，惟妙惟肖地描绘出相思之情的微妙变化，感人肺腑。

诗 词 典 故

前秦苏惠的丈夫窦滔因罪被放逐，她织锦作《回文璇玑图诗》寄其夫，计八百四十一字，纵横反复，皆可诵读，文辞凄婉。因此后人称妻子寄给丈夫的信为锦字，或称锦书。本词中的"云中谁寄锦书来"就是借用此典故。

点绛唇

蹴^①罢秋千，起来慵^②整纤纤手。露浓花瘦，薄汗轻衣透。见客入来，袜^③划金钗溜。和羞走，倚门回首，却把青梅嗅。

【注释】

①蹴：踩，这里指荡秋千。②慵：倦怠的样子。③袜：只穿着袜子，鞋子没来得及穿上。

【译文】

荡完了秋千，慵懒地起身，揉搓着细嫩的手。清瘦的花瓣上沾着晶莹的露珠，薄汗浸透了轻衣。

见有客人进来了，只穿着袜子，还没来得及穿上鞋子就害羞地溜走了。倚着门回头看，却又嗅起青梅来。

【赏析】

这是首描写天真少女的闺情词。上片写主人公荡完秋千以后的情态。"慵"字用得极其生动，似乎把少女心中的丝丝哀愁和寂寞也带了出来。"纤纤手"，不见其面，便可知美人如玉。"露浓花瘦"以花写人，两相对比，更显少女的娇柔，她刚刚荡完秋千，汗水浸透纱衣。下片写少女在客人忽至时的羞赧情状。"见客入来，袜划金钗溜"，生动传神，把少女见到陌生人时那种慌张的羞态描绘得惟妙惟肖。"和羞走"三字，不仅写她内心的情感，同时也精细地刻画了她的举止动作。结尾"倚门回首，却把青梅嗅"两句更妙，动词连用，把少女天真烂漫而又调皮、可爱的形象刻画得栩栩如生，更写活了她想见客人又不敢见，不敢见客人又忍不住去看的微妙心理。这一片跌宕起伏，条理清晰，把一个处于青春期的娇羞、活泼的怀春少女的形象生动传神地展现在我们面前。这首词轻松活泼，风格明快，只寥寥数语，便勾勒出一个纯洁、羞涩的闺中少女形象，堪称佳作。

声声慢

寻寻觅觅，冷冷清清，凄凄惨惨戚戚。乍暖还寒①时候，最难将息。三杯两盏淡酒，怎敌他、晚来风急。雁过也，正伤心，却是旧时相识。

满地黄花堆积，憔悴损，如今有谁堪摘？守着窗儿，独自怎生②得黑？梧桐更兼细雨，到黄昏、点点滴滴。这次第③，怎一个愁字了得！

【注释】

①乍暖还寒：乍暖乍寒，忽冷忽热。②怎生：怎样。生，语助词。③次第：光景，情景。

【译文】

苦苦地寻找，周围一切都冷冷清清的，不免感到凄惨悲凉。忽冷忽热的时候，最难保养身子了。只喝了两三杯淡酒，怎抵得住晚上阴冷的疾风。正伤心的时候，又有大雁飞过，看它们的样子，却是旧时的相识。

凋落的菊花堆满地，长在枝头上的，不是憔悴就是残损了，到如今还有谁肯去采摘？一个人独守着窗户，怎么能挨到天黑？细雨敲打着梧桐，到黄昏时，一点一滴落在梧桐叶上。这光景，单单一个"愁"字怎能概括！

上片以景写情，意境凄凉。起首三句全由叠字构成，强有力地渲染出词人当时的心境：抚今追昔，倍感伤怀。"冷冷清清"写环境之冷清，为心境之写照。"凄凄惨惨戚戚"，由外到内，写主人公心中之悲。这三句叠词连用，自然妥帖，毫无做作之嫌，手法高超，历受后世词人的好评。"乍暖还寒"两句写天气冷暖不定，让人难以调养。这是从外部天气以及身体的感受来写词人内心的愁苦。"三杯"两句紧接上文，以酒祛寒，可酒淡愁深，借酒浇愁，愁上加愁。"雁过也"三句写天上飞过的大雁，激起了词人深切的思乡之情。词人颠沛流离之苦，借雁以抒。

下片写词人沉郁的心情。上半部分以雁过长天的仰视镜头收尾，下半部分则以黄花满地的俯视镜头开篇，过渡巧妙、自然。菊花已残，像人一样走向衰败。"憔悴"一语双关，兼写人和花。"守着窗儿"两句，直白朴素，把自己的心事娓娓道出，大有返璞归真的意味，极具感染力。"梧桐"三句，进一步烘托氛围，把梧桐、细雨、黄昏三个意象有机结合在一起，视觉和听觉交映，尽显词人此时的无限感伤。结尾"怎一个愁字了得"总揽全词，首尾呼应，点明主旨。这样的结尾妙就妙在通篇写愁，直到最后一句方才道出，这样的情景，岂是区区一个"愁"字所能道尽的？至此，词人的情感达到高潮，词境陡升一步，孕育出无限广阔的空间，交给读者去想象，余味无穷。

诗 词 典 故

李清照婚后有《一剪梅》词寄赠丈夫，词中有"云中谁寄锦书来，雁字回时，月满西楼"句，如今丈夫已经去世，李清照从北方流落南方，见北雁南飞，因此引起故乡之思和"似曾相识"的感慨。因而在这首诗中写下"雁过也，正伤心，却是旧时相识"。

醉花阴

薄雾浓云愁永昼，瑞脑消金兽①。佳节又重阳，玉枕纱厨，半夜凉初透。

东篱②把酒黄昏后，有暗香盈袖。莫道不消魂，帘卷西风③，人比黄花瘦。

【注释】

①瑞脑：即龙脑，香料名。金兽：兽形铜香炉。②东篱：泛指采菊之地，引陶渊明《饮酒》："采菊东篱下，悠然见南山。"③帘卷西风：即西风吹卷门帘。西风，这里指秋风。

【译文】

雾稀薄，云浓厚，我整日忧愁。龙脑香在金兽香炉里静静地焚烧。又到了重阳佳节，我躺在纱帐里，半夜里凉气将全身浸透。

黄昏后，在东篱下饮酒。淡雅的菊花香袭满了衣袖。不要说清秋不忧伤，秋风翻卷门帘，里面的人比外面的菊花还瘦。

【赏析】

上片写别愁。起首两句写重阳佳节的百无聊赖，连香炉都懒得管，

任它自行消尽。"愁"字点题，给全诗奠定了感情基调。随后三句写词人的情态，辗转反侧，无法入眠，这都是离愁使然。"凉初透"给人凄凉之感。词人以乐景写哀情，以佳节衬离愁，含蓄蕴藉，手法高妙。这一片短短几句，一个满怀愁绪的思妇形象跃然纸上，呼之欲出。下片写词人赏菊的情景。"东篱"两句，看似飘逸洒脱，悠然自乐，可如此美景，只有一个人独赏，就难免让人生愁了。"莫道"三句来得突兀而又震撼人心。"人比黄花瘦"突出离愁之深。这三句生动传神，营造了一个幽寂、凄迷的艺术境界。词人以花写人，虽不免有夸张之嫌，但精妙、贴切，堪称妙笔，"瘦"字一语双关，兼写人和花，以无限哀愁使两者有机结合，新奇别致，含蓄蕴藉，为脍炙人口的名句。

　　这首词在内容上并不是很丰富，但这丝毫不影响它的艺术性。词人层层渲染，通过对秋景和生活环境的描绘，委婉地表达出对丈夫的相思之情和与丈夫分离的深切痛楚。夸张和比喻手法的运用，更把一个因相思而憔悴的妇女形象描绘得栩栩如生，结尾处含蓄深婉，余味无穷。

如梦令

　　昨夜雨疏风骤，浓睡不消残酒。试问卷帘人①，却道海棠依旧。知否？知否？应是绿肥红瘦②。

【注释】

　　①卷帘人：指卷帘的侍女。②绿肥红瘦：绿叶繁茂，红花凋零。

【译文】

　　昨夜雨下得稀疏，但风刮得很大。酣睡也没能消除残余的酒力。我问那卷帘的侍女，院子里的海棠如何了，她说海棠依旧如初。你可知道？

你可知道？现在的季节，应该是绿叶繁茂、百花凋零的时间了。

　　开篇两句追忆昨晚之事。昨晚小雨稀疏，可风势急骤，女主人公喝了很多酒，大睡一觉，醒来酒意犹在。开始两句用语朴素自然，一方面为下文营造一种凄迷的氛围，暗示女主人公隐秘的心理活动，另一方面引出下文。

随后两句是主仆的对话，虽只有短短两句，但生动形象，把两个人的心理、性情描绘得贴切传神，呼之欲出。在这里侍女是一个陪衬，她或许是因为太年轻的缘故，对花事毫不关心，自然也不能够明白女主人公的幽深心事。"却道"一方面点出侍女作答时的漫不经心，另一方面也表现出女主人公对侍女回答的不以为然。一个伤春惜花，情深意婉；一个天真烂漫，毫无心事。两相对比，尽显两人的不同形象。对于侍女的回答，女主人公好像有一些生气，略带责备地对她说："知否？知否？应是绿肥红瘦。"是不是真的落红满地，我们无从得知，因为这是女主人公的猜想，但这样的猜想背后包含着女主人公惜春的柔情。词人用"肥"写叶子，写出叶子的肥硕丰满，用"瘦"写花，写出花朵的清瘦柔弱，生动传神，极富美感。

永遇乐

　　落日熔金①，暮云合璧②，人在何处。染柳烟浓，吹梅笛怨，春意知几许。元宵佳节，融和天气，次第岂无风雨。来相召，香车宝马，谢他酒朋诗侣。

中州盛日^③，闺门多暇，记得偏重三五^④。铺翠冠儿^⑤，捻金雪柳，簇带争济楚。如今憔悴，风鬟霜鬓，怕见夜间出去。不如向、帘儿底下，听人笑语。

【注释】

①熔金：日落时金黄灿烂的颜色。②暮云合璧：形容日落后，红霞消散，暮云像碧玉般合成一片。③中州：今河南省，此处指北宋都城汴京。④三五：古人常称阴历十五为"三五"，此处代指元宵节。⑤铺翠冠儿：上面装饰着碧翠羽毛的帽子。

【译文】

落日像熔化的金水一样灿烂，暮云像融合的碧玉一样绚丽，如此美好的风景，而我身在何处呢？烟柳朦胧，梅笛含怨，已经能感到几分春意了。元宵佳节，天气融和，可这样的光景里就一定不会刮风下雨了吗？酒友诗朋驾着宝马香车来召唤我去相聚，我婉言谢绝了。想以前故都汴州正昌盛的时候，我身居闺门，多有闲暇，还是很在意正月十五元宵节的。那时戴着精美的帽子，手里捻着金雪柳枝，打扮得俏丽动人。而如今面目憔悴，两鬓苍苍，害怕在夜里出去。不如待在帘子底下，听别人的欢声笑语。

【赏析】

本篇为李清照晚年寓居临安时所写的元宵词，当时李清照虽然可与贵家内眷交往，生活是困倦而忙碌。本篇正是抒写这种特殊背景下词人在元宵节的心理活动。

全词虽分上、下两片，内容却是依照今—昔—今的层次安排来展开。

上片写临安今宵之景，景中含情。起首两句写傍晚天象，色彩艳丽而用词工整，一抹亮色从天而降，使人顿觉眩目。这幅画面可能正好引起词人对昔日汴京生活片段的回忆，而今身在南方，故发出"人在何处"的自问，隐露在异乡的漂泊之感。"染柳"二句，续写傍晚景色，景中含怨，微露去国之思。词人运笔至此，又添波澜，"次第岂无风雨"，一个反问蕴涵了词人对世事沧桑，变化莫测的顾虑。这也正是词人谢绝邀请，不愿出游的托词。下片从暗忆中州直接变为明白的回想。首六句忆昔，后五句伤今。彻底说明"谢他酒朋诗侣"的真正原因：她已由往昔元宵节的主角变为孤独的看客。而结尾又稍稍挽起，表明对生活仍然热爱。

写·作·技·法

这首词通过南渡前后过元宵节的两种情景的对比，虽是贵妇自述其经历的贵贱之变，却反映了两宋之际的盛衰之别，足以引发易代的悲痛。以小见大，是此词的价值。

陈与义

——妙思入神，温雅闲丽

陈与义（1090—1139），字去非，号简斋，洛阳（今属河南）人，政和三年（1113）进士，累迁太常博士。绍兴年间，任兵部员外郎，迁中书舍人，出知湖州，擢翰林学士、知制诰。绍兴七年（1137），拜参知政事，第二年以疾卒，年四十九。他长于诗，创简斋体。以清婉秀丽为特色，豪放处又近苏东坡。方回认为陈与义、黄庭坚、陈师道并为江西派"三宗"。有《简斋集》十卷、《无往词》一卷。

临江仙

忆昔午桥^①桥上饮，坐中多是豪英。长沟流月去无声^②。杏花疏影里，吹笛到天明。

二十余年如一梦，此身虽在堪惊。闲登小阁看新晴。古今多少事，渔唱起三更^③。

【注释】

①午桥：桥名，在洛阳县南十里外。②长沟流月去无声：此句即杜甫《旅夜书怀》"月涌大江流"之意，谓时间如流水般逝去。③渔唱：打渔人的歌儿。这里作者叹惜前朝兴废的历史。三更：指夜间十二时左右。

【译文】

忆往昔在午桥豪饮，在座的多是豪杰精英。月亮随着长沟无声地流去，我们聚在杏花的疏影里，吹着笛子一直到天亮。二十多年就像一场梦，虽然我还活着，可是现在回想起来还感到惊心。悠闲地登上小阁，看雨后的晴天，古今多少兴衰事，最终只化作渔人三更的歌声。

【赏析】

本篇为《无住词》的压卷之作。小阁为作者晚年住处。上片追忆昔日豪饮情景。"忆昔"总领上片。"长沟"二句是环境描写。"吹笛"一句转化巧妙，从静到动，极写旧游之盛。下片抒发世事变迁、国破家亡之感慨。"二十余年"一句语意陡转，由上片的欢畅到凄凉，落差之大，让人心惊。"闲"字值得玩味，隐含报国无门的愤懑，国破家亡的幽怨。收尾两句体现了词人的超脱心境，然其中亦暗含了无限的悲凉。这首词上下两片一亮一暗，对比鲜明，效果明显。以乐景衬哀情，沉郁凄凉。本篇不仅为词人的代表作，也是豪放词中难得的佳作。

岳 飞
——南宋抗金英雄

岳飞（1103—1142），字鹏举，汤阴（今属河南）人。20 岁投军抗金，屡建大功，累迁镇宁、崇信军节度使，少保兼河南北诸路招讨使。朝廷主和，勒令退军，解其兵权。因反对朝廷议和，被奸臣秦桧以"莫须有"的罪名杀害，享年三十九岁。淳熙五年（1178），孝宗即位，为岳飞平反，追谥武穆。宋理宗宝庆元年（1225），定谥号忠武。岳飞文武双全，长于诗词，现存词三首，风格雄浑悲壮。后人将其诗文辑为《岳武穆遗文》。

满江红

怒发冲冠，凭阑处、潇潇①雨歇。抬望眼、仰天长啸，壮怀激烈。三十功名尘与土，八千里路云和月。莫等闲、白了少年头，空悲切。

靖康耻②，犹未雪，臣子恨，何时灭。驾长车，踏破贺兰山③缺。壮志饥餐胡虏肉，笑谈渴饮匈奴血。待从头、收拾旧山河，朝天阙④。

【注释】

①潇潇：形容雨势急骤。②靖康耻：宋钦宗靖康二年（1127），金

110

兵攻陷汴京，掳走徽、钦二帝。③贺兰山：在今宁夏回族自治区。④天阙：宫殿前的楼。

【译文】

　　我满腔怒火，以至于头发竖起，直冲帽冠，倚着栏杆，潇潇雨水已停歇。抬眼远望，仰天长啸，热血沸腾，心潮澎湃。三十年的功名微薄得如同尘土，八千里路只浮云明月。不要白白浪费时间，等到头发花白，空自神伤悲切。靖康的耻辱，尚且没有洗刷。臣子心头的愤恨，何时才能泯灭？愿驾驭着长车将贺兰山踏出缺口。壮志凌云，饿了就吃胡虏的肉，谈笑风生，渴了就喝匈奴的血。让我们重新开始整顿，收拾好旧山河，然后去朝拜天阙。

【赏析】

　　本篇为岳飞的代表作，也是传颂千古的名篇。上片主要抒发对现实的感慨。"怒发冲冠"一句以磅礴的气势开篇，随即笔锋稍顿，颇有节奏感。之后笔锋直上，转为"仰天长啸"，抒发精忠报国的壮志豪情。然后词人借"三十"两句剖白自己的心迹，既概括了自己艰苦卓绝的抗金历程，又表现对能否完成大业的忧虑。"莫等闲"三句，直言率语，既是大声疾呼，又是自我砥砺，表现出振兴民族的使命感和紧迫感。下片抒发完成中兴大业的豪情壮志。词人始终不忘民族的耻辱，并以此为动力，浴血奋战，恢复中原。"饥餐""笑谈""收拾"等语，以夸张之笔，表达了词人对敌人的憎恨，同时也展露了词人收复河山的信心和英勇乐观的精神。尾句一方面表明词人对朝廷的忠诚，一方面又体现了词人对收复河山的坚定信心。全词直抒胸臆，气势磅礴，悲壮激昂，字里行间流露出一股浩然正气和英雄气概，读来振聋发聩，催人奋进。《满江红》激励着无数的中华儿女，"莫等闲、白了少年头，空悲切"成为人们惜时的箴言。

小重山

昨夜寒蛩①不住鸣。惊回千里梦,已三更。起来独自绕阶行。人悄悄,帘外月胧明。

白首为功名。旧山松竹老,阻归程。欲将心事付瑶琴。知音少,弦断有谁听?

【注释】

①蛩:即蟋蟀。

【译文】

昨晚蟋蟀不停地叫,惊醒了我征战疆场、收复失地的梦。此时已是三更,起来独自在台阶上徘徊。四周静悄悄,门帘外的月亮朦胧清明。为了追求功名,头发都花白了。家乡的松竹都已经老了,道路阻隔,我难以归去。想用瑶琴弹奏自己的心情,可是知音少,纵使弹到琴弦断了,又有谁听呢?

【赏析】

岳飞常年征战,一心渴望收复河山,但行动上却受到朝廷束缚。这首词上片写景,景中含情。"昨夜"三句,写词人梦到自己征战疆场,收复了祖国的大好河山，他为此激动不已。"起来"三句表现被寒蛩惊醒后的失望，理想和现实的差距让英雄也生愁生恨。于是在那寂静的夜里，词人独自徘徊，不能成寐。词人在此以景写情，饱含忧愤，含蓄深婉。下片抒情。"白首"三句是词人发自心底的叹息。时光荏苒，怀乡心切。看似消沉之语，却都可归结于满腔的忧愤。"阻归程"表面上写道路艰险，实际为谴责和抨击朝廷中那些卖国求和的奸佞小人。"欲将"三句，从俞伯牙和钟子期的典故化出，含蓄悲凉，可见词人苦无知音，伤感孤寂的落寞情怀。本篇含蓄深婉，词境沉郁，处处隐含着词人步履维艰、壮志难酬的悲愤，是他崇高爱国主义的体现。

陆 游
——现存诗最多的诗人

陆游（1125—1210），字务观，号放翁，越州山阴（今浙江绍兴）人。高宗绍兴二十四年（1154），试礼部，名列第一，然被秦桧黜落。孝宗时，赐进士出身。除翰林院编修，先后通判镇江、夔州，曾为王炎及范成大幕府参议官。以宝章阁待制致仕。有《剑南诗稿》《渭南文集》《放翁词》等数十个文集存世，自言"六十年间万首诗"，今尚存九千三百余首，是我国现有存诗最多的诗人。

卜算子·咏梅

驿外断桥边，寂寞开无主。已是黄昏独自愁，更着①风和雨。
无意苦争春，一任群芳②妒。零落成泥碾作尘，只有香如故。

①更着：又加上。②一任：任凭，不在乎。群芳：普通的花卉，此处喻指政界的群小。

【译文】

驿站外的断桥边，有一株梅花寂寞地开放着，没有人来欣赏它，也没有人来保护它。已经是黄昏时分了，它一个人独自忧愁着，又加上冷风寒雨的欺凌。它没有和百花苦苦争夺春天的欲望，不在乎普通花卉的嫉妒。纵使零落到地，被碾压成尘土，香气依然如初。

【赏析】

此词上片写梅的生存环境之恶劣。驿外断桥，寂寞无主，已是黄昏，更兼风雨。真是"屋漏偏逢连夜雨"。下片词人借梅言志，表现自己身处逆境、坚贞自守的孤高品格。整首词抓住梅花的神韵，实现了人和梅花的完美结合，为咏梅词中的极品。

辛弃疾
——情感炽烈的爱国词人

辛弃疾（1140—1207），字幼安，号稼轩，历城（今山东济南）人。高宗绍兴三十一年（1161）聚众抗金，后南渡归宋，历任建康府通判、江西提点刑狱，湖南湖北转运使，湖南、江西安抚使、浙东安抚使等职。辛弃疾在文学上与苏轼齐名，号称"苏辛"，与李清照（号易安居士）并称"济南二安"，是我国历史上伟大的豪放派词人。词风慷慨悲愤、沉雄豪迈、雄厚道劲，且善于化用前人典故，常发议论，在作词技巧方面对后世影响很大。现有《稼轩长短句》存世。

永遇乐·京口北固亭①怀古

千古江山，英雄无觅，孙仲谋②处。舞榭歌台，风流总被，雨打风吹去。斜阳草树，寻常巷陌，人道寄奴③曾住。想当年，金戈铁马，气吞万里如虎。

元嘉草草，封狼居胥，赢得仓皇北顾。四十三年，望中犹记，烽火扬州路。可堪回首，佛狸祠下，一片神鸦社鼓。凭谁问：廉颇老矣，尚能饭否？

【注释】

①京口：今江苏省镇江市。北固亭：在镇江东北北固山上，又名北顾亭。面临长江。晋人蔡谟为储军备而建。②孙仲谋：孙权，字仲谋，三国时吴国君主。③寄奴：南朝宋武帝刘裕的小名。刘裕生于京口，建国后曾北伐，并收复过长安、洛阳。

【译文】

千古江山依旧，却没有地方寻觅孙权这样的英雄。当初热闹的舞楼歌台，风流人事，都已在风吹雨打中消失。夕阳斜照草树，普通的一条巷子，人们说刘裕曾经在这里住过。遥想当年，他指挥金戈铁马，气吞万里山河，势如下山猛虎。元嘉草草出兵，想要建功立业，最后只落个仓皇逃跑，不敢再向北多看一眼。虽然已过去四十三年了，至今远望中原，依然记得烽火连天的扬州路。不堪回首啊，佛狸祠堂里，社鼓阵阵，神鸦纷飞。还有谁会问："廉颇老了，饭量是否如故？"

本篇是辛弃疾六十五岁时在镇江知府任上，登京口北固山，站于北固亭上俯瞰滚滚长江，不禁心潮激荡而作下的名篇。本词题为怀古，实际上是借古伤今，抒发了词人壮志难酬的悲愤之情。明人杨慎认为，此词当称辛词第一（《词品》）。

上片起句雄浑，大气磅礴，接着追忆称雄江南，建功立业的历史人物。继而感叹斗转星移,沧桑屡变。读之使人黯然神伤。下片今昔对照，用古事影射现实，古之北伐为今之北伐提供参照。末三句举出廉颇的英雄形象，实为建议当政者预谋北伐应倚重当今之廉颇，也是作者借此抒发舍我其谁的历史责任感，表明毛遂自荐的态度，表现出词人虽年老却壮心不已，渴望精忠报国的心情。

青玉案·元夕

东风夜放花千树。更吹落，星如雨。宝马雕车①香满路。凤箫②声动，玉壶③光转，一夜鱼龙④舞。

蛾儿雪柳黄金缕，笑语盈盈⑤暗香去。众里寻他千百度⑥，蓦然⑦回首，那人却在，灯火阑珊⑧处。

【注释】

①宝马雕车：装饰华丽的马车。②凤箫：箫管排列参差如凤翼,故名。③玉壶：比喻月亮。④鱼龙：指鱼灯,龙灯。⑤盈盈：形容女子仪态美好。⑥千百度：千百次,千百遍。⑦蓦然：忽然。⑧阑珊：零落,冷清。

【译文】

一夜东风吹过,千树开花,仿佛吹得满天繁星如坠雨般落下。宝马雕车飘着香气,挤在街道上。凤箫响了起来,月亮如玉壶般悄悄挪动着,一个晚上,鱼灯、龙灯等花灯飘舞着。女人们头上戴着好看的饰物,说笑着,步履轻盈地远去了,只留下淡淡的清香。我焦急地在人群中寻找了她很多次,突然回头,她却在那灯火冷清的地方。

【赏析】

本篇描写了元宵佳节夜晚灯火的盛况。上片着重写灯,极力夸张,连用比喻,将夜间的光影声色写得绚烂多彩,热烈繁盛。下片写观灯的人,人也是一景。美艳欢欣,使元夕灯景显得生机勃勃。然而这些都不是词人所关注的对象,词人在这热闹场景中着力表现一位独立阑珊处的佳人。作者或者是写实,或者是假托寻人,甚至是寻千百度,要将镜头引向这个甘于寂寞的美好形象。为的是什么?就是为了表现她的不同凡俗,别具情趣。不难看出,这个灯火阑珊处的佳人形象有作者的寄托,寄寓了自己孤高傲物、不堕流俗的高洁品质。

"蓦然回首"现在用来形容忽然明白，顿时悟透。比如"蓦然回首，我才明白当初老师语重心长的劝导是很有道理的"。

菩萨蛮·书江西造口①壁

郁孤台下清江②水，中间多少行人泪？西北望长安③，可怜无数山。

青山遮不住，毕竟东流去。江晚正愁余④，山深闻鹧鸪⑤。

【注释】

①造口：即皂口，镇名，在今江苏省万安县西南60里处。②郁孤台：在今赣州西北的田螺岭上。清江：赣江与袁江合流处旧称清江。③长安：今陕西省西安市，此处代指北宋京城汴京。④愁余：使我发愁。⑤鹧鸪：鸟名。啼声凄苦。

【译文】

郁孤台下奔腾着滚滚清江水，中间夹杂着多少逃难人的泪水啊？我向西北遥望故都长安，可怜只能看到阻隔的群山。青山终究是遮拦不住江水啊，江水必将要向东流去。傍晚的江水正使我伤愁，深山里又传来声声鹧鸪叫。

【赏析】

本篇为登台望远眺望故国山河，抒愤排忧的词作。上片先写近水，而悲古来行人之泪难量；后写远山，更恨割断望眼之山无数。故国沦亡之痛自在其中。至于前人登临望阙之事，词人只借之以伤今。下片写青山能遮望眼，却挡不住流水，水流之势让人向往，借此表现出爱国的坚定意志。而鹧鸪之鸣则提醒词人，投降势力的破坏极有可能葬送抗金事业，因此不得不愁。整首词悲凉沉郁，含蕴深远，读之使人无唏嘘歔感慨。

西江月·夜行黄沙^①道中

明月别枝^②惊鹊，清风半夜鸣蝉。稻花香里说丰年，听取蛙声一片。

七八个星天外，两三点雨山前。旧时茅店社林^③边，路转溪桥忽见^④。

【注释】

①黄沙：黄沙岭，指江西上饶的沙溪古镇。②别枝：斜枝。别枝惊鹊：惊动喜鹊飞离树枝。③社林：土地庙附近的树林。④见：同"现"。

【译文】

明亮的月光惊动了正在栖息的鸟鹊，鸟鹊飞离枝头远去，半夜里清风徐徐，蝉声阵阵。驻足贪婪地吸吮那醉人的稻花香，青蛙的叫声响成一片，仿佛在为人们庆祝丰收年。刚才还有七八颗星星挂在天边，这会儿山前就开始飘落下两三点雨。我得赶紧找

个地方避雨，以前的小茅屋应该在社林边上，现在却找不到了。走过那穿过溪水的小桥，小茅屋竟突然出现了。

【赏析】

与词人大多数作品沉雄豪迈的词风不同，本篇为吟咏田园风光的小品，流露出词人对丰收之年的喜悦和对农村生活的热爱。上片抒写当时夏夜山道的景物和词人的感受。前两句写的是风、月、蝉、鹊这些极其平常的景物，然而经过作者巧妙的组合就别有风味了。后面两句把人们的关注点从长空转移到田野。稻花飘香的"香"，固然是描绘稻花盛开，也是表达词人心头的甜蜜之感。而说丰年的主体是蛙声，独具匠心，令人称奇。下片中开始用对仗手法，为我们树立了一座挺拔峻峭的山峰。"星""雨"与上阕的清幽夜色、恬静气氛和乡土气息相照应。接着笔锋一转，小桥一过，乡村林边茅店的影子却出乎意料地展现在眼前。"路转""忽见"，既衬出了词人忽然看到临近的旧屋时的欢欣，又表现了他由于沉浸在稻花香中，以至于忘了道途远近的怡然自得的入迷程度。

写作技法

"旧时茅店社林边，路转溪头忽见"是个倒装句，把"忽见"的惊喜表现出来。正在愁雨，走过溪头，路转了方向，就忽然见到社林边从前歇过的那所茅店。这时的惊喜可以比得上"山重水复疑无路，柳暗花明又一村"的诗意。

丑奴儿·书博山①道中壁

少年不识愁滋味，爱上层楼。爱上层楼，为赋新词强说愁。

而今识尽愁滋味，欲说还休。欲说还休，却道天凉好个秋。

①博山：在江西广丰区西南，词人闲居带湖时，常来此地。

在年少时，不懂得忧愁的真滋味，却爱登高楼远望。登高楼远望时，为了写出新词，无愁而勉强说愁。而如今懂得了忧愁的真滋味，想要说却又说不出来。想要说又说不出来，只好说真是个清凉的秋天。

此词作于词人遭弹劾免职，在带湖闲居之时，词人在博山道中壁上题下了这首词。

词的第一句是上片的核心，后面几句为"不识愁"的幼稚表现。"爱上层楼"重复，且全无赘余乏味之感，起到引起下文的作用，在意思上造成回环之气。下片与上片紧密对应，写自己随着年龄增长，已渐渐识得愁滋味，但是欲言又止。词人终生都在为恢复中原而努力，力主抗战，屡遭投降派的排挤，心中充满壮志难酬的苦闷。一个"尽"字，将词人复杂的感受表达了出来，是全词在思想感情上的一个转折。尾句"天凉好个秋"，看上去轻松洒脱，实际上却饱含深沉含蓄的愁思。当时投降派把持朝政，词人虽有满腔忧国伤时的愁思，也不便直接抒发，"欲说还休"，便只能转而说天气，将内心深沉的"愁"委婉地表达出来。全词突出渲染一个"愁"字，并以此为线索层层铺展，感情真挚而委婉，词情曲折感人，言浅而意深，将词人大半生的经历感受高度概括出来，耐人玩味，堪称"愁"绝。

读·赏·析

中国最美古典诗词

（全4册）

4

石开航 / 主编

中国华侨出版社

·北京·

目 录
CONTENTS

宋元明清诗

宋元明清诗

宋诗

宋诗是在唐诗的基础上发展起来的，但又自具特色。文学史上提到宋诗，有时作为宋代诗歌的简称，有时则指某种与唐诗相对的诗歌风格。宋代诗歌虽然成就不如唐诗，但对后世的影响仍然很大，在中国文学史上占有重要地位。

纵观宋代诗坛，在思想内容上，比历代诗歌所反映的都要广阔，在唐代诗歌格律完备、臻于顶峰的情况下另辟蹊径，宋诗与当代的社会、政治、民生结合得更为紧密，更重视理性。宋诗为近世诗歌的发展提供了富有时代意义的榜样。

柳 永
——以毕生精力作词

柳永（约187—1053），原名三变，字景庄。后改名永，字耆卿。排行第七，因称柳七，崇安（今福建武夷山市）人。北宋著名婉约派词人，以慢词著称于世。约于仁宗景祐元年（1034）中进士，官屯田员外郎，故世称柳屯田。其作品题材广泛，文辞优雅，和于音律，因而流传极广，所谓"凡有井水饮处，即能歌柳词"。有《乐章集》。

煮海歌·悯亭户①也

煮海之民何所营？妇无蚕织夫无耕。
衣食之源太寥落，牢盆煮就汝输征②。
年年春夏潮盈浦③，潮退刮泥成岛屿。
风干日曝咸味加④，始灌潮波溜⑤成卤。

卤浓咸淡未得闲⑥，采樵深入无穷山⑦。

豹踪虎迹不敢避，朝阳出去夕阳还。

船载肩擎未遑歇，投入巨灶炎炎热。

晨烧暮烁堆积高，才得波涛变成雪⑧。

自从潴卤至飞霜⑨，无非假贷充糇粮⑩。

秤入官中得微直⑪，一缗往往十缗⑫偿。

周而复始无休息，官租未了私租逼。

驱妻逐子课工程⑬，虽作人形俱菜色⑭。

煮海之民何苦辛，安得母富子⑮不贫。

本朝一物不失所⑯，愿广皇仁⑰到海滨。

甲兵洗净征输辍⑱，君有余财罢盐铁⑲。

太平相业尔惟盐，化作夏商周时节。

【注释】

①亭户：也叫"灶户"，煮盐的专业户。②牢盆：煮盐的工具。输征：纳税。③浦：水滨，这里指海滩。④加：加浓。⑤塯（liù）：同"馏"。⑥未得闲：尚不适中。闲：法度，限度。⑦采樵：打柴。无穷山：深山。⑧雪：比喻白盐。⑨潴（zhū）卤：指盐卤。潴，水停聚。飞霜：比喻白盐。⑩假贷：借贷。糇（hóu）粮：干粮。⑪秤：秤盐入官。直：同"值"。⑫缗（mín）：一千文铜钱用绳穿起来，叫一缗，也叫一吊。⑬课工程：督促煮盐之事的进度。⑭菜色：饥饿的脸色。⑮母：指国家。子：指人民。⑯一物不失所：百姓安居乐业，人人各得其所。⑰广：推广。皇仁：皇帝的仁德恩泽。⑱甲兵洗净：军费开支巨大以致财尽民贫。辍：停止。⑲罢盐铁：停止工商税收。

盐民怎么生存呢？无田地可耕，无蚕桑可织，衣食的来源和赋税的交纳都要靠制盐。春夏潮退之后，盐民将经过海水浸渍的泥土铲刮堆积起来，一个个泥堆如同岛屿；在刮聚成堆的岛屿上泼灌海水，经风吹日晒，水分流失，盐分沉淀，渐成盐卤。一刻都不得闲，接着去深山里打柴，虎豹也不能畏惧，早出晚归，船载肩挑，将柴运回，再将盐卤投入巨灶昼夜烧制，最后终于制成了雪白的盐。

在海盐生产的整个周期里，盐民们全靠借债来获得粮食。借债要还钱，而盐民只能把盐卖给官府，官府把盐价压得很低，卖盐所得的钱还不够偿还借债。官债私债一时催逼，于是盐户只能还债借钱、借钱还债，周而复始，永远没有完结之时。盐户们为了完成官府规定的产盐定额，不惜携妻带子去劳作，而结果却是人人都受饥挨饿，面黄肌瘦。

盐民的劳动是何等辛苦，他们却不得温饱，怎么才能让他们母富子不贫，让百姓安居乐业呢？希望能推广朝廷的恩泽到海滨。国家应当制止战争，减少军费开支使财政充足，然后就可以减免盐民的赋税了。只要宰相能够认真履行自己的职责，仁爱待民，社会就会太平安乐，成为如同夏禹汤周文王时代那样的理想时世。

皇祐元年（1049），柳永被贬到浙江定海盐场当监盐官，对盐民生活有所了解，这成为他写《煮海歌》的现实基础。

柳永的这首《煮海歌》语言朴素、记述平实。这首诗具有不可多得的历史价值。第一，它完整记述了当时的海盐生产的过程，对了解北宋时定海盐民的制盐技术有极大帮助；第二，它具体生动地描述了定海盐民制盐的辛苦与生活的极度贫苦，深刻记录了北宋时代社会底层的严重危机；第三，柳永当时的身份是监盐官，从职位来说应当站在官家的立场维护官家的利益，而他在诗中却站在了盐民的立场，以哀告的口吻诉说盐民的种种辛苦与不幸，要求朝廷减轻对盐民的征敛。对当权者表示了委婉而严厉的批评。从这一点来看，柳永不是一位为制造"政绩"而不惜侵害盐民利益的昏官，所以《煮海歌》又是一份佐证柳永官品、人品的有力资料。

诗 词 典 故

盐味咸，梅味酸，都是古人做羹汤时必需的调味品。《尚书·说命下》载："若作和羹，尔惟盐梅。"商高宗（武丁）对他的宰相傅说（yuè）说，就像做汤那样，你就是调味的盐和梅。后以盐、梅指宰相的重要性。

范仲淹
——忧国忧民的改革派

范仲淹（989 — 1052），字希文，吴县（今江苏苏州）人。北宋著名的文学家、政治家、军事家。官至参知政事（副宰相）。谥号"文正"。世称"范文正公"。曾与韩琦、富弼等推行"庆历新政"，长期经历西北地区的战事，抗击西夏的入侵。写有著名的《岳阳楼记》，其中"先天下之忧而忧，后天下之乐而乐"为千古名句。

江上渔者

江上往来人，但爱鲈鱼①美。

君看一叶舟，出没风波里。

①但：只。鲈鱼：体长而扁，头大鳞细，银灰色，味鲜美，以松江所产尤为著名。

【译文】

江上来来往往无数人，只喜爱鲈鱼之鲜美。

请您看那一叶小渔船，时隐时现在滔滔风浪里。

【赏析】

江南水乡，川道纵横，极富鱼虾之利。其中以松江鲈鱼最为知名。凡往来于松江水上的，都想尝一尝这美味佳肴。范仲淹生长在松江边上，对这一情况知之甚深。他发之于诗，却没有把注意力仅仅停留在对鲈鱼这一美味的品尝和赞叹上，而是注意到了隐藏在这一现象背后的渔民的痛苦和艰险，并且深表同情。通过"江上"和"风波"两种环境，"往来人"和"一叶舟"两种情态，"往来"和"出没"两种动态的强烈对比，表达出诗人对渔人疾苦的同情和对"但爱鲈鱼美"的岸上人的规劝。

晏 殊
——作品清丽秀雅

晏殊，北宋著名婉约派词人之一，尤擅小令，与欧阳修并称"晏欧"。景德二年（1005），因才华横溢，朝廷赐其同进士出身，官至宰相。

诗歌风格含蓄婉丽，多表现诗酒生活和悠闲情致。有《珠玉词》等。

无 题

油壁香车①不再逢，峡云无迹任西东。

梨花院落溶溶月，柳絮池塘淡淡风。

几日寂寥伤酒后，一番萧瑟禁烟中②。

鱼书③欲寄何由达，水远山长处处同。

【注释】

①油壁：用油彩涂饰。香车：女子所乘之车。②禁烟中：指寒食节期间。古代以清明前一日为寒食节，禁止点火。③鱼书：即书信。

【译文】

伊人乘着香车而去，无缘再逢，就像那巫山行云来无影去无迹。

院里的梨花正开，月色朦胧，池塘畔柳絮飞舞，微风淡淡。

几日寂寞无聊加上病酒之后，深感凄冷又不能点火。

想写封信寄去，怎么能送到她的手上？山高路远，彼此的思念之情完全相同。

【赏析】

这是抒写别后相思的恋情诗。从诗意看，作者所怀念的很可能是一位浪迹天涯的歌女。此类题材在晏殊的词中很常见。

首联追叙离别时的情景，引起作者深深的怀念。颔联寓情于景，回忆当年花前月下的美好生活。颈联叙述自己目前寂寥萧索的处境，揭示伊人离去之后的苦况。尾联表达对所恋之人的刻骨相思之情。"鱼书欲寄何由达"照应"峡云无迹任西东",因其行踪不定,所以即使写好书信也没办法寄到她的手中,这是恨离怨别的根源。

示张寺丞王校勘

元巳清明假未开①,小园幽径独徘徊。

春寒不定斑斑雨,宿醉难禁滟滟②杯。

无可奈何花落去,似曾相识燕归来。

游梁③赋客多风味,莫惜青钱万选才④。

【注释】

①元巳:即上巳,三月上旬的第一个巳日。假未开:假期未满。②滟滟:形容杯满酒波闪动的样子。③梁:指梁园,汉代梁孝王刘武宴客之所,故址在今河南商丘。④青钱:青铜钱,指钱财。万选才:万里挑一地选拔人才。

【译文】

暮春三月,清明时节假期未满,在小园幽径中独自徘徊。

在寒暖不定的斑斑春雨中,隔夜余醉还未消,又端起了酒杯。

无可奈何花凋落,似曾相识的燕子又归来了。

到梁园游玩的辞赋家们才情风采出众,不要吝惜钱财,选拔人才。

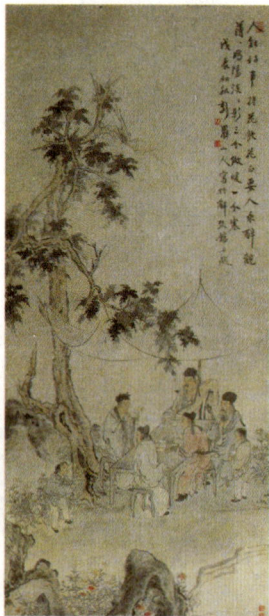

【赏析】

本诗写暮春天气和散淡心情，颇显身份和气度。其中"无可奈何花落去，似曾相识燕归来""小园幽径独徘徊"三句，一时传为名句。

"花落去"与"燕归来"每交替一次，便过了一年，而人生正是在这无穷的交替之中逐渐衰老直至死亡。晏殊虽然位极人臣，但是他无法挽回流逝的时光，只能"无可奈何"地看着岁月的脚步匆匆离去。宦海风波中，晏殊也免不了有沉浮得失。在官场平庸无聊的应酬中，敏感的诗人当然会时时痛切地感受到生命的无意义消耗。这就是词人在舒适生活环境中也不能避免的"闲愁"，是摆脱不了的一种淡淡的哀伤。

梅尧臣
——诗语平淡，诗意深刻

梅尧臣（1002 — 1060），字圣俞，宣州宣城（今属安徽）人。宣城古名宛陵，故世称宛陵先生。皇祐三年（1051）赐同进士出身，历任太常博士、尚书都官员外郎，故又称梅都官。诗风平淡朴素，擅于写景，意境含蓄。后人称其开宋诗风气之先河。欧阳修说他的诗是"穷而后工"者。有《宛陵先生集》。

田家语

谁道田家乐？春税秋未足！
里胥①扣我门，日夕苦煎促。
盛夏流潦②多，白水高于屋。
水既害我菽，蝗又食我粟。

前月诏书来，生齿复版录③；

三丁藉一壮，恶使操弓韣④。

州符⑤今又严，老吏持鞭朴。

搜索稚与艾⑥，惟存跛无目。

田间敢怨嗟，父子各悲哭。

南亩焉可事？买箭卖牛犊。

愁气变久雨，铛缶⑦空无粥；

盲跛不能耕，死亡在迟速！

我闻诚所惭，徒尔叨君禄⑧；

却咏《归去来》，刈薪向深谷。

【注释】

①里胥：地保一类的公差。②流潦：潦，同"涝"，指积水。 ③生齿：人口。版录：在簿册上登记人口。版，籍册。④恶使：迫使。弓韣（dú）：弓和弓套。⑤州符：州府衙门的公文。⑥艾：五十岁叫艾。这里指超过兵役年龄的老人。⑦铛缶（chēng fǒu）：锅和罐。⑧徒尔：徒然。叨：不配享受的待遇而享受了叫"叨"。君禄：指官俸。

【译文】

谁讲田家快乐呢？春天的租税，到秋天还未能交足。地保敲打我家的门，没早没晚地催迫交税。盛夏五、六月内涝成灾，水比住房还高，在水灾、蝗灾的侵袭下，秋收难有指望。之前朝廷下诏书登记人口，三丁抽一壮丁，强迫人民操持弓箭。当时州里又下了公文，严紧地催迫，老吏拿着鞭子和敲朴，到乡下来搜索，连幼儿和老年人都在抽兵之列。幸免于役的，只有跛子和瞎子。面临重重追迫，田家哪敢怨嗟，只有父子相持悲哭。种田地哪还再有指望，为了买下弓箭，只好把牛犊卖掉。

天意愁怨，久雨不停，锅子里、罐子里连稀粥都装不上了。瞎子和跛子都不能耕种，死亡只在早晚之间。我听完田家悲酸的诉说，感到白白得到从人民身上剥夺来的官俸的供养，却不能为人民解除忧患，只好吟诵《归去来辞》，学陶渊明弃官归田，砍伐薪柴，自食其力。

【赏析】

这首五言古诗反映了北宋田家生活的痛苦。康定元年（1040）六月，为了防御西夏，宋仁宗匆匆忙忙地下诏征集乡兵，加强戒备。而官吏们借此机会胡作非为，致使人民未遭外患，先遇内殃，上下愁怨，情景凄惨。作者满含同情地记录了田家的语言，该诗深刻地揭示了民生疾苦。

诗 词 辞 典

汉宣帝时，渤海地区灾荒严重，人民饥不得食，无以为生，于是持刀举剑起义。为了平息人民的起义烽火，朝廷派龚遂到渤海地区任太守。龚遂到任以后，他下令各县，诱导民众有刀剑者"卖剑买农具，卖刀买犊"，从事生产自救。农民在官吏的诱导下，卖掉刀剑，买回耕牛、农具，辛勤地从事农业耕种。从此人民的生活逐渐有所好转。此诗中的"买箭卖牛犊"句是反用这个典故。

汝坟贫女

汝坟贫家女，行哭音凄怆。

自言有老父，孤独无丁壮①。

郡吏来何暴，县官不敢抗。

督遣②勿稽留，龙钟去携杖③。

勤勤嘱四邻，幸愿相依傍④。

适闻闾里⑤归，问讯疑犹强⑥。

果然寒雨中，僵死壤河⑦上。

弱质无以托，横尸无以葬。

生女不如男，虽存何所当⑧！

拊膺⑨呼苍天，生死将奈向？

【注释】

①丁壮：成年男子。②督遣：催促。③龙钟：形容老态。去携杖：扶杖而行。④依傍(bàng)：依靠。⑤闾里：乡里，这里指同乡。⑥疑犹强：心存疑虑。⑦壤河：疑即瀼河镇，在鲁山县（今属河南）西南。⑧存：生存，活着。当（dàng）：值得。⑨拊膺：抚胸。

【译文】

汝河岸边有个贫穷的女人，边行边哭，声音凄凉又悲怆。

她自己说道："家中父亲已年老，独生小女没有男丁壮。

郡吏抓丁何等粗暴，县官唯命是从，不敢相抗。

督促遣送不得停留，（父亲）老态龙钟，扶杖而行。

恳切地嘱托同行的乡邻照顾老父，希望能得众位相帮。

最近听说有的同乡已回家，疑虑父亲的生死，四处打听消息。

果然在那寒冷冬雨中，老父冻僵，死在壤河岸边上。

女子体弱，无力将父拖回，横尸旷野，又无银钱埋葬。

始知世上生女不如只生男，虽活在世上，究竟有什么意义！

扪胸悲号呼苍天，我到底应该活着还是死去呢？"

【赏析】

这首诗作于仁宗康定元年（1040），时作者任河南襄城县令。诗里通过汝河边上一位贫家女子的悲怆控诉，描述了在兵役中被折磨而死的一个实例，这个事例很有代表性。反映了宋仁宗时期兵役过滥，人民在兵役中所遭受的苦难的悲惨实况。和《田家语》是作于同一年的姊妹篇。

鲁山山行

适与①野情惬，千山高复低。

好峰随处改②，幽径独行迷。

霜落熊升树，林空鹿饮溪。

人家在何许？云外一声鸡。

【注释】

①适与：正好满足。②改：改换。

【译文】

正好满足我爱好山野风光的情趣，千万条山路时高时低。

山峰随着观看角度的变化而变化，幽深的小路令独行的我迷路。

傍晚，霜叶落下，熊爬上树，树林清静下来，鹿悠闲地在溪边饮水。

人家都在哪里？云外传来一声鸡叫。

【赏析】

本诗描述的是是作者登山的过程，首先表达的是登山抒怀的一种喜悦，看到奇美的景色，作者感到无比惊喜与心旷神怡，但是在山中走着走着，看不到房舍，望不见炊烟，自己也怀疑这山里是不是有人家居住，随着"云外一声鸡"，作者最后才发现有人家的地方还在很远处。

东　溪

行到东溪看水时，坐临孤屿发船迟^①。
野凫眠岸有闲意，老树著花^②无丑枝。
短短蒲茸^③齐似剪，平平沙石净于筛^④。
情虽不厌^⑤住不得，薄暮归来车马疲。

【注释】

①屿：小岛。发船迟：延迟开船。②著（zhuó）花：开花。著，同"着"，附着。③蒲茸：蒲花。④净于筛：匀净得胜过用筛子筛过。⑤不厌：不满足。

【译文】

乘舟到东溪去看水，登上孤岛，不由得流连忘返。
野鸭闲适地在岸边栖息，老树开花，生机勃勃。
短短的蒲花好似修剪过，平平的沙石比筛过的还匀净。

风景虽好，但不是自己的久居之地。薄暮催人回，车马也劳顿了一天了。

【赏析】

这是一首写景诗，体现了诗人的闲情逸致。"行到东溪看水时，坐临孤屿发船迟"，诗人专门乘舟到东溪去看水，一是说明东溪水好，二是诗人自己整天挣扎在名利场中，平时是无暇欣赏山水的；第二句写到了东溪，诗人被眼前的美景所陶醉。"发船迟"正见此意。"野凫眠岸有闲意，老树著花无丑枝。短短蒲茸齐似剪，平平沙石净于筛"，四句具体描绘东溪风光。平平常常的野鸭在岸边栖息，诗人竟看到了其中的闲意，不是"闲人"哪有此境界？又看到老树开花，盘枝错节，诗人人老心红，焕发了青春气息。"无丑枝"新颖俏皮，恬淡悠然的心绪又一次得到深化。再看那"齐似剪"的蒲茸，"净于筛"的沙石，更觉赏心悦目，心灵也得到了净化。但"情虽不厌住不得，薄暮归来车马疲"，天色已晚，还是要回去的。"住不得"说出了心中的无奈。

诗 词 辞 典

"野凫眠岸有闲意，老树著花无丑枝"看似写景，其实在强烈的对比中表现了作者难以抉择的矛盾心理。在打盹的野鸭和开花的老树之间，诗人还是更愿意像野鸭那样，过一种闲适自在的生活。

欧阳修
——诗、词、散文均为一时之冠

欧阳修（1007—1072），字永叔，号醉翁，又号六一居士。吉州永丰（今属江西）人。谥号文忠，世称欧阳文忠公，北宋卓越的政治家、文学家、史学家。他是北宋诗文革新运动的领导者,与韩愈、柳宗元、王安石、苏洵、苏轼、苏辙、曾巩合称"唐宋八大家"。仁宗天圣八年(1030)中进士,官至参知政事(副宰相)。其文学创作成绩斐然,作品风格流畅自然,深婉清丽。有《欧阳文忠公文集》。

戏答元珍

春风疑不到天涯,二月山城未见花。

残雪压枝犹有橘,冻雷惊笋欲抽芽。

夜闻归雁生乡思,病入新年感物华①。

曾是洛阳花下客,野芳虽晚不须嗟②。

【注释】

①归雁:北归的雁。物华:美好的事物。②不须嗟:不必惊讶。

【译文】

我怀疑春风吹不到这荒远的天涯,已是二月,这山城怎么看不见春花?

残余的积雪压在枝头,好像有碧橘在摇晃,春雷惊动了竹笋,准备抽发嫩芽。

夜晚听到归雁啼叫,勾起我对故乡的思念,带病进入新年,面对春色有感而发。

我曾观赏过洛阳的奇花异草,见不到山城晚开的野花也不必惊讶。

【赏析】

宋仁宗景祐三年 (1036)，欧阳修被贬为峡州夷陵县令。此诗乃次年春在夷陵所作。一本题为《戏答元珍花时久雨之什》。题目冠以"戏"字，是声明此篇不过是游戏之作，其实正是他受贬后政治上失意的掩饰之词。

全诗开篇先是描写荒远山城的凄凉春景，接着抒发自己迁谪山乡的寂寞情怀及眷眷乡思，最后"曾是洛阳花下客，野芳虽晚不须嗟"则自作宽慰之言，看似超脱，实则悲凉，"不须嗟"实际上是大可嗟，故才有了这首借"未见花"的日常小事生发出对人生乃至于政治上的感慨的诗，表现出作者平静的表面下更深沉的痛苦。

丰乐亭游①春（其三）

红树青山日欲斜，长郊草色绿无涯②。
游人不管春将老③，来往亭前踏落花。

【注释】

①丰乐亭：位于滁州西南，背依丰山，下临幽谷泉，景色幽雅秀丽。②长郊：广阔的郊野。绿无涯：绿色一望无际。③春将老：春天快要过去了。

【译文】

满树的红花与青山在夕阳的照耀下，郊外一片茫茫草色，好像没有尽头。

美好的春天即将过去，游人们还依依不舍，在亭前盘桓，欣赏着暮春景色。

【赏析】

诗人于庆历六年（1046）在滁州郊外山林间造了丰乐亭，第二年三月写了《丰乐亭游春》三首绝句，这里选第三首。

这首诗写暮春时节草木青翠、落红满地的美景，极写诗人尽情春游、如醉如痴，简直不肯放过春天的样子。"游人不管春将老，来往亭前踏落花"更是表达了游人对美好春光的留恋与怜惜。

诗　词　典　故

　　欧阳修在家中宴客，遣仆人去醉翁亭前的酿泉取水沏茶。不料仆人在归途中跌倒，水尽流失，遂就近在丰山取来泉水。可是欧阳修一尝便知不是酿泉之水，仆人只好以实相告。欧阳修当即邀请客人去丰山，见这里泉好、景美，于是在此建亭，取名"丰乐亭"，取"岁物丰成""与民同乐"之意。欧阳修以《丰乐亭游春》一诗记载与民同乐的盛况。

别　滁

花光浓烂柳轻明^①，酌酒花前送我行。

我亦且如常日^②醉，莫教弦管^③作离声。

【注释】

①烂：烂漫。柳轻明：柳色浅青而明媚。②常日：平日。③弦管：弦乐器与管乐器，指代音乐。

【译文】

鲜花盛开、柳树明媚的时节，（百姓）为我酌酒饯行。

我希望像平日一样开怀畅饮，不愿弦管演奏离别的曲调。

【赏析】

欧阳修于宋仁宗庆历五年（1045）八月被贬为滁州（今属安徽）知州，在滁州做了两年多的地方官，庆历八年（1048），改任扬州知州，这首《别滁》诗就是当时所作。

这首诗表现了父老乡亲为欧阳修送别饯宴的情景。首句写景，点明了别滁的时间是在光景融和的春天。次句叙事，写出了官民同乐和滁州民众对这位贤能的知州的一片深情。后两句是抒情，此时离别在即，滁州的山山水水，吏民的热情叙别，使他百感交集，矛盾、激动的心情含蓄地表达了出来。

画眉鸟

百啭千声随意移^①，山花红紫树高低。

始知锁向金笼听，不及林间自在啼。

【注释】

①随意：随心。移：迁移变化。

【译文】

听到画眉鸟在高低起伏的树梢尽情愉快地唱歌，看到画眉鸟在开满红紫山花的枝头自由飞翔，才知道如果把它们锁起来，即使是锁在金笼里，它们也不会唱出这样美妙的歌声了。

【赏析】

　　本篇借咏画眉以抒发作者自己的情怀，作者对"林间自在啼"无比欣赏，这儿以"锁向金笼"与之对比，更体现出诗人挣脱羁绊、向往自由的心理。

和王介甫明妃曲（其二）

汉宫有佳人，天子初未识。

一朝随汉使，远嫁单于国①。

绝色天下无，一失难再得。

虽能杀画工②，于事竟何益？

耳目所及尚如此，万里安能制夷狄③？

汉计诚已拙，女色难自夸。

明妃去时泪，洒向枝上花。

狂风日暮起，飘泊落谁家。

红颜胜人多薄命，莫怨春风当自嗟④。

【注释】

　　① 单于国：指匈奴。② 画工：当时的宫廷画师。③ 制：制伏。夷狄（dí）：指四方少数民族。④当自嗟：应当嗟叹自己的薄命。

宫中有佳人，天子一开始并不知道。

作为汉朝的公主去和亲，远嫁匈奴。

天下再没有如此美色了，从此（汉元帝）就失去了这位佳人。

虽然可以杀了画工出气，但还是于事无补。

眼前的美丑尚不能辨别，又何以能制定制伏"夷狄"之策呢？

汉朝的和亲政策本就不高明，佳人的姿色也不再是炫耀的资本。

明妃离去时流下的眼泪，洒向了枝头上的花朵。

日落狂风起，花朵随风飘落到了谁家？

红颜大多薄命，不要怨恨春风，只能嗟叹自己命薄。

【赏析】

这一首诗写和亲政策之"计拙"，借汉言宋，有强烈的现实意义。诗中"汉宫"四句略叙明妃远嫁匈奴一事。"耳目"两句为全篇警策，宋人说它"切中膏肓"。诗人说眼前的美丑尚不能辨，万里之外的"夷狄"的情况何以判断？这是极深刻的历史见解，而又以诗语出之，千古罕见。事实不是"制夷狄"，而是为"夷狄"所"制"。因而自然引出"汉计诚已拙"这一判语，言简意深，是全诗主旨所在。

宿云梦馆

北雁来时①岁欲昏，私书②归梦杳难分。

井桐叶落池荷尽，一夜西窗雨不闻。

【注释】

①北雁来时：北雁南飞的时候，一般在暮秋。②私书：不公开的个人书信。

【译文】

北来的鸿雁预示着岁暮时节到来了，妻子的来信勾起了归家之念，梦里回家，神情恍惚，难分真假。

梦醒后推窗一看，只见桐叶凋落，池荷谢尽，已下了一夜秋雨，但自己沉酣于梦境之中，竟没有听到。

【赏析】

这是诗人思念妻室之作。欧阳修曾因"朋党"之罪被外放。这首诗是诗人外放时途经云梦驿馆所作。

"北雁来时岁欲昏"，点明季候、时节，在外之人期盼与家人团圆的时节，而诗人不但不能与家人团圆欢聚，反而要远行异地，这引起了他的悠悠愁绪。"私书归梦杳难分"是对思归之情的具体刻画。欧阳修与妻子伉俪情深，正所谓心有所思，夜有所梦，是真是幻，连诗人都分不清了。"杳难分"三字，逼真地显示了诗人梦归后将醒未醒时的情态和心理。

唐朝时期,诗人李商隐任四川节度使,四川一向多雨多雾,阴雨绵绵。他身处异乡,在夜深人静之时,面对秋雨,勾起对妻子的怀念,作《夜雨寄北》诗:"君问归期未有期,巴山夜雨涨秋池。何当共剪西窗烛,却话巴山夜雨时。"欧阳修借用此典故,"西窗"二字即暗用李商隐诗中的事情。言外之意是:何日方能归家,与妻子在西窗之下一道剪烛夜谈,叙说今日云梦馆夜雨之情?

梦中作

夜凉吹笛千山月,路暗迷人百种花。

棋罢不知人换世①,酒阑②无奈客思家。

【注释】

①"棋罢"句:《述异记》说,晋朝人王质入山砍柴,见两童子对弈。一局棋罢,他手中的斧柄已经腐烂。回到家里,家人都已去世。原来时间已过了一百年。②阑:残,尽。

【译文】

一轮明月将远近的山头照得如同白昼,一个人在夜凉如水、万籁俱寂中吹笛。

路上一片昏暗,千百种花儿遍布满地,使得夜色扑朔迷离。

沉迷于棋局之中,当一局终了,却发现早已换了人间。

当酒兴过了之后,思念家乡的感觉袭上心来,让人无奈。

这首诗作于皇祐元年(1049),记述的是梦中之所见。全诗一句一截,各自独立,描绘了秋夜、春宵、棋罢、酒阑四个不同的画面。四句分叙的意境,都是梦里光景,主题不易捉摸,诗人的抑郁恍惚,与他当时政治上的不得志有关。

首句写静夜景色。次句意境朦胧。第三句借一个传说故事喻世事变迁。末句写酒兴已阑,思家之念油然而生。全诗至结尾,寓意就逐渐明朗了。暗寓作者既想超脱时空而又留恋人间的矛盾思想。

苏舜钦
——诗风豪迈隽永

苏舜钦（1008 — 1049）,字子美,梓州铜山（今四川中江）人,后迁居开封（今属河南）。北宋诗人,与梅尧臣齐名,人称"梅苏"。仁宗景祐元年（1034）中进士,官集贤校理。欧阳修称其"笔力豪隽,以超迈横绝为奇"。有《苏学士文集》。

淮中晚泊犊头

春阴垂野草青青, 时有幽花一树明。
晚泊孤舟古祠下, 满川风雨看潮生①。

【 注释 】

①潮生:春潮涨起的景象。

春天的阴云低垂在草色青青的原野上，时而可见在那幽静的地方，有一树红花正开得鲜艳耀眼。天晚了，我把小船停泊在古庙下面，这时候只见淮河上面风雨交加，眼看着潮水渐渐升高。

【赏析】

这首小诗题为"晚泊犊头"，内容却从日间行船写起，后两句才是停滞不前，在船中过夜的情景。诗歌开篇写"春阴垂野草青青"，这样阴暗的天气、单调的景色，是会让远行的旅人感到乏味。幸而"时有幽花一树明"，岸边不时有一树野花闪现出来，五颜六色，让人眼前豁然一亮，那鲜明的影像便印在人的心田。后两句写大雨已来，上游的春潮奔涌而来。诗人呢？诗人早已系舟登岸，稳坐在古庙之中了。这样安闲自在，静观外面风雨春潮的水上夜景，不是很快意吗？表现了诗人的一种悠闲、从容、超然物外的心境和风度。

初晴游沧浪亭

夜雨连明①春水生，娇云浓暖弄②阴晴。
帘虚日薄③花竹静，时有乳鸠④相对鸣。

【注释】

①连明：直到天明。② 弄：戏。③日薄：日光淡薄。④乳鸠：幼鸠。

【译文】

雨从昨夜一直下到天明，亭前池子里的水涨了不少。天上轻柔的春云变幻不定，时而阴时而晴。春天的阳光透过稀疏的帘孔，落下斑驳的倩影；花竹都很安静，偶尔传来乳鸠的啼叫声。

【赏析】

作者于庆历四年（1044）因支持范仲淹等主张政治改革，得罪御史中丞王拱辰，被削职为民，离京寓居苏州，建沧浪亭。这首诗即作于寓居苏州时期。

全诗未用一个直接表情的字眼，但写就了一个静谧安宁的情景，表面看来是诗人闲适恬静心情的写照。但其实不难看出这静中还隐藏着诗人被罢黜后的落寞情绪。

写作技法

"娇云浓暖弄阴晴"句中的"弄"字有拟人的特点，一个"弄"字，写景状物，神韵毕现，描绘出时而薄云遮日，时而云破日出的阴晴不定的景象。

曾 巩
——长于议论、说理

曾巩（1019—1083），字子固，南丰（今属江西）人。北宋政治家、文学家，"唐宋八大家"之一。嘉祐二年（1057）中进士，历任知州、史馆修撰、中书舍人。文学成就以散文最高，结构精密，风格淳古明洁。王安石曾赞叹说："曾子文章世稀有，水之江汉星之斗。"有《元丰类稿》。

西 楼

海浪如云去却回，北风吹起数声雷。
朱楼四面钩疏箔①，卧看千山急雨来。

【注释】

①朱楼：即指西楼。钩疏箔（bó）：将帘子挂起来。疏：疏密。箔：用苇子或秫秸编成的帘子。

【译文】

海浪像云一样，去了又来，北风吹起时又传来几声雷鸣。
红楼的四周都卷起帘子，我卧在楼上看着急急而来的雨。

【赏析】

该诗描述了一幅气势磅礴的海上风雨图。前两句写风吹、云涌、浪卷、雷鸣，这是一支壮美的序曲，诗人最欲欣赏的是"千山急雨来"的出色表演。他要看"急雨"打破雨前沉闷局面而呈现的新鲜境界，以开阔心胸。反映了诗人力求上进、欲有所作为的思想境界。

司马光
——以政治家的热情谱写诗歌

司马光（1019—1086），字君实，号迂叟，世称涑水先生。赠太师、温国公，谥号"文正"。陕州夏县（今属山西）人。北宋时期著名政治家、史学家、散文家。宝元二年（1039）中进士，历任馆阁校勘、待制、翰林学士，官至尚书左仆射兼门下侍郎（宰相）。历时十九年撰成历史巨制《资治通鉴》。存诗千余首，有《传家集》《司马文正公集》。

居洛初夏作

四月清和雨乍晴，南山当户转分明①。

更无柳絮因风起，唯有葵花向日倾。

【注释】

①转：渐，更加。分明：清晰。

【译文】

四月天晴朗暖和，雨后初晴，对着门的南山从刚才的朦胧转为清晰。春末夏初，已不见那因风起舞的柳絮，唯有那向日葵对着太阳开放着。

【赏析】

司马光作此诗是在退居洛阳时，当时他与王安石不合。诗中因风起的柳絮，是有所喻托的，实指王安石等人。"葵花向日倾"，则用以比喻自己对国家的一片忠心。

王安石

——主张改革变法的诗人

王安石（1021-1086），字介甫，号半山。抚州临川（今江西）人。北宋杰出的政治家、思想家、文学家、改革家，"唐宋八大家"之一。晚年退居江宁（今江苏南京），建半山园终老。封荆国公，官至宰相。有《王临川集》《临川集拾遗》等存世。

登飞来峰

飞来山上千寻①塔，闻说鸡鸣见日升。

不畏②浮云遮望眼，自缘身在最高层。

【注释】

①千寻：八尺为一寻，这里极言其高，是夸张的说法。②畏：惧怕。

【译文】

飞来峰顶有座高耸入云的塔，听说鸡鸣时分可以看见旭日升起。

不怕层层浮云遮住我那远眺的目光，只因为我站在飞来峰顶。

【赏析】

此诗为诗人30岁时所作，皇祐二

年（1050）夏，他在浙江鄞县知县任满回江西临川故里时，途经杭州，写下此诗。这首诗是他初涉宦海之作。此时他年轻气盛，抱负不凡，正好借登飞来峰寄托壮怀，可看作是实行新法的前奏。表达了不畏艰险、自信向上、积极进取的人生态度。

写作技法

"浮云"不仅是指飞来峰上的浮云，还暗喻奸佞的小人。古人常有浮云蔽日、邪臣蔽贤的忧虑，而诗人却加上"不畏"二字。表现了诗人在政治上高瞻远瞩、不畏奸邪的勇气和决心。

壬辰寒食

客思似杨柳，春风千万条。

更倾寒食泪，欲涨冶城潮①。

巾发雪②争出，镜颜③朱早凋。

未知轩冕④乐，但欲老渔樵。

【注释】

①冶城：在今江苏南京城西，为吴国铸冶之地，故名。寒食"泪"能涨起冶城"潮"，极言悲恸。②巾发：巾下之发。雪：喻白发。③镜颜：镜中之颜。④轩：指轩车。冕：指冕服。后世用"轩冕"指官位爵禄。

【译文】

身居他乡的乡思像杨柳一样，被春风一吹，就有千万条思绪。

尤其是到了清明的寒食节，眼泪就快要淹没冶城了。

白发像是要挣脱出头巾的束缚，镜中自己的面容也已苍老。

不想知道官位的快乐啊，只求能够做一个打渔和砍柴的农民。

皇祐四年壬辰（1052），王安石回江宁祭扫父亲的墓时写下此诗。诗人生动形象地抒发了自己扫墓时沉痛的心情，以及变法尚未能推行而意欲归隐的愿望。然而他也只是借诗抒怀，不能付诸实际。

元　日

爆竹声中一岁除，春风送暖入屠苏^①。

千门万户曈曈^②日，总把新桃换旧符^③。

【注释】

①屠苏：酒名。古代风俗，正月初一合家饮屠苏酒。②曈曈（tóng）：太阳初出渐渐明亮的样子。③桃符：古代风俗，元旦用桃木板绘神荼、郁垒二神像（或书其名），悬挂在门旁，以为能驱邪，后来逐渐被春联代替。

【译文】

在爆竹声中送走了旧年，迎来了新年。人们迎着和煦的春风，开怀畅饮屠苏酒。

家家户户都被太阳的光辉普照着，每年春节都取下了旧桃符，换上新桃符。

【赏析】

这首诗是以除旧迎新来比喻和歌颂新法的胜利推行。赞美新事物

的诞生如同"春风送暖"那样充满生机，抒写自己执政变法、除旧布新及强国富民的抱负和乐观自信的态度。

北陂杏花

一陂①春水绕花身，花影妖娆各占春。

纵被春风吹作雪，绝胜南陌碾成尘。

【注释】

①陂（bēi）：池，塘。

【译文】

池塘中的春水环绕着杏花，花与水中的倒影争奇斗艳。

即使像雪那样被春风吹落，也胜过在南边小路上被碾作尘埃。

【赏析】

王安石从（熙宁三年1070）到（熙宁九年1076），两次拜相，又两次罢相，最后退居江宁，寄情于半山。罢相之后，他虽被迫退出政治舞台，但仍然坚持自己原有的改革信念与立场。北陂杏花正是诗人刚强耿介、孤芳自赏的自我人格的象征。

写·作·技·法

本诗中的一"纵"一"绝"，呼应紧密，掷地有声地表明了他的政治立场与人生操守。

江 上

江水漾西风，江花脱晚红。

离情被横笛，吹过乱山东^①。

【注释】

①乱山东：乱山的东面。

【译文】

江水因西风而荡漾生波，江岸上晚开的花也凋谢了。

横笛声带着离情，飘向远方。随秋风吹到乱山的东面。

【赏析】

这首诗抓住江上特有的景物，从视觉和听觉两个角度，扣住"秋天"这，特定的节令特点，特定的季节、特定的景物，触动了诗人的离情别绪。

梅 花

墙角数枝梅，凌寒^①独自开。

遥^②知不是雪，为有暗香来^③。

【注释】

①凌寒：冒着严寒。②遥：远远地。③为：因为。暗香：指梅花的幽香。

墙角有数枝梅花，冒着严寒独自盛开。

远远地就能感知它不是白雪，因为有一股幽香不知不觉地袭来。

【赏析】

这首小诗意味深远，而语句又十分朴素自然，没有丝毫雕琢的痕迹。作者巧妙地通过对梅花不畏严寒的高洁品性的赞赏，用雪喻梅的冰清玉洁，又用"暗香"点出梅胜于雪，说明坚强高洁的人格所具有的独特魅力。此时在北宋极端复杂和艰难的局势下，作者积极倡导改革而得不到支持，其孤独心态和艰难处境，与梅花自然有共通的地方。

书湖阴先生壁（其一）

茅檐长扫静无苔，花木成畦①手自栽。

一水护田将绿绕，两山排闼②送青来。

【注释】

①畦：田地间为方便耕作管理而划分的长行。②排闼（tà）：推开门。

茅草房庭院因经常打扫，所以洁净得没有一丝青苔。花草树木成行满畦，都是主人亲手栽种。庭院外有一条小河保护着农田，把绿色的田地环绕。两座青山像推开的两扇门，送来一片翠绿。

【赏析】

这首诗是题写在湖阴先生家的屋壁上的。前两句写他家的环境，洁净清幽，暗示主人生活情趣的高雅。后两句转到院外，写山水对湖阴先生的深情，门前的山水见到庭院这样整洁，主人这样爱美，也争相前来为主人的院落增色添彩。诗人以神来之笔，留下这千古传诵的名句。山水主动与人相亲，更凸显人的高洁。

写作技法

后两句诗，诗人运用了对偶的句式，又采用了拟人的手法，"护"字、"绕"字赋予山水人的感情，化静为动，生机勃勃又清静幽雅。

泊船瓜洲

京口瓜洲一水①间，钟山②只隔数重山。

春风又绿江南岸，明月何时照我还？

【注释】

①京口：今江苏镇江，与瓜洲渡南北相对。瓜洲：瓜洲渡，长江渡口，

在扬州南。一水：指长江。②钟山：今南京紫金山。

【译文】

从京口到瓜洲只隔一江，从京口到钟山也只隔几座山而已。

春风又吹绿了长江两岸，明月何时才能照我回到家乡啊？

【赏析】

朝廷重新起用王安石，此时王安石已五十五岁。诗的结句"明月何时照我还"是全诗的主旨所在，它以直抒胸臆的形式为全诗定下了忧郁、伤感的感情基调，明白无误地告诉人们：诗人对复出还政并无如愿以偿的喜悦，更无急不可待的热切。相反，诗人还没有到达京城，家乡还未从视线中消失，内心里就已涌起了思乡之情。

"何时照我还"的疑问也道出了仕途险恶、吉凶难测，"何时"二字是诗人发自肺腑的一声沉重叹息，是诗人抑郁消沉心态的真实流露，也蕴涵着诗人对施行新法的前途的担忧。

苏 轼
——豪放派词人的代表

苏轼（1037－1101），字子瞻，号东坡居士，世人称其为苏东坡。仁宗嘉祐二年（1057）进士，历任知州、翰林学士、礼部尚书。他是继欧阳修之后的北宋文坛领袖。"唐宋八大家"之一，与父亲苏洵、弟弟苏辙合称"三苏"，其诗、词、赋、散文均成就极高，且善书法和绘画，是中国文学艺术史上罕见的全才。有《东坡七集》《东坡乐府》等。

和子由渑池怀旧

人生到处①知何似，应似飞鸿踏雪泥。

泥上偶然留指爪，鸿飞那复计东西。

老僧已死成新塔，坏壁无由见旧题。

往日②崎岖还记否？路长人困蹇驴③嘶。

【注释】

①到处：所到之处。②往日：指嘉祐元年（1056）"三苏"赴京曾途经此地。③蹇（jiǎn）驴：跛足或驽钝的驴。

【译文】

人生在世所到之处，你道像是什么？我看像鸿鹄在某处的雪地上偶然停留。泥地上留下的爪印只是偶然的事，因为鸿鹄飞往东西根本就没有定律。老和尚奉闲已经去世，他留下的只有一座藏骨灰的新塔，我们也没有机会再到那看看当年题过字的破壁了。你还记得当时往渑池的崎岖旅程吗？路远人乏，驴子也累得直叫。

【赏析】

本诗作于北宋嘉祐六年（1061），当时作者赴任陕西，路过渑池（今属河南）。其弟苏辙送诗人到郑州，然后返回京城开封，眷眷手足之情难遣，写了《怀渑池寄于瞻兄》寄赠给诗人。此诗为作者的和诗，表达对人生来去无定的怅惘和往事旧迹的深情眷念。

"雪泥鸿爪"现在用来比喻往事遗留的痕迹。例如："往事亡矣，只是雪泥鸿爪，他每次看见旧物，总还生出一些缠绵来。"

游金山寺

我家江①水初发源，宦游直送江入海。

闻道潮头一丈高，天寒尚有沙痕在。

中泠南畔石盘陀②，古来出没③随涛波。

试登绝顶望乡国④，江南江北青山多。

羁愁畏晚寻归楫⑤，山僧苦留看落日。

微风万顷靴文细，断霞半空鱼尾⑥赤。

是时江月初生魄⑦，二更月落天深黑。

江心似有炬火明，飞焰照山栖鸟惊。

怅然归卧心莫识，非鬼非人竟何物？

江山如此不归山，江神见怪惊我顽。

我谢江神岂得已，有田不归如江水。

【注释】

①家：家住。江：指长江。古人认为岷江是长江源头。②中泠（líng）：泉名，在金山西北江心中。盘陀：山石高大不平的样子。③出没：露出或没入水面。④乡国：故乡。⑤羁愁：羁旅之愁。寻归楫（jí）：寻找返回镇江的船。当时金山孤立江中，不与陆地相连。楫：桨，指代船。⑥鱼尾：指霞的颜色。⑦初生魄：初生的月光。

我的家乡地处长江源头，为官出游，随滚滚江水东流入海。

听说此地大潮掀起的浪头足有一丈高，即使天寒地冻，还有沙痕的印迹。

自古以来露出或没入水面都跟随着浪涛（涨落）。

试图登上山顶遥望故乡，无奈江南江北都有青山阻隔。

羁愁难消，只恐难寻回家的归舟，山上的圣僧苦苦挽留我欣赏山中的落日。

微风吹过，万顷波涛荡漾起细纹，半天晚霞恰似鱼尾般鲜红。

这时江中月亮刚刚升起，二更天月落，天空一片漆黑。

长江江心好似有一炬火光，飞腾的火焰照得在山中栖息的鸟惊飞。

惘怅地回屋躺下，心中也不能辨识，不是鬼也不是人，那究竟是什么？

江山弥幻，而我却不归去，难道江神责怪我冥顽不灵，故以火光惊吓我？

感谢江神提醒我，但（出仕）实在是不得已，将来有田可耕，就一定回去。

宋神宗熙宁初年，苏轼由于写了《上神宗皇帝书》《拟进士对御试策》等批评新法的文章，受到诬陷，不安于在京任职，乃自请外放。于是被任命为杭州通判。这首诗即是他在熙宁四年（1071）赴任时经过镇江金山寺所作。

此诗略去对寺景的刻画摹写，着重写登高眺远之景，将古与今、虚与实、情与景融为一体。尤其"试登绝顶望乡国，江南江北青山多"

一句，在对景物的刻画中渗透着浓郁的乡情，特别真挚动人。末尾四句，带有他在政治上不得意的牢骚苦闷。同时也透露了诗人的归隐之志。

六月二十七日望湖楼醉书五绝（其一）

黑云翻墨未遮山，白雨跳珠乱入船。

卷地风来忽吹散，望湖楼①下水如天。

【注释】

①望湖楼：在西湖边。

【译文】

黑云像打翻了的墨汁，但没有遮住群山。雨点像洒落的珍珠，纷纷打到船上来。

忽然被从地面卷起的风吹散，望湖楼下的湖面像天空一样明净。

【赏析】

（熙宁五年1072），苏轼在杭州任通判。这年六月二十七日，他游览西湖，在船上看到奇妙的湖光山色，再到望湖楼上喝酒，写下此诗。

诗人将一场风雨写得富于情趣。他抓住了骤雨的几个要点，写得十分鲜明，颇见功夫。用"翻墨"写出云的来势迅疾，用"跳珠"描绘雨的特点，说明是骤雨而不是久雨。"未遮山"也是骤雨才有的景象。"卷地风"说明雨过得快的原因，都是如实描写。最后用"水如天"写一场骤雨的结束，有悠然不尽的情致。

饮湖上初晴后雨（其二）

水光潋滟①晴方好，山色空蒙②雨亦奇。
欲把西湖比西子③，淡妆浓抹总④相宜。

【注释】

①潋（liàn）滟（yàn）：湖面上波光荡漾的样子。②空蒙：雾气迷蒙的样子。③西子：即西施，春秋时越国美女。④总：都。

【译文】

水波荡漾的晴天景色美好，迷蒙的山中烟雨更加奇特。

如果把西湖比作西施，不论她是淡妆还是浓妆，都一样光彩照人。

【赏析】

这是一首赞美西湖美景的诗，写于诗人任杭州通判期间。杭州西湖，又叫西子湖，此名则是从这首小诗而来。这首小诗前两句是描写晴天的水、雨天的山，从两种地貌、两种天气表现西湖山水风光之美和晴雨多变的特征，写得具体、传神，具有高度的艺术概括性，因而有人评论说，古来多少西湖诗，全被这两句扫尽了。

"欲把西湖比西子"句以绝色美人喻西湖，不仅赋予西湖之美以生命，而且新奇别致，情味隽永。人人皆知西施是个美女，但究竟是怎样的美丽，不同的人心中有不同的答案。西湖的美景不也是如此吗？

新城道中（其一）

东风知我欲山行，吹断檐间积雨声。

岭上晴云披絮①帽，树头初日挂铜钲②。

野桃含笑竹篱短③，溪柳自摇沙水清。

西崦④人家应最乐，煮芹烧笋饷⑤春耕。

【注释】

①絮：指丝绵絮。②初日：初升的太阳。铜钲（zhēng）：铜锣。③短：矮。④西崦（yān）：泛指西山，不是山名。⑤饷（xiǎng）：给在田间劳动的人送饭。

【译文】

东风像是知道我要到山里去，吹断了檐间连续不断的积雨声。

岭上飘浮着晴云，像披着丝棉帽，树头初升的太阳像挂着铜锣。

矮矮的竹篱旁，野桃花点头含笑，清的澈沙溪边，柳条自在摇摆。

西山一带的人家应该最欢乐，煮芹烧笋去给春耕的人送饭。

【赏析】

这首诗写作者出巡时途中所见的美丽景色，愉快地赞美了山村人家和乐的劳动生活。首联"我欲山行",写春风吹断了积雨,新颖别致,为全诗写景抒情奠定了轻松活泼的基调;颔联"岭上晴云披絮帽,树头初日挂铜钲",诗人选择了山头、白云、树梢、初升的太阳四种自然景物描绘山村晴景;颈联继续描写山村的自然景物,以"野桃含笑","溪柳自摇"写活了"野桃""溪柳",使山村自然景物充满了勃勃生机,洋溢着欢快的气氛;尾联由自然景物的描写转入对农人及其生活的反映,更增添了这种喜情。此联紧扣一个"乐"字。雨过天晴,春暖花开,景致优美,令人心旷神怡,何况这又是闹春耕的大好时光,如此美景良辰,不能不使农人倍感欢欣。

有美堂暴雨

游人脚底一声雷,满座顽云拨不开。

天外黑风吹海立①,浙东②飞雨过江来。

十分潋滟③金樽凸,千杖敲铿羯鼓催④。

唤起谪仙泉洒面,倒倾鲛室泻琼瑰⑤。

【注释】

①海立:指海潮高高涌起。②浙东:钱塘江的东面。杭州在钱塘江的西面。③潋滟:水充盈的样子。④羯(jié)鼓:从西域传入的一种打击乐器,其形如桶,横置,两头可击,也称作两杖鼓。⑤鲛室:鲛人在大海中的居室,传说鲛人泣泪成珠。琼瑰:比喻佳辞丽句。

【译文】

忽然一声霹雳,犹如在脚下响起,转眼间乌云密布,挥洒不去。

天外的黑风将海水吹得立起来，钱塘江东面的暴雨被风吹过江来。

大雨倾盆，江潮涨起，如酒杯盛满，快要溢出，雨声铿锵，如千万支鼓槌交替敲下。

唤醒李白，以水洒面，美妙的诗文如倒倾鲛室而珍宝俱出一样。

【赏析】

此诗作于熙宁六年（1073），苏轼任杭州通判时。西湖东南角有吴山，地势高敞，山不高，但秀美。山上的"有美堂"为杭州太守梅挚于嘉祐二年（1057）所建。熙宁六年初秋，苏轼在有美堂饮酒，忽遇暴雨，即兴写下这首七言律诗。

此诗通首描写暴雨，诗的首联写暴雨欲来之势。"游人脚底一声雷"，这句诗一方面表现出夏天暴雨前霹雳往往自地而起的特点；另一方面也反映出山的地势之高。颔联接着写暴雨自远而近的情景。颈联写暴雨的远景，一连用了两个形象的比喻正面描写暴雨的声势，"十分潋滟金樽凸"是所见，写倾盆的雨势；"千杖敲铿羯鼓催"是所闻，写急促的雨声。尾联仍写雨，但别开生面。用李白醉中写诗的典故，这里是所想，充分地表达了他的内心活动，写大雨激发了自己的诗兴。

诗 词 典 故

李白嗜好喝酒，每天和酒徒们在酒馆里喝到大醉。唐玄宗谱写了乐曲，想要填上新词，马上让人去召李白，李白已经在酒馆里醉倒了。召来后，玄宗将水洒到李白的脸上，让他立刻拿起笔填词，不一会儿李白就成了十多首，玄宗非常赞赏。这里的"唤起谪仙泉洒面"便是诗人借此典故写自己诗兴大发，要写出许多气势翻江倒海的诗篇。

月夜与客饮酒杏花下

杏花飞帘散余春，明月入户寻幽人^①。

褰衣^②步月踏花影，炯^③如流水涵青苹。

花间置酒清香发，争挽长条落香雪^④。

山城^⑤薄酒不堪饮，劝君且吸杯中月。

洞箫声断月明中，惟忧月落酒杯空。

明朝卷地春风恶，但见绿叶栖残红。

【注释】

①幽人：隐居的人。这里指悠闲雅静的人。②褰(qiān)衣：提起衣襟。
③炯：明亮。④长条：杏枝。香雪：指杏花。⑤山城：指徐州。

【译文】

杏花飞落在竹帘之上，它的飘落，似乎把春天的景色都给驱散了。明月照进庭院来寻觅幽闲雅静的人。揽衣举足，沿阶而下，踱步月光花影之中，明亮的月光穿过杏花之后，便投下斑斑光影，宛如流水中荡漾着青萍一般。美酒置于花间，酒香更显浓郁，趁着酒兴观赏纷纷落下的杏花。山城偏僻，难得好酒，借月待客，可补酒薄的不足。悠扬的箫声渐渐停息，只是担忧月落杯盘空。月下的花如此动人，明天一阵恶风刮起，满树杏花也就只剩下点点残红。

这首诗作于作者知徐州任上。诗的开头两句"杏花飞帘散余春,明月入户寻幽人",开门见山,托出花与月。在此诗中明月是主,诗人是客,明月那么多情,入户来寻幽人。那么,被邀之人就不能不为月的盛情所感,从而高兴地与月赏花对饮。"花间置酒清香发,争挽长条落香雪"两句写出了赏花与饮酒的强烈兴致。"惟忧月落酒杯空"一句使诗歌基调转入低沉,此时诗人最忧虑的不是别的,而是月落。这里含着十分复杂的情感,被排挤出朝廷的诗人,在此山城,唯有明月与诗人长相陪伴。诗的最后两句转写花,不过不是月下之花,而是想象中的凋零之花。寄托了诗人对命运的哀愁感叹。

海 棠

东风袅袅泛崇①光,
香雾空蒙月转廊。
只恐夜深花睡去,
故烧高烛照红妆。

【注释】

①袅袅:形容风的轻柔。崇:这里同"丛"。

【译文】

在袅袅东风的吹拂下,一丛丛海棠闪动着光泽。花香弥漫在雾气中,月亮转过了厅廊。

只恐怕夜深时分花儿就凋谢了，于是燃起高高的烛火去观赏海棠花的娇艳风姿。

【赏析】

这首绝句写于元丰三年（1080），苏轼被贬黄州（今湖北黄冈）期间。

"东风袅袅"形容春风的吹拂之态，"崇光"是指正在增长的春光，一个"泛"字，活写出春意的暖融，为海棠的盛开造势。"香雾空蒙"写海棠的阵阵幽香沁人心脾。"月转廊"，月亮已转过回廊那边去了，照不到这海棠花；暗示夜已深，人无眠，这其中还有诗人的一层隐喻：身处僻远之地，失去了君王的恩宠。"只恐夜深花睡去"是全诗的关键句，这一句写得痴绝，一个"恐"字写出了诗人要与花共度不眠夜，对"花睡去"的担忧、惊怯之情。末句更进一层，将爱花的感情提升到一个极点。写此诗时，诗人虽已过不惑之年，但此诗却没有给人以萎靡颓废之感，从"东风""崇光""香雾""高烛""红妆"这些明丽的意象中，我们分明可以感受到诗人达观、潇洒的胸襟。

诗词辞典

唐玄宗登沉香亭，召杨贵妃，贵妃酒未醒，醉颜残妆，鬓乱钗横，由侍女搀扶而来，不能行礼。唐玄宗笑道："不是贵妃醉了，是海棠还没有睡醒。"唐玄宗将杨贵妃的醉貌比作"海棠睡未足"。这就是"海棠春睡"典故的由来。诗中的"花睡去"则是借用此典故。

东 坡

雨洗东坡月色清，市人行尽野人①行。

莫嫌荦确②坡头路，自爱铿然曳杖声。

【注释】

①市人：城市居民。野人：山野之人，指农民。②荦确：坎坷不平的样子。

【译文】

雨水把东坡洗得格外干净，月光也更加清亮。

城里的人早已离开，此处只有山野中人闲游散步。

千万别嫌弃这些坎坷的坡路不如城里平坦，我就是喜欢这手杖触及山石的声音。

【赏析】

宋神宗元丰初年，作者被贬官到黄州，生活困窘。老朋友马正卿看不过去，给他从郡里申请下来一片撂荒的地，苏轼加以整治，躬耕其中，这就是东坡，他从此自称东坡居士。

本诗一开始便通过景物描写，将东坡置于一片静景之中。说明作者对田园生活的热爱，抒发了但愿长醉山水间的意愿。后两句一个"莫嫌"，一个"自爱"，以险为乐的豪迈精神，都在这一反一正的强烈感情对比中凸显出来了。这"荦确坡头路"不就是作者脚下坎坷的仕途吗？作者对待仕途挫折，从来都是抱着这种开朗乐观、意气昂扬的态度，绝不气馁颓丧，这种精神是能够给人以鼓舞和力量的。

题西林壁

横看成岭侧成峰，远近高低各不同。

不识庐山真面目，只缘^①身在此山中。

【注释】

①缘：由于。

【译文】

从正面看，庐山的山岭连绵起伏，从侧面看，庐山山峰耸立，从远、近、高、低各处看庐山，庐山呈现各种不同的样子。我之所以认不清庐山本来的面目，是因为我自己身在庐山之中。

【赏析】

此诗是苏轼由黄州贬赴汝州任团练副使，经过九江，游览庐山时所作。

开头两句"横看成岭侧成峰，远近高低各不同"，实写游山所见。游人所处的位置不同，看到的景物也各不相同。这两句概括而形象地写出了移步换形、千姿万态的庐山风景。后两句"不识庐山真面目，只缘身在此山中"，是即景

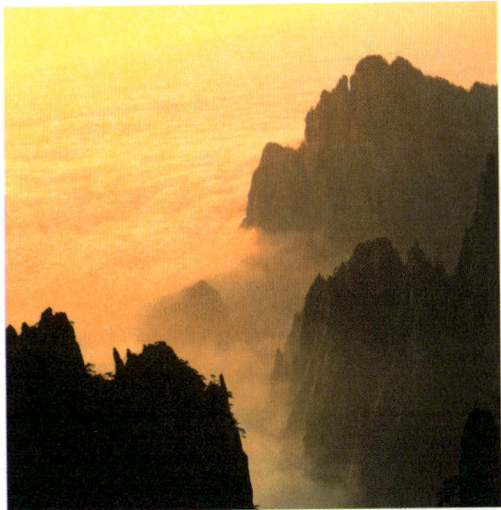

说理，为什么不能辨认出庐山的真实面目呢？因为身在庐山之中，视野为庐山的峰峦所局限，看到的只是庐山的局部而已。游山所见如此，观察世上的事物也常如此。由于人们所处的地位不同，看问题的出发点不同，对客观事物的认识难免有片面性；要认识事物的真相与全貌，必须开阔视野，摆脱主观成见。

古 为 今 用

"不识庐山真面目"，现在人们常用来形容看不清事物的本质。例如："革命家终会在大风大浪中辨明方向，分清歧路；怎能够——只见长江滚滚来，不识庐山真面目？"

惠崇春江晚景（其一）

竹外桃花三两枝，春江水暖鸭先知。
蒌蒿^①满地芦芽短，正是河豚^②欲上时。

【注释】

①蒌蒿：多年生草本植物，花淡黄色，其茎可食。②河豚：鱼名。肉味鲜美而内脏有毒。

【译文】

竹林外两三枝桃花初放，初春江水回暖，鸭子最先察觉。

河滩上已经长满了蒌蒿，芦笋也开始抽芽了，而这恰是河豚要逆江而上产卵的季节。

这是一首题画诗，是苏轼元丰八年（1085）于汴京所作。原诗共两首，这里选的是第一首。惠崇是宋朝著名的画家、僧人。他能诗善画，《春江晚景》是他的名作。苏轼根据画意，妙笔生花，寥寥几笔就勾勒出一幅生机勃勃的早春二月图。

赠刘景文①

荷尽已无擎雨盖②，菊残犹有傲霜枝。

一年好景君须记，最是橙黄橘绿时。

【注释】

①刘景文：名季孙，开封祥符（今河南省开封市）人，做过饶州酒监。苏轼赞誉刘景文为"慷慨奇士"，将他比作孔融，并推荐他做官。 ②擎雨盖：喻指荷叶。

【译文】

荷叶败尽，像遮雨的伞似的叶子已经没有了，菊花也已枯萎，但那傲霜挺拔的菊枝还在。别以为一年的好景将尽，你必须记住，最美的景是初冬橙黄橘绿的时节啊！

【赏析】

这是苏轼于元祐五年（1090）在杭州任知州时送给好友刘景文的一首勉励诗，该作品是苏诗中的经典之作，脍炙人口。诗的前两句写景，抓住"荷尽""菊残"描绘出秋末冬初的萧瑟景象。"已无"与"犹有"形成强烈对比，突出菊花傲霜斗寒的形象。后两句议景，揭示赠诗的目的。说明冬景虽然萧瑟冷落，但也有硕果累累、成熟丰收的一面，而这一点恰恰是其他季节无法相比的。诗人这样写，是用来比喻人到壮年，虽已青春流逝，但也是人生成熟、大有作为的黄金阶段，勉励朋友珍惜这大好时光，乐观向上、努力不懈，不要意志消沉、妄自菲薄。

澄迈驿通潮阁①（其二）

余生欲老海南村②，
帝遣巫阳招我魂③。
杳杳天低鹘没处④，
青山一发⑤是中原。

【注释】

①澄迈驿：设在澄迈县（今海南省北部）的驿站。通潮阁：一名"通明阁"，在澄迈西，是驿站上的建筑。②海南村：海南的村野。③天帝：喻朝廷。招魂：喻自己重新被召回朝廷。④杳杳：深远不清晰的样子。鹘：鹰一类的鸟。没：隐没，消失。⑤青山一发：远处青山连成一片，其轮廓逶迤如一片。

【译文】

我打算在海南的村野中度过余生，
朝廷却又将我从贬地召回。
在遥远的鹘鸟飞没的尽头，
远处连绵横亘的青山就是中原大地。

元符三年（1100）五月，苏轼受命移廉州（今广西合浦县）安置。六月赴廉州途中作此诗。这首诗着意抒发作者思乡盼归的心情。作者的情感有一个变化的过程：从惆怅到苦闷，再到豁然开朗。

黄庭坚
——力图摒弃轻俗的诗风

黄庭坚（1045—1105），号山谷道人，晚年号涪翁，又称豫章黄先生。北宋诗人、词人、书法家。早年受知于苏轼，与张耒、晁补之、秦观并称"苏门四学士"。诗与苏轼并称"苏黄"。书法精妙，与苏轼、米芾、蔡襄并称"宋四家"。英宗治平四年（1067）进士，历任县尉、知县、秘书省校书郎、秘书丞、集贤校理。诗风奇崛瘦硬，豪放秀逸，开一代风气。有《豫章黄先生文集》。

登快阁

痴儿了却公家事①，快阁东西倚晚晴。
落木②千山天远大，澄江③一道月分明。
朱弦已为佳人绝④，青眼聊因美酒横。
万里归船弄长笛，此心吾与白鸥盟。

【注释】

①痴儿：作者自指，含戏谑意。公家事：官事，公事。②落木：树木落叶。③澄江：江名（快阁即在其上）。④佳人：知音。绝：断。

我为公事忙碌了一天，趁着傍晚雨后初晴，登上快阁来放松一下心情。举目远望，万木萧条，天地更显得广阔。在明朗的月色下，澄江分明地向远处流去。友人远离，早已没有弄弦吹箫的兴致了，只有见到美酒，眼中才流露出喜色。想想人生羁绊，为官蹭蹬，还真不如坐着船，吹着笛子回到家乡，我的心愿就是与白鸥为伴，同游云水之涯。

【赏析】

宋神宗元丰五年（1082），黄庭坚当时在吉州泰和县（今属江西泰）知县任上，公事之余，诗人常到快阁赏景。这一首著名的七律就是写登临时的所见所感。

诗人陶醉在落木千山、澄江月明的美景之中，与起首处对公家事之"了却"形成鲜明对照；但面对良辰美景，诗人心内忧烦，忧烦自己的抱负无法实现，自己的胸怀无人理解。那么，解脱的出路何在呢？这就暗写了诗人"归船""白鸥盟"的归隐想法。

诗词典故

阮籍的母亲去世后，有不少名士前来吊唁。来客中有个名叫嵇喜的，官位和名气都不小，阮籍却圆瞪着一双白眼（眼睛斜视时现出眼白）看着他，表情木然。嵇喜见此状况，只好不高兴地走了；等到嵇喜的弟弟嵇康来吊唁时，阮籍马上迎了上去，"青眼（眼睛正视时眼球居中）有加"。后世以"青眼"表示对人的喜爱或尊重；以"白眼"表示对人的轻视或憎恶。

寄黄几复①

我居北海②君南海，寄雁传书谢不能。

桃李春风一杯酒，江湖夜雨十年灯。

持家但有四立壁③，治病不蕲三折肱④。

想见读书头已白，隔溪猿哭瘴⑤溪藤。

【注释】

①黄几复：名介，字几复，豫章（今江西南昌）人，作者的旧交，长期官于岭南。黄几复任四会（今属广东）知县，地近南海。②北海：当时作者在德州德平镇（今山东德州陵城区）任上，地近北海。③四立壁：家徒四壁，空无所有。④蕲（qí）：祈求。肱：手臂。⑤瘴：瘴气。旧指南方（尤其是岭南）致人生病的湿热之气。

【译文】

我住在北方海滨，而你住在南方海滨，我托大雁传书，大雁推辞说不能。当年在春风下观赏桃李，共饮美酒，江湖落魄，一别已有十年，常对着孤灯，听着秋雨，思念着你。

你努力持家，但也还家徒四壁，艰难至此。我希望你不须多经挫折，便能深知世故。想你清贫自守，发奋读书，如今头发已白了，山溪那边传来攀缘青藤的猿猴的哀鸣。

【赏析】

这首诗作于宋神宗元丰八年（1085），此时黄庭坚监德州德平镇。"桃李春风"与"江湖夜雨"，这是"乐"与"哀"的对照；"一杯酒"

与"十年灯","桃李春风"而共饮"一杯酒",欢会极其短促。"江湖夜雨"而各对"十年灯",漂泊极其漫长。快意与失望,暂聚与久别,往日的交情与当前的思念,都从时、地、景、事、情的强烈对照中表现出来,令人回味无穷。

尾联以"想见"领起,与首句"我居北海君南海"相照应。在作者的想象里,十年前在京城的"桃李春风"中把酒畅谈理想的朋友,如今已白发苍苍,却仍然像从前那样好学不倦!他"读书头已白",还只在海滨做一个县令。其读书声是否还像从前那样欢快悦耳,没有明写,而以"隔溪猿哭瘴溪藤"做映衬,给整个图景带来凄凉的氛围;不平之鸣,怜才之意,也都蕴涵其中。

雨中登岳阳楼望君山^①（其二）

满川风雨独凭栏,绾结湘娥^②十二鬟。
可惜不当湖水面,银山堆里看青山。

【注释】

①岳阳楼:即岳阳城西门楼,下临洞庭湖。君山:君山是洞庭湖中的一座小岛。②绾(wǎn):盘发结。湘娥:湘水女神。

【译文】

被贬谪到此地,凭栏观赏湖山胜景,放眼远望,君山的形状好像湘水女神盘起的十二个发髻,只可惜自己是在岳阳楼上,而不是在洞庭湖的水面上。

这首诗写作者凭栏远眺洞庭湖时的感受。"满川风雨"隐指作者所处的恶劣的政治形势。诗人忧患余生，却能保持无比开阔的胸襟，写出"可惜不当湖水面，银山堆里看青山"这样意气风发的诗句，令人钦佩不已。

寄贺方回

少游醉卧古藤下①，谁与愁眉唱一杯。

解作江南断肠句②，只今唯有贺方回。

【注释】

①少游：指秦观（字少游）。秦观在处州（今浙江丽水）作词有"醉卧古藤阴下，了不知南北"之句，这里借用，指秦观卒于藤州。②解：懂。断肠句：贺方回词《青玉案》有"碧云冉冉蘅皋暮，彩笔新题断肠句"，这里借用，悼念秦观。

【译文】

秦观醉倒在古藤下，谁能再与他把酒言诗。

谁能读懂江南断肠句，如今只有贺方回了。

【赏析】

黄庭坚度过了六年漫长的谪居岁月，好不容易在宋徽宗崇宁元年（1102）被调任太平州（今安徽当涂），但到官仅九日即罢官。在贫穷困顿中，他只得漂泊于江湖间，后寓居鄂州（治所在今湖北武汉市武昌区），这首七绝就是崇宁二年（1103）在鄂州寄给贺方回的诗。

贺方回是一位豪放侠义之士，又富有才情，诗、词精绝，名重一时，黄庭坚视他为知己。他在赴泗州通判任时，路经当涂，曾与黄庭坚会面。这首诗就是他们分手后，黄庭坚寄赠之作。

此诗在尺幅之中蕴涵深情，表现了三个朋友相互间的情谊，构思精巧。但它不仅是一般的寄友怀人之作，黄庭坚的感叹中沉淀着深厚的内容。在北宋的激烈党争中，许多有才识之士纷纷遭到远贬，经历了种种磨难，有些人甚至死在岭南贬所。宋徽宗继位，许多人得以赦免，但劫后余生也不能长久，秦观等人都在此时去世。崇宁元年，蔡京任宰相，党祸再起，开列了包括苏轼、秦观在内的百余名"奸党"的名单，在全国刻石，并下令销毁苏轼父子三人及苏门弟子等的著作。黄庭坚在遇赦时也曾对徽宗寄以厚望，但朝政如此，他又重新陷于绝望之中。师友凋零，前途未卜，他忧患余生，心情十分悲凉落寞。就在作诗的这一年，黄庭坚再贬宜州（治所在今广西宜山），不久即辞世。

鄂州南楼书事（其一）

四顾山光接水光，凭栏十里芰荷①香。

清风明月无人管②，并作南楼一味凉③。

【注释】

①芰（jì）荷：出水的荷花。②管：看管。③并：齐，共。一味凉：一片凉意。

【译文】

站在南楼上，靠着栏杆向四周远望，只见山色和水色连接在一起，辽阔的水面上荷花盛开，飘来阵阵香气。清风明月没有人看管，自由自在，月光融入清风，从南面吹来，使人感到一片凉爽和惬意。

黄庭坚一生,道路崎岖坎坷,由于被人陷害中伤,曾贬官蜀中六年之久;召回才几个月,又被罢官,来武昌闲居。当夜纳凉南楼,眼见明月清风,无拘无束,各行其是,想到自己每欲有所作为,却动辄得罪,怅恨之情暗自生出。"清风明月无人管"正是诗人这种心绪的自然流露。

写作技法

山光、水光、月光是视觉看到的;荷花的香气是嗅觉闻到的;清风夜凉,是触觉及听觉感到的;而"南楼一味凉"的"味"字,还隐含着口舌的味觉在起作用,好像细细地品尝美味一般。

秦 观
——文学才能颇为全面

秦观(1049—1100),号淮海居士、邗沟居士,北宋著名文学家、词人,婉约派的代表之一。与黄庭坚、晁补之、张耒号称"苏门四学士"。词作《满庭芳·山抹微云》流传甚广,时人亦称秦观为"山抹微云君"。建炎四年(1130),南宋朝廷追赠秦观为直龙图阁学士。著有《淮海集》《淮海词》《劝善录》《逆旅集》等。苏轼赞他"有屈、宋之才";王安石称他"有鲍、谢清新之致"。

春 日(其一)

一夕轻雷落万丝①,霁光浮瓦碧参差②。
有情芍药含春泪③,无力蔷薇卧晓枝。

①丝：指春雨如丝。②霁（jì）光：晴光。霁，雨后放晴。参差：这里形容阳光在琉璃瓦上闪烁浮动。③泪：指未干的水滴。

【译文】

轻雷响过，春雨淅沥而下。雨后初晴，阳光在刚刚被雨洗过的碧瓦间闪烁浮动。

春雨过后，芍药带雨含泪，情意脉脉；蔷薇横卧枝头，娇态可掬，惹人怜爱。

【赏析】

这首诗写雨后春景。有近景有远景，有动有静，有情有姿。"有情芍药含春泪，无力蔷薇卧晓枝"句，诗人通过拟人手法，衬托庭院的华丽，描绘了芍药和蔷薇百媚千娇的情态。描摹传神，自具一种清新、婉丽的韵味，十分惹人喜爱。因其体物入微，情致蕴藉，展示了诗人对自然界景物、现象敏锐的观察力、感受力和摄取力、表现力。在意境上以"春愁"统摄全篇，虽不露一"愁"字，但可从芍药、蔷薇的情态中领悟，又曲折地体现了诗人由于宦途艰险而形成的多愁善感的性格。

秋 日（其一）

霜落邗沟①积水清，寒星无数傍船明。
菰蒲②深处疑无地，忽有人家笑语声。

【注释】

①邗沟：古运河名。古时自今江苏扬州南引长江水，经高邮入射阳湖。

②菰蒲：浅水植物。菰的嫩茎称茭白，果实称菰米，均可食。蒲，又名香蒲，可制席，嫩者可食。

【译文】

微霜已降，邗沟中秋水清澈，满天星斗在寒夜伴着船只前行。

两岸丛生着菰蒲，猜想着深处应该没有藏舟之地，忽然几声笑语传来。

【赏析】

《秋日》共三首，这是第一首。秦观别号邗沟居士即因此而起。这是秦观描写家乡秋景的诗，邗沟一带的水乡风光都生动、细腻地从纸面上浮现出来了。

这首诗表现了邗沟附近的水乡夜色。一、二句由"霜""寒"二字领起，不点出"秋"字，而题意自在其中。三、四句赞美环境幽寂。这一联妙在使用了"疑""忽"二字。这首诗写的是琐碎的生活题材，虽看不出什么社会意义，却都以观察细致入微见称，语言也"清新妩丽"（王安石评秦观诗语）。

诗 词 辞 典

诗中描写朦胧的秋江夜色，先勾勒秋江上有星无月的夜景，再借笑语声的音响效果，暗示菰蒲中还藏有人家。这声音在画面上虽无法表现，但诗人通过解释疑团的方法，把绘画与音乐结合起来，给这幅秋江夜色图配上了画外音。

泗州东城晚望

渺渺孤城白水环，舳舻人语夕霏^①间。
林梢一抹青如画，应是淮流^②转处山。

【注释】

① 舳（zhú）舻（lú）：指代船只。舳，是船尾的持舵处。舻，是船头的摇桨处。霏：云气。②淮流：指淮河的水流。

【译文】

诗人当时站在泗州城楼上，俯视远眺，只见波光粼粼的淮河像一条蜿蜒的白带，绕过屹立的泗州城，静静地流向远方；烟霭笼罩之下，河上白帆点点，船上人语依稀；稍远处是一片丛林，而林梢的尽头，有一抹淡淡的青色，那是淮河转弯处的山峦。

【赏析】

这是一首写景诗。画面的主色调既不是令人目眩的大红大紫，也不是教人感伤的蒙蒙灰色，而是在白水、青山上蒙上一层薄薄的雾霭，诗人抓住了夕阳西下之后的景色特点，造成了一种朦胧而不虚幻、恬淡而不寂寞的境界。这种境界与诗人当时的心境是一致的。

米 芾

——以癫狂的举止名震一时

米芾（1051 — 1107），字元章，号鹿门居士、襄阳居士、海岳山人等。湖北襄阳（今属湖北）人。北宋著名书法家、画家。书法与蔡襄、苏轼、黄庭坚并称"宋四家"。曾任校书郎、礼部员外郎。徽宗时任书画博士，人称"米南宫"。擅长水墨山水，人称"米氏云山"，又称"米颠"。著《山林集》，已逸。

垂虹亭①

断云一叶洞庭②帆，玉破鲈鱼金破柑。
好作新诗寄桑苎③，垂虹秋色满东南。

【注释】

①垂虹亭：在江苏吴江县垂虹桥上。②洞庭：指洞庭山，在吴江西南太湖中，这里以洞庭山代指太湖。③桑苎（zhù）：唐代陆羽号桑苎翁，他隐居吴兴，这里指与陆羽为友。

【译文】

远望太湖中的船帆，如断云而来。鲈鱼如玉，黄柑如金，色泽极美。想要作诗寄给桑苎，让垂虹亭的秋色也飘满东南。

这首诗写垂虹亭所见，起句写白云、山水、扁舟，一望平远开阔，见出画家之诗的特点；对句写物产，以"玉""金"作形容，当然是因为鲈鱼、柑橘色泽如此，同时也是作者视此二物重比金玉之意，暗喻作者轻庙堂富贵而重山水隐逸，自然地引出下句言志：与陆羽一流人物为友。

陈师道
——一生未曾做官

陈师道（1053 — 1102），字履常，一字无己，号后山居士。彭城（今江苏徐州）人。北宋诗人，与黄庭坚、陈与义并列为江西诗派三宗。元祐二年（1087），由于苏轼等人的推荐，以布衣为徐州教授，元符三年（1100），任秘书省正字。其作品淡泊中见深沉，朴拙中见精工，别具特色。有《后山居士文集》。

十七日观潮（其三）

漫漫平沙走白虹①，瑶台②失手玉杯空。
晴天③摇动清江底，晚日④浮沉急浪中。

【注释】

①白虹：以白虹比喻浪花翻滚的潮水。②瑶台：传说中的神仙所居之地。③晴天：晴朗的天空。④晚日：傍晚的太阳。

潮头的浪花连成一片，掠过两岸平旷的沙滩，像一道白色的长虹迎面飞来。莫非瑶台上的神仙失手碰翻酒杯，将那琼浆玉液泼洒到人间来了吗？

近看潮水，蓝天的倒影随着浪涛的翻滚，在江底不停地摇晃；远望西天，落日随浪涛的起伏忽而上升，忽而下沉。

【赏析】

钱塘江秋潮是闻名世界的景观。大潮每年八月十六日到十八日水势最猛，诗人观潮选在十七日这一天，正是欣赏那雄伟奇观的最佳时间。这首绝句描绘出钱塘江大潮的壮丽景色。诗的前两句写潮水汹涌而来的气势，后两句写大潮波澜壮阔的景象。全篇没有用到一个抒情的字眼，却句句抒发着诗人热爱祖国山川、热爱大自然的激情。

九日寄秦觏

疾风回雨①水明霞，沙步②丛祠欲暮鸦。

九日清樽欺白发，十年为客负黄花。

登高怀远心如在，向老逢辰③意有加。

淮海少年④天下士，可能⑤无地落乌纱！

【注释】

①回雨：雨被风吹散。②沙步：江边可以系船，供人上下的地方。③向老：接近老境。辰：这里指节令（重阳）。④淮海少年：指秦觏（gòu）。⑤可能：岂能。

傍晚时分，一阵疾风将雨吹散，水光映霞光，格外鲜艳。系住船上岸，可以看到丛林中的祠庙已有暮鸦聚集。今天是重阳节，我想举杯畅饮可又不堪酒力，早已愁白了头发。我漂泊十年，哪有心思，赏花观景，白白辜负了黄花。登高望远，我的心与你同在，今天我虽然老了，但逢此良辰，怀想你的绵绵情意越发增加。像你（秦观）这样优秀的人，怎能没有展示才华的机会！

【赏析】

宋哲宗元祐二年（1087），诗人由苏轼、傅尧俞等人推荐，以布衣充任徐州教授。徐州是诗人的家乡。还乡赴任道中，恰逢重阳佳节，想到那"独在异乡为异客"的流离生活即将结束，诗人心中充满欣慰。但想到那与他同样潦倒的好友秦观仍羁旅京师，心中又感到惆怅。于是他以诗寄友，抒发自己的万千感慨，并勉励朋友奋发向上。

诗 词 典 故

　　孟嘉是大将军桓温的参军，重阳节与桓温同游龙山，风吹落帽，桓温命孙盛写文章嘲弄他，孟嘉又写一文回敬，两人都写得很好。从此"九日脱帽"就成了重阳节登高的典故。"可能无地落乌纱"句，作者巧用此典故，说明自己虽已年迈，然而逢此佳节，仍兴致勃勃。

绝 句（其四）

书当快意①读易尽，客有可人期②不来。
世事相违每如此，好怀百岁③几回开。

【注释】

　　①快意：心情爽快舒适。②可人：称自己心意的人。期：企盼。③

百岁：指一生。

合口味的好书，读起来饶有兴味，但往往很快就读完了。对脾气的朋友，谈起话来很投机，非常盼望与这些知心朋友多多来往，但偏偏不见踪影。

世界上的事情总是不能尽如人意，人生不过百年，却难得几次开怀。

【赏析】

宋哲宗元符二年（1099），诗人困居徐州，生计维艰，但作者却不以为意，依然专心读书。"书当快意读易尽"是作者读书的亲身体验的概括，也是他孤独寂寞，唯有书相伴的惆怅心情的流露。当时诗人的知心朋友尽在远方，都无法相见。诗人一口气将一本好书读完之后，十分盼望能同这些朋友一起交流读书心得。他思友心切，因此发出了"客有可人期不来"的慨叹。怅然、失望之余，诗人又转变得旷达，试图说明道理：人生在世，希望和现实总是发生矛盾，何必自寻烦恼呢？诗中的道理来自作者对生活的亲身感受的提炼，语言挚朴，所以读来并无枯涩之感。

春怀示邻里

断墙着雨蜗成字①，老屋无僧燕作家。
剩欲出门追语笑，却嫌归鬓②着尘沙。
风翻蛛网开三面，雷动蜂窠趁两衙③。
屡失南邻春事④约，只今容⑤有未开花。

①蜗成字：蜗牛爬过留下的黏液，看着像文字。②归鬓：指白发。③趁：趋向。衙：排列成行之物。④南邻：指寇十一，作者此时经常和邻人寇十一来往。春事：指春天的农事或花事。⑤容：容或，或许。

【译文】

残破的墙壁被春雨淋湿后，蜗牛随意爬行，留下了歪歪斜斜的痕迹。老屋因久无人居，任凭燕子飞来做巢。很想出门与邻人追逐欢笑，但又怕归来之后鬓角上会染上沙尘。大风掀翻了蛛网，但蛛网也只有三面，还有一面能够逃脱。雷声惊动了众蜂，但那些蜂儿也仍然有主，早晚两次排列成行，朝拜蜂王。虽然邻家几次相邀赏春，但都未能赴约，此时已经过了花开的季节。

【赏析】

元符三年（1100）春天，作者居住在徐州，生活清贫，以读书作诗自遣。这首七律是他当时写给邻居的作品。

本诗开篇不写"老屋无人"，而代以"无僧"，实际上是自嘲的戏笔。表明他经常浪迹在外边。作者居住在这样的老屋之中，可见生活的清苦。三、四两句显示出作者虽然处于贫困之中，但仍然保持傲然的情操，不愿在风尘中追逐。表现了作者

贫居闲静的心境。五、六两句是作者寄托情怀:蛛网还有一面可逃脱，但人在尘网之中，倒是网张四面，受到党祸牵连，难有回旋的余地。过去他虽奔走多年，此时依旧有穷途末路之感，不似蜂儿还有走动的机会。委婉地流露作者对出世路艰辛的愤慨。

李 纲
——诗文多为爱国诗篇

李纲（1083 — 1140），字伯纪，号梁溪先生。原籍邵武（今属福建），后居无锡。宋代著名抗金名臣、民族英雄。宋徽宗政和二年(1112)进士，历任起居郎、太常少卿、兵部侍郎、尚书右丞。其词文形象生动，风格沉雄劲健。有《梁溪先生文集》《靖康传信录》《梁溪词》等。

病 牛

耕犁千亩实千箱①，力尽筋疲谁复伤②？
但愿众生③皆得饱，不辞羸病④卧残阳。

【注释】

①实：果实，粮食。箱：车厢。②伤：同情，哀怜。③众生：世人，百姓。④羸病：瘦弱多病。

【译文】

拉犁耕地千万亩，装满粮仓千万仓，精疲力竭，无人同情。

辛勤换来百姓温饱，
不辞劳苦耕田到老。

【赏析】

这首诗是李纲于宋高宗绍兴二年（1132）在鄂州所作。作者屡次被贬谪，疲惫不堪，却念念不忘抗金报国，想着社稷，念着众生，这与其笔下病弱却力耕负重、力竭筋疲而无人怜惜的老牛是何等相似！

写 作 技 法

结句中的"残阳"是双关语，既指夕阳，又象征病牛的晚年，它与"卧"等词语相结合，有助于表现老牛任劳任怨、死而后已的奉献精神。

李清照
——以词的成就最高

李清照（1084—约1155），号易安居士，济南（今属山东）人。她对诗、词、散文、书法、绘画、音乐无不通晓。南宋著名女词人，婉约派代表之一。词风委婉、清新，感情真挚，对后世影响较大。她鲜明独特的艺术风格，在词坛中独树一帜，称为"易安体"。有《易安居士文集》。

乌 江

生当作人杰，死亦为鬼雄。
至今思项羽^①，不肯过江东^②。

【注释】

①项羽：秦末起义军领袖，对灭秦有重大贡献。秦亡后，与刘邦争战，于乌江兵败后自杀。②"不肯"句：《史记·项羽本纪》载，项羽兵败，乌江亭长撑船让项羽渡乌江，项羽不肯，最后自刎而死。江东：长江下游以南地区。

【译文】

活着就要当人中的俊杰，死了也要做鬼中的英雄。
至今想起项羽，不肯渡江东去。

【赏析】

这是一首雄浑宏阔的咏史诗，也是一首脍炙人口的言志诗。

此诗另有题作"夏日绝句"，李清照南渡之后，建炎三年（1129）年，赵明诚罢守江宁，李清照与丈夫乘舟去芜湖。沿江而上时经过和县乌江（楚霸王项羽兵败自刎处）。该诗可能作于此时。李清照在这首诗中，不以成败论英雄，对楚汉之争中最后以失败而结束生命的西楚霸王项羽表示了钦佩和推崇。表现了诗人崇尚气节的精神风貌。对南宋统治者的苟且偷安也是一个有力的讽刺。

曾 幾
——多抒情遣兴之作

曾幾（1084—1166），字吉甫，号茶山居士，祖籍赣州，徙居河南府（今河南洛阳）。宋代诗人。历任江西、浙西提刑，秘书少监，礼部侍郎。其诗娴雅清淡。有《茶山集》。

苏秀道中，自七月二十五日夜大雨三日，秋苗以苏，喜而有作①

一夕骄阳转作霖②，梦回③凉冷润衣襟。

不愁屋漏床床湿，且喜溪流岸岸深。

千里稻花应秀色，五更桐叶最佳音。

无田似我犹欣舞，何况田间望岁④心！

【注释】

①苏秀：苏州（今属江苏）和秀州（今浙江嘉兴）。苏：复活。久旱逢甘霖，秋苗得以复苏，旅途中的诗人欢欣鼓舞，替农民高兴。②霖：凡下三天以上的雨，叫霖。③梦回：从梦中醒来。④岁：年成，收成。

【译文】

久旱逢甘霖，凉凉的雨水打湿了衣襟，使我从梦中惊醒。

不因屋顶漏雨，床铺全被打湿而忧愁，反而为溪流涨起的水而喜悦。

想到那美丽的千里稻花，这五更时的雨打着梧桐叶，是最好听的声音。

像我没有田地都如此欢欣鼓舞，更何况是田间期待丰收的农民！

【赏析】

这是一首充满轻快旋律和酣畅情致的喜雨诗。诗人时在浙西提刑任上。这年夏秋间，久晴不雨，喜降大雨，诗人欢欣鼓舞，写了这首七律。首联从夜感霖雨突降写起，人们盼望已久的甘霖突然降下，仿佛将诗人的心田也滋润得复苏了。颔联正面写一个"喜"字，表现出一种体恤民艰的崇高感情。颈联是虚写，联想这场雨是当时人们对收获的希冀和对美好生活的向往。尾联"无田似我犹欣舞，何况田间望岁心"极写田间农民对这场甘霖的狂喜之情，进一步表现诗人关心国计民生，与百姓同甘苦共患难的可贵精神。

岳 飞
——不忘收复河山的英雄

岳飞（1103—1142），字鹏举。北宋相州汤阴（今属河南）人。中国历史上著名的战略家、军事家、抗金名将。南宋中兴四将（岳飞、韩世忠、张俊、刘光世）之一。绍兴十一年（1141），秦桧以"莫须有"的罪名将岳飞治罪，杀死于狱中。绍兴三十二年（1162），孝宗即位，为岳飞平反。后宋宁宗追封高宗的抗金诸将为七王，岳飞被封为鄂王，谥号"武穆"。岳飞虽为武将，却饱览经史，能著诗文。有《岳武穆集》（又称《武穆遗书》）。

池州翠微亭①

经年②尘土满征衣，

特特寻芳③上翠微。

好水好山看不足，

马蹄催趁月明归。

【注释】

①池州：今安徽贵池。翠微亭：在贵池南齐山顶上。②经年：常年。
③特特：特意。寻芳：游赏美景。

【译文】

常年在外征战，满身尘土，特意到翠微亭来赏美景。

好山好水还没有欣赏够，马蹄声就已经催我速归了。

【赏析】

《池州翠微亭》是岳飞流传下来的为数不多的诗篇之一。这是一首记
游诗，主要记述登临池州翠微亭观览胜景的心理状态和出游情形，表现
了作者对祖国山河的无限热爱之情。

写作技法

首句起笔突兀，似与题目无关，实为次句铺垫；次句陡转笔锋扣题，
承接自然，成为首句的照应；两句相互配合，形成了波澜和对比，从而
突出了这次出游的欣喜。

陆 游

——诗歌充满爱国主义激情

陆游（1125—1210），字务观，号放翁。越州山阴（今浙江绍兴）人。南宋著名爱国诗人，兼擅文、词，而以诗成就最高。一生创作诗歌九千三百余首，是我国现有存诗最多的诗人。诗文风格雄奇奔放，沉郁悲壮。生前有"小李白"之称。陆游不仅是南宋诗坛一代领袖，而且在中国文学史上也有崇高地位。有《渭南文集》《剑南诗稿》《放翁词》《南唐书》《老学庵笔记》等。

剑门道中遇微雨

衣上征尘①杂酒痕，
远游无处不消魂②。
此身合是诗人未③？
细雨骑驴入剑门。

【注释】

①征尘：远行途中身上沾染的尘土。②消魂：哀愁，怅惘。③未：同"否"，表示疑问。

【译文】

衣服上沾满了尘土，还杂有酒的痕迹。
出门远游时，走到哪里心情都很惆怅。

我难道只该是一个诗人吗？为什么在微雨中骑着驴子走入剑门关，而不是过着战地生活呢？

【赏析】

作者因"无处不消魂"而黯然神伤，是和他一贯的追求以及当时的处境有关。他生于金兵入侵的南宋初年，自幼志在恢复中原，写诗只是他抒写怀抱的一种方式。然而他报国无门，年近半百才得以奔赴陕西前线，过上了一段"铁马秋风"的军旅生活，现在又要去后方充任闲职，重做纸上谈兵的诗人了。这使作者很难甘心。所以，"此身合是诗人未"并非这位爱国志士的欣然自得，而是他把骑驴饮酒看做诗人的标志，是无可奈何的自嘲、自叹。

游山西村

莫笑农家腊酒①浑，丰年留客足鸡豚②。
山重水复疑无路，柳暗花明又一村。
箫鼓追随春社近，衣冠简朴古风存。
从今若许闲乘月，拄杖无时夜叩门。

【注释】

①腊酒：指农家在上一年腊月里自酿的浊酒，多为过年时祭祖先、祭百神和自家饮用。②鸡豚：鸡与猪。豚，小猪。

【译文】

不要笑话农家腊月做的酒浑浊，丰收之年有丰盛的佳肴款待客人。一重重山，一道道水，正在怀疑无路可行的时候，忽然看见柳色暗绿，花色明丽，又一个村庄出现在眼前。箫鼓声不断，春社祭日已

经临近，衣冠简朴的
古风仍然存在。从今日
起，如果可以乘着月光
闲游，我也要拄着拐杖，
敲开农家朋友的柴门。

【赏析】

这首诗是诗人蛰居山阴老家农村时所作。生动地描画出一幅色彩明
丽的农村风光图，诗人对淳朴的农村生活习俗充满着挚爱、向往的感情。
"山重水复疑无路，柳暗花明又一村"是脍炙人口的名句。这句话不仅
写山间水畔的景色，同时写景中蕴涵哲理：困境中仍然蕴涵着希望。这
不仅反映了世间事物消长变化的哲理，也道出了诗人对前途所抱的希望。

古 为 今 用

"柳暗花明又一村"：现在用来比喻突然出现新的好形势。例如："也
许急转直下，来个惊人的变化。那时候，柳暗花明又一村了，今天的一
些计划自然都成了陈迹。"（出自茅盾《锻炼》三）

书 愤

早岁那知世事艰，中原北望气如山。

楼船夜雪瓜洲渡①，铁马秋风大散关②。

塞上长城空自许，镜中衰鬓已先斑。

出师一表真名世，千载谁堪伯仲③间？

【注释】

①"楼船"句：指南宋高宗绍兴三十一年（1161）冬天，金主完

颜亮准备从瓜洲渡江侵犯南宋，当时的将领造楼船战舰抵抗的事情。瓜洲：在江苏邗江县南，与镇江相对。②"铁马"句：指高宗绍兴三十一年（1161）秋天，吴璘部与金人激战于大散关，最终取胜，击败金兵收复大散关。大散关：在陕西宝鸡南面的大散岭上，是渭河平原进入秦岭的要道，也称散关。③堪：可以，能够。伯仲：是古代长幼次序之称，伯为长，仲为次。

【译文】

年轻时就立志北伐中原，哪想到竟然如此艰难。

我常常北望那中原大地，热血沸腾，怨气如山。

记得在瓜洲渡痛击金兵，雪夜里飞奔着楼船战舰。

秋风中跨战马纵横驰骋，收复了大散关，捷报频传。

想当初我自比万里长城，到如今垂垂老去，鬓发如霜。

《出师表》真可谓名不虚传，有谁能像诸葛亮一样鞠躬尽瘁，

率三军复汉室，北定中原！

【赏析】

本诗系宋孝宗淳熙十三年（1186）春，陆游居家乡山阴时所作。时陆游六十二岁，这分明是时不我待的年龄，然而诗人被黜，只能赋闲在乡，想那山河破碎，中原未收而"报国欲死无战场"，感于世事多艰，小人误国，于是，诗人的郁愤之情便喷薄而出。"书愤"者，即抒发胸中郁愤之情。

古 为 今 用

"伯仲之间"现在用来比喻差不多，难分优劣。例如："两位教师的才学、家世都一样优秀，伯仲之间，谁能当选就看运气了。"

示 儿

死去元知万事空，但悲不见九州同①。

王师北定中原日，家祭无忘告乃翁。

【注释】

①但：只。九州：古代中国分为九州。同：统一。

【译文】

我本来就知道，当我死后，一切就都没有了，只是唯一使我痛心的，就是我没能亲眼看到自己的祖国统一。

当大宋军队收复中原失地的那一天到来之时，你们祭祖的时候，千万别忘了把这个好消息告诉我。

【赏析】

这首诗是陆游对儿子的临终遗嘱，也是陆游的绝笔诗。从这首诗中，人们可以感觉到诗人在人生的弥留之际那股强烈的爱国之心。

沈 园 (其一)

城上斜阳画角①哀，沈园非复旧池台。

伤心桥下春波绿，曾是惊鸿②照影来。

【注释】

①画角：古代乐器，上面有彩绘，故名画角。②惊鸿：这里形容女子体态轻盈，借指唐琬。

斜阳已经快要落下城头了，画角的乐声哀婉。沈园的旧池台已经找不到了。

伤心地看着桥下的水波又绿了（又到了春天），这里曾是佳人照影的地方。

这是陆游七十五岁时重游沈园写下的悼亡诗。他三十一岁时曾在沈园与被拆散的原妻唐琬偶遇，作《钗头凤》题壁以记其苦思深恨，岂料这一面竟成永诀。晚年陆游多次到沈园悼亡，这首是其中最为深婉动人的诗篇。

四时田园杂兴（其二十五）

梅子金黄杏子肥①，

麦花雪白菜花②稀。

日长篱落③无人过，

惟有蜻蜓蛱蝶④飞。

①梅子：梅树的果实。肥：指果肉肥厚。②麦花：荞麦花。菜花：油菜花。③篱落：中午篱笆的影子。④惟有：只有。蛱（jiá）蝶：

蝴蝶的一类，身上有刺，翅有鲜艳的色斑。

【译文】

梅子黄了，杏子熟了。荞麦花雪白一片，油菜花稀稀落落。白天长了，篱笆的影子随着太阳的升高，变得越来越短，没有人经过，只有蜻蜓和菜蝶绕着篱笆飞来飞去。

【赏析】

这首诗写初夏江南的田园景色。前两句写出梅黄杏肥，麦白菜稀，有花有果，色彩鲜丽。诗的第三句没有直接写"农民"二字，但从侧面写出了农民劳动的情况：初夏农事正忙，农民早出晚归，所以白天很少见到行人。最后一句又以"惟有蜻蜓蛱蝶飞"来衬托村中的寂静。

四时田园杂兴（其三十一）

昼出耘田夜绩麻①，村庄儿女各当家②。
童孙未解供③耕织，也傍桑阴学种瓜。

【注释】

①绩麻：搓麻线。②当家：行家，能手。③供：从事。

【译文】

白天在田里锄草，夜晚在家中搓麻，村中的男男女女各有各的家务劳动。小孩子虽然不会耕田织布，也在那桑树荫下学着种瓜。

这首诗描写农村夏日生活中的一个场景。诗人用清新的笔调，对农村初夏时的紧张劳动气氛作了较为细腻的描写，读来意趣横生。首句"昼出耘田夜绩麻"直接写劳动场面。第三句"童孙未解供耕织"，写出了孩子们从小耳濡目染，喜爱劳动。结句表现了农村儿童的天真童趣。

杨万里
——诗风新巧风趣

杨万里（1127 — 1206），字廷秀，号诚斋，吉州吉水（今属江西）人。南宋杰出的诗人，与尤袤、范成大、陆游合称南宋"中兴四大诗人"。宋高宗绍兴二十四年（1154 年）进士。历官太常博士、太子侍读、秘书监等。初学江西诗派，又学晚唐诗，后独辟蹊径，自成一家。被称为"诚斋体"。

小 池

泉眼无声惜①细流，
树阴照水爱晴柔②。
小荷③才露尖尖角，
早有蜻蜓立上头。

【注释】

①泉眼：泉水的出口。惜：爱惜。②晴柔：晴天里柔和的风光。③小荷：指刚刚长出水面的嫩荷叶。

　　泉眼默默地渗出涓涓细流，仿佛十分珍惜那晶莹的泉水。

　　绿树喜爱在晴天柔和的阳光下把自己的影子映在池水中。

　　鲜嫩的荷叶那尖尖的角刚露出水面，早就已经有蜻蜓落在了它的上头。

【赏析】

　　这首诗抒发了作者热爱生活之情，全诗从"小"处着眼，通过对小池中的泉水、树荫、小荷、蜻蜓的描写，给我们描绘出一种具有无限生命力，而又充满生活情趣的生动画面。

古 为 今 用

　　"小荷才露尖尖角"现在用来形容初露头角的新人。例如："石晴还是一个新人，'小荷才露尖尖角'，但她在表演方面的潜力是不容小觑的。"

悯　农

稻云①不雨不多黄，

荞麦空花早着霜。

已分忍饥度残岁②，

更堪③岁里闰添长。

①稻云：形容稻子连成一片，一望如云。②分：料想，料定。残岁：一年的岁末。③更堪：又怎能承受得了。

【译文】

稻田因雨水不足，黄得很少，

荞麦因寒霜早降而没法成熟。

已经料定要忍着饥饿度日，

偏偏又遇着闰月，苦难的岁月更加漫长了。

【赏析】

宋孝宗隆兴二年（1164年），杨万里由临安（今浙江杭州）暂返故乡吉水，这首诗作于这年冬天。这一年天旱且又早霜，收成不好，偏又赶上这年闰十一月，因此诗中才有"闰添长"之语。

这首诗通过平实朴素的语言再现了当时自然灾害下，农民们的悲惨遭遇，寄寓了诗人对劳动人民的深切同情。

初入淮河四绝句（其三）

两岸舟船各背驰，

波痕交涉亦难为。

只余①鸥鹭无拘管，

北去南来自在飞。

【注释】

①余：剩下。

淮河两岸的舟船背向而驰，

波痕接触也难以做到。

只有鸥鹭无拘无束，

自由地在南北之间飞翔。

【赏析】

淳熙十六年（1189）冬，杨万里奉命去迎接金廷派来的"贺正使"（互贺新年的使者），这是他进入淮河后触景伤怀所写的四首绝句之一。诗题中的淮河，是宋高宗时期"绍兴和议"所规定的宋金分界线，淮河以北的广大中原地区被全部割让给金国。诗人经淮河北上，自然会对这种"长淮咫尺分南北"的分裂局面产生感触：慨叹半壁沦陷的惨淡时局，萦怀北方沦陷区的广大人民，怨恨南宋统治者的卖国求安，感触是丰富而深沉的。

诗 词 辞 典

起 兴

起兴，又叫"兴"。"兴者，先言他物以引起所咏之词也"。就是说，先说其他事物，再说要咏叹的事物。它一般用在诗章或各节的开头，是一种利用语言因素建立在语句基础上的"借物言情，以此引彼"的艺术表现手法，运用起兴手法还可使语言咏唱自由，行文轻快活泼。诗人在这里以眼前的"舟船""鸥鹭"写起，以抒发对时局的哀叹。

初入淮河四绝句（其四）

中原父老①莫空谈，逢着王人②诉不堪。

却是归鸿不能语，一年一度到江南。

①中原父老：指中原沦陷区的百姓。②王人：皇帝派遣的使者。

【译文】

中原百姓不说客套话，见到使者就不停地诉说不堪忍受苦难。

鸿雁虽然不会说话，却能一年一度飞到江南。

【赏析】

此诗写中原父老不堪忍受金朝统治之苦以及他们对南宋朝廷的向往。诗人为淮河两岸人民，特别是中原遗民代言，悲愤之情溢于言表。

晓出净慈寺送林子方①

毕竟②西湖六月中，
风光不与四时③同。
接天④莲叶无穷碧，
映日荷花别样⑤红。

【注释】

①晓出：太阳刚升起。净慈寺：杭州西湖畔的著名佛寺。林子方：作者的朋友。林子方举进士后，曾担任直阁秘书，负责给皇帝草拟诏书。时任秘书少监、太子侍读的杨万里是林子方的上级兼好友，两人经常聚在一起畅谈强国主张、抗金建议，也曾一同切磋诗词文艺，两人志同道合，互视对方为知己。②毕竟：到底。③四时：春夏秋冬四季。④接天：与天空接在一起。⑤别样：格外。

到底是西湖的六月时节，此时的风光与四季不同。

碧绿的莲叶一望无际，好像与天相接，在太阳的映照下，荷花格外艳丽。

【赏析】

林子方被调离皇帝身边，赴福州任职，杨万里送林子方赴福州时写下此诗。

西湖美景历来是文人墨客描绘的对象，杨万里的这首以其独特的手法而流传千古。诗人驻足六月的西湖，送别友人林子方，全诗通过对西湖美景的极度赞美，曲折地表达了对友人深情的眷恋。

宿新市徐公店（其一）

篱落①疏疏一径深，

树头新绿未成阴。

儿童急走追黄蝶，

飞入菜花无处寻。

【注释】

①篱落：篱笆。

【译文】

在稀稀落落的篱笆旁，有一条小路伸向远方，路旁树上的新叶刚刚长出，还没有形成树荫。儿童们奔跑着，追扑翩翩飞舞的黄色蝴蝶，可是黄色的蝴蝶飞入黄色的菜花丛中，孩子们再也找不到它们了。

【赏析】

这首诗描绘了一幅生机盎然的春意图。诗中的主人公是天真可爱的儿童，"儿童急走追黄蝶，飞入菜花无处寻"描绘了儿童捕蝶的欢乐场面。"急走""追"两个动词将儿童的天真活泼、好奇好胜的神态和心理刻画得惟妙惟肖，而"无处寻"三字给读者留下想象回味的空间，一个面对一片金黄菜花搔首踟蹰、不知所措的儿童形象跃然纸上。诗人用简洁的语言生动地描写了美丽的田园风光，歌颂了祖国的大好山河。

朱 熹
——喻理于诗的著名学者

朱熹（1130－1200），字元晦，一字仲晦，号晦庵。徽州婺源（今属江西）人，后迁徙到建阳（今属福建）。南宋著名的理学家、思想家、哲学家、教育家、诗人。闽学派的代表人物，世称朱子，是孔子、孟子以来最杰出的弘扬儒学的大师。宋高宗绍兴十八年（1148）进士，曾任秘阁修撰、焕章阁待制等职。卒谥"文"，世称朱文公。著述甚丰，有《四书章句集注》《诗集传》《周易本义》《楚辞集注》等。

春 日

胜日寻芳泗水①滨，
无边光景一时新。

等闲②识得东风面，

万紫千红总是春。

人们一般都认为这是一首游春诗。统率全诗的是一个"新"字。首句点明出游的时令、地点，后三句写诗人由"寻"而"识"，步步深化。但泗水在山东，南宋时，那里早已沦陷于金国，朱熹怎能去游春呢？原来这是一首哲理诗。诗中的"泗水"暗喻孔门，"寻芳"暗喻求圣人之道，"东风"暗喻教化，"春"暗喻孔子倡导的"仁"。本诗把哲理融化在生动的形象中，不露说理的痕迹。这是朱熹的高明之处。

观书有感（其一）

半亩方塘一鉴开①，

天光云影共徘徊。

问渠那得清如许？

为有源头活水来。

【注释】

①一鉴开：像一面打开的镜子。

【译文】

半亩大的方形池塘像一面镜子一样展现在眼前，

天空的光彩和浮云的影子都在镜子中一起荡漾。

要问为何那方塘的水会这样清澈呢？

因为有那永不枯竭的源头为它输送活水。

【赏析】

这是一首借景喻理的名诗。全诗以源头活水做比喻，形象地表达了一种微妙难言的读书感受。"问渠那得清如许？为有源头活水来"两句是诗的主旨，比喻人要心灵澄明，就得认真读书，时时补充新知识，这样才能达到新境界。

古 为 今 用

"源头活水"原比喻读书越多，道理越明。现也指事物发展的动力和源泉。例如："英语单词就如源头活水，对于老师和学生来说，最先要攻克的就是单词关。"

姜夔
——对词的造诣尤深

姜夔(约1155—1209),字尧章,别号白石道人。饶州鄱阳(今属江西)人。南宋词人。他少年孤贫,屡试不第,终生未仕,一生转徙江湖。早有文名,颇受杨万里、范成大、辛弃疾等人推赏。工诗词,精音乐,善书法。

过垂虹①

自作新词韵最娇②,
小红③低唱我吹箫。
曲终过尽松陵路④,
回首烟波十四桥。

【注释】

①垂虹:吴江县一座著名的桥。②自作新词:指作者在石湖所作的《暗香》《疏影》两首词。娇:这里指音调和谐柔美。③小红:歌伎。④松陵:吴江县的别称。

【译文】

自己新作的词音调和谐柔美,
小红低声唱着,我吹箫伴奏。
一曲终了,已经过了吴江县,

回头张望，烟波中隐约可见许多孔桥。

【赏析】

　　此诗是作者在船上所作，诗中提到作者自己作的新词，《暗香》写的是自己的身世飘零之恨和伤离怀远之情，《疏影》则披露了作者对国家衰危的关切和感触。而在这冬夜的归途中，在浩渺的湖面上，在一叶扁舟中，诗人暂时忘却了烦恼，一种微微的喜悦溢上心头。

林 升
——胸怀对国家的深切忧虑

　　林升，生卒年不详，约生活于宋孝宗淳熙（1174 — 1189）年间，字梦屏，温州平阳（今属浙江）人，是一位擅长诗文的士人。《西湖游览志余》录其诗一首。

题临安邸①

山外青山楼外楼，

西湖歌舞几时休？

暖风熏得游人醉，

直把杭州作汴州②。

【注释】

①临安：南宋的京城，即今浙江杭州。邸（dǐ）：这里指旅店。②汴州：北宋都城，即今河南开封。

【译文】

重重叠叠的青山，不计其数的楼阁。

西湖游船上轻歌曼舞日夜不歇。

和煦的春风吹得游人昏昏欲睡，

哪里还分得清是杭州还是汴州。

【赏析】

这是写在临安城一家旅店墙壁上的诗，是一首政治讽刺诗。1126 年，金人攻陷北宋首都汴梁，俘虏了徽宗、钦宗两个皇帝，中原国土全被金人侵占。赵构逃到江南，在临安即位，史称南宋。南宋小朝廷并没有接受北宋亡国的惨痛教训而发愤图强，当政者不思收复中原失地，只求苟且偏安，对外屈膝投降，对内残酷迫害岳飞等爱国人士；政治上腐败无能，达官显贵一味纵情声色，寻欢作乐。这首诗就是针对这种黑暗现实而作的，它倾吐了郁结在广大人民心头的义愤，也表达了诗人对国家民族命运的深切忧虑。

写作技法

"暖风"一语双关，既指自然界的春风，又指社会上的淫靡之风。正是这股"暖风"把人们的头脑吹得如醉如迷，像喝醉了酒似的。"游人"既能理解为一般游客，也特指那些忘了国难，苟且偷安，寻欢作乐的南宋统治阶级。

翁 卷
——素有"乡村诗人"的美称

　　翁卷，字续古，一字灵舒，永嘉（今属浙江）人。工诗，为"永嘉四灵"之一。生平未仕。以诗游士大夫间。诗学晚唐，工近体，也长于五言古体。有《四岩集》《苇碧轩集》。清光绪《乐清县志》卷八有传。

乡村四月

绿满山原白满川[1]，
子规[2]声里雨如烟。
乡村四月闲人少，
才了蚕桑又插田。

【注释】

　　①白：指水。川：河，溪流。②子规：即杜鹃。

【译文】

　　山上草木茂盛，水流注满了河流。
　　在杜鹃的啼叫声中，细雨缥缈而下。
　　乡村的四月是忙碌的季节，
　　农民们才忙完了种桑养蚕，又去田里插秧了。

　　这首诗前两句着重写景：绿原、白川、子规、烟雨，寥寥几笔就把水乡初夏时特有的景色勾勒了出来。后两句写人，主要突出在水田插秧的农民形象，从而衬托出"乡村四月"劳动的紧张、繁忙。不仅表现了诗人对乡村风光的热爱与赞美，也表现出他对劳动人民的喜爱，对劳动生活的赞美之情。

叶绍翁
——客观记录史实

　　叶绍翁，南宋中期诗人，字嗣宗，号靖逸，建安蒲城（今属福建）人，本姓李，后嗣于龙泉（今属浙江丽水）叶氏。生卒年不详。曾任朝廷小官。他长期隐居在钱塘西湖之滨，擅作绝句，言近旨远。有《靖逸小集》《四朝闻见录》。

游园不值

应怜屐①齿印苍苔，
小扣柴扉久不开。
春色满园关不住，
一枝红杏出墙来②。

①屐（jī）：木鞋，鞋底有前后二齿，便于在泥地行走。

【译文】

也许是园主担心我的木屐踩坏他爱惜的青苔，轻轻地敲柴门，久久没有人来开。

可是这满园的春色毕竟是关不住的，一枝粉红色的杏花伸出墙头来。

【赏析】

这首小诗是叶绍翁的名篇，描写诗人春日游园的所见所感，写得十分生动有趣。

"春色满园关不住，一枝红杏出墙来"是脍炙人口的名句。实写春天有压抑不住的生机，流露出作者对春天的喜爱之情。同时也暗喻园主人德行高尚，等时间久了，必为众人所知。

文天祥
——多抒发强烈的爱国情怀

文天祥（1236 — 1283），字履善，一字宋瑞，号文山，又号浮休道人，吉州庐陵（今江西吉安）人。宋理宗宝祐四年（1256）中进士第一，官至右丞相。南宋后期杰出的民族英雄、军事家、爱国诗人和政治家。文天祥以忠烈名传后世，抗金被俘后，元世祖以高官厚禄劝降，他宁死不屈，最后从容赴义。能诗，前期受江湖派影响，后期多表现爱国精神之作。存词不多，笔触有力，感情强烈。有《文山先生全集》。

过零丁洋

辛苦遭逢起一经^①，干戈寥落四周星^②。

山河破碎风飘絮，身世浮沉雨打萍。

惶恐滩头说惶恐，零丁洋里叹零丁。

人生自古谁无死？留取丹心照汗青。

【注释】

①遭逢：遇合，指得到皇帝的知遇。起一经：精通一种经书，由科举走上仕途。②干戈寥落：连续不断的战争。四周星：指四年。自德祐元年（1275）正月，文天祥响应号召起兵勤王，至祥兴元年（1278）十二月兵败被俘，恰为四年。

【译文】

自己由于熟读经书，通过科举考试，被朝廷选拔入仕做官。在频繁的抗元战斗中已度过四年。

大宋国势危亡如风中柳絮。自己一生坎坷，如雨中浮萍，漂泊无根，时起时沉。

惶恐滩的惨败让我至今依然惶恐，零丁洋身陷元虏，可叹我孤苦伶仃。

自古以来谁能永远不死？死后我也要留下这颗赤诚的心，用来光照史册。

【赏析】

这是一首永垂千古的述志诗。诗的开头回顾身世。意在暗示自己久经磨炼，早已将个人命运和国家兴亡联系在一起了，无论什么艰难困苦都无所畏惧。三、四句继续抒写事态的发展和深沉的忧愤。五、六句以遭遇中的典型事件,再度展示诗人因国家覆灭和己遭危难而战栗的痛苦。结尾两句写出了宁死不屈的壮烈誓词。"人生自古谁无死? 留取丹心照汗青"这句千古传诵的名言,是诗人用自己的鲜血和生命谱写的一曲理想人生的赞歌。

古 为 今 用

　　"零丁"现也用来比喻瘦弱貌。例如:"俄也该俄得零丁了。"(出自《二刻拍案惊奇》)

正气歌

　　天地有正气,杂然赋流形。下则为河岳,上则为日星。于人曰浩然,沛乎塞苍冥①。皇路当清夷②,含和吐明庭。时穷节乃见③,一一垂丹青。在齐太史简④,在晋董狐笔⑤。在秦张良椎⑥,在汉苏武节⑦。为严将军头⑧,为嵇侍中血⑨。为张睢阳齿⑩,为颜常山舌⑪。或为辽东帽⑫,清操厉冰雪⑬。或为《出师表》⑭,鬼神泣壮烈。或为渡江楫⑮,慷慨吞胡羯。或为击贼笏⑯,逆竖⑰头破裂。是气所磅礴,凛烈万古存。当其贯日月,生死安足论。地维⑱赖以立,天柱赖以尊⑲。三纲⑳实系命,道义为之根。

　　嗟予遭阳九㉑,隶㉒也实不力。楚囚缨㉓其冠,传车送穷北㉔。鼎镬甘如饴㉕,求之不可得㉖。阴房阒鬼火,春院闭天黑。牛骥同一皂㉗,鸡栖㉘凤凰食。一朝蒙雾露,分㉙作沟中瘠。如此再寒暑,百沴自辟易㉚。哀哉沮洳场㉛,为我安乐国。岂有他缪巧㉜,阴阳不能贼㉝。顾㉞此耿耿在,仰视浮云白。悠悠我心悲,苍天曷㉟有极。哲人㊱日已远，典刑在夙昔㊲。风檐展书读，古道照颜色。

【注释】

①沛乎：充沛。苍冥：天空。②皇路：国运，国家的政治局面。清夷：清平，太平。③见：即"现"。④齐太史简：春秋时，齐国大夫崔杼谋杀齐庄公，一个太史写道："崔杼弑其君。"崔杼就杀了这个太史，太史的两个弟弟接续他都这样写，也都被杀，再后来的一个弟弟还是这样写，崔杼只好罢手。太史：史官。简：记事用的竹片。⑤董狐笔：春秋时，赵穿谋杀晋灵公，当时晋国的大臣赵盾逃亡在外，他回来后并未惩处赵穿，因为赵穿是赵盾的族侄。太史董狐认为赵盾应该负主要责任，就写下"赵盾弑其君"。 ⑥张良椎（chuí）：秦始皇灭了张良的祖国韩国，张良就寻觅力士报仇，力士执一百二十斤重的铁锥袭击秦始皇，没有击中。⑦苏武节：汉武帝时，苏武奉命出使匈奴被扣留，匈奴威逼利诱苏武投降，没有得逞，就把苏武流放到北海牧羊，苏武时刻都手持汉朝的符节。被拘十九年，拿着符节返回故国。节：符节，苏武出使的凭证。⑧严将军头：东汉末年，刘璋命严颜守巴郡，张飞攻陷巴郡，要严颜投降。严颜说："我镇守的巴郡只有断头的将军，没有投降的将军。"⑨嵇侍中血：嵇绍为晋侍中，皇室内讧，嵇绍为保卫晋惠帝而被杀，血溅在了惠帝的衣服上。有人要为惠帝洗血衣，惠帝说："这是嵇侍中的血，不能洗。"⑩张睢阳齿：唐安史之乱时，安禄山攻睢阳，睢阳太守张巡海战，率全军将士高呼复仇口号，把牙齿都咬碎了。⑪颜常山舌：颜杲卿任常山太守，安禄山反，他起兵讨贼，后被俘，对安禄山骂不绝口，安禄山钩断了他的舌头，他还是骂，直到牺牲。⑫辽东帽：三国时，管宁避乱

辽东，"常着皂帽，布襦裤"，终身不再出仕。⑬清操厉冰雪：激励冰雪般高洁的操守。⑭或为《出师表》：诸葛亮为蜀相，立志北定中原，出师北伐时，上《出师表》给后主刘禅，表达"鞠躬尽瘁，死而后已"的决心。⑮渡江楫：东晋将军祖逖率军北伐，渡长江时，在中流击打船桨发誓说："不能收复失地，就不再回来"。渡江以后，收复了黄河以南的失地。楫：船桨。胡羯：占据中国北方的少数民族之一的羯族，这里指后赵的统治者石勒（羯人）。⑯击贼笏：唐德宗时，朱泚谋反，看重段秀实的声望，想拉他为同谋。朱泚说到谋反时，段秀实勃然大怒，夺了朱泚的笏板，大骂，并用笏板击伤他的头部。后段秀实被杀害。笏：大臣上朝所持的手板，记事用。⑰逆竖：指朱泚。竖：小子，是蔑称。⑱地维：维系大地的绳子。古人认为天有柱支撑，地有绳系缀。又认为天圆地方，故以地维指大地的四角。⑲尊：高。⑳三纲：封建社会的伦理观，认为君为臣纲，父为子纲，夫为妻纲。㉑遘（gòu）：遇到。阳九：道家认为，天厄为阳九，地亏为百六，都是灾难的年头。㉒隶：仆役，贱臣。㉓楚囚：春秋时，楚国钟仪被郑国所俘，送到晋国，晋君看见他，问："戴着南国帽子的人是谁？"侍从回答"郑人献给大王的楚国囚犯"。这里是诗人以楚囚指自己被俘。缨：帽带。㉔传（zhuàn）车：驿站所备的车马。穷北：极远的北方，此指燕京。㉕鼎镬（huò）：都是锅的种类，古代有烹人的酷刑，使用鼎、镬。饴：糖。㉖"求之"句：元统治集团极力想使文天祥投降，所以囚禁其数年而不杀。㉗皂：马槽。㉘鸡栖：鸡窝。㉙分：料定。㉚百沴：百害。辟易：退避。㉛沮洳（rù）场：低下潮湿的地方。㉜缪巧：诈术，巧计。㉝阴阳：寒热。贼：害。㉞顾：不过，只是。㉟曷：何。㊱哲人：明哲卓越的人，指上文所说的那些先贤。㊲夙昔：往昔，从前。

　　天地之间有正气存在，赋予宇宙间各种食物。有地上的江河与山岳，天上的日月和繁星。赋予人则为浩然正气，充塞于天地之间。生逢国家政治清明，（浩然之气）就祥和地表露于朝廷。当时运穷迫危难之际，就表现出人的气节，永垂青史留美名。

　　齐国太史不惧死，晋国董狐是良吏。张良雪国耻，椎杀秦皇，苏武终日手持汉朝符节；严将军甘愿断头也不妥协，侍中嵇绍为救国君洒热血；睢阳太守张巡咬牙切齿讨逆贼；常山太守颜杲卿断舌依旧骂逆贼。辽东管宁着"皂帽"，激励自己操行似冰雪。诸葛亮写《出师表》，鞠躬尽瘁，何等壮烈！祖逖渡江，击桨发誓，过江后击败了胡羯；秀实夺笏板击反贼，反贼头破血流。如此磅礴的浩然正气，志士英名万古长存。每当这股正气直冲日月的时候，谁还把生和死放在心上。

　　地的四角依赖正气而稳立，顶天的柱子依赖正气而高竖。伦理道德靠正气得以维持，道义是正气的根本。可叹我生逢乱世，竟无才力挽救国家危亡。我被俘仍戴南国帽，囚车押我到北方。酷刑只当饮糖浆，让我投降绝不可能。阴暗的囚室寂静无声，鬼火闪烁。即使在春光明媚的时候，院门也是紧闭的，一片漆黑。

　　老牛骏马同槽而食，鸡窝里面住着凤凰。一旦受到疾病侵袭死亡，必定成为沟壑中的枯骨。就这样在囚室中度过了两年，各种寒热病毒都绕道而行。可叹阴森潮湿的牢房，却是我安乐的天堂。难道有智谋与巧计，能防止寒热病毒伤身。只是因为我有一颗光明磊落的心，视生死如浮云罢了。我的心有诉不尽的悲伤，就好像苍天没有尽头。贤哲虽然已经远去，

但榜样的力量令我的心更坚定。风吹过屋檐，我读着圣贤书，古代的美德在我面前闪耀着光彩。

【赏析】

祥兴元年（1278），文天祥在广东海丰兵败被俘。次年被押解至元大都（今北京）。文天祥在狱中三年，受尽各种威逼利诱，但始终不肯投降。1281 年夏，在湿热、腐臭的牢房中，文天祥写下了这首名垂千古的《正气歌》。1283 年 1 月 9 日，在拒绝了元世祖最后一次诱降之后，文天祥在刑场向南拜祭，从容就义。该诗慷慨激昂，充分表现了作者威武不屈的英勇气概，爱国主义精神震撼人心。

郑思肖
——论诗主张"灵气"说

郑思肖（1241 — 1318），字忆翁，号所南，自称三外野人，福州连江（今属福建）人。曾以太学上舍生应博学鸿词试。他的诗多以怀念故国为主题，表现了忠于宋朝的坚贞气节，著有《所南翁一百二十图诗集》《郑所南先生文集》等，存世画有《国香图卷》。

寒 菊

花开不并百花丛①，
独立疏篱趣未穷。
宁可枝头抱香死，
何曾吹落北风中②？

　　①不并百花丛：不和百花杂在一起开。②"宁可"二句：指菊花不落而枯死枝头，作者借此明志。

【译文】

　　菊花不与百花同时开放，独自开放在萧条的篱笆间，生机勃勃。

　　它们宁愿枯死枝头，也决不被北风吹落。

【赏析】

　　这首画菊诗与一般的赞颂菊花不俗不艳、不媚不屈的诗歌不同，托物言志，深隐诗人的人生遭际和理想追求，是一首有特定生活内涵的菊花诗。

　　"花开不并百花丛，独立疏篱趣未穷"这两句咏菊，是人们对菊花的共识。点明菊花是不随俗不媚时的高士。"宁可枝头抱香死，何曾吹落北风中"两句描绘了傲雪凌霜、孤傲绝俗的菊花，表示自己坚守高尚节操，宁死不肯向元朝投降的决心。这是郑思肖独特的感悟，是他不屈不移、忠于故国的誓言。

诗词辞典

托物言志

　　托物言志就是通过描写某一物品来比拟或象征某种精神、品格等。要写好这样的文章，就要掌握好"物品"与"精神""品格"的内在联系，它们之间要有某种相同点和相似点。托物言志的写作方法，最常用的有比喻、拟人、象征等。本诗"宁可枝头抱香死，何曾吹落北风中"一句便使用了托物言志的手法，菊花的孤傲、清高正是作者坚毅不屈的民族气节的写照。

同儿辈赋①未开海棠（其二）

枝间新绿一重重，
小蕾深藏数点红。
爱惜芳心②莫轻吐③，
且教④桃李闹春风⑤。

【注释】

①同儿辈：和儿女们。赋：吟咏。②芳心：原指年轻女子的心。这里一语双关，一指海棠的花心，二指儿辈们的心。③轻吐：轻易地开放。④且教：还是让。⑤闹春风：在春天里争妍斗艳。

【译文】

海棠枝间新长出的绿叶层层叠叠，
小花蕾隐匿其间，微微泛出些许的红色。
一定要爱惜自己那芳香的心，不要轻易地盛开，
姑且让桃花李花在春风中尽情绽放吧！

【赏析】

诗人作此诗时已入暮年，这时金已灭亡，他回到了自己的故乡，自觉已无能周济天下，于是抱定了与世无争的态度，过着遗民生活。诗人告诫未开海棠要矜持高洁，不趋时，不与群芳争艳。这正是作者自己心态的写照。同时，诗人也从一个侧面，暗示自己的儿女们要稳重行事，要像海棠一样不轻易显露自己的芳心，要保持自己内心的纯洁。

元诗

元诗是对唐宋诗歌的继承和发扬。元代诗歌承前启后，成为中国古典诗歌发展史上一个不可或缺的链环，它并兼各族文化，为我国各民族的融合做出了贡献；元代诗歌受宋代理学思想影响较深，主要体现了温柔敦厚的诗风及经世致用的创作目的。它将传统诗歌转变成为散曲，开拓了文学领域的版图。

王 冕
——诗多写隐逸生活

王冕（1287—1359），字元章，别号煮石山农、饭牛翁、梅花屋主等，诸暨（今属浙江）人。元代著名画家、诗人、书法家，尤以画"没骨梅"著名。诗风质朴自然。有《竹斋集》。

劲草行

中原地古多劲草，节如箭竹花如稻。白露洒叶珠离离，十月霜风吹不到。萋萋不到王孙①门，青青不盖谗佞坟。游根直下土百尺，枯荣暗抱忠臣魂。我问忠臣为何死，元是汉家不降士。白骨沉埋战血深，翠光激滟②腥风起。山南雨晴蝴蝶飞，山北雨冷麒麟③悲。寸心摇摇④为谁道，道旁可许愁人知？昨夜东风鸣羯鼓，髑髅起作摇头舞。寸田尺宅且勿论，金马铜驼⑤泪如雨！

【注释】

①萋萋：草茂盛的样子。王孙：贵族子弟。②翠光：指鬼火。激滟：光闪耀的样子。③麒麟：墓前的石麒麟。④寸心摇摇：心中忧虑，心神

不定。⑤金马铜驼：汉未央宫前有金马。此处是指南宋灭亡后令人悲伤的凄惨境况。

【译文】

中原古域之地生长着许多劲草，那草节节如箭竹一样劲挺，草花好象稻穗一样丰实。

露珠点点，洒满叶间，十月寒风也吹不倒它。

萋萋的劲草不长在王孙贵族的门庭，也不长在奸佞之臣的坟上。

草根在土地里长上百尺，无论是枯黄还是繁茂都萦绕护卫着忠魂。

我问忠臣为何死去？原来他们是忠贞不屈的汉家志士。

尸骨沉埋于地，战血滋养了劲草，绿色的尸液到处闪动，空气中腥风涌起。

天气晴朗时山的南面时有蝴蝶飞舞，下雨时山的北面时有麒麟悲泣。

劲草在风中摇摇摆摆似乎为将士倾吐愁恨，我这满腔的心事给谁说呢？

昨夜的东风又传来敌人的战鼓声，但我们只有志士的骷髅站起来摇头。

我这副身躯是没有什么值得珍惜的，只是忧心我们国家的沦丧。

【赏析】

这是一首咏物诗，诗人借咏赞劲草的品性来歌颂"忠臣"的气节，以表达作者对他们的崇敬。

墨 梅

我家洗砚池头①树，
朵朵花开淡墨痕。
不要人夸好颜色，
只留清气满乾坤②。

①我家：作者与王羲之同姓，所以王冕便认为王姓自是一家，所以说"我家"。池头：池边。②乾坤：指天地。

【译文】

我家洗砚池边有一棵梅树，朵朵开放的梅花都显出淡淡的墨痕。

不需要别人夸它的颜色好看，只愿留下清香的气味弥漫在天地之间。

【赏析】

王冕自幼家贫，白天放牛，晚上到佛寺长明灯下苦读，终于学得满腹经纶，而且能诗善画，多才多艺。但他屡试不第，又不愿巴结权贵，于是不再追求功名利禄，归隐浙东九里山，作画易米为生。"不要人夸颜色好，只留清气满乾坤"两句，实际上是借梅自喻，表现了诗人鄙薄流俗、独善其身、不求功勋的品格。

倪 瓒
——其诗自然清隽

倪瓒（1301 — 1374），字元镇，别号云林、荆蛮民、净名居士、朱阳馆主等，无锡（今属江苏）人。元末著名山水画家、诗人。有《清阁集》等。

题郑所南①兰

秋风兰蕙化为茅②，
南国③凄凉气已消。
只有所南心不改，
泪泉和墨写《离骚》。

【注释】

①郑所南：宋朝遗民，他的诗画多表现对故国的怀念之情和坚贞的民族气节。②蕙：香草名。茅：野草。③南国：指南宋。

【译文】

秋风一起，香草化为茅草，江南一片凄凉，生机消尽。

只有郑所南的复国之心永不改变，他用泪水和着墨汁画出的香草，恰如爱国诗人屈原借香草以喻志，写下了千百年传诵不衰的《离骚》。

【赏析】

这是一首题画诗，是为南宋爱国画家郑所南画的墨兰而题写的诗。诗中赞扬了郑所南的民族气节，寄寓了作者的爱国情操。

明诗

明代诗歌已经逐渐让位于小说、戏曲等文学作品，这并不表现在明诗数量的减少，而是表现在作品思想和艺术质量的退化。从数量上看，明代诗文作家及作品数量远在唐宋之上，但从质量上看，明代诗文作家很难找到像李白、杜甫那样在诗文方面做出划时代贡献的巨匠，缺乏唐宋诗文作家那种在艺术上的创新精神。手法基本上是模仿古人，很少在艺术观念及方法上创立一些让人耳目一新的作品。

于 谦
——一生功业在政治军务

于谦（1398－1457），字廷益，钱塘（今浙江杭州）人。明代名臣，民族英雄。与岳飞、张煌言并称"西湖三杰"。永乐十九年（1421）进士。官至兵部尚书。万历年间谥"忠肃"。诗文多反映现实和人格精神。有《于忠肃集》。

石灰吟

千锤万凿出深山，烈火焚烧若等闲①。
粉身碎骨浑不怕，要留清白②在人间。

【注释】

①若：如同。等闲：平常。②清白：以石灰的清白比喻人的品质清白纯洁。

（石头）只有经过多次撞击才能从山上开采出来，它把烈火焚烧看成平常的事。

即使粉身碎骨也毫不惧怕，甘愿把清白留在人世间。

【赏析】

这首诗是一首托物言志诗。此诗因反映了诗人廉洁正直的高尚情操而脍炙人口。作者以石灰作比喻，表达自己为国尽忠、不怕牺牲的意愿和坚守高洁情操的决心。

唐 寅
——"江南第一才子"

唐寅（1470—1524），字伯虎，号六如居士、桃花庵主等，吴县（今属江苏）人。明朝著名画家、诗人。与祝枝山、文徵明、徐祯卿并称"江南四才子"。弘治十二年（1499），参加进士考试时因科场舞弊案牵连下狱，出狱后无意于功名，放浪形骸。其诗华丽畅达，语浅意隽；其画笔墨细秀，布局疏朗，风格秀逸。诗文有《六如居士集》，代表画作有《骑驴思归图》《山路松声图》《秋风纨扇图》等。

言 志

不炼金丹不坐禅①，
不为商贾不耕田。
闲来写就青山②卖，
不使人间造孽③钱。

①金丹：古代方士用黄金、丹砂（即辰砂）等炼成的药物。坐禅：指佛教徒静坐潜修，领悟教义。②写就青山：绘画。③使：用。造孽：佛家语，这里指贪赃盘剥、巧取豪夺等。

【译文】

不修仙求道，也不信佛念经。

不经商也不务农。

闲时就卖画赚钱为生，

不用人世间贪赃剥削得来的钱。

【赏析】

唐伯虎作诗别具一格，洒脱自然。为人不拘礼法，晚年尤其明显，这在他的诗文中常有流露。

夏完淳
——壮志难酬的爱国诗人

夏完淳（1631—1647），字存古，号小隐，明松江府华亭县（现上海市松江区）人。明末抗清志士，少年诗人。清兵南下时，追随其父夏允彝、老师陈子龙投入抗清的武装斗争。顺治四年（1647）七月被捕，九月被害于南京，年仅十七岁。他的诗语言华美，许多篇章富有浪漫主义色彩和爱国主义精神。有《夏完淳集》。

别云间①

三年羁旅②客，今日又南冠③。

无限山河泪，谁言天地宽。

已知泉路④近，欲别故乡难。

毅魄⑤归来日，灵旗⑥空际看。

【注释】

①云间：今上海松江的古称，诗人的家乡。②羁旅：漂泊他乡。③南冠：春秋时楚人之冠，借指被囚的人。④泉路：黄泉路，即死亡。⑤毅魄：威武不屈的灵魂。⑥灵旗：战旗，古代出征前进行祭祀，求其灵佑。

【译文】

三年中一直漂泊在外，现在又成了俘虏。

大好河山却使我泪如雨下，谁说过天地宽阔无边？

已经深知死亡的日子临近了，但想要和家乡告别却很难。

希望我不屈的灵魂归乡之日，能在空中看见后继的反清旗帜。

【赏析】

这首诗作于作者在故乡被清兵逮捕时，是一首悲壮慷慨的绝命诗。写出了作者对亡国的悲愤以及壮志难酬的无奈。

清诗是古代诗歌的光辉总结，与唐诗、宋诗一道成为我国诗史上的三大高峰。清代诗人善于继承前人的优点，兼收并蓄、融会贯通，同时也能在继承的基础上努力创新，形成自己的风格和流派。

清代的文字狱，使很多诗人畏惧政治的迫害，诗歌总体流于表面，冲淡了对社会矛盾的深入观察和揭露，限制了清诗获得更高成就。然而总的看来，清代诗人不满于元诗的绮靡，明诗的复古和狭窄的毛病，在技巧上兼学唐宋诗的长处，不断追求创新，并在一定程度上反映了当时的现实，流派迭出，风格多样，其成就超过元明两代。

吴伟业
——娄东诗派开创者

吴伟业（1609 — 1672），字骏公，号梅村，别署鹿樵生、灌隐主人、大云道人，江南太仓（今属江苏）人。与钱谦益、龚鼎孳并称"江左三大家"。明崇祯四年（1631）进士，官左庶子。南明弘光朝时任少詹事。入清后曾任秘书院侍讲、国子祭酒，不久辞官归里。其诗多富有时代感。诗风早期绮丽，明亡后多苍凉、哀婉之作。有《梅村家藏稿》等。

鸳湖①曲

鸳鸯湖畔草粘天，二月春深好放船。

柳叶乱飘千尺雨，桃花斜带一溪烟。

烟雨迷离不知处，旧堤却认门前树。

树上流莺三两声，十年此地扁舟住。

①鸳湖：即嘉兴南湖。

【译文】

南湖边芳草连天，一望无际，旧历二月春分时节适合出去游玩了。

斜风细雨中，柳树叶乱飘，红艳的桃花好像蒙上了一道轻烟。

烟雨蒙蒙中，已不知自己身处何处，却在旧堤处认出了门前的树木。

树上的黄莺啼叫了三两声，我回忆起十年前，乘扁舟来这里拜访（吴昌时）的情景。

【赏析】

《鸳湖曲》是清朝近300年当中一个著名的篇章。"鸳鸯湖畔草粘天，二月春深好放船。柳叶乱飘千尺雨，桃花斜带一溪烟"这四句是对南湖美丽风光最典型的描述。顺治九年（1652），吴梅村重游从前的朋友吴昌时住的勺园。南湖烟雨迷离，十分安静，有黄莺飞过。他不由得想起十年前乘扁舟从苏州来这里拜访勺园主人的情形。

郑 燮
——诗风质朴泼辣

郑燮（1693 — 1766），字克柔，号板桥，江苏兴化人。清代著名画家、书法家，"扬州八怪"之一。其诗、书、画并称为"三绝"。乾隆元年（1736）进士，曾任范县、潍县知县。其诗多为反映现实生活，同情民间疾苦之作。有《郑板桥集》。

竹 石

咬定青山不放松，立根原在破岩中^①。
千磨万击^②还坚劲，任尔东西南北风。

【注释】

①破岩：岩石缝隙。②千磨万击：指狂风暴雨的摧残。

【译文】

竹子抓住青山，一点儿也不放松，它的根牢牢地扎在岩石缝中。

经历成千上万次的折磨和打击，不管东南西北风，它都顽强地生存着。

【赏析】

这是一首寓意深刻的题画诗。作者在赞美竹的这种坚定顽强精神时，还表达了自己不怕任何打击的硬骨头精神。这首诗常用来形容革命者坚定的立场和决不动摇的品格。

潍县署中画竹呈年伯^①包大中丞括

衙斋卧听萧萧^②竹，疑是民间疾苦声。

些小吾曹^③州县吏，一枝一叶总关情^④。

【注释】

①年伯：古代称同榜考取的人为"同年"，对同年的父辈或父亲的同年称"年伯"。②萧萧：形容草木摇落的声音。③些小：微小，这里指官职低微。吾曹：我们。④关情：牵动感情。

【译文】

在书斋躺着休息，听见风吹竹叶发出萧萧的声音，立即联想到百姓饥寒的怨声。

虽然只是些小小的州县官吏，但是老百姓的一举一动总是牵动着我们的感情。

【赏析】

这首题画诗，约作于乾隆十一年（1746）诗人任潍县县令之初。诗借题画而自明心迹，展现了作者对民间疾苦的关怀和同情。

写作技法

"疑是民间疾苦声"，是作者由凄寒的竹子声音联想到老百姓的疾苦，好像是饥寒交迫中挣扎的老百姓的呜咽之声，充分体现了作者身在官衙，心系百姓的情怀。

赵 翼
——长于咏史诗

赵翼（1727—1814），字云崧，号瓯北，晚号三半老人，江苏阳湖（今江苏常州）人。清朝文学家、史学家。乾隆二十六年（1761）进士，为翰林院编修，官至贵西兵备道。晚年退闲，主讲安定书院。有《廿二史札记》《陔余丛考》《瓯北诗钞》《瓯北诗话》等。

论　诗（其二）

李杜①诗篇万口传，至今已觉不新鲜。
江山代②有才人出，各领风骚③数百年。

【注释】

①李杜：李白和杜甫。②代：每个时代。③风骚：《诗经》和《楚辞》的合称，指诗坛。

【译文】

李白和杜甫的诗篇曾经被成千上万的人传颂，
现在读起来感觉已经没有什么新意了。
我们的大好河山每代都有才华横溢的人出现，
他们的诗篇文章各自引领诗坛数百年。

本诗约作于乾隆四十九年（1784）。诗歌语言浅近，直抒胸臆，作者以诗仙李白、诗圣杜甫为例，评价了他们在诗歌创作上的伟大成就。接着笔锋一转，发表了自己对诗歌创作的卓越见解：随着时代发展，诗歌创作也要推陈出新，不能停滞不前。创新是作者论诗的核心与灵魂。

林则徐
——抵御外侮的民族英雄

林则徐（1785 — 1850），字元抚，又字少穆、石麟，福建侯官（今福州市）人。清朝后期政治家、思想家和诗人。嘉庆进士，曾任江苏巡抚、两广总督、湖广总督、陕甘总督和云贵总督，两次受命为钦差大臣。道光十八年（1838）奉命查禁鸦片，发动了著名的虎门销烟事件。作为关心国计民生的政治家，他不以诗名世，但在禁烟抗英至谪戍伊犁时期写了很多优秀篇章。其诗含蓄幽深，苍劲雄健。有《云左山房诗钞》。

赴戍登程口占示家人（其二）

力微任重久神疲，再竭衰庸定不支。
苟利国家生死以，岂因祸福避趋之！
谪居正是君恩厚，养拙刚于戍卒①宜。
戏与山妻②谈故事，试吟断送老头皮。

【注释】

①谪居：古代官吏被贬到边远地方居住。君恩厚：表面上说这是皇

上的厚恩，实际上隐含不平。养拙：谓才能低下而闲居度日。戍卒：守边的士兵。②山妻：隐士的妻子，此乃自称其妻的谦词。

【译文】

我以微薄的力量担当国家重任，时间久了已感到疲惫。如果继续下去，无论自己衰弱的体质还是平庸的才干都必定无法支持。只要有利于国家，哪怕是死，我也要去做，哪能因为害怕灾祸而逃避呢！感谢皇恩浩荡，仅贬官流放而没给更重的处分，到边疆做一个多干体力活、少动脑子的士兵对我而言再合适不过了。与妻子谈起杨朴的故事，让她笑着送我出门。

【赏析】

林则徐抗英有功，却遭投降派诬陷，被道光帝革职，发往伊犁效力赎罪。他忍辱负重，于道光二十一年（1841）七月十四日出发，其悲愤之情自可想见。但诗人与妻子离别时，却不见叹息的悲鸣。而是满腔愤怒地写下了"苟利国家生死以，岂因祸福避趋之"的激励诗句。这是他爱国情感的抒发，也是他刚正人格的写照。

诗　词　典　故

宋真宗闻隐者杨朴善于作诗，下旨让其入官对诗，皇帝问道："你这次来之前有人给你送诗饯行吗？"杨朴答道："臣的妻子送了一首诗'更休落魄耽杯酒，且莫猖狂爱咏诗。今日捉将官里去，这回断送老头皮。'"皇上听后开怀大笑，放他归家。东坡赴诏狱，妻子送其出门，痛哭不止，东坡宽慰妻子说："你应该像杨朴的妻子那样送我一首诗。"妻子破涕为笑。本诗"戏与山妻谈故事，试吟断送老头皮"句则是借用此典故。

龚自珍
——改良主义的先驱

　　龚自珍（1792—1841），字璱人，号定盒，浙江仁和（今杭州）人。清代思想家、文学家。道光九年（1829）进士，官至礼部祠祭司行走、主客司主事。其诗文主张变革，揭露清统治者的腐败，饱含忧国忧民之情和追求理想的精神。风格瑰丽奇肆，情感激切，富于浪漫主义色彩。有《龚自珍全集》。

己亥杂诗（其五）

浩荡①离愁白日斜，吟鞭东指即天涯②。
落红③不是无情物，化作春泥更护花。

【注释】

　　①浩荡：浩大深广。②吟鞭：行吟诗人的马鞭。东指：离京东行。即天涯：指归向远在天涯的东南故乡。③落红：指落花。

【译文】

　　浩大深广的离别愁绪向着日落西斜的远处延伸，离开北京，马鞭向东一挥，感觉就像人在天涯一般。我辞官归乡，有如从枝头上掉下来的落花，但它却不是无情之物，化成了春天的泥土，还能起着培育下一代的作用。

　　道光十九年（1839），作者辞官南归，后又北上接家属，往返途中杂述见闻、感想以及往事回忆等，写成《己亥杂诗》组诗，共计 315 首。这首诗是其中的第五首，写诗人离京时的感受。

　　诗的前两句抒情叙事，在无限感慨中表现出豪放洒脱的气概。一方面，离别是忧伤的，毕竟自己寓居京城多年；另一方面，离别是轻松愉快的，毕竟自己逃出了樊笼，可以回到外面的世界里，另有一番作为。这样，离别的愁绪就和回归的喜悦交织在一起，既有"浩荡离愁"，又有"吟鞭东指"的广阔天涯。接着诗人笔锋一转，"落红不是无情物，化作春泥更护花"句由抒发离别之情转入抒发报国之志。表现诗人虽然脱离官场，但依然关心着国家的命运，不忘报国之志，以此来表达他至死仍牵挂国家的一腔热情，充分表达了诗人的壮怀，成为传世名句。

己亥杂诗（其一二五）

九州生气恃风雷①，万马齐喑究②可哀。

我劝天公重抖擞③，不拘一格降④人材。

【注释】

　　①九州：相传古代中国分为九州，后用作中国的代称。生气：生命力，活力。恃：依赖，倚仗。风雷：狂风和雷暴，这里指猛烈的冲击力量。②喑（yīn）：哑。究：毕竟。③重：重新。抖擞：振作，奋发。④降：下降，产生。

【译文】

　　只有狂雷炸响般的巨大力量才能使九州大地焕发生机，朝野臣民噤口不言终究是一种悲哀。我奉劝天帝重新振作精神,不局限于一定标准,降下更多的人才。

【赏析】

　　这是一首出色的政治诗。诗的前两句用了两个比喻,写出了诗人对当时中国形势的看法。"万马齐喑"比喻在腐朽、残酷的反动统治下,思想被禁锢,人才被扼杀,到处是昏沉愚昧,一片死寂的现实状况。"风雷"比喻尖锐猛烈的改革。诗的后两句,"我劝天公重抖擞,不拘一格降人才"是千古传诵的名句。诗人用奇特的想象表现了热烈的希望,他期待着优秀杰出人物的涌现,期待着改革大势一扫笼罩九州的沉闷和迟滞的局面,既揭露矛盾、批判现实,更憧憬未来、充满理想。